歷代小説話

十三

黄霖 編著

鳳凰出版社

《金鋼鑽》報小説話

江東陸郎等　撰

連載於《金鋼鑽》報一九二三年十一月二十一日至一九二六年十二月十日。《金鋼鑽》報是因《晶報》任意謾駡傷人而與之針鋒相對，所謂『以鑽刻晶』。創刊於一九二三年十月十八日，最初由陸澹庵、朱大可、施濟群等十位同人輪流編輯。後鄭逸梅加入，任編輯部主任。主要發一些小説與小説論等雜著。江東陸郎，即陸衍文（一八九四——一九八〇），字澹盦，亦用澹庵、澹安，江蘇吴縣人。畢業於上海民立中學，曾任廣益書局、世界書局編輯。一九二三年至一九三七年間與朱大可、施濟群等合辦《金鋼鑽》報。後將張恨水小説《啼笑因緣》、秦瘦鷗小説《秋海棠》改編成彈詞。著有《水滸研究》、《小説詞語匯釋》、《戲曲詞語匯釋》等。逸梅，即鄭逸梅，見一九一九年《説部卮言》提要。瞻廬，即程瞻廬，見一九一九年《〈小説月報〉篇名雜綴》提要。蓮垞，即朱奇（一八九八—一九七九），字大可，號蓮垞、攜李情農、蒲石居士等，室名有蒲石居、風生雲樓，浙江嘉興人。《金鋼鑽》報的合辦人之一，又協其舅劉青編輯《小説新報》，曾供職於《申報》館，後執教於上海務本女中、正始中學等。一九四九年後，任華東師範大學教授。本小説話中的「DG」，可能也是朱大可的化名。濟公，疑爲施濟群。施濟群，（一八九六—一九四六），號冰盧等，江蘇南匯（今屬上海市）人。龍門師範畢業，曾任中學校長。二十年代初創辦《新聲》雜志，與嚴獨鶴編《紅雜志》，是《金鋼鑽》報的合辦人之一。其餘筆名不詳。在《金鋼鑽》報的這些小説話中，總體格調并不太高，寫得也不太嚴肅，正如『濟公』的《小説家之種種》所説的，『專在胡鬧，并不是甚麽信史，不妨寫出來給諸位笑笑』，有些理論問題也只是點到而已，如説『把社會上實有的情形，寫做小説，比較那種向壁虚造的，似乎來得貼切一點，所以社會上各種事情，往往做了我腕底下小説的材料』；批評『今之小説家，朝方屬稿，暮已殺青者』，創作的草率；對於『小説史』編撰的關注等等就是如此。不過，有些小説史料，還是有一定的參考價值。

説部枝譚　江東陸郎

他人作小説，而我爲之評注，非易事也。下筆之初，必先研究作者之布局如何，用意如何，首尾如何呼應，前後如何貫串，何爲伏筆，何爲補筆，何爲明筆，何爲暗筆，探微索隱，真知灼見，而後其評注乃不詩於本義。聖歎評《水滸》、《西厢》，雖未能盡饜人意，要其心思之縝密，筆鋒之犀利，能發人所未發，則似亦不可没也。僕才不逮聖歎萬一，更烏敢評注當代名小説家之傑作？而平江向凱然先生，即别署不肖生者，著《近代俠義英雄傳》説部，乃由老友濟群以函來，屬余爲評，辭意殷殷，弗能却也。謬以己意，爲之評注，粗疏忽略，無當大雅，固於《偵探世界》之《輯餘贅墨》中，言之數矣。日昨偶翻閲某小報之舊報，見有署名SS者，謂向君之《俠義英雄傳》，確是傑作，惜評者將書評壞云云。翻閲之次，殊深詫異。夫僕評不稱，無足爲原書損益，此則僕固自知之，不待他人言也。若云非惟無益，而又害之，則僕於向君原文，未動隻字，所謂評壞者安在？彼SS者，誠能將僕評壞之處，一一摘示，則僕雖不敏，敢不承教？若徒以隻語片言，妄肆譏評，則非特不足以折服人心，抑亦自貶其旁觀評論之價值矣。或又語余，SS乃海上著名之私倡，君之文字，豈私倡所能知？何必與辯？余曰不然，君子不以人廢言，彼言而當，則雖鼠竊狗偷之流，我猶將納之，倡固何害？言而不當，又安能止我之不辯哉？我獨怪彼某小報之經理，何以聘一私倡爲撰述員？豈豔羡薛大塊頭獲利之豐，乃欲收羅奇才，分其餘潤耶？一笑。

（一九二三年十一月二十一日《金剛鑽》）

小說史之需要　逸梅

歐美各邦，咸以小説爲文學之一種，吾國則不然，文學史中，絶不述及小説，《尚友録》并小説名家如施耐庵、曹雪芹、蒲留仙之名而不載，蓋視小説爲茶餘酒後之消遣品而已。近來歐風東漸，國人亦稍稍重之，於是名家輩出，單本及雜志文藝報，刊行不絶，然無一種有統一之記載，以致沿革不詳，難以稽考，深願小説前輩，各揮椽筆，合撰一部小説史，則有惠後進多矣。

（一九二三年十一月二十四日《金剛鑽》）

小說與屁　瞻廬

蘇俗呼妾曰小，某甲有一妻一妾同屋而居，妻妾間起醋潮；而同居之某姓，亦有一妻一妾，則妻妾間殊睦，不啻姊妹也。一日，甲謂其妻曰：『天氣漸寒，兆蘭（妾之名）房中，宜生火矣。』妻怒曰：『誰説的？』甲曰：『兆蘭説的。』妻曰：『生甚麼火？放屁。』甲曰：『不獨兆蘭説天寒宜生火，便是同居某姨太太，也説天寒宜生火，你不聞某姨太太房中，已裝火爐乎？』妻益怒曰：『你的小，怎比得上人家的小？人家的小，説的話，是一句話，你的小，説的話，是一個屁。』（讀至小字宜稍頓，否則似乎嘲笑小説家矣。）

（一九二三年十二月六日《金剛鑽》）

請小説家效法

逸　梅

吾吴有名校書吟香者，楚楚可人，通文墨，又愛讀小説，瘦鵑來吴，一見甚契，及返滬瀆，即以《月痕》兩册，郵達其妝閣。眠雲知之，亦以其所輯《星光小説集》爲貽。夫文人之於著述，嘔心良苦，然若經美人兒香口細誦，纖手撫摩，則有足以自慰者。寄語諸小説家，有願慰其嘔心之苦否？則瘦鵑、眠雲可法也。

（一九二三年十二月十二日《金剛鑽》）

稗官譚屑

蓮　垞

小説之盛，至今日而已極；小説之衰，亦至今日而已極。我國小説，發源甚早，班固《漢書·藝文志》，已列小説於儒道之末。漢魏以來，作者甚尠，今所傳者，不過班固《漢武》、伶玄《飛燕》、張華《博物》、干寶《搜神》數種而已。唐宋而下，作者漸夥，惟皆屬於記傳體裁。且爾時之所謂小説者，僅爲好事文人，出其餘緒，恢奇詭譎，自娱娱人，既不欲以小説名家，人亦無以小説家尊之。自施耐庵《水滸》、曹雪芹《紅樓》章回小説盛行以後，於是小説始由附庸而成大國。蓋古人之與小説，一則惟求典雅，一則不厭俚俗；一則多紀士夫，一則旁及闒冗也。然當時之小説家，猶爲積學文人，博物君子，懷抱利器，窮愁著書，遂不覺其支離誕謾，一至於是。是故律以文章家言，則其見微知著者，易之幾也。發情止禮者，《禮》之教也。居今稽古者，《書》之典也。好色不淫者，《詩》之旨也。褒貶善惡者，《春秋》之意也。乃至汪洋恣肆，蒙莊之遺；纏綿悱惻，靈均所逸。莫不可以捃摭入之。故一書之成，窮老盡氣，一字之下，聚精會神，觀乎施耐庵、曹雪芹兩人，其餘著作，隻字不存，可以知矣。此豈今之小説家，朝方屬稿，暮已殺青者，所可相提而并論耶？

（一九二四年二月五日《金剛鑽》）

稗官譚屑

蓮 坨

二十年來，一般學者，震於西方莎士比亞、迭更司、大小仲馬、歐文諸人之名，以謂西方無文學家，所謂文學家者，皆小説家耳。於是競捨其詩古文辭，而從事於小説。或獨抒胸臆，自成馨逸；或籀譯著作，别饒趣味。前者吴趼人、李伯元、曾孟樸、孫漱石堪以成家，後者林琴南亦堪名世。今吴、李已矣，孟樸一行作吏，此事都廢。其老壽康疆，著述不輟者，南惟漱石，北惟琴南。然風氣既開，作者輩出，操觚之士，爲小説者十人而八九，爲詩古文辭者，十人而一二。良以爲小説者，屬詞比事，稍有可觀，即可鬻著報章，投稿雜志，生活所需，不虞缺乏；至詩古文辭，則當今之世，解人甚希，雖有李杜韓柳之才，除爲學校講師而外，直無一席啖飯地，故耽之者絶無僅有也。惟天下之事，盛極必衰，蓄極則泄，一般小説家，心思才力，究屬有限，朝成一著，耗其若干，夕脱一稿，耗其若干，久而久之，耗費净盡，而欲其再搜索枯腸，左宜右有，不致爲江郎才盡者，其誰信之？是以海上小説家，始則腸肥腦滿，繼且精竭髓空，終且奄奄一息，毫無生氣，此無他，皆才盡之故也。

（一九二四年二月二十一日《金剛鑽》）

稗官譚屑

蓮　垞

古之所謂小説者，筆記而已。自施耐庵《水滸》，毛宗崗《三國》，曹雪芹《紅樓》等書盛行以後，於是筆記與小説，截然兩途，不可合併。嗜筆記者，或嗤小説爲粗鄙，嗜小説者，亦詆筆記爲沉悶。究之筆記與小説，體例雖殊，旨趣則一，是丹非素，實屬無謂。及至清季，譯學大盛，琴南林氏，獨喜翻譯歐美小説。林氏深於古文筆法，而所譯者，又爲歐美名家原本，二難既并，自易風行。於是章回小説以外，又多一種章節小説，其爲長篇巨製則一，惟晚近世界，人事日繁，長篇小説，易生厭倦，又有創爲短篇小説者，其所叙述，或僅一人，或止一事，事實簡單，篇幅狹短，讀者可以一目了然。然此種小説，有時又或失之太簡，以致讀者不知所云。天虚我生嘗語余曰：『作小説者，人物須有來歷，事實須有本末。今之所謂短篇小説者，但求文字之簡潔，不顧情節之忽略，如觀戲然，但睹其中之一幕，又安從知其起源結果？』真小説家之金鍼也。總之小説，由筆記而章回，是由簡而趨繁，由長篇而短篇，又由博而返約。大《易》之理，窮則變，變則通，凡事皆然，豈獨小説也哉！

（一九二四年二月二十四日《金剛鑽》）

製造小說材料

澹　庵

社會上的各種事情，形形色色，怪怪奇奇，一落到會做小說的人的耳目裏，便成了小說中絶妙的材料，所以我說社會上的人們，忙忙碌碌，幹出許多事情，其實都是在那裏製造小說中的材料罷了。

我在《新聞報》的《快活林》裏，曾經做了不少的短篇小說，什麽《十年後》呀，《半頁殘稿》呀，《記賬》呀，《原諒》呀，以及最近的那篇《拜年》呀。很有幾位朋友，説我意思新穎，其實我那裏有什麽新穎的意思，不過把社會上眼前所見的事情，胡亂寫將出來罷了。我覺得把社會上實有的情形，寫做小說，比較那種向壁虚造的，似乎來得貼切一點，所以社會上各種事情，往往做了我腕底下小說的材料。

做小說的人，有時候因爲他自己所做的事情，很可以作爲小說的材料，所以特地把他自己也寫在裏邊，這是常常有的。不過寫他自己的事情，總是隱惡揚善，不肯說他自己的不好，這種人雖然談不到什麽『克己』的工夫，但是他的羞耻之心，尚未澌滅，倒也無可厚非。

近來有一種做小說的人，自己做了極不道德的事情，還要堂堂皇皇，寫做了小說，刊在雜志上給人家看，自己覺得很得意似的。這種人他還有羞耻之心嗎？古人說得好，『無羞耻之心，非人也』。這種小說家還能算是人類嗎？

有人說道，你知道什麽？他因爲要製造小說的材料，所以他特地做一樁極不道德的事情，既然做了，他怎肯不寫出來换達拉斯呢？ 我説，哦，原來如此，那末將來小説材料缺乏的時候，他不知還要做出多少不道德的事情來哩。 咳，小説家之人格！

（一九二四年二月二十七日《金剛鑽》）

稗官譚屑

蓮 坨

近日小説家，於舊小説，各有所嗜。 以余所知，天虚我生嗜《紅樓夢》，小鳳嗜《水滸》，鴛雛嗜《儒林外史》，故其所作，亦有似處。 蓋童而習之，壯而爲之。 詩文皆然，不獨小説也。 余十一二齡，從塾師讀，每苦文義不甚充暢，有徐君者，塾師之友，寄居塾中，頗與余善。 徐嗜小説，盈笥滿篋，皆《三國》、《水滸》、《蕩寇》、《岳傳》、《彭公》、《施公》、《今古奇觀》等書。 余偶假其《三國》讀之，自覺文思汩汩，迥異從前。 塾師視余所作，詢得其故，遂慫余所爲，不復禁阻。 余乃盡取徐君篋中之書讀之，顧爾時之所好者，率在戰争武俠一派。 有某君者，語余《紅樓夢》之妙，余翻閲之，至林黛玉進寧國府見賈寶玉一段，刻意叙述兩人衣飾，絮絮不已，不解擲書而起，不欲復觀。 蓋童子時代，腦府純潔，好觀慷慨激昂之事，而不耐聞纏綿宛轉之語也。 比十六七，再取讀之，則又大爲歎賞，不忍釋卷。 由是而《品花寶鑒》，而《花月痕》，幾非言情之作不讀。 向之所欣，皆土苴矣。 噫！ 此余之進步耶？ 墮抑落耶？ 世有明哲，當能辨之。

（一九二四年三月六日《金剛鑽》）

稗官譚屑　蓮　垞

舊小説中，《三國》之談兵法，《水滸》之談技擊，《野叟曝言》之談文藝，皆有真實本領可取；《紅樓》、《花月痕》之詩，雖爲一般讀者所稱，然《紅樓》之詩失之甜熟，《花月痕》之詩又失之扭捏，皆詩家下乘材也。其餘論政治，論兵法，論理學，論詞章，論醫卜星相，無一不作内行家語。著者懷才不遇，發奮著書，罄其所學，以爲小説，其事可愚，其志亦可悲也。近人每謂小説當求真實，不必徒以才語向人，若文素臣之允文允武，韋癡珠之或泣或歌，皆決無其事者，其説亦能持之有故。然余以爲小説之作，有如戲劇，有以寫實爲貴者，亦有以浪漫爲貴者。《世説新語》描寫魏晉間人嵚崎可笑，而後人嗜之，不嫌其僞，若必人人酷肖，事事逼真，則新劇何以失敗，舊劇何以興隆？以彼例此，可思其故已。

（一九二四年三月九日《金剛鑽》）

隨便譚譚　哲　身

我最歡喜讀的是《紅樓夢》，而最不歡喜的人物，却是林黛玉。因爲那位曹雪芹先生，描寫他如何的清高，如何的孤僻，要襯托出他純潔的情字來，不曉得只顧了一面，將黛玉這個人弄得高也不好，低也不好，脾氣太嬌慣了，連寶玉那樣好打發的人，有時候也莫測高深，時有怨言。如果做了他丈夫，還能够過安穩的日子麽？我贊成還是邢岫煙，因爲他，宛然是一個幽静的女子。薛蝌的豔福真不淺，我羨慕得很。這是我個人的偏見，大家以爲如何？如有同志來駁我，我就能够在駁我的地方，看出他對於婦女的神氣了。哈哈！

《水滸》這部書，經聖歎一批，多少年來，没有一個不推崇的了。我又有偏見，在我這個拙眼看來，描寫那般上梁山的朋友，簡直可以説是刊印板的，都是不肯反背朝廷，都是爲了宋江的那一跑，算是忠義，便肯做强盜。難道没有第二種筆法可以描寫麽？那個石秀對潘巧雲，武松對潘金蓮，真的不算雷同麽？我并不是故意反對大人物，要出風頭，委實識淺見低，有看不到的地方，同志教我一個乖，我很感激的。

（一九二四年三月九日《金剛鑽》）

介紹一篇好小説　五柳後生

昨天我到《紅雜志》編輯室去訪濟群，他向我索稿，我一時無以應，看見案頭留有一篇朱先生的大作，我拿來拜讀，吃驚道：『這是一篇好小説，你怎麽不替他登出？』濟群笑道：『好是很好，不過太高古了，人家看不懂。』我説不妨，我來替他注解一下，你提快在《金剛鑽》報登出。濟群道：『一定登出，好教小説界中，知道還有一個無名小説家朱某在。』我忙道：『你不要渺視他是無名小説家，我敢斷定，不上幾年，他也是一個鼎鼎大名的小説家呢。』閒話少説，請賞鑒這篇妙文罷：

里有寡婦，孫姓，其夫而失名（而字一轉有勢），家道小康。夫歿時，婦年未盈三十也，故膝下無子女（謂活到三十就可養子女也）。屬中有子女者（屬字大約同族），或勸婦爲螟蛉之（之字用得虛活），而婦不以爲然，遂自願以他人子爲作螟蛉也。

婦子及長，不出貿易，於家遊蕩。嘗與一儕狂蜂浪蝶爲友（婦子幸非女子，否則殆矣。嘗一作常），故不上下數年之間，即將家産變賣之盡也者（想見其摇頭擺尾，拈斷幾根鼠髭）。語云，金錢既去，白眼皆來（不知是否是孔老夫子的奶奶説的）。婦子既無錢，一儕爲友者，無消説得（高古），遂無法可想哉（蘇州人道，格末哪哼介）。

不數日，婦子病，而婦仍愛子若命，即求籤問卦，并請醫延之。奈婦子病已患得真矣（高古）。諺之爲真病無藥醫，誠是言者也（千古絶唱）。不一日，一命嗚呼（急病），所幸者婦子乃有兒焉。既子死，婦手以兩爿黄皮也（絶妙典故）。了理喪事（了一作料），均爲諸好親擔任。

婦老矣，乏錢使用，故飯亦有亦無，固無顔見屬中，故不依賴也。遂以小孩〔即婦之孫〕（此是原注），婦亦從之。而婦年老，隻目不明（不妨，還有一目），故手不能作事矣。彼家亦常厭之〔彼家者，孩子過房之家也〕（此是原注），遂逐之出，婦則别無他法，遂留落爲丐（留一作流）。著者曰，右録之事，并非虚詞，因婦於余家門首，呼之苦甚，并以事告余，余因見其憐甚，故以寫之（寫得妙）。現下其婦，嘗於鄉間也，故世人無子者以此而觀，不患有與無哉，并作何所思歟（寫得更妙）？

求兒不果如是之觀（此是原評）。

編者道，此作原文，已極足以噴飯，經五柳後生一注，愈足流傳千古矣。

（一九二四年五月九日《金剛鑽》）

隨便譚譚

哲　身

《儒林外史》很好，描寫各人的神氣，都是深刻不移的，那後半部，似乎也弱了些，那個榜上的名字，也有要斟酌地方。《花月痕》後首的幾回，似乎很可删去。去年老友陳蝶仙，要我續他的那部《淚珠緣》，我説我没有本事，這一般人，都要寫他們的老景了，還有什麽味道，我料得定社會上是不歡喜看的，還是讓他這樣的不收而收，讀者的希望，似乎還有滿意的境界在後頭，蝶仙甚以爲是。其實正是我筆墨不好的推頭。瞻廬續的《鏡中人影》，我真很佩服，這倒并不是恭維他啊！

（一九二四年三月十二日《金剛鑽》）

隔簾人語　心　黎

昨偕友三人飲於悦賓樓，旁室先有二客在，與余座僅一簾之隔。客談興甚豪，終席未輟。所語大都批評近十年來著作界者，吾友三人中，竟有二人爲所齒及，各有短長，語頗中肯。吾目友而笑，友亦匿笑不置。

客之言曰，余生平酷嗜小説，非此則無以遣逸興、招睡魔，故十年來除舊有説部外，所購單本新小説，不下百餘種，尤苦閱雜志，以其分門别類，取材至豐，吾人可隨意選閲。民國初年，《遊戲雜志》出版，吾最愛閲天虚我生之著作，此公無論詩文小説無不悉臻妙境。徐枕亞辦《小説叢報》，吾亦訂閲多年，其始精神尚好，主撰易人後，漸趨平淡矣。《小説大觀》中，天笑頗有幾篇雋作，惜配角太劣，不能爲該雜志生色，且因售價過昂，銷路不暢，未幾遂以停版聞矣。

大東書局見《新聲》銷路暢盛，遂生臨淵羨魚之心，因出《遊戲世界》，以奪其利。版式取材，惟《新聲》是仿。而中華圖書館亦與鈍根、瘦鵑謀，將《禮拜六》周刊復活。未幾，瘦鵑獨樹一幟，創辦《半月》。至是雜志風起雲涌，盛極一時。原推考原由，則《新聲》洵雜志復活之功臣哉。

《禮拜六》復活後，喜用投稿家之處女作，此中雖不能謂盡無佳著，然究不免孩氣太重。加之一般閲者，眼光勢利，見著作者之頭銜，大都不見經傳，遂以爲該雜志内容决不佳，而信仰之熱度，亦於焉鋭減。故二百期後，即不能再事維持矣。《半月》能重美術方面，具見巧思。同時天笑之《星期》，涵秋之《快活》，相繼出版。而一班稍負時譽之著作家苦於各方徵稿，應接不暇，於是敷衍塞責之作品，亦數見不一。諸如某某某某等之小説，真正災梨禍棗。而某某等竟神氣活現，以小説名家自居，可謂不知自量矣。

自《遊戲雜志》等月刊停版後，雜志中斷甚久，而後濟群所辦之《新聲》出。是書初出版時，頗爲一般人所注意，以爲濟群非書業中人，毫無出版經驗，何以敢冒險嘗試？及後銷路大暢，一般著作家及各書賈，莫不佩其辦事之卓見與毅力，非他人所可及，於是乃相率步其後塵，周刊旬刊，接踵起矣。

殊不知《新聲》之所以能得社會人士之歡迎，半爲時會所造成，半爲材料所吸引，初非如他種雜志，徒仗編輯者一二人之虚名所致。書中作品，十有八九，均係精練之作。予所最愜意者，尤爲《人海夢》長篇小説，及《花底滄桑録》二種，雖已隔數年，至今猶常留腦府，可見其魔力之大矣。據《獨鶴啓事》，謂《人海夢》將於《金剛鑽》報繼續刊登，乃至今猶未見刊出，殊屬憾事。獨鶴信人，當不致對觀衆自食其言也。

（一九二四年三月九、十五、十八日《金剛鑽》）

關張

澹庵

當代的要人，都歡喜把自己比作《三國》中人物。第一個是吴佩孚，他自己是比作關雲長的，所以他在湖南打仗的時候，竟然决水淹軍，不顧人道，據説就是效學當年關雲長水擒龎德的故事。而且關雲長愛讀《春秋》，吴秀才却會做幾句歪詩，不管他做得怎樣，總算也可以博得『儒將』二字。吴秀才的學關雲長，真是極力模仿，無微不至了。

現在關外的張鬍子，他居然也要比起《三國》中的人物來了。報載他對京伶俞振廷説，自己比作張飛，這倒也是一樁很有趣的新聞。據我看來，張作霖的『張飛』，究竟比吴佩孚的『關雲長』，覺得相像點。一來張作霖究竟是姓張，不必改姓；二來張鬍子那種鹵莽滅裂的脾氣，也與張飛相像。所以我與其看吴秀才唱水淹七軍，倒不如看張鬍子喝斷灞陵橋了。

從前的關張，是結義弟兄，現在的關張，却變做了切齒冤家，這一層未免相差太遠了。再者現在的關張，雖然和曹孟德反對，現在的關雲長，却變做孟德公的部下，這又是怎樣一回事情呢？有人説道，劉關張在徐州失散之後，關雲長不是投降過曹操的嗎？關張二人在古城相會的時候，不也曾動手交兵的嗎？這是有戲爲憑，有小説爲證，不是可以瞎説的呀！大約現時代的關張，正在唱《古城相會》，所以有這麽許多情節了。我説哦，原來如此。

（一九二四年四月六日《金剛鑽》）

青年大小説家不是小説大家

軼　事

青年大小説家三番先生，未發生天韻樓豔遇以前，已有一段很風流的韻事，這事知道的人很少，現在不妨宣布出來。那三番同肅社裏的社員認得好幾個，也時常投稿到肅社出版的一張文藝刊《肅聲》上。《肅聲》第十二期出了一期婦女作品號，內中有一篇□芳女士的小說。三番先生拜讀之下，大爲佩服，就連忙寫了一封信，寄到肅社，托一位姓圈吉的先生轉交。誰知道□芳女士的作品，是由社員日京君轉寄的，確有其人，并非化名，也不是捉刀，不過由日京君謄清而已。日京君接到此信，大爲詫異，因爲他同三番先生也認識的。當下便將原信交給□芳女士，拆開一看，幾乎令人肚腸笑斷。信中一大半欽慕而肉麻的話，引□芳女士爲知己，寫了四張良晨箋，附了二份他們『宜社』辦的《宜報》，請加以批評。□芳女士看了，很不舒服，照日京君的意思，非飽以一頓老拳不可。幸有一個和事佬姓馮的說，這樣小事，何必計較，三番先生不過是冒失鬼、急色鬼，人同鬼算賬，似乎有點不值得。他兩三句趣話，竟然把此事淡淡的無形消滅。日京君有個老友弓長先生，曾在他府上將三番先生的信看了一遍，他就講給我聽。內中著實有點肉麻話，道人所不能道的，可惜我記性不好，不能默記出來，不過我聞弓長先生說，三番先生的原書，現在仍是日京先生藏著。諸位如果不信，不妨向日京先生索取一閱，方知吾言之不謬也。哈哈！

（一九二四年七月三十日《金剛鑽》）

青年小説家的相思病

醬油并螺絲

曾經編輯過斷命的《誼報》、將要出《玫瑰花瓣集》、自命爲青年大小說大家的三番先生，大名叫甚麼心呀伊呀的，不知怎樣，近來竟害起相思病來了。講到這位三番先生，年紀還只十七八歲，現在在了公司裏辦事，外面倒很有他幾篇《花》呀《月》呀《愛人》呀提倡戀愛文學的肉麻小説。因此我特地去探聽了一下子，纔知他這病的起源。原來有一天晚上，他到永安公司大韻樓去，在影戲場外面，見了一個淌白，臉子生得很好，身材也很嬌小，獨自一個兒坐著。他見了，不禁心不由主起來，便一屁股坐在那淌白身邊，那淌白也有意無意似的，坐近了一些，他就低低的問道：『嘸你一個人來的嗎？來了多時呢？』那淌白微笑了一笑，點了點頭。他便又問伊叫老幾，答是叫老二，他得樂的説道：『老二，我和你是老相好啊！』老二啐了一口道：『呸，誰認識你？』他便嬉皮頑臉的笑著説：『你又要搭架子了，我明明認得你的。』老二低了頭，兀自吃吃的笑，好久纔説：『你别來哄我，我倆還是第一次見面，怎會相識呢？』他忙道：『假使我騙了你，我就是你的兒子。』這時他見老二手裏拿著把小的金面扇子，是檀香木的柄，一陣陣的香氣，直觸到他的鼻間，他止不住心醉了。假意説是要看扇子，順手在老二手背上，揉了一把，又央求道：『你把這扇子送給我吧。』老二笑道：『我八角錢去買來的呢，怎能給你？』他失望似的説：『你不肯給我嗎，你好，我就不到你家裏來。』老二忙道：『你别忙，你到我家裏來時，我再給你。』他就問道：『你住在那裏？』老二答道：『在二馬路九江里一家電燈公司的樓上，你只須叫聲王翠玉，我就會出來的。』他就説：『那嗎，明天我一定到你那裏來，你等著吧。』老二又點了點頭。正談著足勁的當兒，影戲忽要休息一回，電燈霍的都亮了，他見人多不便，没奈何和老二分别，暗中還在老二的手背上摸了一摸，臨起的時候，各自笑了一笑，真有些戀戀不捨呢。到了明天，快黄昏時，這位三番先生，當真預備了五隻大拉斯，尋到二馬路九江里去，想一求真個。那知到那裏邊去一問，老二已經出去了，不覺大失所望。後來他又到天韻樓去過兩次，但一次也没見過老二，心裏没趣得很，回到家裏，就癡癡獃獃的，連茶飯都不想吃，面孔也漸漸的瘦削了，竟害相思病咧。他還對人説『曾經滄海難爲水，除却巫山不是雲』呢。唉，我想不到文藝界裏，也有這種可怪的事情。

（一九二四年七月二十七日《金剛鑽》）

了字小説　DG

一篇小説中，用的『了』字太多，總覺使人厭煩，不料《DF黨》一篇，竟大用而特用，全篇萬餘字中，竟用了四百八十多個『了』字。其中多的，竟自句句有一『了』字或兩『了』字，令人閲看了，好想〔像〕催眠術一般，於不知不覺中，就睡過去哩。兹將其篇中，取兩段用『了』字最多的，録在下面：

……過了一會，那僕人送上一杯牛奶茶，談呢司便喝了幾口。忽然門鈴響了，僕人便去開了門，原來送報人來了。那送報人擲了一份報紙給僕人，那僕人便接了過來，關上了門，走入裏面，將報紙送上走了。談呢司取過了報紙……一張一張，看了過去……他尋了一回……處獃瞧了一回……了一遍……談呢司走了以後，便一直回寓所去了。……見了談……來了……如何了……聽了……便走了進去……上了門……走了進去……上坐了……取了一枝……著了……

（一九二四年八月三日《金剛鑽》）

侮辱祖國之小説家

明眼人

自稱老前輩綽號二小姐的某小説家，自從《禮拜》雜志失敗之後，流轉京滬，窮極無聊，現在忽然卑躬屈節，投降到對手方面的麾下做一名走卒了。新近《赤薔薇》第一期出版，他竟然也做了一篇短篇小説，刊在上面，題目叫做《倡門之病》。我們不必看他的文字如何，單論他這一篇的題目，已經是不通不通又不通了。因爲『倡門』這兩個字，是代表一種門庭，并不是代表一個人。起先看了這個題目，以爲他内中所講的，大概是一種倡門中通行的弊病。誰知看過之後，方知那一篇小説，不過是講一個妓女生病的事情。既然是單講一個妓女的生病，那就應當叫做《倡之病》，決不能叫做《倡門之病》。因爲『倡』能生病，『倡門』却決不會生病的呀！譬如一個學生生了病，你能説『學界之病』嗎？一個工人生了病，你能説是『工廠之病』嗎？這樣一個自命不凡的老前輩前大小説家，連一個題目都弄不通，那真是可笑極了。

至於這一篇的後面，他自己還加上幾句按語，説是把那倡妓比中國，把四個嫖客比英美日俄，這個意思，簡直是在那裏侮辱祖國，真真是太覺得荒乎其唐了。他既然把倡妓比中國，那末凡是中國人一律都是倡妓了。試問我們中國四萬萬國民，大家能承受這一句話嗎？我很希望執筆爲文的時候，須要小心一點，别因此惹動了全國人的公忿，那纔好呢。我寫到這裏，有人在旁説道：『他近來的環境，也實在是可憐得很，一個人在倒楣的時候，做出文字來，便自然而然的乖謬百出。你就看開一點罷。何必定要去挑他的眼呢？』我説：『哦，既然如此，我就不説了。』

（一九二四年八月九日《金剛鑽》）

『青年』小説家

虚無飄渺樓士

近來文藝界中擁戴著『青年小説家』的頭銜的人，很不少了。他們有没有這小説家的資格，姑置不論。不過我以爲只戴著這小説家的頭銜，風頭已經十足了。何必還要加上什麽『青年』兩個字？好像在那裏報告他們的年紀一般呢。照這樣稱起來，那末一定還有什麽『中年小説家』、『老年小説家』了。但是我後來想一想，這可不對，大凡普通人心理，總是喜少惡老，『中年』、『老年』這種字樣，看起來未免缺乏興趣，那裏及得來這『青年小説家』五個字，令閲者於羡慕其爲小説家之外，還想像而知爲一風度翩翩嬌嬌滴滴的美少年，更加佩服幾分呢。有位朋友説：『你的話對是對了，但是不甚透澈，須知道這一般青年小説家，大都還没有結婚哩。所以在「小説家」三字，再要加上了「青年」兩個字，來表明他們年紀還輕，或者可以得著個慕他年少才貌的她，來做他的小説家之妻啊。』哈哈，這一篇的話，是否猜著他們的心理，倒要請幾位青年小說家自己答復了。

（一九二四年八月十二日《金剛鑽》）

小說家之種種

濟　公

周瘦鵑之髮

周瘦鵑因爲運用腦筋的時間太多，所以他腦袋上的頭髮，脱落的稀稀朗朗没有幾莖了。幸虧塗了席時泰醫生給他的一種生髮藥，現在也已牛山濯濯，不至於興與此頭千載光悠悠之歎了。有一天，在酒席上大家談起他的頭髮，瘦鵑道：『每逢交秋，吾的頭髮就有脱落之虞。』澹庵在旁説道：『那末竟可以説，「瘦鵑一髮落，天下共知秋」哩。』丁悚打趣道：『倘然瘦鵑的毛落，便怎樣？』澹庵道：『那也可以説「瘦鵑一毛落，天下共知春。」』我道：『這倒未必，恐怕只有他夫人知道。』説得衆人都大笑起來。

馬二先生之脚

馬二先生能打猴拳，所以練得腿很軟，能够一足立在地上，把一足扳到頂上。但是他練慣了拳，無論打麻雀或吃飯時候，都喜歡把一足或是兩足蹲在凳子上，像猴子一般。徐卓呆每見他把足蹲在凳子上時，便説：『又要露馬脚了，又要露馬脚了。』「馬脚」二字，用在馬二先生脚上，可謂貼切之至。

嚴獨鶴之膽

嚴獨鶴天天在《快活林》上，不是駡曹錕，便是駡吴佩孚，以及一切政治舞臺上的要人，人家以爲獨鶴的膽，一定像姜維一般的了，豈知獨鶴的膽最小。有一次，我同他旅行到無錫，遊過梅園，迤邐到萬頃堂。同遊的馬直山，慫恿我們渡過太湖，賞覽黿頭渚勝景。我也很贊成，獨鶴見了澒洞的水勢，好像一定要葬身太湖一般，堅執不肯。我說：『那末由我們二人過去，你在萬頃堂候著好了。』他又像小兒失乳一般，堅執不許。弄得我們乘興而來，敗興而返。即此一端，已可概見其餘，我也不必枚舉了。

嚴芙孫之嘴

嚴芙孫是獨鶴的老侄，他做的小說，倒也嘸啥。不過他的一張尊嘴，著實吃虧不小，因爲一樣説一句話，他一定要加出許多期期艾艾來，豈不比人家吃力多麽？有人說，這幾天《申報·自由談》、《海上蜃樓》的回目，好比嚴芙孫在那裏叫我，濟濟群公，變作『濟……濟群』了。但是他雖則口吃，却很健康，無論甚麽事，只須他知道了，便與登了《新聞報》封面廣告一般，不多幾天，人家也多已聆悉一切了。

天台山農之麻

俗語說，人心不同，各如其面。可見人的面孔，是個個不同的，其實五官位置，人人一樣，那又可說，人的面孔，是個個相同的了。我們著作界中有一位的面孔上，特別標記的，諸位知道是誰？想必諸位知道一定是天台山農了。山農身材魁偉，發聲宏亮，而面上的一臉大麻子，尤其使人家一見便知道是天臺山農，决難頂替冒牌。前人詠麻子詩云：『不是尊容生得好，老天何必細加圈。』我想老天看見山農的字好、文章好、面孔倒也嘸啥，所以替他加上許多圈了。

趙苕狂之帕

趙苕狂生平最莫逆的，共有二友，一是膩友鳳珠，一是紅友菊生。他和鳳珠的情史，吾約略在《紅雜志》上報告過讀者了，他和菊生的因緣，吾却不得而知，不過有椿軼事，吾知之甚詳，便說給諸公聽聽，作爲談笑的資料罷。

趙苕狂每當酒酣耳熱之際，豪氣勃發，便要和人鬥拳。他往往自稱爲趙大將軍，想借重當年長阪坡的威風來駭服人家，更引《半月》上王錦南贊他的『酒膽拳風，所向無敵』二語爲誇耀。有一次，世界書局同人聚餐，另一桌和苕狂一桌大鬥拳戰，苕狂一桌屢屢獲勝，苕狂便向腰間掣出一塊手帕，拿在手裏揮舞，嘴裏『槐俠俠』大喊幾聲，算表示他們的凱旋。豈知另一桌上有一個姓周的，其人最是促狹，忽然上前捉住了他的手，說道：『苕狂苕狂，你這塊手帕，恐怕錯拿了你夫人的了。』苕狂鼓上兩個有威棱的眼珠，問道：『你怎麽知道錯拿了呢？』姓周的道：『不是你夫人霞飛鳥道，爲什麽這手帕上猩紅斑駁呢？』苕狂低頭一看，羞得他兩朵紅雲，直上眉梢，囁嚅道：『這是我剛纔碰損了鼻管，出的鼻紅，那裏是夫人的……呢？』但是人家已經把腰都笑痛了。

（一九二四年九月十五日《金剛鑽》）

徐卓呆之眼

徐卓呆的眼睛，不住的在那裏去眉霎眼，人家不知道的，一定當他是吊膀學校裏的畢業生。其實此人很是規矩，不過是個賊業學校裏的教員罷了。（因爲卓呆曾在《紅雜志》上著《賊業教課書》教課，故云。）

何海鳴之目

何海鳴身材不甚魁偉，而目光奕奕有神，滿面殺氣，或謂以一小説家而手綰兵符者，惟海鳴一人。此公現雖息影都門，惟他日得志，必仍在干戈搶攘之中，豈僅以一文丐終其身哉？其説甚當。

江紅蕉之唇

江紅蕉是吴王臺畔人，一口吴儂軟語，説來甚是好聽。説者謂唇薄者善言語，而江紅蕉之唇最薄，故玲牙俐齒，極會説話云。

天虚我生之指

天虚我生的右手食指，不能屈伸自如，所以寫字也不很便當，但是文人全恃這幾個指頭，纔能握三寸不律，東塗西抹，一有了毛病，怎樣還能操縱自如呢？天虚我生之厭棄文字生涯，而入實業界也，殆即指病促成之歟？

海上漱石生之齒

海上漱石生孫玉聲先生，年逾周甲，真可算是小説家的老前輩了。此公强飯健步，精神矍鑠，每天到四五處辦事地方兜過一轉之後，還要抽暇撰小説一二千言，馬伏波所謂老當益壯四字，當之殊無愧色。但是他的滿口牙齒，都已脱落，由毛子祥裝了全口假牙，吃東西倒還便當。有一天我見他忽然變了癟嘴，説起話來不能關風，所以聲音也變了。吾便向他笑道：『玉老先生，你現在真名副其實了。』他一時給我説得不懂起來，問道：『甚麽名副其實呢？』我道：『你别署漱石生，大約天天把石漱口，所以漱得全口牙齒都脱落了，這不是名副其實麽？ 你又做過許多報館的主筆，現在變了癟嘴（主筆諧聲『癟嘴』，程瞻廬氏已説過），豈不又是名副其實麽？』玉老先生聽了大笑起來，那笑聲也比有牙時候兩樣咧。

徐枕亞之鼻

海虞徐枕亞，情場失意人也。每當抑鬱無聊時，便向酒家買醉，想藉此消遣愁懷。豈知把酒澆愁愁更愁，古人早已説過，所以他吃酒的結果，竟變成了愁懷未遣，痼疾已成。有人問道：『他的痼疾，是茂陵消渴麽？』不是不是。原來他喝酒過多，肺熱上蒸，所以鼻管裏生了鼻菌，把兩個鼻腔完全塞住，透起氣來甚是不便。每當他構思作文時，鼻子裏呼吸起來，往往有一種如怨如慕，如泣如訴的聲音發生出來。怪不得他做出來的小説，大半纏綿悱惻，哀婉動人。

陸律西之肩

陸律西大約因爲幼時在舊式學塾裏讀書的，所以兩肩高聳，成了個山字式。此公的面部，常常含著微笑，尤其無大變化。所以和他打撲克起來，偷雞不偷雞，一些都看不出來。我曾經和他打過一次撲克，每逢他『來司』時，我便不敢去看他，所以他做了齊變元，我做了盧永祥（就是他〔勝〕我敗）。

潁川秋水之指甲

潁川秋水每當作文時，便把指甲不住的在口中啃咬。據説倘然不咬指甲，文思便鈍拙異常，所以他十個指頭，竟變了十個禿驢。

李常覺之腿

無論那一個學校裏的學生，都歡喜替先生或同學們題綽號。光復以前，李星甫（常覺之字）在製造局兵工學校裏擔任教務時，許多學生因爲他兩條尊腿很長，便把『長脚』兩字做了他的代名字，一片長脚聲，幾乎喊遍了兵工全校。後來連同事們也都喊他長脚了。李星甫一發狠，索性自己也承認這個名字，不過改了偕聲的『常覺』兩字。其實兵工學校裏的學生，起綽號起得不很貼切，因爲李星甫所長的，明明是腿，并不是脚啊！

汪優遊之腰

汪優遊人家只知道他是名伶，豈知他也是個大小説家，報章和雜志上有署名UU的作品，就是此君手筆。我雖没有讀過他的小説，但是時常在舞臺上瞻仰他的豐采，覺得此君的言語舉動，俱能引人發笑，博人喝彩，那末他的小説一定也很能得人讚賞的了。今年雙十節的前一天，我到時事新報館去看徐卓呆，卓呆替我介紹和他相見，各道仰慕，我見他的腰肢柔軟，頗有婀娜之態，大約他在舞臺上起慣了女角色的緣故罷。

程瞻廬之眼鏡

程瞻廬我說他是半新半舊的人物，因爲他的神氣，乍看時宛然是個舊學究，然而他架的一副眼鏡，却是最新式的羅克眼鏡，這豈不是半新半舊麽？ 他的舊學根柢很深，然而他做起小説來，引用新名詞，又歷歷如數家珍，這豈不又是半新半舊麽？ 他在舊式學塾裏做過猢猻王，新式學堂裏也做過國文教員，這豈不又是半新半舊麽？ 他的名字叫做瞻廬，廬啊齋啊甫啊，都是舊人物命名的特别標識，然而有人把他比做影戲明星羅克，那末豈不又是半新半舊麽？ 總之，程瞻廬這人，無往而不半新半舊，那一副眼鏡更可算是總代表了。

惲鐵樵之耳

惲鐵樵先生在十八年前，曾經教過我幾個月英文，那時惲先生的兩耳不過稍有重聽罷了。三四年之後，我出了學校，耑心習醫，聽説惲先生在商務書館編輯《小説月報》，我和同學們偶然談起來，都很怪訝。因爲我們只知道惲先生的英文很好，却不知他於桐城派文字更是個𨍏輪老手咧！

又過了幾年，惲先生忽又棄小説界而入醫界，我又很怪訝道：『惲先生真可算多材多藝了。』去年我在某處見過他一次，他已不認得我就是他十數年前的學生了，我見他鬚髮蒼蒼，也非當年張緒，一雙耳朵，竟聾得非大聲疾呼不能聽見哩，噫！ 光陰容易催人老。 回憶兒時，爲之茫然。

不肖生之拳

不肖生姓向名愷然，湖南平江人，留日多年，於民國初元著《留東外史》五集，風行一時。 當時人皆不知不肖生爲何許人，因報章雜志，不常見其著作也。後聞人云，向君擅拳術，仍在日本。讀者多以該書未曾結束爲憾。前年向君復來海上，賣文爲活，時余輯《紅雜志》，向君以《江湖奇俠傳》及《俠義英雄傳》見示，中有論拳藝處頗詳，始知向君確係拳術内家也。現聞每日晨起，必練拳一通，然後吸煙治小説云。

朱瘦菊之長

朱瘦菊亭亭玉立，比普通人足足要長一個顆顱頭，小説界中惟有李常覺和他可以稱爲一對帶拉酥。倘然把許多小説家列隊遊行起來，這兩位仁兄一定是衝天炮。從前《紅雜志》上刊過一篇《小説點將録》，把瘦菊比做一丈青，再貼切也没有了。不過把他改變做女性，瘦菊自己不肯承認。有人説過瘦菊因爲身材過長，走起路來窈窕生姿，况且他穿的衣服又很漂亮，所以把他比做小寡老，真再貼切也没有了，他爲什麽不肯承認呢？

陳小蝶之豔

陳小蝶翩翩風度，衣服入時，真是個嬌豔美麗的花蝴蝶啊！他秉著淵源家學，詩文詞曲，無一不工。有人稱老蝶、小蝶、小翠爲一門三傑，洵屬不誣。小蝶近復竺嗜丹青，聞頗喜收羅名畫云。

嚴畹滋之謙

嚴畹滋是獨鶴的老弟，别署天侔。他的英文程度很好，偶作小説，亦頗楚楚可觀。語云，能者無所不能。洵屬不誣。此公的特長，是謙恭有禮，遇了無論何人，都是高打恭低作揖的客氣非凡。大約是他把《孟子》上『滿招損謙受益』的兩句讀得滾瓜爛熟了。

嚴蔭武之胖

吾從前不是曾經說過天虛我生、小蝶、小翠，人家稱他爲一門三傑麼，那是陳氏三傑，現在又有嚴獨鶴、畹滋、蔭武兄弟三人，人家也稱他一門三傑，這是嚴氏三傑。中國小說界上居然有兩個三傑，也很足以兀傲外國的小說家了。陳氏三傑之中，老小二蝶，吾都已說過，小翠因爲没有見過她的芳容，以不敢胡説亂道。現在嚴氏三傑，所有都是我的好友，獨鶴、畹滋既已説過，自然應當再談談蔭武了。蔭武這人，真可算是現時代的奇人了，他奇在甚麼地方呢？說起來著實可怕，原來他是四金剛再世，巨無霸重生，少說些在天平稱上足足有五百斤。阿唷，這種肥人，吾今年活了三十歲，敢說一句，除了他，從來没見過第二個呢。

嚴氏三傑之中，獨鶴居長，然而他的身體在三人之中要算最瘦，獨鶴和普通人比較，已算是胖子了，那末這蔭武的胖，自然胖的異乎尋常咧。

李浩然之笑

李浩然先生在《快活林點將會》中，署名大有，他的身材，是個不大不小的小胖子，見人時常常含著笑容。笑，本是人們謙和的一種表示，大凡不是眼高於頂的妄人，都常常含著一種謙和的笑容，没有甚麼稀奇。那末吾又何必把笑來稱道浩然先生呢？不過浩然先生笑起來，他的小胖臉上，起了兩個微渦，加以狗竇大開（浩然先生缺一門齒，故云），却另有一種好別相的樣子，所以吾把這笑作爲浩然先生的特點了。

張丹斧之赤膊

前年張丹斧主編商務屁股百貨陳列所時（記者曰，屁股上乃能陳列百貨，奇哉奇哉），曾經鬧過一回赤膊風潮，仿佛因爲某君説張丹斧是喜歡赤膊，丹斧堅説生平不喜歡赤膊。他們正在辯論的幾天，鄙人恰好因有别事拜謁丹翁，那一天天氣很熱，茶房引吾到他編輯室時，只見丹老先生正在揮汗撰稿，上半身却是一絲不掛。他聽見茶〔房〕説有客，便叫拿衣服過來。吾急忙止住道：『客已在此，不必拘禮。赤膊又不是私的。』老丹也笑道：『照啊！今天也熱得很，你也赤一回膊麽？』吾急説：『無須無須。』同他談了一回天，即興辭而出。可見老丹平時確是最喜歡赤膊的了。

王西神之棋

王西神先生，誰都知道他是個詞章大家，性極恬静，平時很喜歡和幾個博學之士，敲棋角智，鬥韻吟詩，一些不失舊文人的本色。聽説近來因爲生活關係，擔任了好幾處職務，已没有這種豪情勝概了。但據獨鶴説，有時候還和館中同人以枰相對，拈子沉吟，研究那弈秋心法咧。自從近世雀戲盛行，此種雅樂，久已無人過問，西神先生可謂古調獨彈矣。

王薇子之歲數

王薇子别署曼翁，性喜滑稽，歪詩屁文，摇筆即來。平時尤喜以老賣老，不曰老夫子思繞頰，即曰摸摸鬍子。其實他的鬍子，真如曼公所謂不在上而在下者也。此翁前年署名五十二老翁，去年改署六十二老翁，今年則一變而爲七十二老翁。唉，人家歲數一歲一加，此公却十年一過。古人說，光陰如白駒過隙，照他這種過法，竟可改做光陰如飛艇過隙咧。吾嘗改舊詩一首嘲之云：『無事不静坐，一日如十日。人活廿五歲，君已二百五。』哈哈，曼翁，明年你要八十二歲了，但是再過三年，你豈不變了個一十三歲的小孩子麼？（按曼翁現年二十七歲，顛倒讀之，遂成七十二歲，三年之後，彼將『三十』二字亦顛倒過來，豈非變成十三歲乎？）

嚴謣聲之癖

嚴謣聲是我十多年的老友，他從前在杭州財政廳當科員，民國五年來滬後，也曾在《快活林》做過好久集錦小説。現在往來的都是政界闊老，所以又有小政客的徽號。他和獨鶴是弟兄輩，而獨鶴在許多熟人面前喜歡説謣聲是他的侄子，因爲佔一些小便宜，二人便時常在那裏説笑話尋開心。我每見他二人鬥口時，便道：『你們不要噪，我要替你們頭碰頭了。』他們却又聯合起來和我爲難（長輩見小兒口角，輒捧二人之頭而碰之，名曰頭碰頭）。咳，《詩經》上説的兄弟鬩於牆，外禦其侮，真一些兒不錯啊！　謣聲的身體上，也有一種特别標識，就是他耳後頸項上生了許多頑癬，騷癢時，搔抓得膚屑紛飛，十幾年來，我見他老是這個樣子。

健碧斑紅館主之女友

世界上的人類，無論男女，只要看見了美貌的人，都是歡喜的。在同性間，不過羡慕讚歎，充而至極，至於嫉妬罷了。倘然是個異性，便有一種説不出的愛悦，甚至有欲得而甘心的意思，這就是孟老夫子所謂食色性也。現在最時髦的朋友又叫做美術觀念。

我寫到這裏，澹庵説道：『你做《小説家之種種》，做到誰身上去，却講起這種鳥話來了。』我道：『你不要著急，現在我要講的是健碧斑紅館主，并不是説你。』

健碧斑紅館主翩翩丰貌，仿佛潘安轉世，衛玠重生，所以他的異性朋友，也如蟻附羶，不勝屈指。而且他的朋友，都是高跟革履，鬈發蓬鬆的女學生。有一天，我和他調笑道：『你女朋友很多，何不介紹幾個給我呢？』他道：『要我介紹幾個很容易，不過你這種岸然道貌，决不是軋女朋友的腔調，你如其誠心要結交女學生，快去做一身時髦洋裝，配一副羅克眼鏡，也像馬二先生一般頭戴銅盆（銅盆帽也），手拿洋棍（司的克也），脚上還要穿一雙皮鞋，到甚麼遊藝會、跳舞會那種交際場合，時時跑跑，包你不到一個月，女朋友將以打計，而不能以個計也。』我道：『原來如此，那末我著不慣洋裝，戴不慣銅盆，拿不慣司的克，况且又没有你那樣的漂亮照會，只好永遠不結交女朋友了。』哈哈。

葉先生之鳥

葉先生，是小説界的老前輩，吾一向很崇拜他的學問文章，所以至今也不直寫他的名字，而尊之曰先生。先生在未改造以前，吾很喜歡讀他的小説，差不多有一篇要讀一篇。自從先生改造之後，吾自覺頭腦大舊，便不敢再拜讀了。

先生身體魁偉，酒量甚宏。他幼年時候有椿逸事，頗饒奇趣，不妨就把來充吾《小説家種種》的材料。不過在未曾寫出之前，吾先要聲明幾句，因爲此事并不是我親眼看見，乃聞之嚴子謌聲，謌聲又聞之姚子民哀，民哀又聞之管子義華，這樣兜過了一個大栲栳圈兒，所以確實不確實，鄙人不敢擔保，好在鄙人做《小説家之種種》，專在胡鬧，并不是甚麼信史，不妨寫出來給諸位笑笑。

葉先生在學校裏讀書時候，也很頑皮。這玩意説起來真是好笑煞人，原來大家都乘著酒興説很好。一日，與同學飲酒半酣，有一位倡議做椿新玩意兒，大家把褌子褪下，比賽鳥力，這比賽的方法也很別致，就是各人把鳥向洋門上一撞，看門距離的遠近，分別勝負。距離最近者罰令會鈔酒食之資，而葉先生的鳥力最巨，每次考第一名，所以做東的資格，永遠輪不到他身上。哈哈，這真是椿很新穎的玩藝兒啊！最近一年來，先生寒雨連江，夜夜入吴，不知鳥力有遜於前否？

陸澹庵之病

鄙人做《小説家之種種》已三十則，却没有把澹庵、大可等幾個日日在一處的朋友寫進去，一則避免標榜之嫌，再則他們恐怕吾和他惡作劇，不許我寫。豈知讀者已忍不住，竟替我代做了，甚麽《陸澹庵之捧角》啊、《朱大可之……》啊、《施濟群之……》啊，紛紛的寄來，説我徇私不和這幾個人開玩笑。其實，我自己呢，因爲不敢自認爲小説家，所以不做，他們二位呢，又不願我做，所以也不做。現在讀者既這樣催促，我就索性把他們提前説説了。

我和陸澹庵是十幾年的老朋友，要做他的小傳逸事，很可以寫上數萬言。不過吾做《小説家之種種》專在講講鳥話，博人發笑，怎樣可以做起傳記來呢？那末只好胡亂講講罷。

澹庵的捧角，差不多人人知道，他在捧得最熱心的時候，無論怎樣勸他，只是不醒，不要説普通的『婊子無情，戲子無義』這種老古話他掩耳不入，就是起蘇張於地下，也説不動他分毫，往往與很要好的朋友一言不合，便齟齬起來。有一次吃飽了老酒，幾乎和吾也翻臉。吾知他老皮氣發作，給他個不瞅不睬，纔算没事。豈知他今夏得了個咯血病之後，忽然大徹大悟，隨便什麽事情不在他心上，甚麽角不角，他竟丟到爪哇國去了。

澹庵除了咯血病之外，還有一種叫做未完病。怎樣叫做未完病呢？就是他做稿子中途停輟，不肯續完。不要説本報上有好幾篇未完稿接續無期，又有交通圖書館世界書局等請他做的長篇小説，也有好幾篇没有完哩。咳，咯血病好醫，這未完病真難醫呢。

邵先生之槍

鄙人做《小説家之種種》，正想把大可的趣事寫出幾則，旁邊有個帝國日報館的手民向我説：『邵先生見了上次的《葉先生之鳥》一則，美得幾乎合不攏嘴來。』鄙人心中一轉，又得了一則《小説家之種種》的材料，於是援筆寫了『邵先生之槍』五個字作爲題目。

那手民笑語：『施先生，邵先生是不會使槍的，你不要弄出笑話來啊！』我説：『不，不，這槍既不是長槍大戟的槍，又不是勃朗林手槍的槍，也不是刺虎用的肉龍罾槍，原來是舌劍唇槍的槍。』那手民道：『原來如此。』

諸位，你道邵先生的舌劍唇槍有多麽的厲害，原來四五年前的元旦那天，有一位公子哥兒擁著窯子裏的倌人坐汽車兜喜神方，不留神撞死了個鄉下人。上海地方汽車撞死人是那一天没有，大不了花上三十五十塊錢撫恤費，就可把一樁人命官司輕輕抹過，這一次也照例了案。豈知這位邵大主筆忽然起勁，做了一個時評，說這位公子哥不應草菅人命，語涉公廨。公堂上見了這個時評，倒不依起來。傳邵先生到堂，和他辯論。好一個邵先生，運動三寸不爛之舌，輕輕把這場天大官司說得煙消雲散。於是邵先生登時加上個辯士頭銜。那麼，這邵先生的槍豈不異乎尋常麼？

鄙人寫完了這一段，那手民立在旁邊忽又發言道：『施先生，照你這樣說，邵先生的舌確很厲害，不過那題目上單用一個槍字依然不很妥帖啊。』我一時倒給他說得怔住了，剛正嚴謌聲走過，向那手民笑道：『你平常吃的「槍門」是甚麼東西呢？』那手民纔唯唯而退。

朱大可之蕉

朱大可丰貌韶秀，不亞於健碧斑紅館主。當未結婚時，那一種處男美（按處女之嫵媚者既可稱之爲處女美，則處男之嫵媚者，亦可稱之爲處男美矣），直能引人心醉。某年與孫企馨女士結婚於後馬路某旅社，鄙人亦賀客之一。酒闌席散，大家便一窩蜂的擁到新房裏邊，賞鑒新娘秀色。新娘工詩善繡，那一張圓丟丟的鵝蛋臉兒，含著淺淺笑容，明眸善睞，雙頰微酡，映著煒煒燭光，仿佛如仙子臨凡，和大可并肩站立，委實是一對璧人。只因新娘的裙底蓮鉤，瘦如束筍，因此柳腰款擺，像要傾入大可懷裏一般，衆賀客齊齊的一聲喝彩，喝得他們二人紅雲滃上眉際。就這一聲喝彩之中，却給天臺山農發現了一樁事情，原來陸澹庵已把高腳盆裏的橘子攫在手中。山農道：『陸郎懷橘，實是韻事，我們今天鬧房，不必效俗禮的無謂嗶噪，就把懷橘二字作題，大家對上一對，第一個教澹庵開始。』澹庵說：『就對讓梨。』第二個輪到我，我說新娘如此豔麗，我們賀客望梅空咽，可對望梅。大可瞧了我一眼，似乎怪我太不成話。豈知第三個急道：『我對偷桃。』衆人都說豈有此理。於是挨著下去，各有妙對，輪結末一個，却是同社王毓生，此人最是促狹，慢吞吞的說道：『陸郎懷橘四字，何不索性對了今日的本地風光。』衆人問他甚麼下聯，王毓生道：『就是「朱子抽蕉」啊。』說得衆人哈哈大笑，都道，『那末我們還坐在這裏做甚？快快讓朱子抽蕉罷。』於是衆人辭別新郎新娘而散。

貢少芹之狗

上期本報屠狗客說瘋狗報的記者，喜歡學狗叫，獻媚老婆等云，可謂趣極。惟就鄙人所知，小說家中亦有一人，與瘋狗報記者有同一嗜好，因記之，以實我《小說家之種種》。

十幾年前的貢少芹，在小說界上也曾出過風頭，但是在小說界上出風頭，要有真實學問的，纔能曆久不敗。豈知這位貢老先生的風頭，不知怎樣不多幾時就一敗塗地了。大約這位貢老先生的學問太深，他的作品，好似陽春白雪，不是下里巴人所能賞識的。哈哈，貢老先生的一腔學問，埋没得真可惜呀！

趙苕狂先生編輯《遊戲世界》時，貢少芹先生忽然自告奮勇的做了一篇稿子給他，那篇大作，鄙人竟不曾拜讀過，真是罪該萬死。但是據曾經讀過的朋友告訴我說，那篇文章中最有趣味的，要算是貢先生說『每當無聊時，便學幾聲狗叫給他老婆聽，他老婆就歡喜得了不得』的一段了。那一篇文章刊出之後，貢先生一時有狗小說家之稱。唉！小說家三字上面，加了個狗字，真是小說家之不幸啊！

後來我到蘇州去，和星社裏的許多朋友談天，偶然説及此事，趙眠雲先生道：『貢少芹編輯《小説新報》時，他向我索稿，我因爲《小説新報》名爲一個月一期，其實三個月一出也不定，半年一出也不定，所以復他一通道：「尊輯《小説新報》，出版無期，何必索稿如此急急？」』貢少芹立刻又寫一封信給我道：『《小説新報》準於某月某日出版，倘再脱期，我便是狗入的……』云云。我見了『狗入的』三字，笑得肚腸都痛咧。趙君講起此事，在座者也莫不大笑。咦，向人索稿而罰咒已奇，以大主筆身份，而所罰之咒爲『狗入的』三字，不亦奇之尤奇乎？ 濟公道：『貢少芹既與狗有不解緣，則稱之爲狗小説家，誰曰不宜？』

楊塵因之針

楊塵因先生於思繞頰，在叢叢黑毛之中，擁出一張書生白臉，照理我應該稱他一聲美髯公，就在這幾莖口毛上面説幾句俏皮話好了。但是他還有樁極有趣的事情，更足發噱，吾便很忠實的記在下面。

楊塵因先生有一次吃飯時候不知怎樣吃了一枚鋼針下去，起初以爲是一根魚骨，鯁在咽喉裏面，欲吐不得。後來多吃些飯塊，倒也送了下去，以爲没有事了。豈知這一枚鋼針，在腸胃之間不知轉了幾許拐彎，倒并不想脱穎而出，後來遊歷到糞門旁邊，照理應該與楊先生脱離關係了，但是這位針先生忽然戀棧起來，横梗在糞門裏而不肯出來。阿呀！ 他這一來不打緊，楊先生豈不受累了麼？ 你們想吃飯撒屙是每天能不來的事情？ 楊先生的糞門口給針先生截住去路，宛比吴佩孚給馮玉祥倒戈一般，把米田共的武力統一主義完全推倒。於是乎楊先生只得呻吟床褥，乞助於西醫了。西醫派刀將軍鑷參謀，殺奔楊先生的後闢，方纔把針先生殺出糞門而去。西醫大唱凱歌，然而楊先生的糞門已大遭蹂躪了。唉，楊先生至今想想，恐怕還有些餘悸咧。

談善吾之頭

談善吾先生別署『老談』，在清季《民呼》、《民籲》、《民立》等報上做小説，頗出風頭。鄙人更歡喜看他的《夢遊地府》、《逐日演義》、《亡國奴傳奇》、《剖心記傳奇》等小説。那時候民黨的報紙，好比現在的小報一般，一紙風行，萬人争看，主筆越吃官司，這報紙的銷數越好。當時《民呼》被當道封禁，便改爲《民籲》，《民籲》再被封禁，便改爲《民立》。所以《民立報》一出世，頓時受社會上很熱烈的歡迎，言論肆横，不可一世，因此更爲反對者所忌。有一天《民立報》排字房裏忽然起火，轟轟烈烈，燒得很是厲害。那時候老談剃頭正剃得一半，聽説火燒，急忙向外奔逃，得免於難。但是他半個頭顱有毛，半個頭顱無毛，小辮子繞在頭頂裏，在望平街上飛跑的那副狼狽情形，見的人無不哈哈大笑呢。

（一九二四年九月三日至一九二五年三月二十七日《金剛鑽》）

畏廬老人竟死矣　梅花館主

閩侯林琴南，（紓）别署畏廬老人，爲近時文壇泰斗，詩詞文辭無不工，所著小説家言，蒼樸古茂，尤爲世所推重。晚年致力丹青，融王、惲兩大家於一爐，一花一木，俱爲時寶。近年以來，老人以勞心過度，體恒不適，五媳賢慧，曲順侍奉，體貼有加，老人之疾，得以稍減。今年春，五媳忽染奇疾卒，老人哭之慟，傷之切，病體乃因以日重。八月初旬，經某名醫診治，厥疾略有起色，中秋前數日，予晤其五公子叔玉，亦謂大勢可望無礙，不料竟於重九日駕鶴仙遊。噩耗驚傳，聞者色變，名士又弱一個，痛哉！

（一九二四年十月十二日《金剛鑽》）

陳冷血小説之價值

唳　鶴

《鑽報》的《奈何天》，停了四個多月，讀者無不唤奈何奈何。好了，如今聽説此稿定陰曆新年起續登，因是我恐怕讀者對於從前所閲的，早已忘却了，勢非將舊報約略過目不可，這不是瞻廬害人嗎？今年《申報》元旦增刊載陳冷血先生的一篇小説《新攝影術》注明『第一篇曾載去年今日』。這豈不是更和人開玩笑嗎？一個人記憶力無論如何好，絶不會將一年前所讀一篇數千字的小説牢牢緊記。并不是陳先生的小説不高明，實在無記憶的必要。如此一來，《申報》讀者倘若想讀第二篇的《新攝影術》，自然要先取去年的元旦增刊一讀。一年前的報紙有幾個人收藏呢？倘使舊報没有，有誰肯茫無門緒的從中讀起呀！這一來，陳先生的大著，無形間似乎減少價值了。而且今年的《新攝影術》還没有完篇，未知陳先生此稿分幾次登，倘若分一百次登的，豈不要一百年後纔登完嗎？我不知陳先生今年尊庚幾何，一旦他百年之後，漫説稿上要加上『遺著』二字，即我們讀者有那能等候呢？只好讓兒孫輩領教了。有人説，陳先生不肯將全稿一次登出，并非賣關子，這是他老人家獎勵收存舊報呀！我說，程先生一停四月，陳先生一停一年，足見陳先生小説的架子，較程先生大了。

（一九二五年一月六日《金剛鑽》）

一字千金

蘭　隱

大小説家張冥飛先生，在《紅玫瑰》三十七期上，登了一篇大作，標題叫做《醫而盜》。全篇四千餘事〔字〕，做得很有精彩，不過裏頭一字用得太多，自始至終，竟有一百多個，我看了非常的奇怪。有人對我説，這就所謂『一字千金』呀！我道：『哦，原來如此。』閒話少説，且把他原文一字最多的一段，介紹在下面罷：

一間東倒西歪的屋子，在一處冷落的街市盡頭，微微的一點燈光，從一個小小的破窗子裏面透將出來，照著對面花牆上的藤蘿，晚風過去，一晃一晃的只顧搖頭。那屋子裏一張破榻上，躺著一個三十多歲的病人，面黃肌瘦，聲嘶氣喘的一動也不動，却是一雙眼睛，睜睜地只望著那一扇門。過了一會兒，只聽得淅淅瀝瀝的雨聲，一陣緊似一陣……

（一九二五年四月十八日《金剛鑽》）

《小説世界》侮辱韓紫老　非蘇人

《小説世界》近來的封面畫，都是畫幾個穿紅紅緑緑衣服的野蠻人。新近第九卷第十二期，也畫著一男一女，穿了紅紅緑緑衣服，頭上戴了雞毛，看看他目録上，寫著是『蘇人之領袖與其妻』。蘇人，大約是蘇州人或江蘇人了。蘇州人的領袖，不知道是誰，我們不認得。若説是江蘇人，那麽領袖一定的韓國鈞。畫的是韓紫老夫婦，不知《小説世界》因何故意將他們打扮成如此惡形惡狀，像一對野蠻人呢！

（一九二五年四月三十日《金剛鑽》）

小説奪標會　上當者

小説奪標會這個名詞，在今日説起來，已經是兩年前的古董了。那時還在癸亥年的秋天，是一家曉星書局發起的玩意兒，曾在各報紙上，登過煌煌的廣告。這個會的辦法，是徵求人家投了稿，由該書局集印，分期發行，每本書中，附一張選舉票，請讀者把書中各篇，擇優選舉甲乙丙三名，投寄該局，在下一期書中揭曉。得票最多者，就算是得標。第一名，可以得到一百五十塊錢的獎金。如此一期一期，蟬聯下去，人人有望，期期有獎，説得天花亂墜，非常好聽。當時在下看了這個廣告，震於這一百五十塊的天鵝肉，一時高興，便也胡謅了一篇寄將去，巴巴的望著他們出書，那知左一等，右一等，一直等到去年的春天，在下耐不住了，便按著曉星地址，前去詢問，居然給我尋到，是在愛文義路温州路相近，一家洋房門面，釘著一塊小小的鉛皮招牌。走進去一看，既不像發行所，又不像編輯所，簡直是家庭的模樣。但是從樓上下來一人，告訴我説，這書還在印刷，不日可以出版。在下問他，既稱書局，何以一些規模也没有？他回答得很支吾，便覺得有些不妙了。後來到六月中，好容易，第一期登報出版了，馬上去買了一本，翻開一看，投稿的倒還不少，末一頁上，標著編輯者的大名，婁東朱瘦桐。上面還登著一段章程，把以上所敘的辦法，重説一遍，鋪張得了不得，教人趕緊投票，説第二期又快出世了。在下便從事選舉，少不得客氣些，把自己的大作除外，另外舉了三篇，從此又朝占鵲喜，夕卜燈花的盼望第二期出版了。有人説，上海地方滑頭多，恐怕又是騙術，我起初還有些不信，因爲瘦桐先生，我有些曉得的，他是太倉一位少爺班子，大概總不會去幹這種無賴的勾當。但是望到如今，時間是兩年了，曉星書局的洋房也拆掉了，第二期的小説奪標集在那裏呢？真所謂泯然無跡，陰乾大吉，也不由我不相信咧。不過我總有些疑惑，雖説他們弄了不出稿費的小説來賣錢，但這個不是名家作品，除掉幾個投稿者，非買不可外，大概局外人，買來看的，總不見多，那末他們化〔花〕了印刷費，廣告費，單靠在這一期上撈摸，能有多少油水？此中奧秘，就非得請教曉星老闆和瘦桐先生不可了。

（一九二五年十月十五日《金剛鑽》）

説界邇聞　一飛

商務書館之出版《小説世界》，現有胡寄塵編輯，聞存稿竟有二百萬言之多，足見前任編輯之顢頇。説者謂因係商務書館，始能任其濫收稿件，倘世界書局，則沈老闆必跳至八丈矣。世界書局之《紅玫瑰》，自因火停刊後，編輯趙苕狂閒得生病，前日爲王錦南拉去編《新申報》本埠新聞，著扶病而往，聞現已漸瘳云。

不肖生透支世界書局稿費洋八百元，故所有出品完全供獻世界書局，別處一概不做。

徐卓呆現遷居法租界白來尼蒙馬浪路榮華裏，大發通告。

施濟群因人皆呼之爲老闆，故從明年起擬仿照李常覺辦法，索性自署爲『老輩』云。

劉恨我已受新新公司之聘，編輯《新新日報》。

畢倚虹前病甚劇，聞現往西湖養病。

（一九二六年一月二十六日《金剛鑽》）

紀《紅樓夢抉隱》　微雨

去年出版界，有一事可紀者，則《紅樓夢抉隱》一書，已由上海圖書館出版發行。按此書，著於六七十年前，爲武林洪秋藩先生晚年所作，書凡十六卷，都二十萬言，與他種索隱，迥不相侔。其最有價值者，書中所言，咸爲他人所未道，而旁徵博引，尤爲詳盡，非積學之士，萬難著筆。原書以工楷鈔寫，字跡端秀，古雅悦目，尤屬名貴。初孫玉聲先生鑒定此書，擬用照相精印，因時間匆促，改用鉛版，至今引爲憾事也。

據友人文公達考證，謂《紅樓》一書，影射明珠家事，而所謂寶玉者，即指納蘭容若，此無可疑異者也。容若《飲水集》中諸詞，屢用『紅樓』二字，『瀟湘』、『葬花』等字，亦皆一見，此爲人所習知。然足與《紅樓夢》印證者，尤莫如七夕《鵲橋仙》一詞，詞云：『乞巧樓空，影娥池冷，説著凄凉無算。丁寧休曝舊羅衣，憶素手爲余縫綻。蓮粉飄紅，藕花掩碧，瘦了當初一半。今生鈿合表余心，祝天上人間相見。』此詞語意甚顯，『丁寧』一句，蓋即晴雯補裘事也。此書所紀，與公達先生考證，大同小異，而尤爲人所亟欲知者，於《紅樓》全書名人，莫不抉其所隱，詳述靡遺，與蔡元培《索隱》所載，截然不同，洵非毫無根據諸書所可同日語也。

此書經孫漱石先生鑒定，有數處略爲增删，於内容益臻完美。聞諸孫先生云：『此書如出版於十餘年前，則洛陽紙貴，早已風行全國。奈何洪氏子孫，儲之秘篋，久不付印，致使絶佳之書，湮没無聞，不亦深可惜耶！』

上海圖書館之得是書，頗有歷史可言。先是有徐惕夫者，此人爲徐固卿之姪，與洪氏本屬戚誼，後洪氏子孫，散處四方，此書經數次遷徙，幾致散失。厥後徐惕夫之父，以重金將此書收買，藏之密室，視爲秘寶。光復後，徐氏遷滬，擬托中華書局印行，因條件未妥，未成事實。徐父臨終時，曾屬惕夫保存此書，并詔之曰：『《紅樓夢抉隱》一書，爲洪秋藩畢生精心之作，余死後，務爲刊世。』惕夫謹記此言，乃於乙丑夏末，將此書版權，讓與上海圖書館，顧出版後，曾引起一度小小交涉。有自稱洪氏子孫者，馳書該館，請將書版銷毀。謂此書乃洪氏遺寶，須留傳後代，不願付刊行世。實則非也，蓋明知此書，銷行必廣，意欲有所沾潤。天下寧有子孫不願祖上遺著行世者？旋上海圖書館，據理答覆，此事已告一結束矣。

據徐惕夫言，洪秋藩著書時，方就養粤西。該地林木蓊蔚，景物宜人。洪秋藩之書室，築於一小山之巔，月白風清之夜，輒與其女弟子輩，談《紅樓夢》事，娓娓不倦。先生有一妾，爲粤東名妓，姿色秀麗，工詩善文，先生常以之比瀟湘妃子。故下筆時，風流旖旎，每流露於字裏行間。書中關於『情愛』兩字，能獨辟奇論，道人所不能道，蓋多由閱歷來也。

（一九二六年二月二十八日《金剛鑽》）

《金瓶梅》版本考　淫　書

余嗜書，尤嗜小説書，五歲讀《三國》，七歲讀《水滸》，十二則凡坊間梓行之小説筆記彈詞院本，殆無一部未寓目者，顧獨未見《野叟曝言》與《金瓶梅》二書。久之，從友人所，借得鉛印本《野叟曝言》，時方病瘧，伏枕讀之，十日而畢，瘧亦霍然，然《金瓶梅》猶未睹焉。余居鄉時，嘗托書賈陳姓購致，陳蹙額曰：『是禁書也。上海夷場，或可得之，鄉間固無從購求也。』辛亥冬，以事來滬，求之四馬路棋盤街諸書鋪，狂走數日，空手而返。越旬日，啜茗邑廟某茶肆，有售書者，絮聒不已。余詢之曰：『小説有紀西門大郎事者，汝識之乎？』售者睨余而笑曰：『是名《金瓶梅》，適有一部，須售墨銀一元五角。連日積雪，未能出門，米瓮已空，急須得錢，貴客欲之，但擲一元足矣。』余憐而許之，袖歸寓中，篝燈默讀。書僅六本，日本有光紙所印，魯魚亥豕，不一而足。且上下語氣，多不貫串，知爲傖父刪削之本。嘗鼎一臠，知味而已。甲寅春復來海上，與某君縱談前事，某君曰：滬上某書坊，有石印完本，價亦甚廉，惟非其人則不售耳。余囑往購，某君諾之。翌日，挾書至，余審視之，雖小字本，而字跡清晰，眉批旁注，展卷朗然，信完本也。是年秋，偶過四馬路舊書攤，忽睹洋裝書一册，布面金字，大書曰《多妻鑒》，香港某書館印行，疑而揭之，果《金瓶梅》也。復以墨銀兩元購歸，持與石印本相校，不爽一字，益信兩本之并爲完書也。惟有識者謂此本亦係海上所印，謬云香港，以避官廳之耳目，其然豈其然乎？顧余是時雖挾《金瓶梅》三部，皆爲坊間新出之本，終以未見明清舊刊本爲憾。庚戌春，聞越中書賈，挾大批舊書來滬求售，内有木板《金瓶梅》一部，余急囊金往訪。越賈曰：『前三日已爲蘇安某道老以二十金易去。』余爲惋歎累日，不知其書藏版何地，授梓何年也。辛酉夏，余訪友揚州，友人導觀某姓藏書，有小樓數楹，滿貯稗官小説家言。某姓展一錦函見示，則鈔本之《金瓶梅》也。書凡三十二册，分貯四函，字作趙文敏行楷，秀逸有致，惟僅鈔本，不及竹坡諸人批語，余不禁把玩久之。某姓告余，此書爲肅順故物，肅順敗後，其家人挾以求市，某姓之祖有官京曹者，以紋銀十兩易之。原函蓋肅順秘玩朱印，爲避禍計，潛易去之。端匋齋開府南京，曾倩人往説，願以千金羅而致之，某姓持不可，乃罷。余聞之，益歎是書之能傾倒衆人，固不僅余求之十有餘年也。後遊南京，晤友人李君，談及此書，李君因告余曰：『曩遊太原，曾於某將軍案頭，獲見大字本版一部，紙墨黝黑，非明本即乾康本耳，惜未詢其何從得之也。』近日卿雲書局，忽取是書，加以標點，登報求售，友人成君，往購一部，余詢何若。成君摇首曰：『精彩全非，殆亦删節之本耳。』

又余表弟姚君，留學歐西，歷遊歐美諸大邦，嘗云我國説部名著，歐美各國迻譯殆遍，惟《金瓶梅》，僅法國有譯本耳。巴黎市肆，頗有出售，蓋英美各國，對於文字，懸有例禁，惟法國無之，性欲之書，充斥市廛，若《金瓶梅》，猶小巫耳。余聞之，頗有未習法蘭西文字之歎。又日本書坊目録，有《金瓶梅》小説，未知其爲中國《金瓶梅》譯本，抑日本亦有《金瓶梅》其書？姑誌之，以俟通日文者之鑒定焉。

（一九二六年十一月二十二日《金剛鑽》）

説部枝譚

芷 園

琴南翁作《技擊餘聞》説部，號桐城之文，傳誦一時。無錫錢基博亦攻桐城文，乃作《技擊餘聞補》，欲與琴南争一日之長。琴南讀之大恚，至戒商務勿購錢氏文，欲以去就相争，故《小説月報》刊錢氏文僅數篇，即戛然而止。文人相輕，自古已然，不意此老，亦復量窄若是。平心論之，錢氏文名，雖遠不琴南若，顧其文精警處，間亦有爲琴南翁所不能及者（指《技擊餘聞補》而言）。固無怪琴南之嫉之也。今琴南逝矣，而錢氏健在，余甚盼其續有所著以饗我人也。

（一九二六年十二月十日《金剛鑽》）

説部技譚

如是我聞

金鋼鑽

好兒子

歌壇瑣話

銀幕外史

説部技譚

如是我聞

陸澹庵

施濟群

小説家之趣聞

龐樂園　撰

載於《餘光》一九二三年第十一期。《餘光》，文藝月刊，一九二三年一月創刊，由餘光社楊雪門、徐紐若編輯，撰述者有范煙橋、柳亞子、徐碧波、黄轉陶、蔣吟秋等，内容以詩歌小説爲主，也載雜作。同年十二月停刊，共出十二期。龐樂園，常熟人，姚江同聲詩社社員，常在《虞社》、《崇善》、《明星月刊》、《小説新報》、《學生文藝叢刊》、《餘光》等雜志上發表詩文。本文所舉之『趣聞』，均爲報刊誤排作者姓名的例子，無多價值。

菊高在諍友談話會裏做了《小説家之趣聞》，的確是很有趣，現在我也來做這麼幾節玩玩罷。

周瘦鵑不知給甚麼人改了老雞婆變鴨的慣例，忽然間那個杜鵑變成了瘦小的烏鵲了（參觀《將來的舞臺上》『最小報之廣告』）。

徐卓呆無緣無故地多生出兩隻腳來，變成徐桌獃了，倒也要同那跛子一樣的不良於行哩（參觀《禮拜一》上『蘭友廣告』）。

袁寒雲兀自變成哀寒雲了，可是我没有卓呆那樣匪夷所思的筆墨，否則做一篇滑稽文却也可以湊個趣兒呢（參觀《新聲》雜志『君博書例』）。

鄭逸梅那邊失去了一顆木頭，便發見出一個心來變做鄭逸悔了（參觀《半月》周年紀念號上『補白』）。

范煙橋變做范炯橋了，害得他那拆字格的别署『西竈』要不能用了（參觀《昌言新報》上『最小撰述者表』）。

（未完）

(4)

小說家之趣聞

櫻花市 (五)

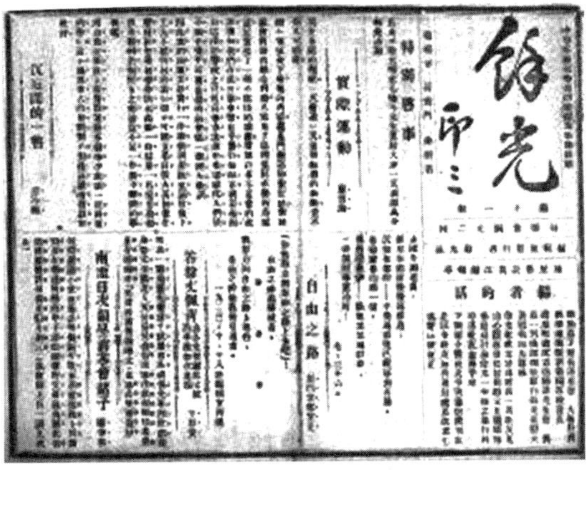
餘光

特別啓事

實際運動

自由之路

偵探小説話

張舍我等　撰

《半月》一九二三年至一九二四年第一卷第六號至第四卷第一號陸續刊載了不同論者、分別撰題的有關偵探小説的小説話，其作者有張舍我（見一九二一年《短篇小説泛論》提要）、王天恨（見一九二四年《説海周旋録》提要）、朱㦤（曾作偵探小説《楊芷芳探案》等）、鮑眕（待考）、程小青（見一九一九年余青心《説小説應列入學校國文課程中及其教授方法》提要）、芝岩（見一九二四年《小説閒話》提要）、范菊高（見一九二三年《小説評話》提要）、鄭逸梅（見一九一九年《小説瑣談》提要）等，今以《偵探小説話》作各篇的總名，集中在一起。其中張舍我的《偵探小説雜話》，被周瘦鵑、駱無涯選兩題後編入《小説叢譚》，略去的一則談及美國之亞倫普 E. Allen Peo『已具偵探小説之雛型』，『亞氏不特爲近世短篇小説之第一開國功臣，實亦偵探小説學之鼻祖也』。朱𤧚對程小青的偵探小説給予極高評價之外，另對周瘦鵑、張碧梧、張舍我、趙苕狂、陸澹盦、何海鳴、王天恨、張無諍等人的作品也進行了評價。從中可見，作者對於偵探小説頗重情節結構的曲折、奇突與完整，但也注意人情的描寫與氣氛的調節，强調最後要『歸到人情』之内。鮑昣所論也主情。認爲偵探小説往往『捨情重意，趨於枯澀之病』。但文藝當主情，意爲次，柯南道爾所著探案之所以令人欽佩至五體投地，『無他，惟情之至者，始能如此』。王天恨指出當時流行的偵探小説多不足觀，惟程小青可謂『偵探小説大家』。程小青的小説話講了當時女子也嗜偵探小説數例。趙芝岩所論偵探小説的題目比之一般小説點明情節不同而不能點破，作品可由偵探自身來寫作，也有見地。范菊高則對當時偵探小説中流行的一些弊病，如故事雷同、文字嚕嗦、標題淺露等提出了批評。鄭逸梅又指出偵探小説在報刊上連載便於設置懸念，涉及了文體與載體的關係問題。

今人莫不知柯南道爾勳爵 Conan Doyle，爲偵探小説作家中之第一人，故稱道偵探説部，必及柯氏。實則作偵探小説之始祖，爲美國之亞倫普 E. Allen Poe。蓋亞氏之小説，都屬理想怪奇、驚人心魄之文字，故人民圖書館集中簽其説部曰理想詭異小説集 *Tales and Stories of Immagination and Mystery*。其結構布景，已具偵探小説之雛型。殆柯氏出而運用光大之，遂蔚爲大觀。而偵探小説之結構學，亦於是完全告成，而爲今日之作者所取法矣。以是吾人當知，亞氏不特爲近世短篇小説之第一開國功臣，實亦偵探小説學之鼻祖也。

吾人之讀偵探小説者，殆莫不知有福爾摩斯其人，然此不過柯南道爾動爵腦筋中産生之英國大偵探耳，所謂子虚烏有之類也。而不察者往往以爲實有其人，實有其事，津津樂道，若有餘味，此不特華人爲然，即歐美人士亦未嘗不然。事雖近乎不智，而以是愈足以見柯南道爾之理想與筆力，其深邃雄偉，實非前此之作者所能夢想幾及，蓋小説之能否動人，全視其立事布景之能否畢真假，使此小説中之人與事與一般讀者相見，而一般讀者能不期然而信其有此人，有此事，則作者之筆力自可想見，而作者之目的與小説之命意亦隨之而達現矣。今柯氏理想中之大偵探，竟爲一般人認爲人生中之大偵探，而盛道其事弗止。噫！是豈尋常作者所能望其項背乎？

偵探小説能益人智慧，啓人靈思，而養成善於察物觀微之習慣，故於讀者實不能謂爲無補。或謂偵探小説專言奇秘不測、盜賊胠篋殺人之術，起勢足以誨盜，以助長社會之惡，故宜置之禁例。使此言而果確，則英美之偵探小説，其發達之歷史已近二十年，其説部之多，横列書肆之書架間者，正不知其幾千萬部，社會人心所受之應響，當必甚巨，而其道德之程度，當較前爲退步，其國人當常發『世風不古』之論調，負社會教育責任之官吏，亦當設法查禁此種書籍。然凡此種種，吾皆未之一聞，亦未見有人證其説之確，而以偵探小説著名全球之柯南道爾氏，英王且以其文字之功而賜動爵之位。我國之偵探小説尚在極幼稚之時代，譯本既不爲多，作者更屬寥寥，而社會中罪惡之程度較之歐美，正不知高出幾倍，况彼作奸犯科之流，未必盡能讀偵探小説者，然則吾人能謂偵探小説足以助長社會之罪惡乎？抑社會之罪惡，由於社會之組織不良，而果非偵探小説家所能負其責也。（以上作者：張舍我）

（一九二一年十一月二十九日《半月》第一卷第六號，題《偵探小説雜談》）

福爾摩斯的探案，凡讀過偵探小説的人，恐怕没一個不知道罷。但現在他的探案，除了《半月》上的《皇冕寶石》、《雷神橋畔》、《匍匐之人》三案外，委實没有一篇是真的。還有幾部《急富黨》等書，不但情節詭異（不是曲折，是信手亂寫，像真假福爾摩斯争功哩、福爾摩斯撚須哩等等），簡實還不知道他所探何事，唉，這真是福爾摩斯的勁敵（真可惡極了）。

從電劇翻譯的偵探小説，委實没有一篇有偵探價值的。在這三四年中，我看了很不少，但是長篇電劇要博情節熱鬧和使人咋舌，就不能不注重於『冒險』、『俠義』、『尚武』等事了。那麽結構、情節等自然要失掉偵探價值了。短中取長，還是澹盦的《德國大秘密》（但也近些軍事小説）和瘦鵑的《怪手》來得稍有些價值（這是我的真心話）。短篇偵探小説，這幾年裏真可當得風發雲涌，其中是當推程小青先生的《東方福爾摩斯探案》爲巨擘，其《江南燕》、□、《自由女子》、《霍桑的小友》、《試卷》、《冰人》等結構情節縝密極矣。文言、白話亦并皆佳妙。余於偵探小説中最所服膺者也。餘則海鳴、碧梧、澹盦等先生，亦能盡偵探小説之能事也。

新進家中是當推張無諍先生所作之《徐常雲偵探案》爲首，雖情節略嫌草率，然彼年未滿念稔，能爲此不背人情之偵探作品，已是令人咋舌，而傾佩不止矣。

盗案猶比偵探小説難做，故東方亞森羅蘋到如今還没有完全産出，除了程小青先生有一篇《江南燕》的盗案（紅寶石）（但也没説是亞森羅蘋的案）來得突兀曲折，不讓於勒孛郎氏所作，餘真鮮見有一奇突之品，惟前《申報》『自由談』内載一長篇《胠篋記》（在《人間地獄》前），則殊堪與亞森羅蘋案媲美，惟作者姓名余已失憶，爲耿耿耳。

《福爾摩斯偵探案》，余閲《半月》及《紫蘭花片》中曾載柯南道氏已灰心爲此作品（余不知英文，道聽塗説，未知確否），何今日坊間《福爾摩斯偵探案》單行本方層出不窮，抑柯氏以前作品歟，抑無賴文人冒其名以牟利歟？　余殊願聆諸君賜教以釋疑也。（不過我看近來的『福爾摩斯』和以前的『福爾摩斯』，不但行事智慧判若兩人，即形態也兩樣了。　我還有一次某書局廉價的廣告，在偵探小説欄裏，每一名上加『福爾摩斯新偵探案』字樣，以炫俗欺人，以此推之，贋鼎亦未可必。）

程小青先生的偵探小説，自然是現在文壇中傑出的作品。　他那『東方福爾摩斯』《霍桑的探案》，做得真是曲折縝密，并還能敷上些香豔的色彩，那描寫風景人物，都能使讀者深入其境，委實真非易事。　他的長篇自然要算《江南燕》、《斷指黨》、《箱屍》、《五福船》等篇最好了。　那短篇《自由女子》、《霍桑的小友》、□、《試卷》、《冰人》、《黑鬼》都是很好的。　那篇《消閒周刊》裏的《神經病》，雖著墨不多，却也香豔曲折，極盡能事。　不過《怪别墅》和《窗外人》覺得平庸些罷了。　他的譯品《大偎斯探案》等，也篇篇都好。　那篇《小説世界》裏的《險的回圈》尤使我十分喜讀。

周瘦鵑先生譯的偵探小説像南爾森柰的《恐怖黨》、《金窟》，福爾摩斯的《血書》、《雷神橋畔》，和各種長短篇的小説《匣劍幃燈》等，都暢達曲折，百觀不厭。不過創作却没有看見（像前三年《偵探小説大觀》裏有兩篇吧）。

張碧梧譯著的偵探小説，長篇没有短篇來得好。

張舍我的偵探作品，比較問題小説，也覺相去很遠。

趙苕狂的偵探小説，他是另創一格。有幾篇很好，有幾篇讀了，却莫名其妙。

陸澹盦現在譯電影的偵探小説，比以前進步多了。創作的《李飛偵探案》，我讀了幾篇，覺得不甚曲折，然而也有極好的。

何海鳴的偵探小説撰述得很少，不過做出來的，却篇篇都很好的。

王天恨的偵探小説，做得還好，不過不大曲折，因爲偵探小説，大都結局總要一反前情，而能不反人情，方能令閲者拍案叫絶，稱歎傑作。像《福爾摩斯偵探案》和小青先生做的《東方福爾摩斯霍桑探案》大都是這樣的呀。

蘭社張無諍的《徐常雲探案》，結構很曲折，不過用筆嫌枯率些。但在新進家裏，却要推做最好的了。

以上胡説的評話，雖都有些褒貶，但却是我個人良心的主張，自以爲不是意見的話呀。 撖注。

長篇偵探小説須要一氣呵成，方能緊密，倘也像社會小説一般隨做隨賣，那却定不能頭尾相應了。

做我國的偵探小説須要吻合本地風光，萬不可全用歐化的舉動以炫新奇。我每見有種偵探小説弄得不中不西，非驢非馬，就是爲了竊人皮毛所致。

做偵探小説，須洞明世情，纔能把各種人物，寫得栩栩如生，使閲者們讀了之後，恍惚真有其事，不當是作者的理想，纔稱能事。倘動不動就是化裝和機關，那却變成電劇譯本，没有偵探價值了。

偵探小説，有時爲了要情節奇突起見，布局不能不故起奇波，但結束時候，仍要歸到人情之内，才是傑作。

偵探的作品，大半都是理想，閲者們只可把他養成精密的思想。倘定要遇事實用，奉做圭臬，則非至誤事不止。

偵探小説的結構，須要頭尾相應。至結束時，總須要一顧前文，但又不可有悖人情。所以我説偵探小説，比各種小説難下筆。（以上作者：朱㦛）

（一九二三年六月十四日《半月》第二卷第十九號，題《我之偵探小説雜評》；一九二四年十二月二十六日《半月》第四卷第二號，題《説説偵探小説家的作品》；一九二五年一月九日《半月》第四卷第三號，題《小説小談》；一九二五年一月二十四日第四卷第四號，題《偵探小説小譚》）；一九二五年十二月一日《半月》第四卷第二十四號，題《偵探小説話》）

邇來執筆爲偵探小説者夥矣，予均不佩服，非文字惡劣，即造意不善，故炫奇而悖乎常理者有之，支離怪誕而近乎影戲者有之，求其布局謹嚴，而破案後不悖常理，又在人意中，使人驚心豁目者，實不多覯。有之，厥爲程君小青乎？（此非諛詞，實平心之言，予生平不喜作無謂之讚揚也。）小青君之文字，細膩可愛，而造意布局，又無一篇落他人窠臼，有剥蕉抽繭之妙，謂爲偵探小説大家，誰曰不宜？（以上作者：王天恨）

（一九二三年七月十四日《半月》第二卷第二十一號，題《近今之偵探小説》）

自小説有偵探一格，世人齲津津道之。但偵探小説，率多描寫作奸犯科，駭人聽聞之事，物質科學的色彩綦重，致有捨情重意，趨於枯澀之病。蓋小説者，文藝也。文藝主情，意爲次，故小説而不以情爲之，決無精彩。予曩讀柯南道爾所著探案，輒至廢寢忘食，不忍釋手，書中理想人物歇洛克福爾摩斯者，尤能使予欽佩至五體投地。曾憶讀其《懸崖撒手》篇，如初讀武侯《出師表》，中心梗塞，不知淚下之何從矣。思天之厄人，毋乃古今同轍，未嘗不廢書而歎也。無他，惟情之至者，始能如此。後讀《鮑亦登偵探集》，即覺不能如讀柯著之心讀之。非以其探案之才，不如福也。終以缺乏小説中情緒之要素，不足令人興奮爾。吾是以知柯氏受當世所推崇，非偶然矣。然而柯氏不僅以文學天才、藝術手腕出人頭地，一革偵探小説枯澀之病，亦且暗示著作之態度，至爲審慎。此觀乎書中理想人物而可知焉。其言福爾摩斯，一則曰沉默深思，堅苦卓絶人也。再則曰精潛於化學、解剖、植物、地質、技擊、音樂等知識技藝也。三則曰彼非役役於名韁利鎖之公家偵探。蓋本其好俠問世之心，爲社會鋤暴也。使偵探小說家不置重理想態度，其去誨盜，亦僅間爾，可不慎歟？

法國瑪利瑟勒勃朗所作，尤能於情字落墨，曲折寫來，引人入勝。所述不必非常之事，一經剪裁點綴，乃有奇峰突起，令人不可捉摸矣。布局之奧竅，歎爲罕見。所著《福爾摩斯别傳》一書（瘦鵑譯，中華書局出版，别有《猶太燈》一書，亦記雙雄角智事），逸趣橫生，得意作也。中叙劇賊亞森羅蘋，横行巴黎社會，迭犯奇案，警探固而束手，羅蘋意益縱恣，曾自詡盡世界上之鷹犬（謂探警也），弗能損其毫末，惟彼英格蘭場歇洛克福爾摩斯先生，脱能躬自出馬，一較身手，亦大佳事。蓋其心目中，只一福爾摩斯乃其勁敵爾。嗣至水盡山窮，而彼赫奕，一時之大偵探，偕其良友達克透華生，果應聘渡海峽而來，著手之初，福即誓以一星期結案，其言蓋先有把握焉。乃出其平生探術，不捨晝夜，力與羅蘋角。顧以福爾摩斯之才識，且不免受羅蘋紿，垂第七日，案始結穴。然已煞費苦心矣，而羅蘋卒獲脱身法外，未嘗居鐵窗一日也。是書設想之妙，情節之曲折，隨處莫測其奥，誠令人嘆觀止矣。（以上作者：鮑眕）

（一九二三年九月二十五日《半月》第三卷第一號，題《偵探小説摭談》）

小説中之人物，除我國原有之《三國》、《紅樓》、《水滸》中之各人，及流行於普通社會之方卿、唐伯虎等外，新小説中，要以『福爾摩斯』四字爲最通行。無論孺子老嫗，凡曾讀譯本小説者，靡不知之。

『福爾摩斯』之英文原名爲 Holmes，以官音譯之，當爲霍爾姆斯。未知最先譯述者伊誰，竟將 Ho 之拼音，譯作『福』字，殊不可解。或謂其人殆浦東産，『福』字固讀音作 Ho 者。此説雖無從稽考，然可通也。

『福爾摩斯』四字，雖凡愛讀偵探小説者皆所熟稔。然其歇洛克之名，則已不逮其姓之普及。顧其助手華生之名爲約翰，則知者尤鮮。試舉以叩善讀福爾摩斯偵探案者，我知十之六七，亦必將瞠目無以對也。

（一九二三年十二月八日《半月》第三卷第六號，題《偵探小説雜話》）

予初嘗以爲偵探小説僅爲男子所偏嗜，女子則未必嗜此，蓋以偵探小説所叙咸劫殺可怖之事，或與女子之心理違反故也。孰知不然。曩予授課某女校時，學生中時有以『霍桑伊誰』、『包朗命名有何用意』等等之問句見詢。尤有一生，竟欲從予學作偵探小説，至是予始覺先前理想之不確切矣。

不甯惟是，凡讀者於《霍桑探案》有嗜痂癖者，似尤以女子爲較熱誠。前歲有某某四女士，以霍桑爲羅平所喜弄，竟冥頑不靈，有如木偶，因馳書瘦鵑，大鳴其不平。近據莒狂言，又有某女士致書《偵探世界》，於拙作《霍桑探案》多所獎借，且勖勉有加，殊不能不令人感奮也。

西國書坊主人，凡關於讀者致意於作者之函件，輒謹爲轉致，此亦出版者對於作者應有之義務，作者受之，亦得於篇末致其答謝，且足藉此益資鼓勵。而我國出版者則鮮有行之，作者但能於編輯人口中略得一二，故我國一般作者作品流傳，激賞之人雖夥，而作者初無所知，以是本人答謝之詞，亦殊不常見也。（以上作者：程小青）

（一九二三年十二月二十二日《半月》第三卷第七號，題《偵探小説雜話》）

近來産生了許多偵探小説的作家，不過我只服膺小青和苕狂二人。小青的《霍桑探案》，苕狂的《滑稽探案》都很出色。若説偵探譯作，那麼瘦鵑、小青、苕狂都是個中好手。小青最傾倒弼斯東，所以他的譯篇，大半取材於弼氏，弼氏思想高超，有人唤他做二十世紀的亞侖波，可惜他的説部中没有指定的主人翁，所以不能和柯南道爾的福爾摩斯相比并。至於瘦鵑所推重的，便是那福爾摩斯的勁敵亞森羅蘋了。

（一九二三年十二月八日《半月》第三卷第六號，無題）

小説命題不易，而偵探小説尤費推敲，取題不當，恒致全篇精華等於糟粕。蓋尋常小説之取題，僅求切於情節足矣。偵探小説則外此更多顧忌，不然一語道破，味同嚼蠟，如《福爾摩斯全集》，都犯此病。

英國之偵探雜志，恒登載實地偵探之事蹟。去年徵求讀者意見時，半數表同情於是項作品，而半數則謂理想派之偵探小説比較的趣味濃厚，然余以爲偵探作偵探小説，何嘗不可。脱偵探，小説家而作偵探，則殆矣。（以上作者：芝岩）

（一九二四年二月五日《半月》第三卷第十號，題《偵探小説之題目》、《偵探之偵探小説》）

程小青的《東方福爾摩斯霍桑探案》，做得非常巧妙。他那本《箱屍》，一氣貫連，没有漏洞。情節曲折，而且很合事實。讀到末葉，真不免拍案叫絶。我看過二遍，第一遍覺得很好，看到第二遍，覺得興味更濃厚了。他的長篇小説很多，我却大都没有看。自從看了這《箱屍》以後，對於他的著作，很歡迎的了。

程小青君説：『做偵探小説，心要精細。』他做了一篇，須得要重校一遍。他有一次，做一部長篇，是叙寒天的事情。要使一人藏在看不出的地方，於是構造一座大樹。他起初也不曾留意，後來校正的當兒，覺得冬天的樹木，不會枝葉嚴密的，於是急急改良他。

（一九二三年十二月八日《半月》第三卷第六號，題《偵探小説雜評》）

現在市面上的偵探小説，難得有幾部好的。都是喜叙熱鬧，著重於機關。這種是電影式的了。有幾種竟嚕嚕嗦嗦，一些兒事情，却佔了許多篇幅，文理粗劣，莫名其妙，看了不但不能清腦，反而煩惱了。

何樸齋的《東方亞森羅蘋案》，也做得很多了，不過大都不是偵探小説，有幾部不能成事實，而且動不動化裝。《半月》上的《鸚鵡緣》，纔是佳作。我勸何君對於事實上留意一點，便可以當得起東方勒勃朗。

我們星社裏，做偵探小説的很多。王天恨已有三四篇長篇勒。張無諍的《徐常雲偵探案》也差不多大都知道了。

張無諍説：『偵探小説的題目，應當不顯露，像那部《辣女兒》，簡直可以不看内容便知道了。』程小青也贊成這議論。可是現在各雜志上的偵探小説，都時常有這種弊病啊！我願大家留意。（以上作者：范菊高）

（一九二四年二月五、十九日《半月》第三卷第十、十一號，題《偵探小説雜評》）

小説以偵探爲最耐人思索，故凡偵探單本，閲一二回，如墮五里霧中，往往亟翻其下半本，以知其如何結果。然結果既知，閲之興味頓殺，故偵探長篇最宜刊於日報或雜志。按回刊之，使人按回閲之。懸猜如此，事實又如彼。及至末回，則拍案叫絶，其興味有非言語所能形容者矣。（以上作者：逸梅）

（一九二四年十二月十一日《半月》第四卷第一號，題《偵探小説話》）

三四

◎偵探小說雜談　張舍我

今人莫不知柯南道爾爵士 Sir A. Conman Doyl 爲偵探小說作家中之第一人。故稱道偵探說部。必及柯氏。實則作偵探小說之始祖。爲美國之亞倫普 E. Allon Poo 蓋亞氏之小說。都屬理想。怪奇驚人心魄之文字。故人民國書參中。彙其說部曰理想詭異小說集 Tales and Stories of Imagination and Mystery 其結構佈景。已具偵探小說之雛型。殆柯氏出。而運用光大之。遂蔚爲大觀。而偵探小說之結構學亦於是完全告成。而爲今日之作者所取法矣。以是吾人嘗知亞氏不特爲近世短篇小說之第一開國功臣。實亦偵探小說學之鼻祖也。

偵探小說雜話　程小青

小說中之人物。除我國原有之三國.紅樓.水滸中之各人。及流行於普通社會之方卿唐伯虎等外。新小說中。要以「福爾摩斯」四字爲最通行。無論孺子老嫗。凡曾讀譯本小說者。靡不知之。

福爾摩斯之英文原名爲 Holmes. 以官音譯之。當爲霍爾姆斯。未知最先譯述者伊誰。竟將 Ho. 之拼音。譯作「福」字。殊不可解。或謂其人殆浦東產。「福」字固讀音作 Ho. 者。此說雖無從稽考。然可通也。

福爾摩斯四字。雖凡愛讀偵探小說者。皆所熟稔。然其歇洛克之名。則已不逮其姓之普及。顧其助手華生之名爲約翰。則知者尤鮮。試舉以叩普讀福爾摩斯偵探案者。我知十之六七。亦必將瞠目無以對也。

小説原始

報輝　撰

載於《半月》一九二三年十二月二十二日第三卷第七號。作者署名報輝，待考。本篇指出了現代『集錦小説』、『點將小説』、『嵌字小説』、『最短小説』、『問題小説』五種小説的最初寫作的作家、作品及發表期刊名，可資小説史研究者參考。

集錦小説　創始於《民立報》談老談、邵力子等合撰之《斷錦樓》。

點將小説　創始於《時事新報》某也、何許人、苦沙彌等合撰之《七拼八湊》。

嵌字小說　創始於《時事新報》何許人、苦沙彌等合撰之《一人一字》。

最短小說　創始於《禮拜六》陳蝶仙之《一封書》。

問題小說　創始於張舍我（篇名及刊入何報未暇考）。

▼小說原始

▽集錦小說　創始於「民立報」談老談、鄭[illegible]子等合撰之「[illegible]」

▽點將小說　創始於「時事新報」某也何許人苦沙彌等合撰之「七[illegible]入漢」

▽嵌字小說　創始於「時事新報」何許人苦沙彌等合撰之「一人一字」

▽最短小說　創始於「禮拜六」陳蝶仙之「一封書」

▽問題小說　創始於張舍我（篇名及刊入何報未暇考）

本旬刊作者諸大名家小史

鈍根 撰

連載於《社會之花》一九二四年一月五日至四月二十五日第一卷第一、二、三、四、五、七、十一期。《社會之花》是每十日出版一期的旬刊。創刊於上海，出至一九二五年十一月第二卷第十八期停刊。由王鈍根編輯，沈禹鐘協理編務。主要載小説，卷首有精美的插圖。本篇作者鈍根，即王鈍根（一八八八——一九五一），原名王晦，更名王永甲，字耕培、芷淨，號鈍根。江蘇青浦（今屬上海市）人。十六歲中秀才，後進廣方言館習外語。清末在家鄉主編《自治旬報》，辛亥後任《申報·自由談》副刊主筆，繼而主編《自由雜志》、《遊戲雜志》、《禮拜六》周刊，風行一時。一九一五年加入南社。晚年以賣字爲生。編著有《百弊叢刊》、《工人之妻》、《聶慧娘之妻》等。本篇連載了他熟悉的一些小説家的出處、經歷及有關創作的一些情況，頗具史料價值。原刊有副標題『鈍根對於讀者之介紹辭』。

天虚我生

姓陳，名栩，號蝶仙，自號天虚我生，浙江錢塘人。少負才名，當道之貴介，多折節與之締交。曾主著泪吟社，海内文士聞風景從。後以商業失利，稿筆作幕遊，所至著賢聲。辛亥夏，余爲《申報》創編《自由談》，廣徵文藝。君方在紹興幕，以詩八律見投，余讀之大爲傾倒；旋復得其短篇小説，益歎賞不已。飛書報謝，君答函尤殷拳可感，自是郵筒往來無虚日。是年冬，君始來滬，相見歡甚，握手凝視，轉疑夢境。君自言案牘勞形，頗復厭苦，願得滬濱一席地，安筆硯，展琴書，日對良友，以詩、詞、小説相唱和，生平之幸也。時余適兼掌中華圖書館編輯，創刊《遊戲雜志》及《禮拜六》（小説周刊），銷行極一時之盛，乃商於館主，更作月刊，名《女子世界》，即聘君爲編輯。出版後聲華籍甚，閨閣貽書稱女弟子者數百人。余乃薦君於《申報》經理，不納。及余去《申報》，繼任者不得一當，經理仍卑禮厚幣延君主《自由談》筆政焉。君既就任，創爲《家庭常識》，日録數則，閲報者皆歡迎之，《申報》銷數驟增數倍。君又擇取《家庭常識》之一二則，加以實驗，試製牙粉，成績最佳，卒以是組織家庭工業社，發售『無敵牌』牙粉。數年來，擴充資本至二十萬，分設釀酒、製汽水及碳酸鎂、玻璃瓶諸廠，君指揮擘畫，日不暇給，文字生涯於是遂輟。貧寒之士竊竊豔羡君能不以窮小説家終老，余獨以爲君得改業爲富商，小説界之不幸也。《社會花》將出版，余强之爲文，君以不忍固却老友之請，勉允撥冗撰述焉。君今年四十五，德配懶雲女士，子小蝶，女翠娜，皆負文名。

瘦鵑

姓周，名國賢，號瘦鵑，江蘇吴縣人，遷居上海。幼孤，讀書穎悟而能勤苦。年十五已畢業民立中學，嘗編劇本曰《愛之花》，春柳劇社採而演之，衆口交譽，不知出自十五齡童子也。君之小説最初投於《時報》，爲包天笑先生所賞識，然見於《時報》者極少，後乃改投《申報》。余愛其情致纏綿，字跡娟秀，決爲多情人，亟與締交，邀爲《自由談》常任撰述，兼作《遊戲雜志》、《禮拜六》之臺柱。於是，君言情小説專家之名大振，少年男女幾奉之爲愛神，女學生懷中尤多君之小影。今年甫二十九，任《自由談》編輯亦已五年，兼任《先施日報》、《半月》主撰，又獨著《紫羅蘭花片》月刊，著作之多，爲儕輩冠，然旖旎風懷，不期衰減矣。君天性純篤，侍母至孝，待諸兄弟妹，亦甚友愛。以一人賣文所得，贍養十餘口，旁及其母舅、妹婿，數姓賴以口火，而君恂恂無德色，足以愧當世之文人而薄於骨肉者。

卓呆

姓徐，名傳霖，號築岩，一號卓呆，又號半梅，蘇州人，爲新劇界老前輩。滑稽之才，由於天賦，每一發吻，聞者無不絶倒。所作小説，亦多詼諧，自成一家，蓋文藝界之丑角也。現爲《時事新報》編輯。（查徐君體肥而精通日語，木屐兒尊之爲山縣有朋，合併聲明。鈍根戲按。）

倚虹

姓畢，名振達，號几庵，又號倚虹，又號清波，又號娑婆生，不及備載，原籍揚州，遷居杭縣。君出生世家，少年聰慧，風度翩翩，有衛玠璧人之目。嘗師事天笑，協理《時報》編輯，旋去而入政界。近復棄官作小説，所著《人間地獄》登《申報》後名乃大噪。《時報》主人亟羅致之，復爲《小時報》編輯，且君自著長篇小説曰《黑暗上海》，讀者稱快，《小時報》之聲價蹶而復振。君又兼業律師，上海小説編輯多兼教員，若律師之業則破天荒矣。

（未完）

（一九二四年一月五日《社會之花》第一卷第一期）

獨鶴

姓嚴，名禎，號子材，别號獨鶴，浙江桐鄉人。勝清末年，余爲《申報》編輯《自由談》，獨鶴與李君常覺合譯長篇小説《鐵血男兒》來投，余亟爲刊布，讀者咸稱善，是爲獨鶴蜚聲小説界之始。後二年，《新聞報》主者震其盛名，延爲《快活林》主任，以迄於今，海内文人談獨鶴者，莫不譽爲中西淹貫，新舊兼長，莊諧并妙之老手矣。君今年三十五，兼任務本女塾教員、《紅雜志》總編輯。

不肖生

向愷然，湘人，遊學日本時嘗著《留東外史》，傳誦一時。今來海上作寓公，《新聞報》館、大東書局均以重金購其小説。《社會之花》出版，君慨允以百忙之中兼任長篇，以副友誼，其可感不亞於倚虹也。

林屋

姓步，字章五，河南項城人。早掇巍科，文名籍甚。袁公慰亭雅愛其才，致之幕府。入民國，袁任大總統，即以君爲總統府秘書焉。君與袁二公子寒雲友善，袁殁後，偕隱上海，以詩文自娱。《晶報》及《心聲》雜志得其著作最多，今復特許鈍根爲《社會之花》常任撰述，鈍根佩其才敏淵博，傾倒備至。君之故鄉有林屋山，故別號林屋山人。

天台山農

劉介玉，浙江嘉興人，爲軍界前輩。民國初元，來居上海，輒以餘暇作諧文小説，投余所輯之《自由談》，漸亦旁及於《新聞報》；既而鬻書之業大盛，遂無暇作小説。顧得間仍以小品、散作披露報章、雜志中，惟如鳳毛麟角不多見耳。現任《小説新報》編輯，然筆墨瑣細，悉委其甥朱大可君，不甚過問云。

劉豁公

劉達，字豁公，安徽桐城人，曾畢業於保定軍官學校，曆充中上級軍官。入民國後，退伍家居，恒以詩文、小説投余所輯《遊戲雜志》。丙辰秋，爲無賴陳某所欺，甘言誘之上海，爲其所辦滑頭報盡力。陳則偏向軍、政兩界招股斂錢，未幾，席捲所得而遁，君之薪水無所取償，客中爲之大窘。余亟延之爲《新申報》撰長篇小説，旋又受聘於余友渡邊天洋創辦之上海公論社。五四風潮起，君以避嫌，辭謝日本居停，轉入南洋煙草公司，主撰廣告，仍以餘暇作小説。今復兼任《心聲》半月刊編輯，海上文壇推爲健將焉。

（一九二四年一月十五日第一卷第二期《社會之花》）

小蝶

姓陳，名蘧，字小蝶，别號醉靈軒主人，泉唐名詩家天虚我生長子也。母朱懶雲夫人，亦善吟詠，懷孕十二月而生小蝶。小蝶受胎中詩教特久，故生而奇慧，十歲即能倚聲，又喜唱昆曲，其封翁（照例如此，老蝶勿笑我）常爲之擫笛。十四入法政大學，聞教員瑣瑣論公訴、私訴，訴費、手續費，大恚曰：是非我所耐也。棄而之上海，入約翰大學，見學中生徒咸捨國學而競以英語相誇耀，又鬱鬱不□去之。時適余與老太爺（亦尊稱也）同居，日爲小説家言，以實所編《自由談》、《遊戲雜志》、《禮拜六》、《女子世界》，小蝶見而善之，遂一意研習小説。先試爲譯著，倩李君常覺遍求英文小説讀而述之，小蝶取其意撰爲我國文言，蒼勁古茂，酷似畏廬，而每小時能作二千言，畏廬不及其敏捷也。余友惲鐵樵方主商務印書館之《小説月報》，愛其才，諄請投稿。惲君年五十，小蝶才十七，竟訂忘年交焉。其封翁曾輟小説業，往長淮安縣幕，小蝶乃依余而居，佔樓。几案屏榻、琴書笙笛，位置井然。冬夜圍爐，與盛君灼三（經濟學家，今已成大名矣）等談笑吹唱極歡，閒作謔語，有『近來小蝶輕於鬼，走上樓梯人不知』之句，至今傳爲美談。迨家庭工業社成立，小蝶父子以大股東得紅利甚巨，乃營華屋，出入乘汽車，儼然富翁矣。小蝶娶張藹蒼君女公子爲室，美慧多情。閨房之樂，甚於畫眉；陳設華麗，不讓怡紅。然小蝶未嘗稍自驕滿，仍潛心經史，臨摹書畫，孜孜弗輟。今其所作山水已爲舊畫界所稱許，將來造詣，未可限量。而小蝶恂恂然自處益復謙卑，是其學問進步之徵也。

（一九二四年一月十五日第一卷第三期《社會之花》）

馬二先生

馮叔鸞，揚州人。幼居北京，故操純粹京話。有辯才，每於稠人廣衆間抵掌雄談，滔滔不絶，四座驚愕，先生泰然若無人也。余始識之於春柳劇場，先生演《紅樓夢》賈璉之書童興兒，與尤二姐屢述大觀園諸美人狀況，輕圓爽朗，熟極而流，余心愛之。旋與鄭正秋席間與余握手通詞，雅相推重。及春柳衰，先生棄演劇生涯而從事著述，兼任各報紙劇評。余所編《遊戲雜志》得其投稿最多，有時署名嘯紅軒主人。民國三四年間過從尤密，無日不至余家，談笑唱戲爲樂。後先生橐筆離滬，浪遊燕趙諸地，鬱鬱不得志。去歲，復返上海，任《神州日報》編輯，近乃爲《中華新報》主文藝，仍兼南方大學教習。余以舊誼，要之作小説實《社會之花》，先生欣然樂從焉。

張舍我

上海人，少孤家貧，受教育於耶穌教會學校，升轉入滬江大學。學費無所出，乃學作小説投《新申報》文藝欄，月終向余取酬金，償學校焉。君體健碩而性敏，故課餘所作甚多，既亦分投瘦鵑主編之《申報·自由談》，文名漸著。畢業後，入英美煙公司服務，繼復改入金星保險公司，今則爲友邦人壽保險公司職員，生計裕如矣。然君不樂休暇，仍以餘力經營小説專修學校，聞其所得函授弟子極多云。

映清女士

姜漣，字映清，上海人，適陳佐彤先生。先生歷充英領事署文案、巡捕房教習，而所入不豐。女士遂亦投身教育界，以舌耕所得佐菽水焉。曾任吾鄉青浦縣立女子小學校長，現任上海民立女中學學監兼教員。女士幼承家學，博通文藝，所作詩清真雅正，卓然大家閨秀風度。遜清之季，即以詩詞、小説投余所主《申報·自由談》，讀者頗稱譽之。迨余去《申報》，女士夫婦亦輟筆不作雜文。民國六年，余佐同鄉席子佩先生創《新申報》，女士始復投稿。及去年，余爲《商報》輯《商餘》，女士刻意作長篇彈詞，惜未終篇，而余辭職。余雖薦之於繼任者陳小菊先生，然女士以《商報》節費減酬，廢然而止。今爲《社會之花》精製《風流罪人》彈詞，蓋所以贖前歉云。

（一九二四年二月十五日第一卷第四期《社會之花》）

陳翠娜

浙江泉唐人，天虚我生之女公子也。生而聰穎，且承家學，九歲即解吟詠。余與蝶仙（即天虚我生）同居上海寶昌路時，女士不過十一二歲。遷至之日，蝶仙欣然造余室，後隨幼童三人，跳躍而入，皆軀高不逾几案。蝶仙指謂余曰：『此阿翠，此阿春，此阿寶。』（阿翠即翠娜；阿春爲蝶仙之侄；阿寶即蝶仙次公子，今字叔寶，别號蝶蛹。至其長公子小蝶，則先已識余，故不與其列。）余笑而撫之，當時固目爲小孩也。豈知十年後，其文學孟晉，乃足爲余師而有餘。孔子謂『後生可畏』，其信然哉！余猶憶一趣事，翠娜女士嘗仿其父兄所作豔體詩，中有『郎』字。蝶仙戲問之曰：『汝郎在何處？』時女士纔十二齡，應聲還問曰：『然則汝之郎又在何處？』蓋女士之意，迨謂『郎』之一字，乃詩詞中點綴之文料，初不必真有其物也。今女士長矣，才華富麗，而能莊重不佻。家居定省之餘，惟以讀書吟詠自娱，積稿數十册，不輕示人。父母愛之甚，擇婿綦苛。母懶雲夫人，尤有非宋玉、衛玠不許之意，故女士静處深閨，迄今猶待字也。

附啓

余作諸大名家小史，不過就余所知，略爲叙述，俾讀者諸君素昧平生者，稍知梗概而已。至於籍貫、年歲，未經質證本人，错誤在所不免，但望詳悉過余者，來函指正，則饒有興味，益爲讀者所歡迎也。乃前日《晶報》載有饒一舌所作《求疵録》，斥余所述天臺山農籍地之誤，竟以挖苦之辭出之，似乎太過。殊不知此特一二字之筆誤，猶爲余所能自知者；若步林屋先生之籍貫，則余向誤爲項城，而是期中適有林屋著作，自述所居爲開封。一册之中，矛盾顯然，實因林屋之稿後至，匆匆補入，而余作先已印就，故不及更改。余料出版之後，必有多人責問，而竟無之，即彼饒舌先生專工求疵，亦反略而不論，殊可怪也。余今懇切聲明：讀者諸君如肯賜書糾正余誤，余最爲歡迎，最爲感謝。若以辯難之詞披露他處，則跡近攻擊，徒傷感情，竊爲不取也。

（一九二四年二月二十五日第一卷第五期《社會之花》）

羅晴淵

名夙昂，别署是岸上人，湘人，年二十七歲。其先祖武勤公，爲遜清名將，位至總督。父官滇，亦有政聲。淵少慧，嘗告鈍根，其在學生時代，西教授稱其腦經如利刃，意謂遇有疑難，無不迎刃而解也，今則奇鈍云。卒業於湖南講武堂及醫藥專專〔科〕學校。惜以性耽聲色，蕩先人産且盡，乃就教會醫院醫生職，旋見其中西人輕視國人，憤而辭去。入軍隊，曆充軍官佐及軍醫等職數年。辛酉，浙軍援鄂，失敗後，病幾死。且慨於頻年戰争，哀鴻遍野，因復辭職，息影漢上，復從事醫藥。近有漢口地方醫院之組織，此事若不果成，則將少積資，置茆庵，作逃禪計云。生平嗜小説，自撰學畏廬，文言亦兼及白話。最初嘗作二長篇，其一以不愜意而中輟；一爲《洞庭波》，社會小説也，刊長沙某報。數月功且半，而該報易編者，淵與一言不合而怒，火全稿。改作短篇，且務求極短。近作多非戰主義。然因爲事冗，所作甚少，且朋輩多新聞界中人，偶有所作，輒爲取去，故十年來，寄投鈍根所編上海各日報、雜志者，亦如鳳毛麟角也。其夫人亦雅擅文墨，自署仙露明珠館。淵則自署光風霽月樓，可謂天生佳偶。奈何花好易殘，月圓易缺，其夫人竟以夭逝。淵神傷之余，激成厭世，是岸之號，蓋起於是。

（一九二四年三月十五日第一卷第七期《社會之花》）

徐哲身

名官海，剡溪人（浙江嵊縣，古名剡溪，即雪夜訪戴處）。少負才名，與陳蝶仙、周子炎諸人并稱能詩。《著作林》（當時文社公布社員作品之出版物）中常見其作品，時君年纔二十五六。以縣令聽鼓蘇垣，曆充都練公所書記官（時天臺山農劉介玉君方爲二標書記官云），旋任北路員警署長。民國元年二月，閶門兵變，君從容下令閉城，城中秩序，賴以保全。事聞，大總統特命嘉獎，亦異數也。後爲四川某稅局長，宦囊稍裕，輒揮霍以盡。解任後，僦居上海，清貧如故，乃以賣文爲活。先是宣統元年，君在吴門以候補官而兼任蘇州《花報》主筆，著有《揚州夢》長篇小説，都五十回。惜《花報》旋停版，小説亦中輟，原稿且散失無存，讀者多惜之。又著有《養花軒詩集》，頗爲士林傳誦。其他詩詞、小説，散見各報章、雜志者甚夥。余爲《申報》創編《自由談》時，君亦投稿健將之一也。現爲《春華日報》編輯，兼佐天臺山農輯《小説新報》。今年四十歲，兩鬢已斑，以素重兒女情，自遭愛妾之喪，鬱鬱不樂。妾名顧影憐，美而能詩，與天虚我生之媚香樓同名。二人曾以此開筆戰，余特辟《自由談》爲其戰場。彼此各逞文人説謊本領，競以香豔文字，美自己之妾爲西施，而以他人之妾爲無鹽。結果，余爲判决，兩如君皆美人，訴乃息。時在民國二年，亦《自由談》中一樁趣史也。

（一九二四年四月二十五日第一卷第十一期《社會之花》）

本旬刊作者諸大名家小史（續）　鈍根

▲鈍根對於讀者諸君之介紹辭

陳翠娜　浙江泉唐人。天虛我生之女公子也。生而聰穎且承家學。九歲即解吟咏。余與蝶仙（即天虛我生）同居上海寶昌路時。女士不過十一二歲。還至之日。蝶仙欣然遺余室後。隨幼童三人跳躍而入。皆軀高不逾几案。蝶仙指謂余曰。此阿翠。此阿春。此阿寶。（阿翠即翠娜。阿春爲蝶仙之姪。阿寶即蝶仙次公子。今字叔寶。別號蝶蛹。至其長公子小蝶。則先已識余。故不與其列）余笑而撫之。當時固目爲小孩也。豈知十年後其文學孟晉。乃足爲余師而有餘。孔子謂後生可畏。其信然哉。余猶憶一趣事。

本旬刊作者諸大名家小史

▲鈍根對於讀者之介紹辭

徐哲身　名官海。剡溪人。（浙江嵊縣。古名剡溪。即雪夜訪戴處）少負才名。與陳蝶仙周子炎諸人並稱能詩。著作林（當時文社公布社員作品之出版物）中常見其作品。時君年才二十五六。以縣令聽鼓蘇垣。歷充督練公所書記官。（時天台山農劉介玉君方爲二標書記官云）旋任北路警察署長。民國元年二月。閶門兵變。君從容下令閉城。城中秩序賴以保全。事聞大總統特命嘉獎。亦異數也。後爲四川某稅局長。宦囊稍裕。

鈍根主任
社會之花
第一卷 第一期
創刊號
上海大陸圖書公司發行

鈍根主任
社會之花
第一卷
第五期
1924.
上海大陸圖書公司發行

王鈍根

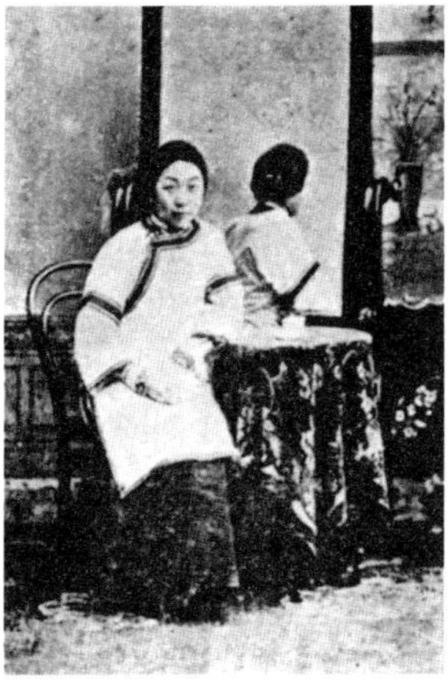

映清女士

家庭式的小說家

報癖　撰

載於《半月》一九二四年一月六日第三卷第八號。作者報癖，原名陶曾祐，見一九〇六年新庵等《説小説》介紹。本文用清單的方式，表述了當時一些小説作者的父子、兄弟、夫婦關係。

父子	張冥飛 張小飛	胡寄塵 胡道静	貢少芹 貢芹蓀	陳蝶仙 陳小蝶
兄弟	徐枕亞 徐天嘯	許厪父 許心父	范煙橋 范菊高	劉蟄叟 劉豁公
夫婦	鄭逸梅 周壽梅	嚴芙孫 胡　蝶	許嘯天 高劍華	袁寒雲 唐志君

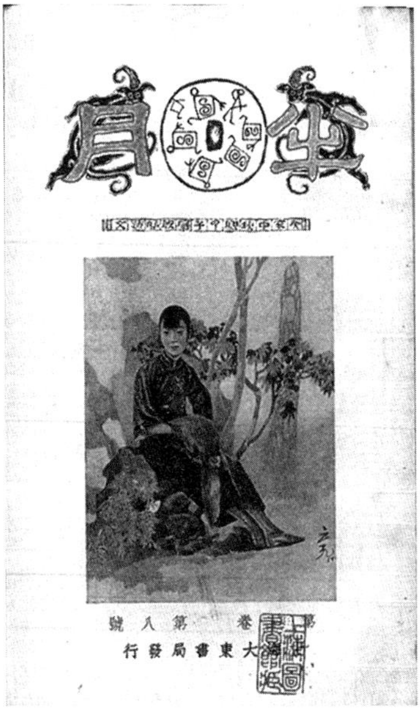

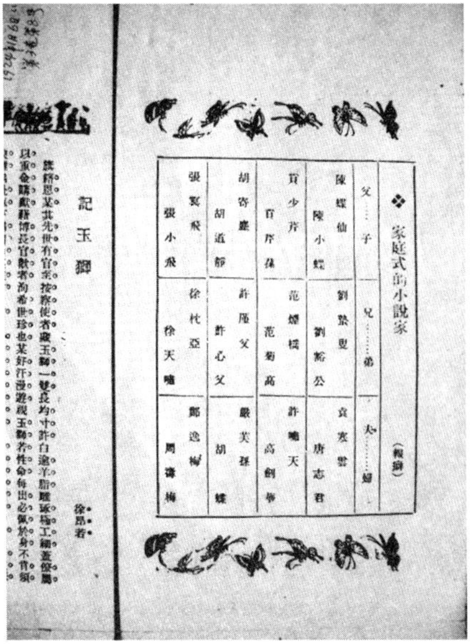

記玉獅

徐昂若

旗籍恩某。其先世有官至按察使者。藏玉獅一雙。長均寸許。白逾羊脂。雕琢極工。蓋僚屬以重金購獻。藉博長官歡者。洵希世珍也。某好汗漫遊。視玉獅若性命。每出必佩於身。不肯須……

◆家庭式的小說家　（賴齋）

父……子	兄……弟	夫……婦
陳蝶仙　陳小蝶	劉埜叟　劉豁公	袁寒雲　唐志君
貢少芹　貢芹孫	范煙橋　范菊高	許嘯天　高劍華
胡寄塵　胡道靜	許厪父　許心父	嚴芙孫　胡蝶
張冥飛　張小飛	徐枕亞　徐天嘯	鄭逸梅　周瘦梅

小説家妙判

民哀 撰

載於《紅玫瑰》一九二四年第一卷第五號。作者民哀，即姚民哀，見一九一九年《息盧小説談》提要。本文各用四字點評了包天笑、徐卓呆、葉小鳳、徐枕亞、何海鳴、周瘦鵑等十四位小説家的形貌特徵，頗能傳神。

包天笑長髯過腹。

嚴芙孫静默寡言。

孫癯蝯面如傅粉。
徐卓呆拙於酬應。
葉小鳳姣小玲瓏。
徐枕亞吴儂軟語。
胡寄塵腰大十圍。
何海鳴怕聞槍砲。
李常覺媲美晏嬰。
趙苕狂涓滴不飲。
陳小蝶落拓不羈。
張枕緑於思滿頰。
周瘦鵑獃若木雞。
許廑父岸然道貌。

小說家妙判

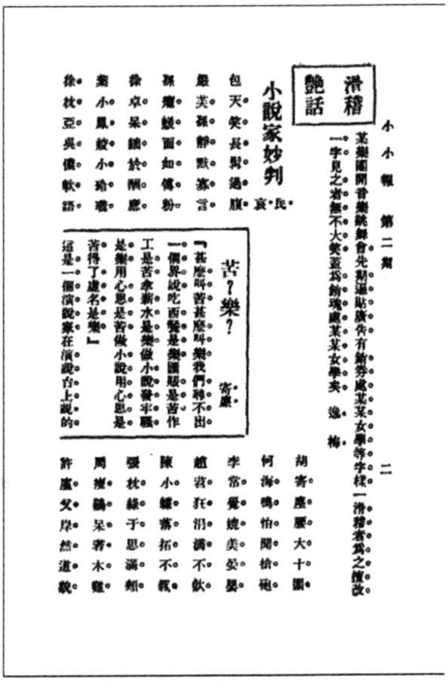
小小報 第二期 二

滑稽艷話

某樂園開音樂跳舞會。先期遍貼廣告。有銷券處某某女學等字樣。一滑稽者為之擅改一字。見之者無不大笑。蓋為銷魂處某某女學矣。 逸梅。

小說家妙判

良。哀。

包天笑。長髯過腹。
嚴芙孫。靜默寡言。
孫癯蝯。面如傅粉。
徐卓呆。拙於酬應。
葉小鳳。嬌小玲瓏。
徐枕亞。吳儂軟語。
胡寄塵。腰大十圍。
何海鳴。怕聞槍砲。
李常覺。婉美姿媚。
趙苕狂。涓滴不飲。
陳小蝶。落拓不羈。
張枕綠。于思滿頰。
周瘦鵑。呆若木雞。
許廑父。岸然道貌。

苦？樂？

寄塵。

「甚麼叫苦。甚麼叫樂。我們稱不出一個界說。吃西餐是樂。醫服是苦。作工是苦。拿薪水是樂。做小說發半瘋是樂。用心思是苦。做小說用心思是苦。得了虛名是樂。」這是一個演說家在演說台上說的。

文壇隨感録

平襟亞　鈍根　撰

載於《社會之花》一九二四年一月十五、二十五日第一卷第二、三期。作者平襟亞（一八九五——一九七八），名衡，筆名網蛛生、襟亞閣主人、秋翁等，江蘇常熟人。早年在家鄉任小學教員，後隻身至滬，以投稿賣文爲生，所作《中國惡訟師》、《人海潮》等，頗爲暢銷。一九二七年辦中央書店，主要出版長篇章回小説。敵僞時期辦《萬象》月刊，銷路也廣。中華人民共和國成立後，主要從事彈詞寫作，任上海評彈團顧問，被聘爲上海文史館館員。王鈍根，即《社會之花》主編，見本年《本句刊作者諸大名家小史》提要。這兩篇介紹了朱鴛雛的生世與有關情況。朱鴛雛在南社史上是頗受關注的一個人物，他的『死後成名』，也使人感慨不已。

朱鴛雛死後成名

平襟亞

朱璽字孽兒，别署鴛雛，南社社員，旋與柳亞子齟齬出社。初不治小説家言，其著作除詩、文外，有《鳳子詞》一卷，得宋人風格。始與鵷鶵、野鶴遊，有『雲間三傑』之譽。鵷鶵小説學畏廬，而鴛雛更學鵷鶵，所作初無足稱，尤爲野鶴所訾謷，以嚼人矢橛斥之。蓋野鶴所作，古茂幽逸，頗得自然之趣，初不以畏廬爲宗匠也。後鴛雛流寓海上，始得盡讀畏廬譯作，造詣極精。嘗與某君合譯《癡鳳血》、《銀纛記》諸作，求售三月無人顧問，後《銀纛記》得鵷鶵之介紹，刊於《小時報》，未幾即撤去。《癡鳳血》全稿五萬餘言，只以三十金售於某書局。民國九年，寄居友人寓齋，小樓一角中，青燈黯然，時聞其筆陣縱横，颼颼然如春蠶食葉之聲。時適瘦鵑初主《自由談》筆政，鴛雛以短作筆記托登，瘦鵑深器之，力爲延譽，始稍稍知名。時有某書賈托撰一短作，既成而却還，謂稿中疵累百出。鴛雛與之舌辯良久，某書賈始辭遁收稿，擲以二番餅，鴛雛憤然不受而去。日後所作精警，深得綿邈幽思之致，如《幹喋記》、《碎窗記》諸作，均爲鴛雛心血之結晶。心血既涸，病魔斯集，旋得肺癆症，數月即下世。鴛雛既死，其名益彰。有徵集其舊作者，有臆造其遺稿者，即《申報》所登諸作，亦再刊於《半月》中，今將三見於《紅蠶繭集》間矣。而前此某書賈，亦急從舊書簏中，搜得其所謂『疵累百出』之作，刊於某某雜志，一字未易，惟於首頁添上『特刊』二字，名下殿以『遺墨』二字。嗚呼！文人以心血爲代價拘取人之謏辭，必將如春蠶絲盡，方得膺此殊榮，抑亦可憐甚已！

（一九二四年一月十五日第一卷第二期《社會之花》）

朱鴛雛小史補

鈍　根

本旬刊前期有平襟亞記朱鴛雛事，寄慨沉痛，亦調侃盲從者不少。今之爲鴛雛發行特刊者，殆有羨於李涵秋死後文章之增價，遂爲東施效顰之舉，是特書賈牟利之慣技，初無足異。惟在讀者，目眩神揺於鋪張揚厲之朱鴛雛小史，第震其爲世俗所謂大文豪，而終不得詳曉其身世，不亦大可笑耶！余識鴛雛最早，時鴛雛方爲上海南市一小店之學徒，灑掃扛抬不勝勞重，甚至爲師父滌溺器，心焉恥之，乃潛作書投《申報》館，欲一見余，余許之。一夜，鴛雛竟來，軀幹瘦小，形神委頓，語時常作咳嗽，蓋年纔十五而不幸罹肺疾矣。余問其意何欲。答言願助資斧，投軍北伐。時爲辛亥之冬，海上義師雲集。投筆從戎者，大半少年學子也。余勸鴛雛，不宜以孱弱身軀任戰役，鴛雛默然，怏怏而去。未幾，又來告章水天組織大同民黨於白克路，丐余爲之先容，余乃作書，薦鴛雛於水天爲學習書記。時鴛雛文學極幼稚，然自修殊奮。間以數十字短篇筆記，要余實《自由談》，讀者亦不措意。後聞鴛雛從章水天他往，音問遂絶。閲二年，忽以豔情小説一篇寄余，中述松江諸少年假縉紳宅第演新劇，卒與縉紳女偕遁事。余知鴛雛亦嘗投身新劇團，竊慮其斫喪，乃還書諷之，自是鴛雛不復以一字畀余。然頗與雲間名士楊了公、姚鵷鶵諸君游，文學大進，名亦漸噪。所作見於報章、雜志者，今已有人爲之纂輯，無待余贅述矣。余所知於鴛雛者如此，可謂初學茅廬之小史。時余甚憐其遇而愛其才，喜其能不以小店學徒自湮，而冀其秉此壯志，他日能爲國用也。奈何質敏而不能養，體弱而不能葆，量狹而不能容，卒以是夭其天年，而所造就者，僅止於此。嗚呼惜哉！

（一九二四年一月二十五日第一卷第三期《社會之花》）

平襟亞

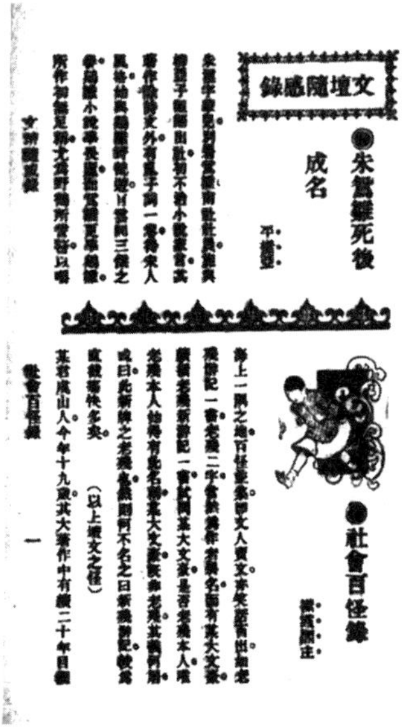
文壇隨感錄

●朱鴛雛死後成名

平襟亞

●社會百怪錄

襟霞閣主

（以上嫉文之怪）

文壇隨感錄

社會百怪錄

一

法小説家之諢號

鄭逸梅 撰

載於《紅玫瑰》一九二四年第一卷第九號。作者鄭逸梅，見一九一九年《小説瑣談》提要。本文介紹了三位分别用諢名「牛奶瓶」、「八音琴」、「長脚石像」的法國小説家。

羅痕尼司諢號牛奶瓶。

華爾斯克與諢號八音琴。

密琳諢號長脚石像。

人生觀上起了重大的變化覺得天下最殘忍不合人道的事沒有再比過戰爭了我把赭石的顏色塗上紙去恨不得和些壯士之血好使看的人增加一些刺激這幅畫成功了我又想起避難途中的那齣趣劇來使我哭不得笑不得了

那時這幅『戰壕』還平展在我的寫字檯上中天的明月從篩也似的鐵紗窗裏射進來和黃上的明月比賽他的光亮盈斗室裏添上冷光的一席話格外充滿了蕭瑟的秋氣這蕭瑟的秋氣把那幅『戰壕』籠罩著格外淒清欲絕我很鄭重的對冷光說這幅畫是不朽之作了冷光微微的太息淡淡的說不朽麼萬籟寂然不知道那時候是什麼境界

法小說家之諢號

鄭逸梅

羅痕尼阿諢號牛奶瓶

華爾斯克興諢號八音琴

密琳諢號長脚石像

戰壕　七

目錄　一

第九期目錄

民國十三年九月廿七日　陰曆甲子年八月廿九日　發行

小說閒話

韓天受　撰

載於《緑竹》一九二四年第一卷第九期與《嘯聲》一九二四年第十期。韓天受（一八九五——一九二六），山西人，僑寓揚州，畢業於聖約翰大學。一九一九年四月創辦《小日報》，一紙風行，稱譽報界，出至四十期中輟，後由其弟韓嘯虎等屢復屢停，至一九四八年秋終刊，爲民國時期小報界出版時間最長者。常旅居滬上，又創辦揚州地方刊物《鷗》。好顧曲評劇，撰有《蟄廬戲言》、《歌場聞見録》等。今看到的《小説閒文》僅此兩篇。第一篇稱讚了吴趼人的《催眠術》一書的譯筆優美，第二篇回憶了朱鴛雛與張丹斧的一些往事。從中可見具有很好外文基礎的他，對於翻譯著作是比較重視的。

故名小説家吴趼人氏著作等身，唯譯作甚少。童時讀其《催眠術》，草草看畢，未能了解其佳處。近世界書局重印行書，易名《電術奇談》，友人稱之。檢出原書，仔細復閲，雖寥寥只廿四回，文筆雅潔，描寫入微，雖不必直譯其原文，然使人讀異國人作品無隔膜處。繙譯小説多令閲者沉悶，此書獨能耐人尋味，愈知名家無所不能，允稱佳構。七年前上海新舞臺會編演爲新劇，以潘月樵飾律師，毛韻珂飾林鳳美，表演者佳，其叫座能力不亞後來《拿破崙就是我》諸劇也。

（《緑竹》一九二四年第一卷第九期）

己未春作客海上，曾與丹翁、小隱、塵因諸友編印《小日報》。故友朱鴛雛特爲著一長篇曰《癡鳳血》，譯自法籍（初名《宫闈瑣語》）。第一章甫脱稿，持來報社，未及登載，報因事停版，予亦返里，後交新民圖書館單印行世。鴛雛時執某校教鞭，勞形課讀，顔色憔悴，病根已伏，書出未久，翌年秋即長逝。回憶往事，安得起故人於九泉耶？噫！

丹翁昔年有《女拆白黨》彈詞之作，頗膾炙人口，重版數次，不知其尚著有《雌魔窟》彈詞，刊《神州報》，一時文友牽入書上者甚夥，惜未完篇。

（《嘯聲》一九二四年第十期）

駭然逃走。富貴人家。豈其是[illegible]。還在那裏呼冷。噯。可憐貧窮的人。做工打柴度日。老天未免太不公平了。

恨我拙。予課餘多暇。好為小說家言。而幼弟光藩。性亦嗜小說。每於燈下。見予所作。輒欲[illegible]。昨覓尋一篇示我。囑我投刊。予笑應之。覺尚有深意。適老友夢花索稿。遂以此付之。

□果報　伍燕花

甲私其友婦。遂殺友。娶婦偕逃。越二年。舉一子。[illegible]死友。及長。性頗[illegible]。好[illegible]。常爭鄰近擾事。甲不堪其累。[illegible]之。則怒目相向。[illegible]以惡聲。一夕忽狂。持刀殺甲。[illegible]而斃。欲逃不及。予迫之急。乃投井死。予殺二人。已亦側頸焉。嗚呼。天網恢恢。疏而不漏。果報之顯者。亦可畏矣。

□小說閒話　韓天受

故名小說家吳沂人氏著作等身。唯評作甚少。蓋時讀其催眠術。草草看過。未能了解其佳處。近世界書局重印行嘗。馬名電術奇談。友人稱之。檢出原書。仔細復閱。纔發覺只廿四回。文學雅潔。描寫入微。雖不必直譯其原文。然使人讀異國人作品無隔膜處。繙譯小說多合閱者[illegible]。此書獨能耐人尋味。素知名家無功不能。尤稱佳構。七年前上海新舞臺曾編演為新劇。以[illegible]律師。毛韻珂飾[illegible]為佳。其時坐能力不[illegible]。就是我講劇也。

□藏劍齋臆語　[illegible]

▲神童

吾邑李某。前清時曾舉子案。恰文章憎命。屢試皆不售。居後娶婦。晚年得子。性穎悟。讀書一過。即能立背。有神童之譽。年十三。適童子試。[illegible]弟子員。[illegible]喜甚。[illegible]子曰。吾兒他日何能博一第。足為余吐盡[illegible]生不平氣也。不期其子忽於次年[illegible]。李痛極致病。噫。[illegible]所以才而遭天妬耶。不可解也。

□小說狂談(四)　[illegible]

余草狂談。付刊本報後。余知閱者將分為兩派。愛余者為一派。惡余者又為一派。愛余者之言曰

小説之良友

蔣吟秋　撰

載於《紅玫瑰》一九二四年第一卷第十三號。《紅玫瑰》，創刊於一九二四年七月二日，由世界書局發行，原名《紅雜志》，出滿一百期後改爲此名，繼續編刊，由趙苕狂替代施濟群負責編輯，嚴獨鶴任名譽編輯，曾出過倫理號、新婦女號、娼妓問題號、婦女心理號等特刊，自第四年起改爲旬刊，共出七年。本文作者蔣吟秋，見一九二二年琴樓等撰《小説雜談》提要。文章記述了一位在『小説中興時代』中的小説迷的種種行狀，從一個角度反映了當時小説傳播與接受的狀況。

予友某君有小説癖，惟嗜讀而不善作，曩嘗至其家，見書室中收藏新舊説部甚富，渠寢饋其間，大有『窗前流水枕前書』之概，以爲人生至樂無過於此矣。因與予述讀小説之經歷談數則，頗堪發噱，爰記之。

渠云：余爲學生時，即愛閲小説。教室席次，恒擇後列，遇有沉悶如讀經，乾燥如修身等課，輒以小説爲破寂排悶之品法。以小説夾入講義夾内，兩手持夾，與桌面成傾斜形，既不爲教師所見，又不致有傷目力，正坐暢觀，樂而忘倦，不至鐘鳴退課不輟。至教師所講者，盡屬耳邊之風，真所謂誨之諄諄，聽之藐藐矣。詎教師不知，反贊余之姿勢正確，又能静心聽講，而斥彼之沉沉瞌睡、鼾聲呼呼者，謂皆當以余爲法。

課外看小説，殊爲不便，以在自修室中人多聲雜，既慮爲管理員瞥見，又恐爲諸同學强借以去，故惟厠所中最爲相宜。某次大便竟經三小時之久，不知不覺間竟閲畢長篇小説一册，及起身欲出，臀部成印，痛不可撫，兩腿麻木幾撲者。再以語同學，同學因號余爲小説迷。

余自脱離學校生活，後對於小説興味益濃，廣羅博蒐，不擇美惡。而又值此小説中興時代，坊間出版品之多，幾可汗牛而充棟。大有如入山陰道上，令人應接不暇之勢。予遂詳列一表一一標明書名、價目、出版日期、編者姓名、發行局所，洋洋大觀，儼然一部書目提要也。

余以零購之費事，又欲先睹爲快，故對於雜志，大都均長期預訂者，由各肆按期寄來，以是大勞郵差之玉趾，甚或一日數至吾門，且余每預計郵程，先時在門外翹首而望。某日，郵差以加薪停工，致使余鎮日癡盼望穿秋水也。而郵卒來時，遥見余昂首對之，亦必以郵件揚手示余，以慰余之渴望，余則欣然往接焉。有時設或書局發書較遲，或路中以事延擱，遇郵卒而并無郵件遞至，則必懊然若喪，不豫者竟日。至余既得書後，必先觀封面及插圖，次觀目録，又次觀編輯餘談、編輯瑣言或編輯室燈下等等，又次觀小品補白，又次觀雜作，又次觀短篇，末乃及長篇。觀時對於書本彌加愛護，從不令污損封面，及捲折書角者，閲畢即加以標籤，按類藏入書架，儼然藏書家之所爲，此爲余看小説之一定程序，無或稍變，苟或不幸，稍有損及書本，即送贈他人而別購完好者補其闕。而偶得一新本，興濃時輒一氣閲畢，必至竟卷乃已。雖廢寢食，在所不顧，此亦余之特性也。

某日余友柬邀午餐，余以應酬場中有一普通習慣，柬書申刻必至酉刻，柬書午刻必至未刻，早去亦徒然也。爲經濟時間起見，即取一小説讀之，詎此小説殊能引人入勝，竟使余不忍釋卷。及閲畢赴宴，則衆客已半醺矣。余對此殘羹剩汁，亦惟嘆口福之不佳而已。

如某君言，誠可謂小説之良友，特不知同抱此癖者，對之作何感想爾。

紅玫瑰

第一卷第十三期
上海世界書局印行

小說之良友

蔣吟秋

予友某君有小說癖。惟嗜讀而不肯作。嘗偕至其家。見書室中收藏新舊說部甚富。架幾鋪。其間大有斷簡流水枕前書之概。以爲人生至樂無過於此矣。因與予述讀小說之經歷談數則。頗堪發噱。爰記之。

渠云余爲學生時。即愛閱小說。教室席次。恆擇後列。遇有沉悶如讀經乾燥如修身等課。輒以小說爲破寂排悶之品。法以小說夾入講義夾內。兩手持夾與桌面成傾斜形。既不爲教師所見。又不致有偽目力。正坐暢觀。樂而忘倦。不至鐘鳴退課不輟。至教師所講者。盡聞耳邊之風。其所謂諄諄之藐藐矣。詎教師不知。反贊余之姿勢正確。又能靜心聽講。而斥彼之沉沉磕睡。鼾聲呼呼者。爾皆當以余爲法。

著作家之嗜好

鄭逸梅　撰

載於《紅玫瑰》一九二四年第一卷第十九號。作者鄭逸梅，見一九一九年《小説瑣談》提要。本文列舉了三十位小説家的嗜好，如徐枕亞，螃蟹；張舍我，雀戲；周瘦鵑，紫羅蘭；范煙橋，碧螺春；徐卓呆，火柴商標；李涵秋，畫眉鳥；徐哲身，淫書；吴雙熱，新劇；袁寒雲，貓；等等。

隨意寫來，不分先後。

徐枕亞，螃蟹。陳小蝶，古畫。趙苕狂，葧蘭地。嚴芙孫，幻術。張丹斧，古錢。姚賡夔，紅色信牋。徐碧波，五香豆。陸律西，燈謎。張舍我，雀戲。范君博，郵票。周瘦鵑，紫羅蘭。范煙橋，碧螺春。徐卓呆，火柴商標。馬鵑魂，顯微鏡。許廑父，牛肉。李涵秋，畫眉鳥。黄轉陶，鹹炒瓜子。江紅蕉，糖果。徐哲身，淫書。華吟水，東鄉調。王西神，金石。沈家驤，香煙畫片。吴雙熱，新劇。趙眠雲，圍棋。丁慕琴，留聲機。許指嚴，紹酒。俞天憤，雪茄。袁寒雲，貓。胡亞光，影片。屠守拙，象棋。

一人而有數好者，只寫其一。

著作家之嗜好

鄭逸梅

隨意寫來。不分先後。

徐枕亞	螃蟹	周瘦鵑	紫羅蘭	王西神	金石
陳小蝶	古畫	范烟橋	碧螺春	沈家驤	香烟畫片
趙苕狂	勃蘭地	徐卓呆	火柴商標	吳雙熱	新劇
嚴芙孫	幻術	馬鵑魂	顯微鏡	趙眠雲	圍棋
張丹斧	古錢	許厪父	牛肉	丁慕琴	留聲機
姚賡夔	紅色信箋	李涵秋	畫眉鳥	許指嚴	紹酒
徐碧波	五香豆	黃轉陶	鹹炒瓜子	俞天憤	雪茄
陸律西	燈謎	江紅蕉	糖果	袁寒雲	貓
張舍我	雀戲	徐哲身	淫書	胡亞光	影片
范君博	郵票	蔣吟秋	東鄉調	屠守拙	象棋

一人而有數好者。祇寫其一。

小說小說

張寄仙 撰

載於《紅雨》一九二四年三月第一集第一册。《紅雨》由浙江怡社編輯、發行。編輯主任潘寄夢，理事編輯劉恨我，主要發表一些小説。張寄仙，疑爲浙江湖州人。一九二九年八月至十一月曾主編過《新塍評論》，後任湖州專署秘書、吴興縣新聞記者分會常務監事。作者對《紅樓夢》、《水滸傳》、《西廂記》等傳統小説戲曲比較欣賞，對當時的小創作，不論新舊評價都不高，然猶厭惡白話小説，認爲它們『多神秘不可索解』。不知其所指『神秘』的具體内涵是什麽？不可『索解』。

余於新舊小説無不喜讀，而獨傾倒於《紅樓夢》與《西廂記》二書，朝夕相對，寢饋不離，雖百讀亦不覺其厭也。

自短篇小説盛行後，作者如林，其間佳構固多，然均僅俱一讀再讀之魔力，可以百讀者未之見也。

新文化家輒盛稱《紅樓》、《水滸》之佳，打倒一切文言小説，奉爲白話文之臬圭。顧彼輩創作，非特無一二如《紅樓》、《水滸》者，且多神秘不可索解，不知何故？

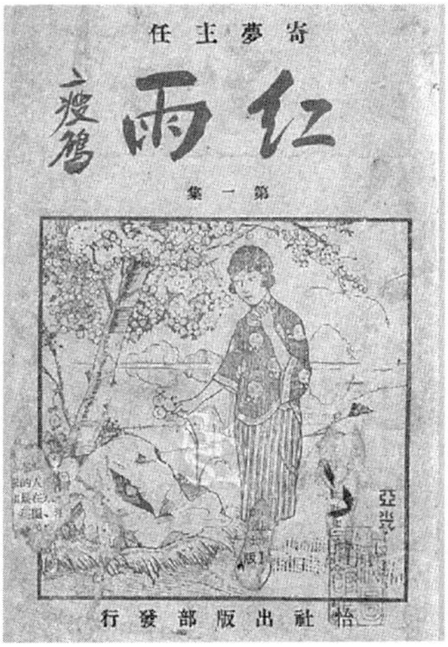

紅雨

小說小說

張寄仙

余於新舊小說無不喜讀而獨傾倒於紅樓夢與西廂記二書朝夕相對寢饋不離雖百讀亦不覺其厭也

自短篇小說盛行後作者如林其間佳構固多然均僅俱一讀再讀之魔力可以百讀者未之見也

新文化家輒盛稱紅樓水滸之佳打倒一切文言小說奉爲白話文之臬圭顧彼輩創作非特無一二如紅樓水滸者且多神秘不可索解不知何故

（40）

《嘯聲》小説話

徐碧波等　撰

連載於《嘯聲》一九二四年第三、六、九期。另見第十期載有韓天受的《小説閒話》，已編入韓氏同題的名下。《嘯聲》係嘯社的社刊，專發千字以下的短篇小説，周刊，於一九二四年三月創刊於上海，由章半呆任編輯主任。徐碧波，見一九二五年《〈新月〉談話會》提要。明道，即顧明道，見見一九二五年《稗苑談屑》提要。倩文，當爲鄧倩文，畢業於上海崇德女校，曾任《婦人畫報》主編，《良友》圖書印刷公司圖書管理，撰有《繡餘偶録》等。顧明道的《小説談屑》對『無聲名』的小説家的同情與對徐卓呆『敏於爲文』的批評，可與血俠的《小説叢話》對照來讀。倩文的『雜談』，説作小説要爲讀者留有『思索之餘地』與『小説之難點在於描寫』，都有一得之見。

文壇趣話

徐碧波

轉陶在《紅》雜志作《文壇趣話》，搶濟群生意。詎知螳螂捕蟬，尚有黄雀在後，然而弋黄雀者爲誰？則又不可得知之矣。

去年冬至時候，煙橋從無錫回到蘇州來，他一脚便上吴苑話雨樓啜茗。我們一行人衆，都在那兒。他伸言道：『今天的茶鈔，一定都要我來還帳。』我們聚聲道：『足下遠客歸來，倒反惠鈔，恐怕没有這道理吧。』他還不依，見了堂倌，兀是將錢囊挖出來，問他共需若干。茶博士環覷一桌，都是熟客，惟有惠鈔的最是陌生。他便凑趣道：『爺們的茶資，都記帳的。你老别客氣罷！』他茶資没有還去，心裏兀是不安，就命堂倌去做了五七客饅頭來，請我們大嚼。這是煙橋要作東道主的决心啊！

小說談屑

明　道

作小說猶之作文，先貴有意，次重布局，然後佐以文采。苟一篇而爲無意識之作品，雖布局離奇，文筆優美，而於文藝界上，毫無價值。然雖有意思，而布局欠佳，文筆不達者，亦不能稱爲完璧。是故小說雖小道，而亦不易作也。

名家敷衍之品，反不若新作家之精心結譔者。然今世閱小說者，大都先注意其人之聲名，無聲名者輒不能邀他人一顧，此中埋没不少名作。

今日小說界中作品最多者，厥惟徐卓呆氏。新流行之雜志，幾無不有其著作，絶少間斷。人謂許廑父日試萬言，敏於爲文，然吾謂卓呆的是不弱。至於作品之如何，世有知者，必能言之也。

喜新惡舊，人之常情。是以各雜志月刊壽命皆不能長，且編至末後，亦自見鬆懈，豈編者之心理亦若是乎？

近日不佞時時頭腦患病，憚於握管，而各處索稿者仍多，實苦無以應酬。且人之不諒，以此相責，素無交情者，亦祇好置之不理矣。

小說雜談

倩　文

小説最易學，最難精，與象棋同。

白話小説與文言小説，各有長處。白話小説善描寫，文言小説厚而頗能耐人尋味。

筆記宜用文言。若用白話，則類童話，無深趣矣。

譯文不可直譯，宜擇其要點而譯之。

譯文中之人名，最好以『某』字代之，如代數中之 XY 等。若以譯音寫出，則讀者頗難記憶，不若以代字法代之較爲妙也。

每作一篇小説，當留一點讀者思索之餘地。

小説之難點在乎描寫。

白話文當以官話寫出，不宜用土話。例如『拆濫汚』、『拍馬屁』、『馬馬呼呼』等，本地人當能明悉，然外地人讀之，不啻如入五里霧中矣。（官話亦未必人人皆懂。吉森注。）

小説與筆記，實異途而同歸。

本刊編者徐碧波

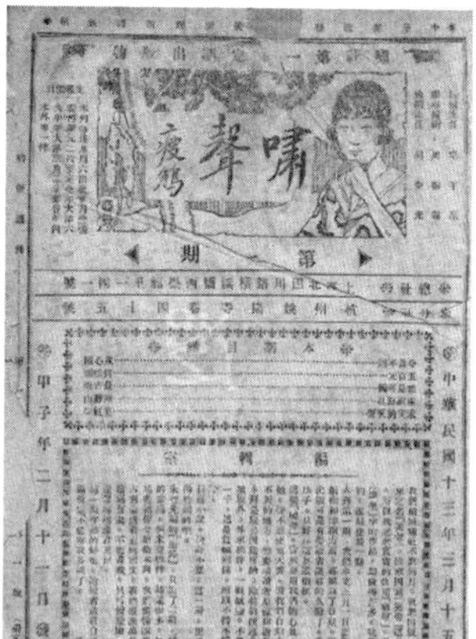

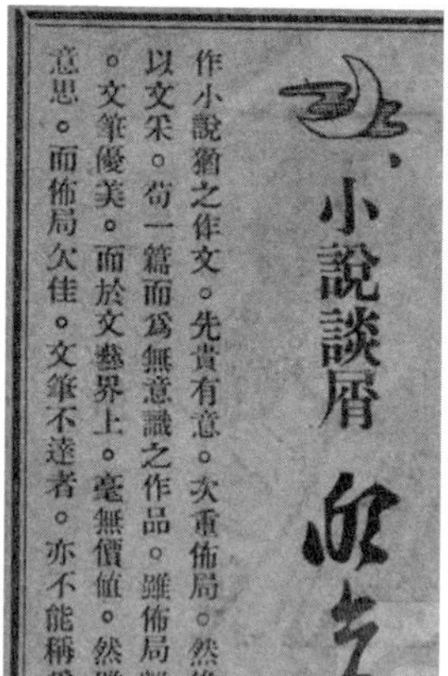

小說談屑

作小說猶之作文。先貴有意。次重佈局。然後佐以文采。苟一篇而爲無意識之作品。雖佈局離奇。文筆優美。而於文藝界上。毫無價値。然雖有意思。而佈局欠佳。文筆不達者。亦不能稱爲完

文苑鴛鴦譜

喬太守　撰

載於《紅玫瑰》一九二四年第一卷第四十四期。作者喬太守，顯係臨時因亂點鴛鴦譜而起名，不詳其人。本文將當時的小説家兩兩相對，從身材相貌、性情愛好、寫作特點等等，隨機進行比較，在客觀上介紹了一批作家的不同個性與特點。

嚴獨鶴配周瘦鵑

一鶴一鵑，美滿姻緣。纖腰楚楚，大腹便便。鵑啼五更之血，鶴垂三尺之涎。緑瘦紅肥春可憐。

注：獨鶴肥，瘦鵑瘦。

程瞻廬配吴雙熱

一個蹦宋玉之牆，一個偷韓壽之香，相視一笑，白髮蒼蒼。雙雙攜手走進蘭房，先唱一隻滑稽雙簧。

注：二君皆説界前輩，并擅滑稽。

陸律西配徐枕亞

恨煞郎君不解温存，打躬作揖，相待如嘉賓。待把芳情細訴，奈一榻横陳，郎又醉倒芙蓉城。空庭寂寞，又黄昏，梨花滿地不開門。

注：律西見人必揖，酸氣逼人，嗜阿芙蓉。枕亞饒有風情，而多愁善感。

朱瘦菊配姚民哀

一個兒長，一個兒短。長的一丈有餘，短的三尺不滿。不是老天惡作劇，却是人間好侶伴。架着長梯去接吻，奴家情意何款款。一個筋斗跌下來，覆巢之下無完卵。把小脚兒跌痛，把嫩腿兒折斷。

注：瘦菊奇長，民哀奇短，而民哀之金蓮小，幾不盈一握。

王鈍根配包天笑

郎風流，妾風騷，風月場中資格老，括括叫，手下討人知多少？舊時王孫，愛上了老鴇。

注：鈍根、天笑，皆説界老前輩也，頗肯獎掖後進。王孫之王鈍根姓，鴇諧天笑姓。

張舍我配范煙橋

范家有女顔如玉，無錫著名大阿福。水門汀上攢三攢，决不喊聲喔唷唷。阿郎獻鏡臺，阿嬌藏金屋。恭祝恭祝：今朝花燭，明朝浴浴。阿嬌風流阿郎曲，恭祝阿郎頭巾緑。

注：舍我性忠厚，不免有鄉曲之誚。壯而未娶，頗有迫不及待之勢。其擇妻標準，不尚外表，而重内容，故願得一體肉堅强之大塊頭爲妻。卓呆曾謂女子能向水門汀上攢三攢而不呼痛者，方足爲舍我之妻。煙橋塊頭絶大，頗具該項資格。

胡寄塵配王錦南

一個静如老衲，一個蕩如騷狐。陰太盛，陽太枯。朝朝暮暮泥檀奴，無怪檀奴憔悴如浮屠。

注：寄塵貌癯言默，對之意冷。錦南憨跳而蕩，焦二比之《紅樓夢》中多姑娘，謂時有色情狂之徵象露於外云。

施濟群配朱大可

新郎黑面如漆，新娘白膚如雪，如此姻緣太奇特，霉頭觸到印度國。只恐彩鳳隨鴉，難調琴瑟，碼頭之上做小説，閨房之中吃生活，難爲了濟公活佛。

注：濟群一黑臉大漢，大可則温文爾雅，貌尤白皙。濟群有倚馬之才，曾立在黄浦灘碼頭上草就小説一篇。

沈禹鐘配徐耻痕

傷哉妹妹，蓉水頻年消息杳。忙煞哥哥，倉皇奔走滬杭道。秀嶺、閒雲，一個兒歡來一個兒惱。爲謝人間月老，補情天缺陷知多少。願此後相逢一笑，鶼鰈雙雙，白頭偕老。

注：耻痕旅滬，嘗經年不歸。禹鐘則反是，有火車老客人之雅號。秀嶺、閒雲，嵌耻禹二君夫人名，唐突西施，罪過罪過。

陸澹盦配畢倚虹

以前對簿公庭，怒火直向頂上冒，欲把冤家一拳打倒。如今相見洞房，媚眼暗從燈底抛，笑把舊恨一筆勾銷。你也説這是我的不好，他也説這是我的不好，從頭把兒女恩仇訴向今朝，饒饒。

注：澹盦、倚虹曾因筆戰涉訟，經人調停和解，二君亦言歸於好。

陶鳳子配姚賡夔

好男兒，好女兒，兒女英雄信有之。英雄嫵媚，女兒嬌癡。且把壯懷收拾起，親調粉黛畫蛾眉，春自融融。情自依依。小様雛鳳學雙飛。

注：鳳子尚俠好義，賡夔一署蘇鳳，嬌小玲瓏，宛然好女郎。

楊塵因配張枕緑

月様玲瓏，玉様温柔，娟娟此豸，不知顛倒多少壽頭。妬煞楊鬍子，豔福三生修，把妙人兒收歸己有，怕只怕髯尖如戟，力大如牛，刺破了櫻桃小口。

注：塵因體胖而美髯，枕緑冰雪聰明，惟性頗執拗。

俞天憤配沈家驤

一個有戇大之雅號，一個有神經之頭腦。自言自語，忽啼忽笑，閨房之中，終日胡鬧。胡鬧且胡鬧，千萬勿動刀。捉將官裏，送進監牢，糟了。

注：天憤辦事有牛性，人目爲戇大。家驤有神經徵象，發作時有非常行動。

惲鐵樵配嚴芙孫

紅粉佳人，白頭老翁，一個兒口吃，一個兒耳聾。花開并蒂，藕結同功，來勢凶，一樹梨花壓芙蓉。憑訴盡軟語千言，猶遠隔蓬山萬重。你好小姐聲嘶力竭，喊破了喉嚨，他老人家昏天黑地，好似耳邊一個蚊子嗡嗡嗡。

注：鐵樵年老耳聾，精神飽滿。芙孫年少口吃，姿首不惡。

何海鳴配向愷然

從戎班定遠，尚俠聶隱娘。楊柳營中歌慷慨，芙蓉帳裏吐芬芳。一把刀，一枝鎗，真刀真鎗，廝殺一場，成就了鐵血鴛鴦。

注：海鳴嘗身列戎行，以驍勇著稱。愷然擅武俠小説，固異流而同歸也。

徐卓呆配顧明道

滑頭碼子，眼波亂撩。蹩脚美人，輕擺柳腰。兩眼一霎一霎，兩脚一蹺一蹺。閨房之中教體操，跌一交，兩眼霎得快，兩脚蹺得高，妙妙。

注：卓呆霎眼，平均一秒鐘一霎，與會淋漓時則更甚，亦爲著名之體操家。明道貌絶美（？）而大蹺其脚，曾於雜志賀年片等等上，一再披露其尊容，若恐人之不知其美者。但祇披露其半身，如神龍之見首而不見尾，未免美中不足。

程小青配張冥飛

一個偵探，一個女盜。你一鎗，我一刀，盜窟之中鬥法寶。男女法寶，各極其妙，妙不可言，怒茁愛苗，從今後成就好事，多謝月老。綠飛雲鬢，紅透香桃，一笑低鬟無限嬌。

注：小青擅述偵探，冥飛擅寫俠盜。

劉山農配江紅焦

林妹妹，好比雪中梅，冰清玉潔，不染塵埃。誰知千揀萬揀嫁得大麻皮一位，倒霉倒霉，倒盡三百年的霉。半夜三更，大麻皮踏進房來，鼻涕揩揩，脚丫扳扳，笑嬉嬉喊一聲我愛。林妹妹喊又不便喊，推又推不開，那末弄勿落個哉。

注：天台山農老醜而大麻，紅焦有潔癖，羅襪生塵，有凌波仙子之慨。

范菊高配徐碧波

夫太憨，妻太酸。老太婆獨坐瀟湘館，五更鐘敲斷，五香豆吃完，待郎郎不歸，偷把珠淚彈。驀地裏床下爬出一個小官官，笑向懷中攢。且緩且緩，一身大汗。

注：菊高憨態可掬，碧波酸態可掬。碧波多情種子也，而面如老太婆。星社鄭逸梅輩，好以吃閒食互相標榜。碧波之吃五香豆，尤爲彼黨所津津樂道。

劉豁公配鄭逸梅

一個上括下括，一個東補西補。括弧好比箍桶匠，補白好比縫窮婆。雖然合作稱伴侶，難免相打喊巡捕。君不聞其聲括括括，好似秋蟲飲盡清露而振翼。其聲補補補，好似醉漢吃飽酒肉而脱褲。一清而一濁，其能始終偕老乎？吁嗟嗚呼，是又何苦？軍閥横行，你何不括他一括；河山破碎，你何不補他一補？

注：豁公小説好用括弧，人稱括弧先生，亦稱劉括公。逸梅人稱補白大王，即前清候補道，中華民國補威將軍。

一九二五年五月《紅玫瑰》第四十四期

文苑鴛鴦譜

壽太守

□嚴獨鶴配周瘦鵑

一鶴一鵑。芙滿姻緣。纖腰楚楚。大腹便便。鵑啼五更之夜。鶴垂三尺之涎。絲瘦紅肥。春可憐。

註　獨鶴肥。瘦鵑瘦。

□程瞻廬配吳雙熱

一個擬宋玉之牆。一個像韓掾之香。相視一笑。白髮蒼蒼。雙雙攜手走進幽房。先唱一隻滑稽雙簧。

註　二君皆說界前輩。並擅滑稽。

□陸律西配徐枕亞

假煞郎君不解溫存。打躬作揖。相待如嘉賓。待把芳情細訴。奈一榻橫陳。郎又醉倒芙蓉城。空庭寂寞。又黃昏。梨花滿地不開門。

註　律西見人必揖。酸氣逼人。嗜阿芙蓉。枕亞饒有風情而多愁善感。

第四十四期目錄

民國十四年五月三十日 陰曆乙丑年閏四月初九發行

小説閒話

趙芝岩　撰

載於《半月》一九二四年四月四日第三卷第十四號、十八日第十五號。作者趙芝岩（一八九三—？），字芷岩，江蘇上海人，星社社員。本文批評了當時創作中的一些西化現象，如人物姓名用英文字母替代，人物口語中間隔開。他提出『文藝的真與趣』，認爲當時雜志中的《紫蘭花片》、小説中寄廬的短篇，可以領略到這種味道。

筆記式的小説，在現代文藝界上即已破産，那某甲某乙等名詞，也跟著舊潮流消滅。但是我不解何以A先生B女士却非常時髦。難道國貨總是及不來舶來品麽？我想這一派的作者，必定自恨是個中國人哩。

寫實派小説，但注重片段描寫，只能説是小説體材中的一格。到底趣味的濃厚，不如新浪漫派。就是他最盛的時代，在西洋文壇上，也只有和新浪漫派并立的地位，現在可漸見衰頽了。至於那些神經過敏的誇張，只是學那軍事家假造電報的伎倆罷了。

現在有幾位元負盛名的小説家的作品，太覺得無謂了。我以爲如果存心敷衍，倒不如不作，否則反而得不償失呢。

我很喜歡看譯著，但是頂恨無意識的直譯。比方明明是一個人的話，却把他腰斬做兩段。例如：『唉，不得了。』他説，『叫我怎麽辦呢？』像這一句話，如果請不懂西洋文法的人看了，管教他一般子不會明白是一個人的話哩！可是還有些新人，高揞著創作的牌子，却也學著這語氣。我總疑心他們是個混血兒，不然做中國文，怎麽會錯用别國文法呢？

雜志中我最喜歡看《紫蘭花片》，小説中我最嗜好寄廬的短篇。因爲同在短時間中，可以領略文藝的真興趣，極是經濟的事。

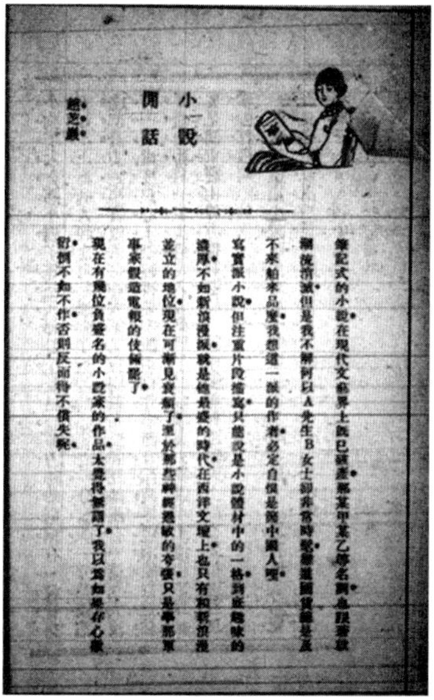

小說閑話

趙之獻

筆記式的小說，在現代文藝界上既已漸歸淘汰，那某甲某乙式的名詞，亦跟著漸漸淘汰。但是我不解何以A先生B女士卻非常時髦，實在也不過是五十步與百步。我想這一派的作者，必定自信是個中國人哩。

寫實派小說，但注重片段描寫，只能說是小說體材中的一格。到底趣味的濃厚，不如新浪漫派。就是他最盛的時代，在西洋文壇上也只有和新浪漫並立的地位，現在可漸見衰頹了。至於那些神經過敏的奇僻，只是拳師軍事家假造電報的伎倆罷了。

現在有幾位負盛名的小說家的作品，太覺得潦草了。我以為如果存心敷衍，倒不如不作，否則反而得不償失呢。

小說閑話

趙之獻

我很喜歡著譯書，但是很恨無意識的直譯。比方明明是一個人的話，卻把他剖析做兩段，例如「喫不得了」，他說「教我怎麼辦呢」，像這一句話，如果讀不懂西洋文法的人，看了管教他一輩子不會明白是一個人的話哩。可是還有些新人高揭著創作的牌子，卻也學著這種習氣，我總疑心他們是混血兒，不然，像中國文怎麼會能用到西文法呢。

雜誌中，我最喜歡讀那花片小說，中間我最嗜好的是寫的短篇，因為倒在短時間中，可以領略文藝的真義，總是很痛快的事。

説林憶舊録

黄轉陶　撰

載於《半月》一九二四年四月至六月第三卷第十四、十五、十七、十九號。作者黄轉陶，見一九二二年琴樓等《小説雜談》提要。本文述評了曾經頗有成績而當時已淡出小説界的四位作者：沈肝若、尤玄甫、葉小鳳、王大覺。這些作家之所以脱離小説界，原因各有不同，但提到尤玄甫説『不願再以有用的筆墨，貢獻給小説閥』的説法，值得玩味。這至少點出了當時小説界已經有了一類『小説閥』。

沈肝若

在十五六年前，在各報同雜志上，總可以找到肝若的作品。他著小説，也曾享過一時盛名。他所最風行一時的單行本就叫《霍女》。這部《霍女》是部文言的長篇小説，文筆的樸茂，恐怕在現代小説界裏很少。他是個文學家，還是個詩家，又有小説家的天才，所以他的小説，也做得分外好了。

在十五六年前的小説界裏，蕭索得什麼似的。偶然有一兩種很陳舊的雜志，也是奄奄無生氣的。倘使有個人出來振刷，也没有甚麼效力。所以肝若如今銷聲匿跡，也不願再做小説了。

他除了《霍女》之外，又有一部叫做《六月雪》。這部是章回小説，完全是做的秋瑾女士的事跡。因爲他和秋瑾女士同是革命黨中的健者。但是這部書的署名不叫肝若，不知寫的甚麼，不記得了。其餘還有幾部文言的長篇小説，在這時蔣箸超的《民權素》，莊乘黄的《快活世界》，都能找到他的作品。他一向是做報館記者的，起先是在北京《大中報》做主筆，《大中報》是民黨的機關報。後來《大中報》被封了，又組織過幾種，如今的蹤跡，不知何處去了。

尤玄甫

玄甫先生是個偵探小説的能手，也是個譯歐美小説的專家。從前《小申報》刊過他一部長篇譯的偵探小説，總大約有十幾萬字，就是短篇偵探小説，載過在雜志、報紙上的，也很多很多。但是除了偵探之外，恐怕可以説没有。

他的資格是非常老了——在包天笑先生做小説的時候，就把小説家的聲譽顯了。但是他不肯多做，除掉擔任的各報撰述偵探長篇之外，簡直不多。這未免是個缺憾。

他的舊學根柢是很深的，甚麼詩詞駢儷，都非常拿手，做幾篇論文談古的文字，絶不落人家的窠臼。這一類論文談古的著作，在他編輯《小申報》時的報上，時時可以得見。

如今他輟筆小説界已是十幾年了，便是詩詞這一類文字，也偶然做做。現在他在浙江第八中學校裏執教鞭，已經好幾年。他同我家有些親戚關係，在蘇州的時候，同家兄若玄時常相見。有一次大家在吴苑碰見了，談起現在的小説，他説：『現在的小説界，有了「小説閥」了，人家説旺盛是好現象，吾倒説現象不好。所以吾殊不願再以有用的筆墨，貢獻給小説閥。』

葉小鳳

小鳳先生的小説聲名，恐怕知道小説的人没有不知了，但是現在却竟讀不到他一篇小説，讀小説的人，未免抱著缺憾。

葉先生不但是個小説家，而且是個文學家，也可説是詞章家。他的文章是饒有氣節的。他的著作很富，長篇同短篇，在以前的各報雜志上，可説盛乎其盛。文言同白話，都能够把現在的一切作家抹倒，也可以説現代享名的小説家，都不及他。這句話或者欽佩小鳳先生的人所公認吧。

他最著名的長篇小說，是一部《如此京華》，在天笑先生主任的《小說大觀》上登過，後來有單行本。别的長篇，也非常多。短篇小說更是在以前的雜志上隨時可以得見。不長久還有一篇短篇叫《巷堂小史》，載在濟群主任的《新聲雜志》上，把滑稽流利的筆墨，描摹巷堂裏的黑暗，使人讀了，真個要拍案叫絶。記得從這篇之後，不曾再見雜志裏有過第二篇小說。

他是編輯《民國日報》的。他能够使《民國日報》在患難危險之中，安安逸逸地過去，他的毅力和忍耐，也可想而知了。新近《民國日報》的副刊《社會寫真》裏，刊著他的長篇《前輩先生》，吉光片羽，大足寶貴呢。

王大覺

王大覺先生是周莊的詩人，文名也是卓著遐邇的。他的小說，比較詩文，實也不相上下，但是輕易不肯動筆，所以雜志裏很不容易求到。

他的小説是尚辭藻的，白話之中也夾雜著雅麗的典實，和王西神先生的小説有幾分相像。他的小說載在雜志上的很少很少，在現在的新雜志上簡直可說没有。幾年前，沈禹鐘君編輯《東方朔》，雜志上他曾有過一篇小説叫《神經病》，很有些哲理。自這篇之後，永遠不曾讀到他的新作品。

在南社瓦解以後，他獨自籌備一個詩文社叫『正始』，近代的文學之士多半被他收羅在内，曾出過一集叢刊名作《如林》。他的介弟秋崖也擅長文事，詩文是有兄派的。

他的小説雖然精警，便是小品雜作也非常清麗，而且他還擅長滑稽文字。記得葉小鳳君編輯《新申報》、《小申報》的時候，他曾刊過一篇《頑童趣史》，思想真好，讀了甚麽人都要捧腹。事情已隔了好幾年，那篇叙述種種頑童的惡作劇，還歷歷在我腦海中回旋著，也可知深印讀者腦筋了。

如今的雜志，但求許多知名之士的稿件，迎合社會人們的一種心理。對於有小説真才的文人很不注意，把許多具真藝術思想的無名小説家都湮没盡了。小説界的漸歸蕭沉，這也是一個原因啊。

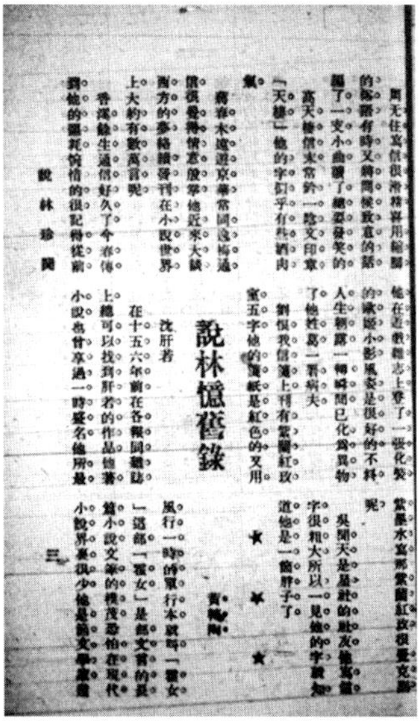

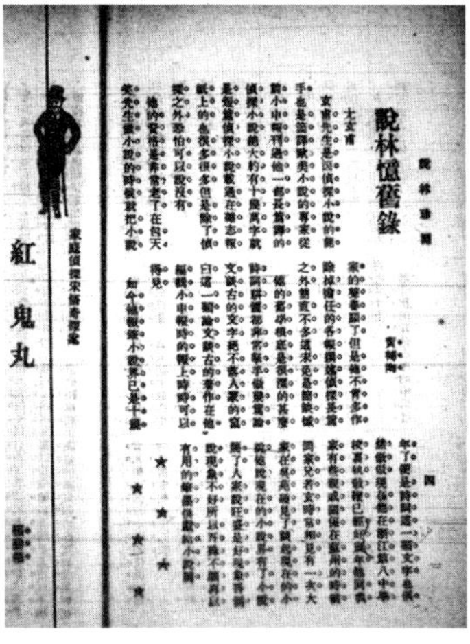

稗苑佳品

鄭逸梅　撰

載於《半月》一九二四年四月十八日第三卷第十五號。作者鄭逸梅，見一九一九年《小說瑣談》提要。本文仿趙凡夫論篆，將清末民初三十位名小說家，用四字加以品評，概論其風格特點，可與作者《稗苑花神》等作品參看。

曩趙凡夫論篆，有四字之品評，絶精當。病榻多暇，戲取以品著名小說家。古人云：『不作無益之事，何以遣有涯之生？』真可謂先得我心矣。鄭逸梅。

太華孤峰：林琴南；幽谷芳蘭：包天笑；
寒山積雪：陳冷血；天馬脱羈：趙苕狂；
時女步春：江紅蕉；壯士舞劍：不肖生；
閒雲出岫：袁寒雲；彈丸脱手：顧明道；
長霞散綺：王西神；舞鶴遊天：嚴獨鶴；
神鼎足立：沈禹鐘；綿裏藏針：胡寄塵；
蜻蜓點水：張枕緑；長虹貫天：陸士諤；
神鰲鼓浪：張丹斧；美女拈針：周瘦鵑；
春花舞風：畢倚虹；重山疊翠：徐枕亞；
蛺蝶穿花：陳小蝶；高柳垂絲：范煙橋；
大石喬松：天臺山農；衆星麗天：程瞻廬；
百卉争妍：王鈍根；大刀入陣：何海鳴；
順風鴻毛：姚民哀；獨繭抽絲：程小青；
長鯨飲海：海上漱石生；雁陣驚寒：張冥飛；
孤霞捧日：陸澹庵；窄地布錦：朱鴛雛。

至情記

至情記

讀《水滸後傳》雜識

文華　撰

連載於《晨報副鎸》一九二四年四月二十五日、二十六日、二十七日、二十九日、三十日。《晨報副鎸》，『五四』時期的著名副刊。前身是於一九一六年由梁啓超等創刊的《晨鐘報》，後遭封改版爲《晨報》，其第七版發文藝作品，隨報附送。一九二一年十月十二日起改版獨立發行。先後編輯有孫伏園、江紹原、徐志摩等。本文作者署『文華』，疑爲沈文華，字一均，浙江嘉興人，南社社員，民國初曾任嘉興議會會長。本文在議論《水滸後傳》時全面地考察了七十回本、百回本、百二十回本的《水滸傳》及《蕩寇志》等。高度讚揚了《水滸》精神，肯定它是一部憤當時異族政府的腐敗而作的『發憤之書』，而《後傳》的精神是與之一脈相承，也是一部『洩憤之書』。他認爲，『《前傳》和《後傳》情感思想是極相似的，而作者的動機也相同的』，所以『這種續書，純是借人家杯酒，來澆自己胸中塊壘的意思，是出於自然而然的』。他特別指出：『在階級争鬥未了結及朝野隔膜未打破以前，這部書總是一種有永遠價值的社會寫照。』而《蕩寇志》的作者想『作翻案文字，真是費力不討好』，寫得讀者十人中有九人摇頭，説『掃興』。作者還敏鋭地發覺了《後傳》有一個特色，即由於明末海禁大開，出洋殖民的風氣漸盛，所以特別創造了一個海島『烏托邦』，以表達作者『很想得一個好根據地來實現他的理想』。這實際上是『一班明末遺老』的共同心理。然後作者將校讀了亞東版《後傳》與家藏的光緒三年申報館鉛印本的文字異同，一一列出，從而指出翻印舊書，加新標點，要盡量减少訛錯，供給讀者以善本。『不要一版再版以至無數版，錯訛仍舊。』最後一個附録，希望用百二十回本的第七十一回裏一段文字來代替七十回本《水滸》中的盧俊義一夢，這樣，《征四寇》、《後傳》便與七十回本《水滸》相銜接，『合三書成一書了』。這個想法，也有創意。

一

近來逛市場，見有亞東加新標點的《水滸續集》，内分《征四寇》及《水滸後傳》兩種書。這兩種是我從前看過的，現在加了新標點，格外清晰，買來一讀，發生不少趣味，遂把自己對於《水滸後傳》的意見寫了些。我又把家藏本略參校一下，發見許多不同之點，也寫下幾則來，或者可供讀者一點參考的資料。

《水滸後傳》一書，坊間不易買得，這是何故呢？莫不是這書没甚價值？那麽，《粉妝樓》、《説岳》那類小説，價值未見得很高，却很盛行於民間；《蕩寇志》是多數人不愛看的，也還通行於民間。惟獨《水滸後傳》消聲匿影，幾乎湮没。這是甚麽緣故？據我看來，大約有三個原因：

（一）因爲這書是續百回本，而不是七十回本。七十回本自金聖歎批點後盛行，新百回本幾不可復見。《征四寇》雖有單行本，却不和七十回本銜接，并且不甚著名。（在坊間訪問有無『續水滸』，大都拿出《蕩寇志》。）

（二）因爲這書含着亡國之痛、種族之感的。《水滸前傳》尚且犯清朝忌，當作誨盗之書，禁止刻印，何況《後傳》呢？

（三）但最重要的原因，還是由於少有文人學士重估其價值，將他翻印（民國初年間有一種石印本，但只印得半部），將他批評，供多數人鑒賞。幾多好書，因爲無人賞識，遂至湮沒。陳忱的《水滸後傳》，不過僥倖存在罷了。

現在亞東本既出版，研究《水滸》的人，又多得一種材料，可以參考，可以批評了。從此坊間續《水滸傳》的書，便有兩種：

（一）續七十回本的是《蕩寇志》（又名《結水滸》）。

（二）續百回本的是《水滸後傳》。

我們討論續《水滸》的問題，不能不談及這兩種書。但我們先要問七十回的《水滸》，有續書的必要没有？據我看來，七十回本的妙處，正在以盧俊義一夢作結，戛然而止，與原百回本分離，令人尋味不盡；不獨可以表現反抗腐敗政府的精神，就文學技術説，也覺得較好，省却後半招安之贅累筆墨。况且三打祝家莊以後，至盧俊義上山，文章已如强弩之末；到了石碣受天文一段，還不適可而止嗎？只是他還免不了招安的俗套，於宋江屢次表示願受招安的地方不曾削改，致勞金聖歎批了許多誅心之論，暗示讀書者以招安以後的事（這也許是原百回本的遺跡）。故七十回對於百回，仍是藕斷絲連似的。於是新百回本出版以後，百二十回本繼出。但這兩種如今很難見到了。其實這兩種書，也談不到續的問題；因他們的後半部，本來是原百回本的後半部（略有更改）。到了清初，陳忱作《後傳》，纔從事於續新百回本；到了道光年間，俞仲華作《蕩寇志》，纔從事於續七十回本。

現在先談《蕩寇志》。讀《水滸傳》的人，到了盧俊義一夢，心裏總念道：『這一百零八人的事業止於此嗎？招安的事究竟怎樣呢？』於是追尋後事。但找來找去，祇是一部《蕩寇志》，一部《征四寇》，還是和七十回本不銜接的。《蕩寇志》這書讀者讀了，十人中總有九人摇著頭說：『掃興！』、『上當！』爲什麽他們讀了七十回本，便厭讀《蕩寇志》？難道他們都是『强盗性格』嗎？實在因爲七十回本寫得太好了，說出人心要說的話，深得讀者的同情。在階級争鬥未了結及朝野隔膜未打破以前，這部書總是一種有永遠價值的社會寫照。俞仲華偏錯認施耐庵的原意，作翻案文字，真是費力不討好！有人説俞仲華作《蕩寇志》，將《水滸傳》百八人剿除净盡，正是打破俗人團圓夢，就文學論，可謂『不落窠臼』。不知俞仲華寫陳希真一般人，被迫做了强盗，後來做了大官，最後還成了仙佛，這個團圓夢，更是非同小可！不過他和陳忱『同床各夢』罷了。他那種收拾梁山好漢的寫法，未免過於露骨。寫殺關勝、李逵，尤其庸俗可笑。他自己寫了五十來個人物，只得一個陳麗卿還過得去；寫張宿夜，却似個天神，不像個人，餘者更不足觀了。只是結構還算精密。平心而論，俞仲華手筆并不低。倘使他將二十年功夫用在另一作品上，或較有可觀。可惜他偏來續《水滸》，硬拉引施耐庵爲同志(金聖歎纔是他的同志)，實際與施耐庵開筆戰。他的膽量很可佩服，但終不免『相形見絀』。話又説回來了，若不因《蕩寇志》失敗，怎顯得《水滸傳》格外成功？由這點看來，俞仲華對於施耐庵的反面功勞，是不可抹煞的！

陳忱作《水滸後傳》，早在俞仲華作《蕩寇志》之先，嘗爲俞仲華所及見。他罵陳忱爲無賴文人(見《蕩寇志》自序)，説他獎勸盗賊。這是由於他所處的環境不同，故他倆意見不合，也無足怪。他倆的作品，究竟誰的好，誰的壞，恐怕非一言兩語所能比較出來。此篇只得從略。

（未完）

（一九二四年四月二十五日《晨報副鎸》）

二

上面說《蕩寇志》作者環境見解，都與《水滸傳》的作者大不相同，這是顯然的。然而《水滸後傳》作者陳忱却不然了。他的環境情感思想，都與《水滸傳》的作者相似，確是適宜於續《水滸》的一個人。

《水滸》一書，是憤當時異族政府的腐敗而作的，自原百回本至施耐庵的七十回本，已傳達下來這種感想。故前人不說《水滸》是一部怒書（見張潮《幽夢影》上卷），就說是一部憤書（見李氏《焚書》）。《後傳》也是一部憤書（見《後傳論略》）。試看李贄《忠義水滸傳序》，那種論調，實在也可以放進《後傳》。

李贄的《忠義水滸傳序》說：《水滸傳》者，發憤之作也。……施羅（貫中）二公身在元，心在宋，雖生元日，實憤宋事。是故憤二帝之北狩，則稱大破遼以洩其憤；憤南渡之苟安，則稱滅方臘以洩其憤……

我們對於《後傳》也可以説：《水滸後傳》爲洩憤之書。陳忱明末遺民，身在清，心在明，憤大明之亡，崇禎之死，永曆帝之蒙塵，故寫山泊餘人牡蠣灘救駕，暹羅國開基；憤奸臣之誤國，故寫蔡京等受流貶誅戮；憤官宦之嚙民飽壑，故使其傾宦囊，倍償民利；憤諸□倖之全身遠害，故寫草野孤臣冒險獻青子；憤漢奸助敵，欺壓同胞，故寫金兵勒索贖金，燕青折服王進（參看本書論略）。據此我們可以看出《前傳》和《後傳》情感思想是極相似的，而作者的動機也相同的，自然有續《水滸》之可能了。這種續書，純是借人家杯酒，來澆自己胸中塊壘的意思，是出於自然而然的。作者極表同情於施羅，故領會《前傳》處獨多，而續書好像天衣無縫！

但有一件事要注意：據百十五本《水滸傳》（《英雄譜》）、百二十回本和《征四寇》，關勝、呼延灼、戴宗都有了交代，而《後傳》又説他們到暹羅做官，這不是一個縫嗎？然而《後傳》不是續這些本子的，是續新百回本的（據胡適之先生説），我疑心新百回本或没有説關勝墮馬病亡；呼延灼征金，陣中而亡；戴宗在嶽廟裏出家，忽一日大笑而終；只説他們征方臘後，受封赴任或納誥歸□去了。我看了《後傳》的讀法，解釋《後傳》拉攏欒廷玉之可能説：『《前傳》祝家莊破後，不載欒廷玉下落，只在宋江口中嘆息一句道：「可惜欒廷玉這個好漢！」便已留下疑案。』因此推想新百回本未必説關勝等死了。如説死了，《後傳》要把死人變活了至少也替他們説幾句斡旋的話。現在看《後傳》却没有這些話，直接從他們的所在拉出來，豈不是他們未有交代清楚嗎？

以上是談續《水滸》的問題。現在試將《後傳》分析一下，附以批評。一部《後傳》約可分六段：

第一段——第一回到第三回。這一小段寫阮小七登梁山感舊，將《前傳》百回的大概已包在幾句感慨的説話裏。《前傳》的情形已跳躍在我們的眼底心頭，如此開章，最是有力！下面便寫張幹辦尋事，阮小七逃去；遇着扈成，遇着顧大嫂、孫新，又拉攏孫立，都投奔鄒潤，上了登雲山。阮小七的性格，《後傳》保持得很好。李逵死後，有此公不嫌寂寞。

第二段——第三回到第七回。這段借杜興引出李應、楊林、蔡慶、裴宣四個，都被迫上飲馬川。蔡慶不肯落草，下山引出樊瑞。附帶寫一個郭京，活現一個吹牛拍馬無惡不作的人，頗含些滑稽意味。樊瑞和郭京鬥法惹禍，連累公孫勝朱武，都上了登雲山。

第三段——第八回到十二回。這段開始寫暹羅開基幾個主要人物，如李俊、樂和、花逢春等；寫臟官徵重稅，墨吏破慳囊，作者的情感，漸漸露於筆鋒。寫到金鰲島安身，便到了本書一個要緊關鍵。

人物以樂和爲寫得好。李俊説話文文縐縐像個書生，未免失真。大約因作者參入主觀的色彩過多。

第四段——第十三回到十八回。這大段是拿安道全做綫索，把中國暹羅雙方的人物情節串起來。寫他自高麗治病回來，翻了船，遇李俊救了。回中國後，便引出戴宗、蕭讓、金大堅。隨後寫金宋夾攻遼國，徽宗迷信林靈素，伏下亡國之根。情節多取材於正史或《宣和遺事》。以下便寫蔣敬、穆春，總不外把他倆及黄順、蕭讓、金大堅送上登雲山。穆春寫得頗好，確是一個放誕不羈的小郎。

聞煥章是附帶寫的，不是本書重要人物。

第五段——第十九回到三十回。這大段是全書精彩所在。作者滿肚子牢騷都在這裏盡情發洩。先寫亡國的由來，次寫亡國的慘狀，次寫奸臣的末路，都是非常悲壯。如第二十四回和二十七回，都是感人的文章。雖有第二十五回寫金兵擄掠平民，勒索贖金，寫無耻奸民裝做金兵模樣，幫助仇敵來欺壓國胞，都寫得非常深刻。想因作者親歷過這種情形。當時漢軍助滿入關南下；無耻漢奸藉滿洲勢力，横行鄉里，勒索金帛；而明朝大臣如洪承疇等復靦顔事仇；這都是作者所感觸的，故發爲如此感慨淋漓的文章。此段寫的人物，以燕青爲最出色。寫關勝、呼延灼、柴進及徐晟、呼延鈺幾個新少年只是平常。第三十回寫南北兩寨英雄會合，想南下投宗澤，聞他已死，又遇金兵迫近。正在進退爲難的關頭，安道全提議往暹羅就李俊等，這是全書的焦點。

第六段——第三十一回到四十回。這段寫李俊等削平内亂（第三十一回到三十四回），禦退外患（第三十五回），統一暹羅，都有浪漫的意味。第三十七回寫牡蠣灘救駕，是表現故國之思；第三十六回寫六和塔叙舊，是憑吊亡國之跡（魯智深武松在六和塔出家，世有信以爲真的。陸次雲《湖壖雜記》説六和塔下僅有魯智深像；又説江浙人掘地得石砌刻着『武松之墓』。至於涌金門金華將軍廟供着張順，是大家知道的。這雖不免出於附會或編造，但也可見《水滸》故事的勢力，故附録在此）。這兩回實含有壯烈哀豔的情感，也可算全書的尾聲。至於末兩回，只是照例收束的文字罷了。

照以上六段看來，全書的布局是將人物情節分三部寫：北方寫一個登雲；南方寫一個飲馬；

海外寫一個金鰲；然後合攏來寫一個暹羅。

（未完）

（一九二四年四月二十六日《晨報副鐫》）

三

一部《後傳》，要算暹羅開基創業爲主要事件之一，頗帶些海洋思想，足以鼓舞讀者的興趣。這段事不是毫無根據的。明末海禁大開，如琉球暹羅等國都來進貢，出洋殖民的風氣，也漸漸盛起來。作者有了這個背景，遂拿虬髯公作影子，做成這部小説；仿佛魯濱孫的荒島，宋江等的梁山泊，雖有許多地方，出於想像，却都有他們的根據。《後傳》所根據的是：

（甲）《前傳》的故事。據百二十回本《水滸》（新百回本不可得見）説李俊征方臘在榆柳莊遇着費保等結義爲兄弟。費保勸李俊及時而退（以下引原文）：

話説當下費保對李俊説道：『小弟雖是個愚鹵匹夫，曾聞聰明人説：「世事有成必有敗，爲人有興必有衰。」哥哥在梁山泊，勳業到今已經數十餘載——更兼百戰百勝，去破遼國時，不曾損折了一個兄弟。今番收方臘，眼看挫動鋭氣，天數不久。爲何小弟不願爲官？爲因世情不好。有日太平之後，一個個必然來侵害你性命。自古道：「太平本是將軍定，不許將軍見太平。」此言極妙！今我四人既已結義了；哥哥三人何不趁此氣數未定之時，尋個了身達命之處？對付些錢財，打了一隻大船，聚集幾人水手，江海内尋個净辦處安身，以終天年，豈不美哉？』李俊聽罷，倒地便拜，説道：『仁兄重蒙教導，指引愚迷，十分全美。只是方臘未曾剿得，宋公明恩義難拋，行此一步未得。今日便隨賢弟去了，全不見平生相聚的義氣。若是衆位肯姑待李俊，容待收伏方臘之後，李俊引兩個兄弟徑來相投，萬望帶挈！是必賢弟們先準備下這條門路；若負今日之言，天實厭之，非爲男子也！』那四個道：『我等準備下船隻，專望哥哥到來，切不可負約。』李俊、費保結義飲酒，都約定了，誓不負盟。次日，李俊辭别了費保四人，自和童威童猛回來，參見宋先鋒，俱説費保等四人不願爲官，只願打魚快活……（《忠義水滸全書》第一百十四回）

李俊隨宋江征方臘回來，到了蘇州，詐稱風疾不起，待宋江行後，便和童威童猛三人自來尋費保等。

且説李俊三人竟來尋見費保四個，不負前約。七人都在榆柳莊上商議定了，盡將家私打造船隻，從太倉港乘駕出海，自投化外國去了。後來爲暹羅國之主。童威、費保等都做了化外官職，自取其樂，另霸海濱。這是李俊的後話。……（第一百十九回）

（乙）作者當時的事實。胡適之先生説，後寫的暹羅似暗指鄭成功的臺灣。這説很近情理。現在我舉出幾個根據：

（一）《後傳》説暹羅有釣魚島釣魚臺；臺灣附近也有釣魚嶼、釣魚臺（見《琉球國志》）。又説釣魚臺有任公子釣魚的古跡（亞東本第三十六回，頁六）。任公子釣魚事見《莊子》。他指的地方就是會稽以南，蒼梧以北的東海，而臺灣也在東海。

（二）《後傳》説李俊一般人從韭門山（浙閩交界）渡海前往暹羅，約在一二日間便到。從前帆船，由福建開行，間日即見釣魚臺。若是到暹羅，現在的汽船，還要五七日纔能到，何況從前帆船？且書中叙日本琉球往來便速，明明都是比隣。

（三）《後傳》説暹羅有二十四個屬島。臺灣有屬島二十九個，二百多年前或有幾個島未曾發見，但數目已相近。暹羅則僅僅有幾個小島罷了。《後傳》寫暹羅的風景物産居民，大都與臺灣情形相似。而且中國人王於海外的有鄭成功鄭昭；成功據臺灣的時候和作者的年代，都在清初，耳目很近，取材極易；而鄭昭爲暹羅王，則遲至乾隆年間，作者不及指他。况且前人甚至誤認臺灣爲琉球，作者又何妨暗指臺灣爲暹羅呢？

小説固取事實作材料，然免不了虚構的地方。未必件件都和事實相符。我們亦不必過於拘泥。我們讀了《後傳》，覺得有許多地方露出作者身世之感，可以推知他雖避地隱居，却時時懷著有爲的志願，很想得一個好根據地來實現他的理想。——就是一班明末遺老，也存這種心理。——可惜他是個文人，有心無力，只好借筆墨來寓意罷了；所以《後傳》寫的暹羅，既不是暹羅，也不一定是臺灣，許是陳忱理想中一個『烏托邦』。

以上是我讀《後傳》發生的幾個意見。現在把兩種版本參校的結果，略説一説：《水滸後傳》，我有一部家藏本，是光緒三年申報館鉛印的，有乾隆三十五年蔡元放的序、讀法和批語。我找出來和亞東本一比，發現許多不同之點。照文學技術演進的步驟看來，似乎申報本是從較古的本子翻印的，亞東本是從改本翻印的。我暫時假定申報本是古本，亞東本是今本。至於改本的出現，大約在乾隆以後；因爲蔡元放批《後傳》時是在乾隆年。他有許多批注，因後來改本更動原文，再也放不進去。亞東的底本第一頁所以只刻着『秣陵蔡元放批評』，實際書裏面沒有他的批注，我想或者就是由於這個緣故。

（未完）

（一九二四年四月二十七日《晨報副鎸》）

四

今本更動古本之處，雖僅限於字句之間，却也是一種文學技術比較的資料。就大體看來，今本確有許多勝似古本的地方。試舉幾個例：

（一）古本叙阮小七和母親逃走那一段事，開頭就説他要投奔鄒潤到登雲山。今本却説阮小七是個魯莽的人，逃時未定去向，後來遇着扈成，遇着顧大嫂等，鬧了事，纔上登雲山。（原文見亞東本第七回。以後寫的回數、頁數，都指亞東本）

古本却預先將阮小七的去向説出來，似覺太平直，不足以引起讀者的興趣。今本經過許多曲折，然後把登雲山揭出，那文筆便自不同。這些地方，很足供我們研究文學技術演進的痕跡，文野的分別，是很有趣的。

我因參校這段文字，聯想到《前傳》李逵斧斫羅真人一段。百十五回本寫李逵上山想斫真人，真人已預知，躲避真身，將兩個葫蘆化作行童，準備李逵來斫。後來李逵果斫錯了。七十回本就把真人預知的話刪去，留在後文揭曉，便有了『疑陣』和『驚奇』的作用，同時將李逵的心情傳到讀者來。所以公孫勝再引戴宗、李逵見真人，李逵暗笑，讀者也暗笑。等到童子説真人，在雲牀上養性，李逵吃一驚，讀者也吃一驚。這都是文學演進的結果。

（二）李俊被部下勸進暹羅王；燕青説了許多文文縐縐的話。繼續發言的人及説話，今本和古本不同。

古本是：

王進道：『大議已定，允合天理人心。大將軍雖誰也辭不得，來！我們去商量大禮便是。』

今本作：

阮小七笑道：『小乙哥説得痛快！前日宋公明只管把寨主還與盧俊義，衆兄弟之心大半多冷了，你今日又學他樣子。花駙馬不肯，你又推辭，難道我阮小七不像前日戴了衝天巾，穿着赭黄袍，做暹羅國王不成？』（第三十四回，頁十五）

將王進所説的話换作阮小七説，作本回的收煞，更見精彩。

（三）古本是：

大凡一代開基創業之君，天必生一般奇才異能之人扶助；就是那草寇擾亂江山，權奸圖謀篡弑，也必定有幾個凶魔惡煞做了羽翼，方纔閧得起來。這是自然的理數也。

今本作：

大凡忠臣爲朝廷建功立業，未必天神來佑；奸權圖謀社稷，反有惡魔相助；此理數直不可解。

這種主觀的議論，在《後傳》這種體裁的小説，總以越少越好。《前傳》這種地方，只是寥寥幾句話，《後傳》古本却説了一大片，而評者特地標出甚麽『跳身書外法』，説是此書所長，《前傳》不及，真是可笑！今本删繁就簡，很是。

今本更動古本固然有些進步；但有時删改失當，反爲不美，例如：

（四）古本寫李俊平了内亂，只是禍首薩頭陀在逃不獲。樂和、燕青等拿了酒盒，各處訪查，又當遊玩。但訪了兩日，不見蹤影。原來薩頭陀帶了共濤女，躲在鎮海寺塔上。共濤女不甘從逆，早已離心。第三日樂和等訪緝，經過鎮海寺，在塔下休息飲酒。共濤女望見，知是宋兵，趁頭陀睡着，將他的戒刀抛下塔來，遞個消息求救。因此發覺，捉得頭陀。共濤女有功，後來嫁與鄆哥爲妻。

今本却寫樂和、燕青等拿着彈弓黏竿酒盒緝訪薩頭陀，順便遊玩。走到鎮海寺塔邊，樂和叫燕青拿彈弓打一個喜鵲。彈子從塔窗進去，只聽見塔裏有人叫聲『呵呀』，骨碌碌滚下地來。進去看時，正是薩頭陀。共濤女也被搜出來，一并捉住。（原文見第三十四回，頁十至十一）

古本預先説薩頭陀和共濤女藏在塔裏，燕青等經過塔下纔發覺，未免平直些。今本把共濤女立功的事删去，改説發現頭陀，是因彈鵲而起，比較驚奇些。但此等凑巧的事，以少寫爲好；多了便難使人相信，所以這種地方，似應保存原文，僅將頭陀逃走的經過，共濤女如何抛戒刀，移在後文追叙。只須寫燕青等在塔下飲酒，忽聽得撲的一聲響，有物從塔上墮落，看時却是兩把戒刀。因上塔搜出頭陀和共濤女來，然後寫共濤哭訴如何被迫逃亡，如何抛下戒刀求救，將前事追叙一番，那麽驚奇的作用有了，湊巧的嫌疑免了，原文也得了相當的保存。

古本原文有『酒盒』兩字，是爲後文『飲酒』兩字設的。今本加上『彈弓』、『黏竿』，未把『酒盒』删去，却没有『飲酒』照應。這也可見删改的痕跡，古本今本的區别。

（五）古本有一句：呼延灼趕上，一鞭打落馬下。今本作：呼延灼趕上一鞭落馬。（第一十七回，頁四）

今本將古本改得文了、簡了，却不及原文明白易懂，這又何必呢？

（六）例如第三十回，頁六。依古本的原文是：

李應、欒廷玉遂傳號令：軍士有不願去者，齋發盤纏打發下山；願去者聽點。那送銀子與江忠的小頭目也回來了。除散去的還有三千多人俱願跟隨。

這段文字有圈的字句是今本所無的，想是删去了。在未叙此事之前書裏曾提及呼延鈺命小頭目去梁山送銀子與江忠，以踐前約。那麽，古本有有圈的字句，正是一筆不漏處。今本把他去掉，真不可解。

（七）又如古本寫李俊等到韭門山遇着許義（第十一回，頁四五），有一段説：許義介紹三個通事，曉得各處的語言文字的，帶了出洋。這也是應有的文字。今本却把他删去，未免忽略。

（八）第二十八回六和塔下和衆英雄談話，孫立問武松出家後，還飲酒食肉否。武松答的話，古本和今本不同。

古本是：

武松道：『心如死灰，口還活動。況且熬不得酒，常住純素，我在房裏便吃些。』唤行童道：『床頭兩罐好酒燙些來。前日王府尹送的金腿寧鮝整理些來。只此二味款待，若寡素，想兄弟們也當不得。』大家笑了。

今本作：

武松道：『心如死灰，口還活動。只是熬不得酒，常住純素，我在房裏便吃些。』唤行童道：『床頭兩罐好酒燙起來。前日王府尹送金腿寧鮝整理些來。只此二味寡素，想兄弟們也當不得。』（第二十八回，頁四）

古本的說話表示打趣的意思，雖然不妥，今本把他删改了，有失原文的精神。

以上舉的幾個例，不過是較顯著的。其餘如古本第八回回目『萬柳堂玉貌招殃』，今本作『燕子磯玉貌惹奇災』。這回所寫的景物也不同。又如第四十回寫演戲，古本説演的是《定海記》，是虬髯公故事；今本却説是《水滸記》，是宋江等的故事。還有許多地方，那就不及細舉了。

據我們參校的結果，可以推知前人的小説，少有不經後人删改的。但是改得好壞，便在乎人了。《水滸傳》經好手删改，所以今本勝似古本；《西遊記》經庸手删改，所以今本不及古本。至於《後傳》删改的人，可算中材。改本總算有些進步。

文學的技術，雖只是文學之一部，但他的好壞，不能説於文學本身毫無影響；所以小説既經删改，就有不同，不能不參校一下。向來亞東本的新標點小説，大都參校得很精細，甚至一兩個字不同，也斟酌一番。但關於《水滸後傳》，只説有兩種版本，内容略有不同，却未將不同之點和相差的程度在校讀後記裏舉些例。我希望給讀者添些研究《水滸後傳》的材料和興趣。只得嘗試這種拙笨的工作。

（未完）

（一九二四年四月二十九日《晨報副鎸》）

五

以上是將我參校的結果略略説了幾則。我現在要把參校時，發現亞東本新標點的錯誤好幾處順便寫下，并將我所更正的地方也列在後面：

（一）革鵬抵不住。四員勇將，跳下了船。（第三十三回，頁四）

似應作：

革鵬抵不住四員勇將，跳下了船。

因爲這句的原意是革鵬跳下了船，并不是四員勇將跳下了船。

（二）却說斡離不到大名，竟向北去，只把助餉的人犯，發與大將撻懶收管，徵足有三萬兵。守着大名府。（第二十五回，頁七）

似應作：

却說斡離不到大名，竟向北去，只把助餉的人犯發與大將撻懶收管徵足，有三萬兵守着大名府。

因爲原句的大意是：斡離不看看要到大名府，誰知中途改了方針，帶兵往北去了。大名却有他的部將撻懶和手下三萬兵把守着。斡離不去時，未便將所綁的肉票（如盧二安人、盧小姐等）帶走，只交給撻懶收管，着□徵足贖金纔釋放。『徵足』二字是指贖金或餉銀說，不是指兵士。

（三）……所以『山外青山樓外樓』，這首詩譏宋高宗忘父兄之大仇，偷安逸樂，不思量重到汴京恢復疆土，故云『直把杭州作汴州』也。（第三十八回，頁六）

似應作：

……所以『山外青山樓外樓……』這首詩譏宋高宗忘父兄之大仇，偷安逸樂，不思量重到汴州恢復疆土，故云『直把杭州作汴州』也。

（四）……聽得那美人唱着蘇學士『明月幾時有，把酒問青天』那套《水調歌頭》，真有留雲遏月之聲，嬌滴滴字字圓轉。（第三十八回頁七）

似應作：

……聽得那美人唱着蘇學士『明月幾時有，把酒問青天……』那套《水調歌頭》，真有留雲遏月之聲，嬌滴滴字字圓轉。

（五）李師師便唱柳耆卿『楊柳岸曉風殘月』這一套……（第三十八回，頁十）

似應作：

李師師便唱柳耆卿『……楊柳岸曉風殘月……』這一套……

以上三例是相同的，既説『這首詩』，『那套《水調歌頭》』，而不説『那句……』，則書中所引的詩詞句子是删節的，照例應用删節號纔是。

（六）正要送座，那童威童猛捱到太守身邊；説時遲，那時快，把太守袍口封住。（第十回，頁五）

似應作：

正要送座，那童威童猛捱到太守身邊——説時遲，那時快——把太守袍口封住。

因爲『説時遲，那時快』是注明童威童猛當時動作的情形，并不和上下文連貫，照例應用夾注號纔是。

（七）李俊又頓着一番，念道：『替天行道，久存忠義。金鰲背上，别有天地。』衆人聽罷，都解不出。（第九回，頁五）

本書既説這是當時衆人解不出的詩，在未揭曉『金鰲』是島之前似不必加上私名號。

（八）貧僧要你光禄寺設的羊羔燒酒。共濤道：『燒酒是有，那有光禄寺？』（第三十一回，頁

十一）

『光禄寺』仿佛『外交部』等名辭，似不應加上私名號。

（九）郭京道：『……若依我計算，騙他到白虎節堂……』（第八回，頁七）

似應作：

郭京道：『……若依我計算，騙他到白虎節堂……』

『白虎節堂』是私名，應加上私名號。

（十）李俊把攝酒獻牡丹花鮮荔枝諸事說了一遍，後來招下一鶴，騰空而去。（第三十七回，頁九）

似應作：

李俊把攝酒獻牡丹花鮮荔枝諸事說了一遍：『後來招下一鶴，騰空而去。』

因爲這句的意思是：李俊說徐神翁如何施法攝酒獻牡丹花鮮荔枝，如何後來招下一鶴，騰空而去。若照（九）的標點，便好像李俊說完了話，就騎鶴騰空去了。

（十一）一個道：『便去看看。』嗔道：『瞧了他嫂子不成！』（第二十一回，頁十六）

似應作：

一個道：『便去看看，嗔道瞧了他嫂子不成！』

因爲原句的意思是：便去看看，難道嗔怪我們看了他的嫂子不成！『嗔道……不成』語氣是一貫的。

（十二）燕青也笑道：『……只算得以五十步笑百步。……』（第二十五回，頁五）

似應作：

燕青也笑道：『……只算得「以五十步笑百步」……』

（十三）樂和道：『水來土掩，兵至將迎。……（第十二回，頁一）

似應作：

樂和道：『「水來土掩，兵至將迎」……』

以上兩例相同。單括弧内是成語。

（十四）叫小廝把報曉的公雞宰了，取着弓箭，同戴宗楊林到岡子邊樹林裏道：『我對天買卦，若射得這個鵲着，盧員外性命還有救，一箭射去，正中喜鵲尾上。……』（第二十四回，頁七）

似應作：

……道：『我對天買卦：「若射得這個鵲着，盧員外性命還有救」，一箭射去，正中鵲尾上。……』

因爲『若射得……還有救』是買卦的辭，故加引語號。

上面所説的，不外我個人對於《後傳》的作品和版本標點的意見，願出來和大衆商榷。我嘗以爲整理中國文學，我們須把舊有的作品搜出來（如《後傳》便是一個例），重新估價。這全仗大家的批評和討論。我又以爲近來翻印舊書，加新標點，裏頭往往有許多錯訛，我們既發見了，便應作具體的説明和糾正。以便利一般人。而且一班點讀者也應該採納大家的意見，將訛錯逐漸減少，積極改良，供給讀者以善本。不要一版再版以至無數版，錯訛仍舊。這是我作此篇的一點意思。

《水滸續集》是合《征四寇》與《水滸後傳》爲一書的。只可惜不能够更與七十回本《水滸》銜接；因爲有盧俊義一夢隔斷。現在把百二十回本的第七十一回裏一段關鍵文字抄下，來代替盧俊義一夢，便和《征四寇》銜接，可以合三書成一書了。節録如下：

附録

第七十一回　忠義堂石碣受天文　梁山泊英雄排坐位

……看官聽説：這裏方纔是梁山泊大聚處。（亞東本，第七十回，頁十六，行七。群學本第七十回，頁十二，行十二）有詩爲證：

光耀飛離土窟間，天罡地煞降塵寰。説時豪氣侵肌冷，講處英雄透膽寒。仗義疏財歸水泊，報仇雪恨上梁山。堂前一卷天文字，休與諸公仔細看。

起頭分撥已定，話不重言。原來泊子裏好漢但閒便下山。或帶人馬，或只是數個頭領，各自取路去。途次中若是客商車輛人馬，任從經過；若是上任官員，箱裏搜出金銀來時，全家不留。所得之物，解送山寨，納庫公用。其餘些小，就便分了。折莫便是百十里，三二百里，若有錢糧廣積害民的大户，便引人去公然搬取上山，誰敢阻當。但打聽得有那欺壓良善暴富小人積攢得些家私，不論遠近，令人便去盡數收拾上山。如此之爲，大小何止千百餘處。爲是無人可以當抵，又不怕你叫起撞天屈來，因此不曾顯露，所以無有説話。

再説宋江自盟誓之後，一向不曾下山。不覺炎威已過，又早秋凉，重陽節近。宋江便叫宋清安排大筵席，會衆兄弟同賞菊花，唤做『菊花之會』。但有下山的兄弟們，不論遠近，都要招回寨來赴筵。至日，肉山酒海，先行給散馬步水三軍；一應小頭目人等，各令自去打團兒吃酒。

且説忠義堂上遍插菊花，各依次坐，分頭把盞。堂前兩邊篩鑼擊鼓，大吹大擂。語笑喧嘩，觥籌交錯。衆頭領開懷痛飲。馬麟品簫，樂和唱曲，燕青彈箏，各取其樂，不覺日暮。宋江大醉，叫取紙筆來，一時乘着酒興，作《滿江紅》一詞。寫畢，令樂和單唱這首詞曲。道是：

喜遇重陽更佳釀，今朝新熟。見碧水丹山，黄蘆苦竹。頭上儘教添白髮，鬢邊不可無黄菊。願樽前長叙弟兄情，如金玉！統豺虎，禦邊幅；號令明，軍威肅。中心願平虜保民安國，日月常懸忠烈膽，風塵障却奸邪目！望天王降詔早招安，心方足！

樂和唱這個詞，正唱到『望天王降詔早招安』，只見武松叫道：『今日也要招安，明日也要招安，去冷了弟兄們的心！』黑旋風便睜圓怪眼，大叫道：『招安！招安！招甚鳥安！』只一脚把桌子踢起，顛做粉碎。宋江大喝道：『這黑廝怎敢如此無禮！左右！與我推去，斬訖報來！』衆人都跪下告道：『這人酒後發狂，哥哥寬恕！』宋江答道：『衆賢弟請起，且把這廝監下！』衆人皆喜。有幾個當刑小校向前來請李逵。李逵道：『你怕我敢挣扎？哥哥殺我也不怨！剮我也不恨！除了他，天也不怕！』説了，便隨着小校去監房裏睡。宋江聽了他説，不覺酒醒，忽然發悲。吴用勸道：『兄長既設此會，人皆歡樂飲酒。他是個粗鹵的人。一時醉後衝撞，何必掛懷？且陪衆兄弟盡此一樂。』宋江道：『我在江州醉後誤吟了反詩，得他氣力來。今日又作《滿江紅》詞，險些兒壞了他性命，早是得衆弟兄諫救了。他與我身上情分最重，因此潸然淚下。』便叫武松：『兄弟，你也是個曉事的人。我主張招安，要改邪歸正，爲國家臣子，如何便冷了衆人的心？』魯智深便道：『只今滿朝文武，俱是奸邪，蒙蔽聖聰；就比俺的直裰染做皂了，洗殺怎得乾净！招安不濟事，便拜辭了，明日一個個各去尋趁罷！』宋江道：『衆弟兄聽説：今皇上至聖至明。只被奸臣閉塞，暫時昏昧。有日雲開見日，知我等替天行道，不擾良民，赦罪招安；同心報國，青史留名，有何不美？因此只願早早招安，別無他意。』衆皆稱謝不已。當日飲酒，終不暢懷。席散，各回本寨。

次日清晨，衆人來看李逵時，尚兀自未醒。衆頭領睡裏喚起來，説道：『你昨日大醉，罵了哥哥，今日要殺你。』李逵道：『我夢裏也不敢罵他！他要殺我時，便由他殺了罷！』衆弟兄引着李逵去堂上見宋江請罪。宋江喝道：『我手下許多人馬，都似你這般無禮，不亂了法度？且看衆兄弟之面，寄下你項上一刀。再犯必不輕恕！』李逵諾諾連聲而退。衆人皆散。

一向無事，漸近歲終。那一日，久雪初晴，只見山下有人來報，離寨七八里拿得萊州解燈上東京去的一行人，在關外聽候將令。宋江道：『休要執縛，好生叫上關來。』没多時，解到堂前兩個公人，八九個燈匠，五輛車子。爲頭的這一個告道：『小人是萊州承差公人。這幾個都是燈匠。年例東京着落本州要燈三架。今年又添兩架，乃是玉栅玲瓏九華燈。』宋江隨即賞與酒食，叫取出燈來看。那做燈匠人將那玉栅燈掛起，搭上四邊結帶，上下通計九九八十一盞，從忠義堂挂起，直垂到地。宋江道：『我本待都留了你的；惟恐教你吃苦，不穩當便。只留下這碗九華燈在此。其餘的你們自解官去。酬煩之資，白銀二十兩。』衆人再拜，懇謝不已，下山去了。

宋江教把這碗燈點在晁天王孝堂内。次日，對衆頭領説道：『我生長在山東，不曾到京師。聞知今上大張燈火，與民同樂，慶賞元宵。自冬至後便造起燈，至今纔完。我如今要和幾個兄弟私去看燈一遭便回。』吴用諫道：『不可；如今東京做公的最多；倘有疏失，如之奈何？』宋江道：『我日間只在客店裏藏身，夜晚入城看燈，有何慮焉！』衆人苦諫不住，宋江堅執要行。正是：

猛虎直臨丹鳳闕，殺星夜犯卧牛城。

畢竟宋江怎地去東京看燈，且聽下回分解。（下續亞東本《水滸續集·征四寇》第一回，頁五三一七

二，行一）

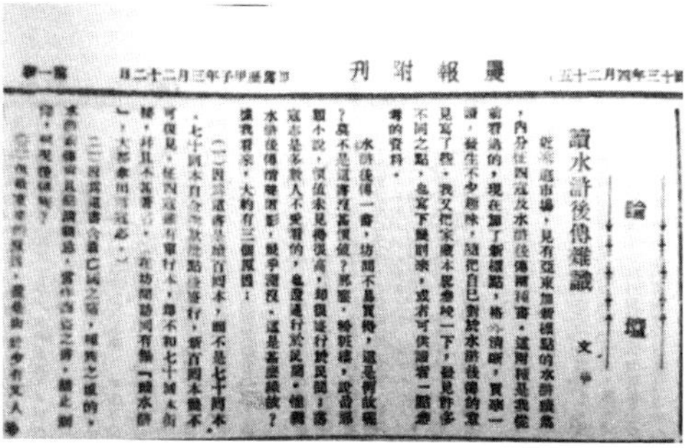

晨報附刊

論壇

讀水滸後傳雜識　文芊

從□□書市場，見有亞東加新標點的水滸續集，內分征四寇及水滸後傳兩種書。這兩種是我從前曾看過的，現在加了新標點，略為讀研，買來一讀，發生不少趣味。隨把自己對於水滸後傳的意見寫了些，我又把家藏本要參校一下，發見許多不同之點，也寫下說明來，或者可供讀者一點參考的資料。

（一九二四年四月三十日《晨報副鎸》）

紅樓小語

劉淚鵑　撰

載於《申報·自由談》一九二四年五月三十日。作者劉淚鵑，待考。本文對《紅樓夢》所下斷語，如『晴雯被逐，黛玉焚稿，爲《紅樓》兩大恨事』等，精闢醒目，句句擊中《紅樓夢》的要害。

男子看了《紅樓夢》，喜以賈寶玉自居； 女子看了《紅樓夢》，喜以林黛玉自居。晴雯被逐，黛玉焚稿，爲《紅樓》兩大恨事。

情如黛玉，始謂之真情。

黛玉死後之《紅樓》，索然無味。

黛玉後無一惜花人。

《紅樓》結果：黛玉死、寶釵寡、寶玉逃禪。此可爲頑固家庭專制婚姻作一當頭棒。

土匪　土匪不是强盜。把强盜稱做土匪。實在是大錯特錯。若把土匪兩字稱呼現在的軍閥。才確而且當。呢讀者不要懷疑我的這句話。現在的軍閥不是個個包庇烟土麽。「兵即是匪」又是現在人的口頭禪。這麽一推想就明白在下的話不爲無理了。

人畜　這兩字在本身上就有些講不通。因爲人自是人。畜自是畜。萬萬合不攏來。不想到如今發現了猪子議員走狗政客。也居然很通很通了。咳。中國竟有了這許許多多的人畜。真是不幸。

● 紅樓小語　劉滇鵬

男子看了紅樓夢。寧以賈寶玉自居。女子看了紅樓夢。寧以林黛玉自居。

晴雯被逐。黛玉焚稿。爲紅樓兩大恨事。

情如黛玉。始謂之真情。

黛玉死後之紅樓。索然無味。

黛玉後無一惜花人。

紅樓結果。黛玉死。寶釵寡。寶玉逃禪。此可爲頑固家庭專制婚姻作一當頭棒。

數目之新小說名

逸梅 撰

載於《半月》一九二四年第三卷第十三號。作者逸梅，即鄭逸梅，見一九一九年《小說瑣談》提要。本文排列了十部以一至十的數字爲題名第一字的小說。在標題下用括號注明：『已出版之單本爲限。』

一聲猿，

二青年，

三千年豔屍記，
四字獄，
五里霧，
六十萬元之慘史，
七星寶石，
八一三，
九命奇冤，
十字軍英雄記。

小說話

黃國賢　撰

載於《半月》一九二四年六月二日第三卷第十八號。作者黃國賢，不詳。本文可注意者，談了小說的接受問題，涉及了讀者不同的性情、年齡、性格等與閱讀小說的關係，以及閱讀時當與小說保持一定的距離。作者對評注持完全否定的態度。

小說家言，十九胡謅，手腕高的，寫得倒像實有其事。讀者看過，也只須隨便評論評論好了。要是整日縈想著，或爲書中人悲傷惋惜，說什麽『同病相憐』、『同聲一哭』，作者要笑你癡呢。

小説家學問文章，缺一不可。對於這學問文章的界説，我有一個很現成、很妥適的，便是《紅樓夢》裏説的『世事洞明皆學問，人情練達即文章』那副對聯。我們讀一部小説，若抱有這種成分的，我們纔可以得到資益，否則真是徒亂人意，倒不如閉目養神好。

在煩悶的時候要看樂觀一流的小説，好得調和一下，别再讀那悲觀的，益發要增加煩惱。有一位朋友，他偏不以爲然，他説，在煩悶的時候，尤其要看悲觀的小説，這才是『處逆境退一步想』呢。我固然擁護著我當初的論點，但他這話也未嘗没有理由，請讀者做個仲裁吧。

看小説的，因年因性，所嗜不同，大抵童年多數好看神怪冒險的小説；少年多數好看偵探言情的小説；中年多數好看社會的小説；老年多數好看筆記歷史的小説。抱著悲觀、樂觀的，也各自揀擇近著他性情遭際一類的小説來看。真所謂『同明相照，同類相求』、『雲從龍，風從虎』呢。

小説最不好是加了那什麽『評眉』、『評腹』(『評腹』二字是我新製的，即好好一句小説，横押些評語上去[加以括弧]的意思)等廢話。在《新教育》上評注的書，已是不適用了，何况還要來消遣的小説？雖則説，那些并不是評注，却總是個人的意見。這些意見，只合各人自己隨意提筆寫上去，反正説錯了，還要討人駡；即使説得不錯，亦覺得多此一舉，侵礙篇幅呢。

小說話

小說家的別號趣談

朱文豪　撰

載於《明星》一九二四年六月二日五月創刊號。《明星》由浙江嘉興朱劍濡、朱西貧主編，『宗旨專以提倡小説文藝，增進社會新知』。朱文豪，浙江嘉興人。本文就自己的理解，將胡懷琛、嚴子材、陳蝶仙、林紓、葉楚傖等人的別號作解釋，就覺得有點好笑了。

一般做小説的人差不多都有別號，因爲他們別號慣了，索性把真名廢掉，像丈夫寵了小老婆，把伊扶正了一般。胡懷琛別號寄塵，若使上面加了一個胡字，像倒水瓶這樣兒念着，遠遠聽去，活像叫無錫人。嚴子材別號獨鶴，用了一個獨字，好生可憐，因這是他死了夫人之後叫的，作爲紀念。陳蝶仙別號天虛我生，他原來是有名的文學家，現在却已拋了筆墨，一變而爲成功的實業家哩。前天我們幾個朋友曾經提議說，這天虛我生四字，不大適當了，至少要加一個『勿』字，就叫他天勿虛我生罷，可是他摟着舊名，一些也不肯放鬆啊。林琴南別號冷紅生，紅是血的變相，就是『冷血生的』這意思。諸君試想，他是不是叫他的尊大人冷血麽？李新甫別號常覺，因爲他是生了一雙長脚，跨着大步，所以叫做長脚（常覺之諧聲）。葉楚傖別號小鳳，講小鳳兩字，用於男子是不合適的，他爲什麽叫這名兒呢？其中也有道理，原來他是一個很好色的人。其餘的還有許許多多，我一時也說不完，不過我若再講下去，那麽我的嘴一定要笑歪哩。

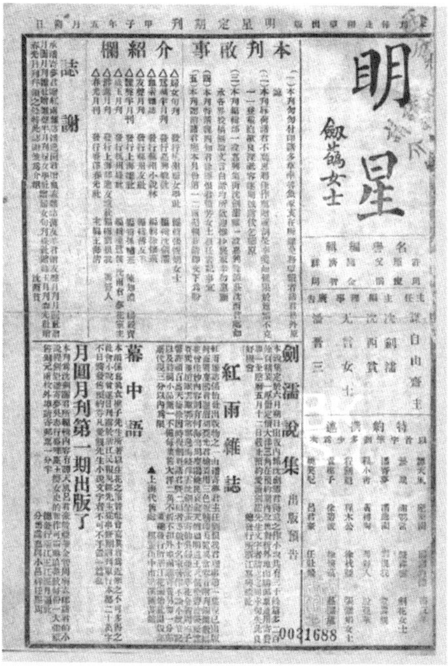
日前月五年子甲 刊期定星明

明星

蝕鶴女士

名譽編輯 許周瘦鵑 嚴獨鶴 濟群 顧明道

主任 許謀自由齋主 主編 沈劍儒 編輯 沈西貫 理事 大言女士 廣告 潘善三

本刊啟事

介紹欄

△婦女旬刊
△鶯鳴半月刊
△蟲聲雜誌
△友聲月刊
△雙聲半月刊
△五月刊
△菲菲月刊
△春光月刊

誌謝

劍儒說集 出版預告

紅雨雜誌

幕中語

月圓月刊第一期出版了

0031688

花。小姪子替我。但我是個小人。我的膽更小。我總是不敢再見伊。

小說家的別號趣談

一三，五，一三，南昌　鷲頭夫文豪

一般做小說的人差不多都有別號。因為他們別號慣了。索性把真名磨掉。像丈夫作了小老婆。把伊扶正了一般。胡怪瑰別號寄塵。若使上面加了一個胡字。像個求乘征徨見念着。遠遠撇去。活像叫無錫人。畢子材別號倚獅。用了一个獨字。好生可憐。因為是他死了夫人之後再的。作為紀念。陳蝶仙別號天虛我生。他原來是有名的文學家。現在卻已擲了筆墨。一變而為成功的實業家哩。前天我們幾個朋友。曾經提議說。這天虛我生四字。不大適當了。要少要加一個「勿」字。就叫他天勿虛我生罷。可是他懷着存名。一些也肯放鬆啊。林寒甫別號冷紅生。紅是紅的變相。就是「冷血生的」這意思。諸君試想。他是不是叫他的寄大人冷血麼。李涵甫別號常覺。因為他是生了一雙長腳。跨着大步。所以叫做長腳。（常覺之諧聲）嚴獨鶴別號小鳳。諱小鳳兩字。用於男子是不合適的。他為什麼叫這名兒呢。其中也有道理。原來他是一個很好色的人。其餘的還有許許多多。我一時也說不完。不過我若再講下去。那麼我的嘴一定要笑歪哩。

舟中

（一）

鷲頭髮鬍天

陳阿二搖的這只船。要算頂小頂劣的了。那些篷屎。都開着小天窗。好像胸端蓋一樣。船身不如

常熟的小説家

任夢癡　撰

載於《緑竹》一九二四年六月二日第一卷第十八期。任夢癡，見一九二三年《紅霞小説家談屑》提要。本文談了老一輩的到年輕的小説家徐枕亞、吴雙熱、俞天憤、俞夢花、楊寒梅等。有時談作品的評介，有時談作家的特點，都是隨便點到而已。

我不是常熟人，但是我到要談談常熟的小説家。不要給人家説老氣横秋嗎？不管，我暫且老一老，讀者聽我道來。不過我談的是管中窺豹，所見一斑，還要望諸君原諒呢。

我在小説界裏第一個曉得是常熟小説家的，是徐枕亞先生了。當我在十三歲的時候，就喜歡看他編的《雪鴻淚史》和《玉梨魂》。至於他作品的價值，用不着我區區的任夢癡來講，老早就名遍天下了。

吳雙熱在常熟小説界中，要算頂頂滑稽了。我聽人家説，他在常熟，在個雙熱俱樂部，專門演劇，到他自己客串起來，真是一等。可是現在的情形，一點也不知道。

俞天憤在常熟有俞戇的綽號。他的作品，發現在説界中也是狠早。偵探小説，尤爲特色。

龐樂園這個人，狠穩重，寫得一手好字。小説稿不大見，補白小品，却隨處可得，狠有些像吳門的鄭逸梅先生。現在他在蘇州《民蘇報》副鎸《春□》做編輯。

俞夢花、俞亮時、朱鴻柏是常熟的青年小説家，恐怕連常熟人多不知道。我看他的作品，有幾篇却不在老小説家之下，但是總覺得經驗不大。這不是他一個人吧，我何嘗非如此呢。

楊寒梅也編過小説刊，叫做《禮拜一》。他的作品，我敢張大了膽説，太幼稚了，或許是我盲目批評。

綠社定期刊物之一　小說半月刊
綠林
建如
中華民國十三年六月二日
第一集　第十八期
每份售洋一分
舊曆甲子年五月初一日
社址江蘇常熟西潭岸
名譽編輯　徐枕亞　吳雙熱　俞天憤
主任　朱味菊
主編　俞夢花
編輯　李夢蝶
發行　劉建如
代印者　錦新社
□歸來
□歸家後
中華郵務總局特准掛號認爲新聞紙類

□鎮江都天會竹枝辭
謝致盦
□微波小語
□常熟的小說家
□如此一生

爲什麽做小説

鵜池　撰

載於《半月》一九二四年六月十六日第三卷第十九號。作者鵜池，上世紀二十年代初在《最小》、《半月》等雜志上發表小説。作者説自己做小説是『在衣食之計以外，給社會國家造一些幸福』。他認爲少數人爲了名利，也可理解。他反對的就是抄襲行爲。這正反映了當時社會上的一種傾向。

這個問題，我們做小說的人都應當明白，但恐明白的人還少，因此談上一談。

別人的意思我不得而知，且說我自己：『我的志向很大，然而環境極壞，并且我的身體不像智慧一樣健全，不合於做我志向要做的事業，但是我生活在逍遙自在的歲月中。非常慚愧，覺得我勞碌一天，生活一天，這社會國家存在一天，倘我一天不勞碌，即失了一天的生活，但這社會國家仍舊存在，可見我們「日出而作日入而息，耕田而食鑿井而飲」的人，對於社會國家是毫無裨益的，何況再有其次不能安分守己的人，以至我們雖然連續的生活著，而社會國家反將不能存在了。因此不得不找一件我能力所能辦到的事，在衣食之計以外，給社會國家造一些幸福，方不虛此一生，於是做小說，借此也所以善用自己的天才。』這是我的意思，從此就可以推想到別人。

有些人們爲了名利之故的，却在少數，即此少數中，也必得有可享之名與應得之利，方能如他們的願，所以名利二字并不足以污蔑小說家人格的。不過最不可解的就是另外一輩人們的舉動，他們不會自己發揮天才，而好抄襲，往往把人家的作品一字不易的抄襲下來，教我看了實在詫異，不明白那些做小說的人既做小說，何不照自己的意思做文章，抄了別人的作品，在別人毫無所損，難道不怕被人看破，白費一番筆墨工夫，日後受人指摘名譽喪失麽？

於是我知道他們實因不明白『爲什麽做小說』之故。我既說了一個大概，希望那些抄襲家都向是處而行。第一須知小說之道絕非求名利的工具，倘不因啓迪民智或發揮學藝，不妨把做小說的精神及光陰，研究農藝、工術、商業或者讀書，以及做種種的事業，最次也做一個『日出而作日入而息……』的人。

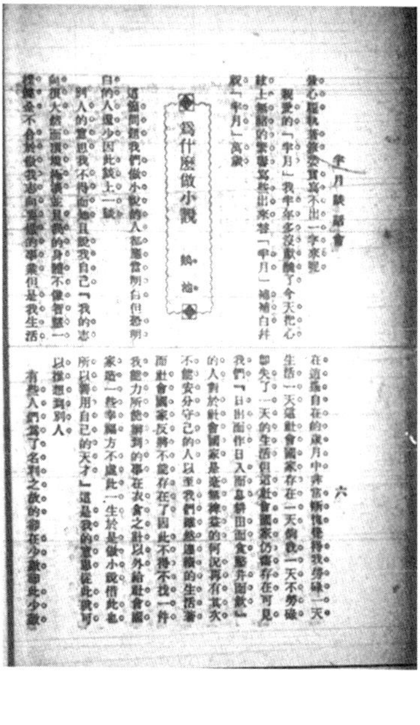
半月談話會

發心腦執筆撰稿實寫不出一字來覺親愛的「半月」我半年多沒敢翻了今天把心組上無聊的緊要寫些出來替「半月」補補白并祝「半月」萬歲

爲什麼做小說　　鈍　拙

這個問題我們做小說的人都應當明白但恐明白的人還少因此談上一談。

到人的意思我不得而知且說我自己「我的志向預大然而頂壞而且我的身體不像智慧一樣強並不合於做我志向宣傳的事業但是我生活在這極自在的歲月中非常慚愧能夠我勞碌一天生活一天這社會國家存在一天與我一天不勞碌卻失了一天的生活但這社會國家仍舊存在可見我們「日出而作日入而息鑿井而飲耕田而食」的人對於社會國家是毫無裨益的何況再有其次不能安分守己的人以至我們雖然過着這的生活著而社會國家反將不能存在了因此不得不找一件我能力所能辦到的事在衣食之計以外給社會國家盡一些事編方不虛此一生於是做小說借此盡所以善用自己的天才」這是我的意思從此我可以推想到別人

有幾人們爲了名利之故的都在少數因此少數

六

小説戲劇之效力談

邱瘦蝶　撰

載於《勸善雜志》一九二四年第六期。《勸善雜志》，月刊，一九二四年一月由謝晉卿創辦，目的是爲了使人們『傾向善門，遠離惡路』，出十二期停刊。邱瘦蝶，不詳，曾在《勸善雜志》上發表多篇勸善文章。本文認爲小説戲劇『爲社會教育之最利者』，故希望『操筆政者與導演戲劇者正其身心，慎其所業』，不要對社會產生負面影響。這當然是老生常談。但文章反映了這樣一個事實值得注意，即當時的局面是『小説之感人不及戲劇，而舊劇之感人又不如新戲』，一個小小的鎮，竟連演多種『新劇』十五天，且立竿見影，馬上在民衆中產生了影響。

小説戲劇皆足以新民智，挽頽風，爲社會教育之最利者，以愚見則小説之效力不如戲劇。夫小説雖佳，不識字者不能讀也，識字而不能讀者亦不得而知也。若戲劇，雖婦人小子、庸夫俗子，亦得以隨劇情而嬉笑怒駡，見忠臣孝子，節婦烈士則心嚮往之；見奸臣逆子，淫婦蕩姬而髮拂眦裂。曾有皮匠觀演秦檜戲，竟持杖上臺行刺，此雖不經見，非所恒有，然戲劇之感人可知矣。至戲劇之中，尤以新劇爲更易。即以吾鎮言之，今正開演新劇之後，雖所演非必有益之劇，然其效力之所及，有可以言者。吾鎮演十五天，營業以《雙珠鳳》劇爲最佳。劇中來福向二奶奶之種種褻語，皆爲婦人小子學得。予曾親聞之於街市中者，以爲益信戲劇感人之速，而編劇者之不可不慎也。由斯以談，小説之感人不及戲劇，而舊劇之感人又不如新戲。惟其感動之易，故化善增惡捷於影響，所願操筆政者與導演戲劇者正其身心，慎其所業，毋貪一時之薄利而壞多數之人品。則功德無量，福禄攸同，是作者所馨香禱祝者也。

進學歐西。更求高深之學。無如用心過度。卒於是次病故。史才立身謹。待人恕。而除約樸厚之風。尤為常人所不可及。青年不壽。聞者痛之。

閻雲曰。史才表見。眾所推為模範青年者也。勤學過度。卒戕其身。然知吾人為學。既偏自誤固不可。奮志忘身。亦非所宜也。古人有藏修游息之訓。今西人求學。亦重游息運動。蓋立育並重。有未可偏廢如此云。

小說戲劇之效力談

邱瘦蝶

小說戲劇。皆足以新民智。挽頹風。為社會教育之最利者。以愚見則小說之效力。不如戲劇。夫小說雖佳。不識字者。不能讀也。識字而不能讀者。亦不得而知也。若戲劇雖婦人小子。庸夫俗子。亦得以隨戲情而喜笑怒罵。見忠臣孝子節婦烈士。則心向往之。見奸臣逆子。淫婦蕩姬。而髮指眦裂。曾有皮匠。觀演秦檜戲。竟持杖上臺行刺。此雖不經見。非所恒有。然戲劇之感人。可知矣。至戲劇之中。尤以新劇為更易。卽以吾鎮言之。今正間演新劇之後。雖所演非必有益之劇。然其效力之所及。有可以言者。吾鎮演十五天營業。以雙珠鳳劇為最佳。劇中乘福向二奶奶之種種猥語。皆為婦人小子學得。予曾親聞之於街市中者。以為益信戲劇感人之速。而編劇者之不

勸善雜誌 第六期 小說戲劇之效力談 謝文益印行

著作家小軼事

鄭逸梅　撰

連載於《半月》一九二四年第四卷第一、二號，一九二五年《半月》第四卷第五、七、八、十號。作者鄭逸梅，見一九一九年《小説瑣談》提要。本文撰述了一些作家的趣聞逸事，涉及的人物有江紅蕉、向愷然、顧明道、華吟水、黄轉陶、胡亞光、汪整公、沈禹鍾、張丹斧、趙眠雲、胡同光、徐卓呆、許指嚴、朱楓隱、胡石予、程瞻廬、俞天憤、范君博、趙苕狂、屈守拙、丁慕琴、徐碧波、程小青、施濟群、張丹斧、陳蓮痕、趙眠雲、姚賡夔、張碧梧、余天遂、嚴芙孫、黄若玄、華吟水等。

江紅蕉有一天做小說，須杜撰一個女性名兒爲書中人物，想了半晌，没有想出來，那時候他正喫著留蘭香糖，忽然觸悟道：『就叫她留蘭罷。』

向愷然善著武俠小說，他見報章雜志，凡關於武俠的一鱗一爪，總要翦存起來留作武俠小說的資料。

顧明道小說擅文言，也擅白話，有一次草一文言小說，做了半篇，因事稍擱。事畢，續撰成稿，從首校勘一遍，不覺自呼荒謬，原來他偶然粗率，成了半篇文言、半篇白話了。我說這不要緊，不妨寄出去應稿，倒是一種別體小說呢。

華吟水愛玫瑰，他說玫瑰可以代表蜜意甜心的快樂，他的夫人仲芬也是愛玫瑰成癖的，近來新購一宅，在葑谿船舫巷，擬闢一雙玫瑰室了。

黄轉陶是若玄的弟，昆仲同居，又是很友愛的。但是吾們偶值轉陶在茶肆，問他『若玄在家嗎』，他總說不知道。偶值若玄，問他『轉陶在家嗎』，他也總說不知道。所以星社友稱他倆爲神秘的兄弟。

胡亞光善畫大頭的美人，有人向他說『你的畫中人頭部太覺大了』。他總算從善如流，下次作畫，當心的很，但是畫不到幾幅，頭部仍舊發達起來了。

汪宰公是著作界的老前輩，近在蘇州工業學校掌教務，他是很肥碩的，所以人家稱他爲汪胖。

沈禹鍾愛讀琴南翁說部，極精彩處幾乎能背誦如流，他嘔資本家的氣，所以文字中很多罵資本家的地方。他善議論，往往同人家喫飯，偶然觸發什麽，便滔滔不絶如黄河決了口一般，連飯都忘掉喫了。

張丹斧這人怪的很，有人出了潤資求他的法書，他拒絶了不肯寫，對門的成衣匠蠢俗的很，他却寫了一短聯贈給他。他常穿一件小背心，從來没有見他穿過馬褂。終日摩挲著漢印，古泉纍纍贅贅的，都佩在身上。少年時風趣的很，鄰家有一妙姑娘，他拈了紅豆子抛過隔墻去，姑娘有没有什麽回報他，這却不知道了。

趙眠雲有一個情人，芳名漢瑛，她的姓恕不宣布了，眠雲曾將影片給我瞧過，是很活潑的。後來好事多磨，未成眷屬，但是他念念不忘，常自署『心漢閣主』。記得他爲明道題《啼鵑録》有云：『阿儂還未枯禪悟，舊事重提也要癡。』就是指這段影事説的。他很喜藏扇，當代名書家、名畫家都被他求遍了，緩日擬用珂羅版精印一册，顔爲《眠雲扇集》，以供同好。

胡同光，是亞光的介弟。今年初夏，他寄給我一封信，是用紫蘭墨水寫在一片落葉上，信尾還有一行道：『胡同光寫於西湖三潭印月之石闌干畔。』的是雅人深致呢。他的姓名巧的很，適嵌在何海鳴的地址裏頭，何海鳴的地址是『北京宣武門内頭髮胡同光裕里廿九號』。

徐卓呆是著名的笑匠，一言一動都可以引人發笑。有一次，他到蘇州來同游虎丘，見顔魯公所書『虎丘劍池』四擘窠大字，刊石很深，他説：『這四個字中可嵌十斤乾麵。』真可謂想入非非。紅蕉新婚，他又來蘇道賀，吾們同席笑談倚虹説：『新娘昨宵做什麽事，這要一試小青偵探本領了。』小青尚没有回答，卓呆説道：『探已往的事不如探未來的有味，新娘明宵做什麽事，我已經知道了。』

數年前，許指嚴來蘇同游香雪海，那時攜著愛天香眉史同去，眉史怕村尨，聞狺狺聲，指嚴便擁護她，愛天香也暱就不離，一幅偎翠圖至今尚映在腦幕呢。

朱楓隱曾就館海上應紳家，每當喫飯的時候，下人們侍立如雁行一般，他因此大拘，不久就託病歸來。

胡石予常穿布衣，雖酬應不御綢緞，所以他刊了一個圖章爲『胡布衣』。每日必飲豆漿一盂，説可以治胃病。他掌教省立第二中學，嘗爲我道：『綏年當謝絶教務，冬夏讀書，春秋游覽，屆時詩境也當爲之一變呢。』

程瞻廬近來處館在曹家巷王紳家，清閒的很，所以他頗有功夫從事撰述，并且運筆如飛，千言倚馬，一篇既成。他將事跡約略記些出來，就算是留的底稿。他住在對門十全街，我們星社友曾上他一個『十全老人』的徽號。他從前常至錦帆榭茶肆啜茗，一部《茶寮小史》，還是錦帆榭供給他的資料呢。

俞天憤去年同幾個朋友到北京去，津浦鐵路上都是丘八太爺的勢力，天憤的朋友穿了歐裝，丘八尚肯讓坐。天憤是中國裝，那却喫虧了，但是天憤并不憤形於色，和他們很客氣，打了藍青官話説什麽『軍人的地位是何等的尊貴咧，天地君親師，如今爲天地軍親師咧』。説得太爺們心中喜悦出來，馬上請他寬坐，他却很舒服的坐到下車。

近來有一般人很喜歡弄郵票的玩意兒，范君博也有這個癖好，但是别人大都把奇形怪狀的外國郵票不惜重資的購來，君博却不然，他聚藏的郵票都是本國的票，上鈐著的郵記地名，一張一個樣兒，據説託了各處的朋友，費了多年的心思，纔有這樣的小小成績呢。

趙苕狂是著名的酒徒，一次同幾個朋友往市樓飲酒，放浪形骸，飲得酩酊大醉，他忽然間站起來，取了一根司的克將陳設著的玻璃插花器皿擊碎了。朋友們止住他，他却笑嘻嘻道：『這種聲音悦耳的很，勝如繁亞玲、悲婀娜，你聽……你聽。』説著又要擊了。朋友們遂紾臂送他還去。又有一次，也是大醉如泥，他還要到新世界游戲場去，朋友們止不住他，知他又是老毛病酒瘋發作了，隨著他去。不料他到了新世界，在某場中駐了足，旁邊有個似乎窰子裏的姑娘坐著，他却另移一櫈向地上『砰』的一碰，嚇的那個姑娘直跳起來，正要肆其嬌罵，經朋友們勸説纔止。

屈守拙有一次同人家雀戰，對面碰出一個二筒故意戲他，道：『贈你一付克羅克眼鏡！』因他是雙料的近視，眼非御靉靆不可。不料他正是需要二筒，竟抓入了，説道：『拜傾盛情！』旁人無不大笑。

丁慕琴的影片曾於十年前的《游戲雜志》上看見過，俊逸風流，别有神致。前歲他和虎狼會同人來蘇游天平山，承瘦鵑介紹纔認識，他依舊張緒當年模樣兒，一些都不改。難道竟有駐顔術麽？這真奇了。

今歲春初，徐碧波草了一篇《鄧尉梅影記》，登在《自由談》上，我們很覺得奇訝，因鄧尉和蘇州雖一葦可航，然至少要兩日工夫可以往返，但是吾們天天晤著，不知他什麽時候去的，後來問他，纔知道没有去。不過鄧尉山麓是他外家，爲舊游之地，所以這篇記文完全是冥想出來，在紙上跋涉一番，似乎忽發清興，一探春訊的樣兒，作爲撰稿的資料罷了。

有一次，星社同人聚餐，在席上行了一個小玩意：由主席取了一個盤，盤中列著不倫不類的東西，約有十多種，教在座的看了三分鐘光景，就把他覆蓋起來，然後囑在座的各出紙憶録物名。有的録了五六樣，有的録了七八樣，都憶不起來了，獨程小青差不多憶録完全，可見他思想力自加人一等咧。

施濟群來蘇遊虎丘，登冷香閣，遥見滬寧車自萬緑叢中蜿蜒而來，濟群忽道：『遠看火車像條蛇。』程瞻廬聽了説：『這是七言佳句，不可不聯成一絶。』乃吟道：『近看火車像部車。若然不遠也不近，頭似車來尾似蛇。』吟畢，大噓不止。

張丹斧真似一個玩世不恭的東方朔，曩年他在陝西陸建章處，常秘書有一次命他撰一公文，他忽發異想，做了篇玩笑的文章，不待檢閲就貿然發了出去。後來建章知道了，要重重的懲治他，他就一溜煙逃到上海來做他新聞記者生涯了。

某夜，徐碧波在樂群社看羅克影片，隔座恰爲一女郎，豆蔻梢頭，頗有豐韻。銀幕上演到極危險的地方，那女郎不覺代羅克捏一把汗，就從襟袋中掏出香帕，揾伊的淫淫汗跡。後影戲終止，那女郎翩然先行，碧波在地上拾得一帕子，知道是伊人掉落的。因想原璧奉還，不料那女郎已登車而去，碧波就把帕子很珍重的收起來，還要誇示吾們道：『這是羅克之賜啊！』

撰《清朝演義》的陳蓮痕一日和我在愛竹居品茗，談了些時，范君博來了，我就和他們介紹，後蓮痕先去，君博對我説道：『不是你急先介紹，我要誤認他是周拜花咧。』原來蓮痕和拜花模樣兒有七分相像，加之君博又恰是一雙近視眼，難怪有虎賁中郎之誤了。

胡石予善畫梅，去歲八月間他家圃中的老梅忽然著起花來，他曾撰《八月梅花記》，述其異。後來又畫了一巨幅《八月梅花圖》，既有花，且具葉，是真可謂畫梅的創法了。石予品性高潔的很，往時曾爲南社友人高天梅草《變雅樓三十年詩徵序》，清微澹遠，稱一時名作。後來天梅忽膺選爲國會議員，謬受阿瞞後裔的賄賂，石予知道了，大大的悔恨，立把那篇《詩徵序》從《半蘭舊廬文集》中删去，大有古人割席的意思。

趙眠雲是元旦誕生的，所以他刊了一個圖章『元旦生』，不料今歲他夫人産了一個女兒，那生辰又恰是元旦，你道奇巧不奇巧？我想他這方圖章『元旦生』將來可以世代襲用呢。

程小青的偵探小説，早已膾炙人口，後來被某西女士知道了，囑他將《霍桑探案》陸續譯成西文，代他介紹至美國某雜志社。我想將來刊登出來，定可博得東方柯南道爾的稱譽咧。

姚賡夔嬌小玲瓏，確有三分女性，他又自署『曼雲女士』，所以吾們星社社友常常要把他調謔。一日，吾們在聽雨山房茗話，他見吴聞天臉色紅潤，忽道：『聞天交桃花運了。』聞天却緩緩的回答説：『我不交桃花運，那能碰得到你千嬌百媚的曼雲姑娘呢？』引得合座的都笑了。

施濟群輯《紅雜志》的時候，程瞻廬寄他一篇短篇小説，小説中有一個姓施的，是盗蹠一流人物。不料，犯了濟群的忌，把姓更改了，還寫一封信給瞻廬，説：『污辱敝姓，恕你無意。要不是，我把他冠上尊姓了。』

張碧梧的小説名早已傳遍人口了，但是吾家左鄰却有一位張碧梧女士，不但同名且又同姓。有一次，我偶然説給姚民哀聽，民哀説：『這要風魔煞張解元了。』我因此特把這段佳話寫出來，不知道那張解元真個要風魔不要？

趙苕狂曾和眉史鳳珠有繾綣情，後來伊漂泊天涯，所以苕狂有『憶鳳樓主』的别署。記得有一次，苕狂寄來一幀明信片，反面印著鳳珠的小影，承他不棄，囑我題句在上頭。那小影抱花盈懷，姿態楚楚，不料那郵吏無情，把玉容左偏鈐上一印，成了半面徐妃，這事若被苕狂知道了，定呼糟糕不置呢。

余天遂工詩善書，有聲藝苑。從前他執教吾吴草僑學舍時，同學們都求他的法書，他要應酬，無奈求的太多了，想拒絶却又難以爲情，所以只能推託説：『揮寫不費事，但磨墨是很麻煩的。』不料，同學們大家磨了一大盂、一大盎的供給他，他没有法兒，就把潤例高貼在應接室中，纔解了這個難關。

嚴芙孫囊輯某刊物時，朋輩嘗同他開玩笑，化了一個某女士的芳名撰稿寄給他，又附了一封欽遲仰慕的信，辭意是很纏綿馨逸，并請他星期日在半淞園晤覿。他就寫了覆書允許伊，又恐各不相識，失諸交臂，遂相約以手拈紅花爲暗示。後來，這齣把戲不知演没有演，且這事是某君説給我聽的，也不知確不確呢。

江紅蕉的《江南春雨記》，以吾吴名校書吟香爲書中主人。去冬，外間忽傳吟香死耗，紅蕉急急的快郵代電給我星友，一探吟香確訊，説：『《江南春雨記》正要結束，這事與我全書很有關係呢。』後來，知道吟香没有死，紅蕉方始放心撰下去。

陳蓮痕曩爲春明寓公，有一年春夏的時候，他的友人海虞楊南萊忽發驢背詩思的雅興，約蓮痕作伴侣。每當晨曦初上，相偕驅車驢市（彰儀門、齊化門外都有驢市），策蹇就道，總要薄暮始肯還來，這樣半個月當爲日常的功課。雖風沙蔽天、赤日炙地，也不間輟。凡都門附郭名勝的所在，都印遍了蹄跡了。京驢大半從齊魯間來，性較柔馴，但控縱也很費力。起初，他勉强登程，後來兩條腿麻木不仁，有如失掉的一般，腰也酸痛的很，一卧經旬，幾乎病廢。從此不敢再作吾家的鄭綮了。有一次他和友輩數人往畿南，船到塘沽，暫行停泊。夜間無聊，他和友人同赴喧市，亦無可瀏覽，祇俄僑設有酒排間和日僑設有御料理，遂進酒排間謀餐酌乘了。酒興，又至御料理趨入觀光，化番佛若干尊，令倭姬裸裎，領色相以爲笑樂，所以他有幾首《裸國吟》，即記這段旖旎情事呢。

黄若玄的詩文，很有幾分道學氣，他自謂遇涉男女關係的文字，總是竭力抬高女子身分，從未有一語侮辱，所以他的香奩詩也多語出雅麗，在《國風》、《離騷》之間。見有摭拾私事，輕蔑女性的詩詞，痛惡的了不得，幾乎要把他付諸祖龍一炬。他在十年前，有某女士温静婉好，曾有人和他作伐，後因他種關係，未諧好事。女士嫁某氏子，某雖翩翩，但不解温存，他很爲女士惜，遂有《雲英》八律，最豔的句：『杏暈欲舒新碧柳，蘭吹空逗小紅櫻。』言情是很顯著的。

華吟水每當年尾歲首的時候，必在市上購若干幀美人畫幅和月份牌，所以他的旅篋中差不多充盈了這種玩意兒。後來，我問他：『你儘量收藏有什麽用處呢？』他道：『畫裏真真裝束都是很新豔的，但隔不到幾時，衣飾的樣兒便成過去了。我這種收藏物，將來大可資爲研究婦女裝束問題的考鏡呢！』

趙眠雲

向愷然

小說雜談

胡同光　撰

載於《申報·自由談》一九二四年七月七日。作者胡同光，上世紀二十年代初在《最小》、《半月》等雜志上發表小説，也擅畫。此文八句話，皆爲論斷，并無論證，但其所指頗有現實針對性，如云『抄襲與代作同爲喪失人格之行』，其意義自不待言。再如云『編輯之抱偶像主義者，等於國家之專制政策』；『讀小説以名家爲標準，則小説之價值盡失』等，提得雖較尖鋭，但還是富有針砭意義的。

抄襲與代作同爲喪失人格之行。

名家所作非篇篇皆佳，新進作家所作亦非篇篇皆劣。

編輯之抱偶像主義者，等於國家之專制政策。

讀小説以名家爲標準，則小説之價值盡失。

小説不宜多做，亦不宜少做。蓋多做則類油滑，少做則無進步矣。

現代之長篇小説雖銷路尚廣，然總不及《紅樓夢》、《水滸》等之萬古流傳也。

影戲與小説均爲有功世道者。

小説家爲最高尚之職業。

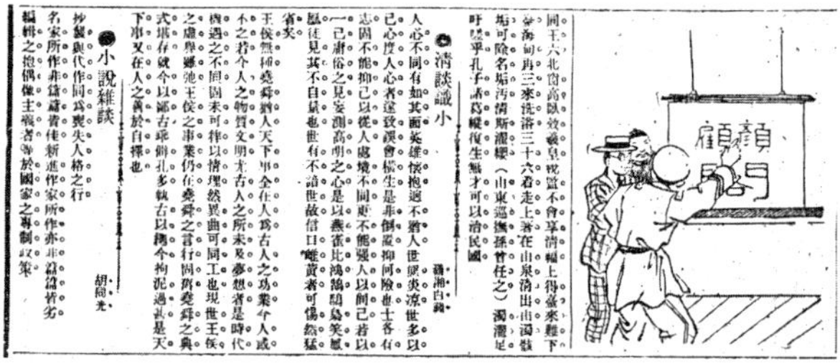
圓。王。六。北。齋。高。臥。效。羲。皇。枕。篋。不。會。享。清。福。上。得。臺。來。難。下臺。海。何。再。三。來。洗。滌。三。十。六。君。走。上。著。在。山。泉。清。出。山。濁。豈垢。可。除。名。垢。汚。猜。斯。濯。纓。（山。東。巡。撫。孫。曾。任。之。）濁。濯。足吁。嗟。乎。孔。子。諸。葛。縱。復。生。無。才。可。以。治。民。國。

清談識小　瀟湘白鶴

人心不同。有如其面。英雄懷抱。迥不猶人。世態炎涼。世多以己心度人心者。遂致誤會橫生。是非倒置。抑何險也。士各有志。固不能抑己以從人。處境不同。更不能强人以同己。若以一己庸俗之見。妄測高明之心。是以燕雀比鴻鵠。鵠爲笑鳳甑。徒見其不自量也。世有不諳世故。信口雌黄者。可傷然猛省矣。

王侯無種。堯舜猶人。天下事全在人爲。古人之功業。今人或不之若。今人之物質文明。尤古人之所未及夢想者。是時代機遇之不同。固未可律以情理。然異曲可同工也。現世王侯之虛聲。雖弛。王侯之事業。仍在。堯舜之言行。固與堯舜之典式堪存。欲今以鄙古。乖僻。孔多。執古以楊今。拘泥過甚。是天下事。又在人之善於自擇也。

小說雜談　胡寄光

抄襲與代作同爲喪失人格之行。名家所作非篇篇皆佳。新進作家所作亦非篇篇皆劣。編輯之抱偶像主義者。等於國家之專制政策。

小説雜志叢話

鄭逸梅　撰

載於《半月》一九二四年七月至一九二五年四月第三卷二十期至第四卷第九期。作者鄭逸梅，見一九一九年《小説瑣談》提要。本篇就上世紀初至三十年代主要是『舊派小説家』編輯的小説雜志作了較爲全面的介紹和簡略的評述，爲研究近現代小説及小説雜志的流變提供了綫索。作者晚年又作《民國舊派文藝期刊叢話》、《上海書報話舊》等，可相互參看。

小説雜志，汗牛充棟，難以盡列，不敏的叢話，不過把一己所知的寫些出來罷了。拉拉雜雜，没有先後次序，或有纏誤失考的地方，還望雜志之老讀者，加以指正呢。

《春聲》

姚鵷鶵輯。五號鉛字排印，挺厚的一册，内容豐富極了。鵷鶵是南社巨擘，所以該志多南社名人，如亞子、小鳳、寄塵的作品，瘦鵑譯作也有好幾種。可惜五期即止，許多長篇小説都没有結束，閲者有全豹未窺之憾。

《小説林》

發行很早，還在民國紀元以前，是東海覺我編輯的。有天笑的長篇《碧血幕》，膾炙人口的《孽海花》也在該志刊過。後來覺我病死，該志十二期就停刊了。

《繡像小説》

李伯元輯。爲一種半月刊，七十二期停止，内容很好。不過『繡像小説』四字爲雜志的名稱，覺得不甚妥切。由此可知那時尚講求實際，不像近今專靠奇特名稱、豔麗封面賣錢呢。

《小世界》

姚民哀近和丹斧倆辦《世界小報》，擬刊一彙編，爲雜志性質。他從前又曾輯過一種小本旬刊，名《小世界》，有寒雲丹、翁病鶴、宜古愚諸子作品。然印刷不考究，内容不豐富，所以銷數有限，一期便止了。

《**白相朋友**》

胡寄塵主任、廣益書局出版的小説筆記。詩詞文虎應有盡有，然壽命也不長久。

《**星期**》

包天笑輯。爲一種周刊，專尚白話，選材很精。短篇小説如天笑《墮落之窟》、《愛神之模型》、海鳴《倡門送嫁録》，雋美極了！倚虹也有多篇聚精會神的傑作。紅蕉撰一長篇描寫交易所的現形，他化名『老主顧』，不署真姓名，大約當時有所顧忌罷。不肖生自從撰了《關東外史》後，社會上久不見他的大作了，《星期》風行，又引起了他的文興，刊了好多篇。如今日報、雜志都有他的長篇作品，大有涵秋第二之概，飽了閱者多少眼福，這不能不感謝《星期》的功呢！封面用鳳竹的滑稽畫，很足使人發笑，五十期結束。（結束的一期，適爲武俠號，《快活旬刊》也是出了武俠號就停止的，當時逸梅曾草了一篇諧文《不祥之武俠》，刊在某文藝報上。）

《**快活世界**》

莊乘黄編輯。刊沈肝若之作品很多，如今肝若遠遊，不彈此調有十年之久了

《**秋星**》

爲一種大本雜志。輯者何人，失憶待考。

《**滑稽**》

仿歐西潑克(puck)、天笑主編的。共出兩輯,大東書局發行,有天笑、瘦鵑、卓呆、寄塵的小說。

《**新小說**》

清光緒間梁任公在日本發行的。廿四期止,有吴趼人、周桂笙的作品,這真是小説界的老前輩呢!

《**武俠世界**》

平襟亞輯。劍客、畸人躍然紙上,海鳴的《平泉大俠劫富記》,尤覺有聲有色。數期便止。

《**家庭**》

本爲半月刊,後改爲按月出版,紅蕉主輯。排法新穎,花樣層翻,每篇之前,加編者的評語,或將作者的深意揭發出來,這也是該志的創格。那時適值《星期》停止,一般愛讀天笑小説的,很有一種如飢如渴的樣子,天笑和紅蕉因至戚關係,常把短雋作品給《家庭》刊布,讀者爲之大慰。出過三次特刊:裝飾號、婦醫號、脾氣號,尤以裝飾號爲最饒趣味。封面是謝之光、丁慕琴的時裝侍女,用三色版印,美麗的很!十二期停止,長篇如倚虹的《苦惱家庭》、紅蕉的《嫁後光陰》,没有刊完,是很可惜的。

《**月月小説**》

吴趼人、周桂笙主編的。天虚我生的《淚珠緣》曾刊在該志上,二十四期停版。

《鴛湖雜志》

沈劍霜輯。在嘉興出版，印刷不甚精美，所刊作品除西神、卓呆外，餘皆新進作家。三期停止，今改出單張的小報了。

《新世界小説社報》

輯者警僧。九期止，也是前清發行的老雜志哩！

《新新小説》

冷血輯。十期結束，刊天笑的小説很多。

《新華》

劉□□諸子輯，新華書局發行，一期便輟。有谿公民、哀哲身、靈園作品。封面亦用三色版，爲張光宇之半裸體美人，姿態絶媚，銅圖皆伶人戲影，頗有可觀。

《十日小説》

環球社發行。隨《圖畫日報》附送，共出十一期。

《白話小説》

爲一種月刊。兩期止。

《眉語》

許嘯天、高劍華夫婦合輯。插圖多裸體畫，小説雜著亦偏重豔體，旋被當局禁止。吾友明道是該志的撰述者，曾化名梅倩女士，連刊幾篇小説，竟有人投以情書，并索玉影，梅倩就寫了一封若即若離的信覆他，真是一重笑話呢！

《婦女時報》

有正書局出版。多女學界的著作及倩影，瘦鵑也常撰稿，有時署名『周國賢』。

《鶯花雜志》

内容豐富，册子很大，數期停止。『鶯花』二字何等的旖旎！如今王天恨辦一種文藝報，也把『鶯花』二字爲報名。

《小説時報》

有正書局編輯，冷血、倚虹編輯，若干期停。直至前年復活了，縮小册子，由涵秋主持編制。取材沉悶的很，所以有人説涵秋能著作而不擅編輯，這也許是涵秋筆政很忙，不能全神貫注罷。

《競立社小説月報》

亞東破佛編，兩期就止了，有我佛山人的《剖心記》，也是在前清時出版的。

《華北叢書》

天津華北新聞社出版，爲一種月刊。有天笑、涵秋、丹斧、馬二、春帆著作，也不過數期壽命。

《小報》

初爲單張，後改爲小册雜志，錢釋雲編輯七期，後由謝鄂常續編了。長篇小説也有一二種，不很高妙。短篇有丹斧、枕亞、民哀、厘父、煙橋、眠雲諸作品，逸梅也有滑稽小説《坤乾會》刊入，這不過充數罷了，十期輟止。

一九二四年七月一日第三卷第二十號《説林珍聞》

《紅雜志》

獨鶴、濟群編輯，仿《星期二》，爲一種周刊。有海上説夢人的《新歇浦潮》，號召不少閱者。小品文字，瞻廬獨多，花樣層翻，俗不傷雅，的是解頤妙品。一百期結束，改名《紅玫瑰》。

《半月》

周瘦鵑編輯，袁寒雲主撰。不敏曩在蘭友上，評爲雜志中第一。這不是不敏的諛詞，實在瘦鵑匠心獨運，始終不懈，令人閱之自起一種審美觀念，且每期有一二種特載，都是很名雋的，那自然受社會的歡迎了。

《小説叢報》

徐枕亞主任。時枕亞以《玉梨魂》蜚聲説界，乃别撰《雪鴻淚史》，托爲何夢霞日記，刊諸《叢報》，且名流如雙熱、箸超、天嘯、醒獨、定夷、儀鄦、鐵冷、南村、水心、東訥諸子，各揮彩管，盡力襄助，遂蔚爲大觀了。長篇中獨鶴的《小説迷》，雙熱的《學時髦》，都是很詼諧的；箸超的《琵琶淚》，亦覺哀感動人。《淚史》刊完，枕亞又續撰《棒打鴛鴦録》（今已出單本，改名爲《雙鬟記》），不啻《紅樓》縮影。再有西神、鵷鶵的傳奇，豐麗之至。出至廿二期，改大本爲中本，雙熱編輯。一年後，又由枕亞主政，恢復舊觀。旋因同人嫉擠，即辭輯務去，復爲雙熱編輯，九期停止。一種小小的雜志，也有如許變故，毋怪那世變滄桑，令人興感了。

《小説季報》

枕亞脱離《叢報》社，創設清華書局，編輯《小説季報》，布面蝴蝶裝，金字燦然，頗爲美觀，然成本甚巨，定價不得不昂，銷數因此而滯，四期結束。諸稿如枕亞之《讓婿記》、涵秋之《還嬌記》、塵因之《神州新淚痕》等長篇，皆屬完璧，有始有終，很是難得。

《偵探世界》

爲一種半月刊，由小青、獨鶴、濟群、澹庵合輯，後澹庵脱離，苕狂承乏。然小説界中，偵探作手不多，所以徵稿很不容易，不得已，兼刊武俠、冒險諸作品，以充篇幅，廿四期止。

《紫蘭花片》

周瘦鵑創格的個人雜志，嬌小玲瓏，很覺可愛，内容清靈雅雋，迥異尋常。第一集書爲縱式，封面爲丁慕琴、謝之光、胡亞光的美人，畫裏真真，呼之欲出。第二集書爲横式，封面爲潘雅聲的仕女，古色古香，别有致趣。曾有美人號、戀愛號特刊，馨逸凄麗，仿佛紙上也襲有紫蘭香呢。

《消閒鐘》

李定夷編輯，爲《小説新報》的副本，壽命不長，内容多定夷自己作品。

《**婦女畫報**》

朱鴛雛、平襟亞編，二期便止，多歐化文字，當時不敏亦爲特約撰述之一。

《**紅玫瑰**》

嚴獨鶴、趙苕狂主輯，是繼《紅雜志》發刊的。長篇除原有之不肖生《江湖奇俠傳》外，又刊李涵秋遺著《新廣陵潮》（瞻廬續成全篇）。其餘小品文字，亦皆取材新穎，方興未艾，竊爲該志慶祝呢。

《**社會之花**》

王鈍根編輯，爲一種旬刊，封面大半爲杭稚英作，用三色版印，很覺嬌麗動人。内容多沈禹鐘、張碧梧、羅晴淵、馬二先生的作品，鈍根有時亦自撰短篇小説，雋妙之至。最可發笑的，就是《軟玉温香館爛腳記》和《我與文豔親王之情史》。《我與文豔親王之情史》，更引起一般讀者的好奇心，不料揭書一讀，却大大的上他一個老當，原來那文豔親王，不是共舞臺的雌兒張文豔，是調謔小説界的雄獅周瘦鵑而作的。狡獪手段，真令人可惱亦可喜。

《**滑稽畫報**》

錢化佛諸子輯，擔任繪畫撰述的，有數十人之多，可謂人才濟濟了。旋因各有意見，二期即輟。

《**笑雜志**》

平襟亞輯，東方書局出版，爲一種小本雜志，内容多滑稽作品，兼刊時調山歌，以迎合中下等社會的心理。第五期後，改爲東陸書局發行，由李龍公主政，一期便止。特刊有風凉號、笑話號，是很豐富的。

《中華小説界》

中華書局出版，爲一種月刊，擬與商務印書館之《小説月報》抗衡，然魔力遠不能及。撰述者有琴南、瘦鵑、天笑、枕亞、卓呆，餘皆碌碌。十餘期停。

《中華新小説界》

《中華小説界》停版後，又續刊《中華新小説界》，若干期亦止。

《情雜志》

許廑父編輯，爲小本雜志，一期即停。有枕亞之《泣珠記》説部，未刊完。

《梨花雜志》

鄭醒民編輯，遠東書局出版，多評劇文字。長篇小説有《傀儡寫真記》，是楊塵因的手筆。

《快活》

是一種周刊，張雲石編輯，并借李涵秋爲幌子，掛名爲編輯主任。書爲袖珍本，攜帶極便，取材瑕瑜互見，未能盡善。長篇有涵秋的《近十年目睹之怪現狀》、枕亞的《燕雁離魂記》、塵因的《老殘新遊記》、碧梧的《毒瓶和水裏罪人》。特刊有婦女號、新婚號、滑稽號、偵探號、離婚號、武俠號。羅致名家，不遺餘力，三十六期結束。時因婦女著述，很受社會歡迎，所以特刊號外《香閨花影》，三期後，由陶鳳子編輯了。

《心聲》

劉豁公、鄭子褒編輯，是心心照相館出版的，故銅版照片很多，式仿《半月》，内容也很豐富，惟取材稍覺沉悶，不甚松雋罷了。曾特刊一種戲劇號。

《東海》

小本雜志，徐枕亞、徐卓呆、徐碧波、徐鵑雲四人合輯，全屬姓徐的文字，是怪有趣的，并且還是一種創格咧。

《白雪》

香谿、馮秋、農柳、他園編輯，排式是很新穎的。有瞻廬、煙橋、眠雲、明道、民哀、轉陶、碧波、少芹、楓隱、東園諸子作品，頗有可觀，惜乎曇花一現便萎謝了。

《星光》

眠雲、煙橋發刊《星報》，光芒萬丈，照耀昊天，頗得社會美譽。出至廿五期後，更廣徵諸文友作品，刊爲《星光》，計出兩册。每篇小説之首，刊有著者玉影和小傳，是很足以慰一般景仰小説家的讀者渴望的。

《小説新潮》

中央印刷公司發行，鐵生編輯，式如復活之《小説時報》。有指嚴、涵秋、少芹小説，銅鋅版印寒雲、丹斧論金石書真跡。又有武化一門，插圖很多，然没有什麽趣味，三期停止。

《**東方朔**》

沈禹鐘、吴靈園編，文字新舊兼刊。舊文字中有亞子、鴛雛諸作品，并有文壇消息欄，報告著作家狀況。第二期改爲大本，銷滯，也就輟止了。

《**小説雋報**》

未詳他的内容。

《**揚子江小説報**》

前清宣統時出版，爲一種月刊。胡石庵編輯，在漢口發行的。

《**滑稽新報**》

平襟亞編輯，多雙熱、民哀、飯牛諸子作品，内容不很豐富，也是一期停止的。

《**粲花**》

吴綺緣編輯，在毗陵出版，爲一種小本雜志，有卓呆、煙橋、天憒、少芹、寄塵諸子短作品，一期即停。

《**小説世界**》

商務印書館出版，葉勁風主輯，爲一種周刊。定價低廉，不過取材駁而不純，那是閲者很引以爲憾的。前清時，也有一種雜志，取名《小説世界》，爲半月刊，二期停止，編者何人，不能追憶了。

《**電光雜志**》

范春生編輯，没有精彩，無可稱述。

《**遊戲世界**》

瘦鵑、茗狂編輯，爲一種月刊，印刷很好，排法也新穎有致。小説尚白話，各種雜文，應有盡有，伶人的照片極多，評劇文字也不少，每三期一革新，愈革愈精，有倒啖甘蔗之妙。二十四期結束。

《**小説新報**》

該報創辦多年，雜志中可算老前輩了。初由李定夷主政，後來定夷因事遠行，許指嚴、包醒獨繼續編輯，至六年停止。前年雜志有中興氣象，《新報》也乘此時機復活，請貢少芹主編，體例一如其舊。一年後，少芹脱離，繼之者爲天臺山農、朱大可、徐哲身，都是抱蕭規曹隨主義的，没有什麽變更。封面用前人花卉山水真跡，一色銅板印刷，雖屬古雅，然總不及畫裏真真的動人愛賞。且出版延期，有失信用，致銷數大受影響，逐漸减少。所以辦雜志，匪萬不得已，决不可延遲出版日期，使閲者有秋水望穿之憾呢。

《**小説月報**》

商務印書館出版，有十多年了。王蒓農、惲鐵樵相繼編輯，早已有口皆碑。後來由沈雁冰主任，一變而爲新文化，另有一種色彩了。

《**小説革命軍**》

胡寄塵編輯，爲革新文學的先導，小説筆記有好多種，三期停止。

《**五銅圓**》

天嘯、枕亞、雙熱諸子編輯，爲一種周刊，每本賣五銅圓，故就把這五銅圓三字爲名，很覺得直截爽快。文字尚滑稽，長篇有雙熱的《快活夫妻》（後由枕亞加評，刊爲單本），爲滑稽豔情，很有趣味。時歐洲大開戰禍，紙價驟漲，《五銅圓》難以支援，不得已，略加資料，倍其售價，稱爲雙料《五銅圓》，銷數不多，不久也就停止了。

《**女子世界**》

中華圖書館發行，天虚我生編輯，大都刊女界的著作。文字優美，頗有價值，兼刊家庭常識、雜藝等，又是很切實的。六期停止。

《**繁華雜志**》

海上漱石生編輯，本子很大，也有銅板插圖，撰述者如朱瘦菊、許指嚴、錢香如諸子。香如擅科學遊戲，故該志中刊香如魔術很多，如今都爲遺著了。没有出滿十期便停。

《**禮拜花**》

聞野鶴、趙赤羽諸子輯，仿《禮拜六》式，每逢星期日出版，取材尚佳，一期即輟。

《雪花》

馮秋農編輯，胡亞光繪圖，爲一種袖珍小本，有民哀、楓隱、守拙、東園諸短作品，不甚豐富，令人有一覽無餘之憾。

《紅雨》

潘寄夢、劉恨我輯，也是一種小刊物，編制尚佳，有瘦鵑、民哀、明道、眠雲、天憤、碧波、天恨、慶霖、釋雲、鄂常、巽觀諸子作品，一期停止。是在浙江袁花發行的。

《月月》

唐忍庵編輯，在梁谿發行，有海鳴、丹斧題字，煙橋、雙熱、明道、賡夔、菊高、天石、北野、石予諸子作品，兼刊新體文字。該志命名『月月』，是按月發行的，但爲經濟問題，一期就止。

《盍簪》

洪公素編輯，内容除卓呆、舍我、耳似外，無甚名作。封面爲丁慕琴繪，羽扇輕縠，姿容絶媚，用三色版精印，配以袁寒雲題簽，更覺得出色當行了。

《千秋》

問題小説家舍我編輯，是繼續《盍簪》出版的。寒雲、瞻廬、煙橋、卓呆、海鳴、瞿安、寄塵、眠雲皆有作品刊入。小青的那篇霍桑探案《鸚鵡》幾佔全書三分之一。篇目用木刻留真，封面是謝之光畫，王鈍根書。

《禮拜六》

中華圖書館發行，共出二百期。前一百期是鈍根、劍秋編輯，全爲小説，不刊雜文；後一百期是鈍根、瘦鵑編輯，小説雜文，兼收并蓄，精神非常飽滿。後來瘦鵑創辦《半月》，輯事委置，《禮拜六》頓無生氣，直至敷衍結束，銷數因之大跌。二百期出齊後，該書館將存書洋裝匯釘，都二十册，布面金字，很覺燦然可觀呢。

《新聲》

施濟群編輯，是雜志衰而復盛的先導。用五號字印，有漱石生、嚴獨鶴、陳蝶仙長篇。這幾位名家，年來貴忙得很，雜志中很難得他們的著述。從八期起，歸世界書局發行，封面用三色銅板，美麗的很，十期停止。近來濟群辭去《紅雜志》的輯務，《新聲》又有復活的傳説了。

《小説海》

商務印書館出版，五號字小本，攜帶很便，取材嚴整豐富，瘦鵑、指嚴皆有小説多篇刊入，若干期停。

《香豔雜志》

王均卿纂《香豔叢書》，出其餘緒，編是雜志。苕狂、酒丐、太癡襄助輯事，女撰述員有好幾位元，不過香豔文字太少，似乎不能克副命名。有亞子、涵秋、摩西、太癡諸子詩詞駢文，小説筆記也有多種，無甚精彩。數期輟止。

《眉月》

高天棲等組織，垂成而爲事阻，未能出版。

《潑克》

已故畫師沈泊塵主任，圖畫文字，都是很雋妙的。

《民權素》

古越蔣箸超編輯。怎麽如此命名呢？因爲是薈選《民權報》小品而刊的。《民權報》是民黨的機關，遭袁氏忌，内地禁止銷行，不久也就停止，别立民權出版部，請箸超輯刊《民權素》，按月出版。第二集後，廣徵名著，焕然一新，取材注重文言，以迎合當時的風尚。統體用五號字精印，内容豐富，遠非近今雜志所能及。有箸超、瘦鵑、枕亞、雙熱、定夷的小説，正秋、塵因、一萍的戲談，南村、冥飛、肝若、汪洋的筆記，天仇、醒獨、昂孫、花奴、警衆的雜話，尤爲名貴。出至十七集，忽然停止，諸稿未能完全結束，很覺可惜。封面大都是但杜宇畫，不敏撰稿雜志，是從《民權素》開始的，所以很可紀念呢。

《大同》

爲一種周刊，姜杏癡、陳倦鶴編輯，多南社諸子作品，兩期即輟。

《七襄》

仿《禮拜六》式，也是南社名人和小鳳、寄塵、鵷鶵、獨鶴等組織的。文字很優美，壽命也不長。

《餘興》

《時報》上有『餘興』一欄，已很久了。當民國二年間，有正書局曾將該欄文字，選刊爲《餘興》雜志，計出數十期，煙橋的作品，刊載很多。

《美人世界》

但杜宇主任，圖畫多，文字少，圖畫全是美人倩影，有裸體畫一幅，用三色銅板精印，玉膚映鏡，百媚橫生，可稱爲杜宇的第一傑作，一期便止。

《月亮》

嚴芙孫編輯，小小的一册子，所容材料，都數十種，蓋大半是短作品，取其廣告上熱鬧些罷了。長篇有小青的《四點三十七分》，禹鐘的《田家風味》。禹鐘的長篇，似乎没有見過，這篇大約還是試作呢。江浙戰事起，受了影響，三期便停。當芙孫編《月亮》的時候，又曾輯過《薔薇花》，和《月亮》差不多，也是雜志性質，一期即輟，有西神、海鳴、瘦鵑、小青、瞻廬、卓呆、豁公、鈍根、舍我、獨鶴、寄塵、枕緑、禹鐘、民哀、馬二、塵父、碧梧、達哉諸子撰述，真可謂人才濟濟了。

《晚霞》

爲一種袖珍本雜志，用道林紙印，很是考究，惟内容不佳，未免太辜負了。六期停止。

《朔望》

半月刊，踵《禮拜六》而起，没有甚麽精彩。

《小說大觀》

吴門包天笑主任，由文明書局發行，爲一種頂厚的刊物。每年出四期，插圖很富，珂羅版印的名花豔影，更覺嫵媚動人。每期刊有天笑的短作品，靈心四映，很受社會歡迎。餘如瘦鵑、苕狂、小青、鵷鶵、指嚴諸作，也是絶妙的。記得還印有蘇曼殊的小影，那更動人慕仰了。十五集結束。

《小說畫報》

包天笑主任，文明書局出版，仿佛是《小說大觀》的副本。專尚白話，按情節插圖，很有興趣。用有光紙石印，先《小說大觀》停止。

《良晨》

張枕緑輯，初爲單張，數期後改裝成册，爲一種周刊。有海鳴、瘦鵑、煙橋諸作品，五期停止，不久又改出《最小報》。

《笑畫》

生生美術公司出版，含有廣告性質。徐卓呆編輯，很有精神。五期後，卓呆辭謝輯事，由孫雪泥自行主政，十期停止。

《甲子花》

豁公、鈍根合輯，撰述者計三十餘人，豐富精美，迥異尋常，是甲子年的小說刊物。此例一開，將來乙丑花丙寅花丁卯花將繼續而出了。

《**自由雜志**》

是《申報·自由談》的彙刊，由鈍根、愛樓編輯，封面爲丁慕琴畫，厥狀很滑稽，内容要算愛樓的遊戲文刊得最多，其他零星諸作，搜集也不少。又有天虚我生的長篇小説，二期後即改組爲《遊戲雜志》。

《**遊戲雜志**》

王鈍根編輯，撰述者如天虚我生、瘦鵑、小蝶、劍秋、率公、愛樓、夢犢生、了青、馬二、東野諸子，都屬一時名流。内容分門别類，以遊戲文冠首，算是克副命名的意思。插圖多的很，又是很有趣味的。封面大都由丁悚繪。十餘期停止。

《**友聲雜志**》

倪軼池主任，有東園、鈍鐵、瞻廬、逸軒諸子作品，出了一期就停止了。

《**世界畫報**》

孫雪泥編輯，徐卓呆也曾襄理過。文字圖畫，各參其半，文字選材不精，繪圖者有數十人，各抒所長，很有可觀。

《**真相**》

黄濱虹主任，美術書館出版，有胡寄塵關於藝術的文字，蘇曼殊的法畫，十餘期停止。

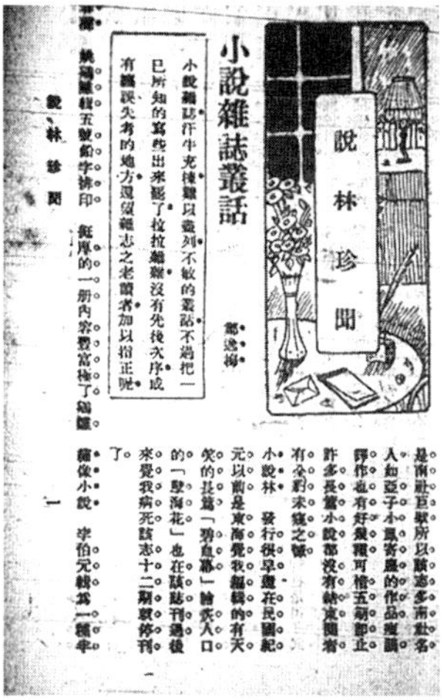

小說雜誌叢話

鄭逸梅

小說雜誌汗牛充棟雖以薆列不敏的叢話不過把一已所知的寫些出來罷了拉拉雜雜沒有先後次序或有錯誤失考的地方還望雜志之老讀者加以指正呢

是南社巨擘所以該志多南社名人如亞子小鳳寄塵的作品瘦鵑譯作也有好幾種可惜五期即止許多長篇小說都沒有結束閱者有全豹未窺之憾

小說林　發行很早還在民國紀元以前是東海覺我編輯的有天笑的長篇「碧血幕」曾孟樸的「孽海花」也在該誌刊過後來覺我病死該志十二期就停刊了

繡像小說　李伯元編爲一種半

……鉛字排印　挺厚的一冊內容豐富極了編纂……

説海周旋録

王天恨　撰

連載於《半月》一九二四年十二月十一日至一九二五年十一月十六日第四卷第一、二、三、七、八、十五、二三號。作者王天恨，筆名天恨、天恨生。小説家，著《妃色絲巾》、《衣冠禽獸》等小説數種。另有《雙紅室筆乘》、《孫中山先生傳軼事》等。本文寫了他與當時一些小説家的交往，談到了一些小説家的個性與軼事。寫到的小説家有：包天笑、吴雙熱、徐枕亞、張枕緑、朱瘦菊、趙苕狂、嚴獨鶴、葉勁風、徐卓呆、姚民哀、江紅蕉、施濟群等。

小子自十七歲厠身著作界，東塗西抹，居然能博得微名，這真是僥倖。小子的肚腹，自己實在不敢恭維自己。雖非僅識之無，然而也不過勉强能動動筆，做幾篇瞎三話四的文章罷了。許多文壇鉅子，竟不棄葑菲，獎譽有加，倒弄得小子非常慚愧。雖然，小子憑這一支不能生花的禿筆，能和文壇諸君子周旋，也算得人生快事。因趁《半月》第四卷開場，把我和諸君子周旋的經過（指通信言），憶述一二，以留紀念，不知讀者見了我這無聊的文字，可厭惡麽。民國十三年七月吴陵王天恨識於恨廬。

包天笑

天笑先生是小説界的前輩，差不多人人尊崇。因此我提起筆來也就無意間先寫上『包天笑』三字了（非聲明無意不可）。我最初讀天笑的小説是有正書局出版的《空谷蘭》，果然不愧傑作。那時就欽佩無倫，直到前年夏間，我纔和他通信。他的字寫得很柔婉，而且不潦草，有時用語體文極爲别致。我的信箋中，白話信很少，因我寫信給人全不用白話，所以人家也都用文言。天笑給我信的函面尤與他人不同。人家都寫『王天恨』，他却寫我的字『王益吾』，實在是特異的。

今年我偶然高興，把天笑的信剪下六個大小相稱的字，横黏拼起來，成爲『吴陵天恨小啓』，又揀了信末，簽著姓名俱全的『包天笑』三字黏在下面，命刻字的人精心刻一木戳，預備印在信箋上，那知刻起來看時，六個字竟參差不齊，不曾能用，真掃興的很啊。

吴雙熱

在六七年前，吴雙熱是很出風頭的。他曾主過《民權報》，筆致擅滑稽小說，尤長於哀情。《蘭娘哀史》出世後，他的文名愈響，幾有家弦户誦、紙貴洛陽之概。但現在已不從事於小説事業，執教鞭於白門正誼中學了。

雙熱寫信給我，非常客氣。信末簽著『小弟吴雙熱再拜』。『弟』固然是普通稱呼，而加個『小』字，就覺得過於謙虚了。况雙熱的年紀比我要長得一倍咧。於此可知雙熱的爲人一定是和藹可親的。

正誼曾出一種校刊，就命名『正誼』。雙熱主輯内容都是該校學生的成績，詩文、小説俱備，還有『範作』一欄，乃雙熱自己的著作，以便學生觀摩，於此又可見雙熱熱心教育，真不愧他大名有個『熱』字啊。

徐枕亞

枕亞的小説最令人欽佩的自然要推《玉梨魂》。他文名至今不衰的原故，也無非因那部《玉梨魂》有價值，令人百讀不厭。現在又映到銀幕上，更增身價不少。

枕亞的書法在和我通過信的人中，要推第一。而且寫信不肯草率，墨汁又濃，非常圓潤而美觀，我最最寶貴的。

枕亞已久不著作了。去年他還有興把《小説日報》復活，和蔣箸超合撰《兒女金鑑録》，中間曾有些時不問輯務。自二百二三十號，又振作精神，親自整頓至三百號左右，忽又來信説脱離編輯。我還懷疑著，没多時看見《申新報》上的啓事方始證實，究竟不知爲了何故。

張枕緑

枕緑和我的友誼比較的深些了。信固然是常常通的。而且屢蒙他不棄，贈良晨好友社出版的書籍和良晨箋，這是我應當感荷的。

枕緑寫的字極爲特别。一個字只消一筆，尤其是那個『門』字，寫來真像已壞的彈簧，徐卓呆也曾説過這句話。

去年枕緑擬刊一部偵探小説集，請我撰一篇。我覺得小説集的稿子不能像《最小》所載那麼短得僅數百字，所以撰了三四千字的一篇付郵之。後忽覺有一節不對，又請枕緑寄回修正，雙方都鄭重其事，不憚煩勞。那知過了些時，忽刊在《最小》上。我大爲訝異，寫信去問。他説佳稿不多，排就的幾篇，已不惜拆毁，對我很抱歉。我徒負荷荷，一篇三四千字的偵探小説，竟算了小報應酬品，不是太不值麽。呵呵。

枕緑寫信，大都用鋼筆。筆有紅墨水，有藍墨水。信箋都是良晨箋，每一次都不同花樣。檢置一處，可算得五光十色，很好玩的。只有一封是毛筆所寫，物以稀爲貴，所以我倒很寶視呢。

海上説夢人

也許海上説夢人已忘懷曾和我通過一次信了。原來在民九那年，他主任《新申報》的《小申報》。我偶然高興，撰了一篇小説和幾則笑話披登，取酬時，直接寫信給他，他纔有信寄我的。

在那時候，《歇浦潮》正登著，我還不知海上説夢人就是朱瘦菊。他也故意弄得閃閃爍爍。記得有一次，他還在報末刊了一則代郵説『海上説夢人君鑒，大稿已罄，請速賜』。我們見了這一則代郵，越發墮入五里霧中，究竟不知他是甚麼用意啊。

瘦菊的字我不敢恭維，不能説怎樣好，然而也不甚難看。措詞倒是很客氣的，可惜現在没有和他通信的機會，不能不引爲憾事。

趙苕狂

苕狂是個最滑稽的人，寫信也帶著滑稽色彩，字是很潦草的。去年我在《偵探世界》上撰了一篇紀實小説《妓之病》，乃記一個稍識字而自命能文的妓女，偏有許多人盲崇。某地某周刊主任某君和我略有些友誼，即回到了敝邑嬲著幾個朋友去會伊，也邀我去。我説伊不過僅識之無，我是知道的，你們不要聽人家謡傳。某君不信，一定去見伊，不想伊忽託病不見，卧在床上。某君坐了一會，惘然而出。我確實没有同行。第二天伴某君的一位友人把情形告訴我，我纔得知，便記述下來，推測某妓託病的原因成一短篇偵探小説。那知苕狂竟在後面加按，硬説我一定在内，并説我酸，加我『酸秀才』的頭銜。我憤極了，立刻草了一篇《雪冤》述明真相，請將酸秀才頭銜的成命收回。不料因我『收回成命』一語，又引起他的官腔，就老實仿官廳批示批道：『據呈已悉，准予收回成命，惟就……而觀其中，顯有疑竇，究竟個中情事如何，著即明白申訴。切切，毋違此批。』令人可笑。末後爲了某周刊索稿的事來信，還不肯放鬆，問我説：『某妓無恙否？』一味纏個不了。哎！這種人真惹不得啊。

苕狂既和我縷縷鬧笑，我也就設法報復。在《偵探世界》上撰了一篇《戲猜三位文友》，乃用滑稽口吻猜測該志三位主任程小青、施濟群和苕狂的身材、性情等種種。而請苕狂加注糾正。如今把猜苕狂的一節録在下面：『身材短小（苕注：對），雖近視，目光却奕奕有神（苕注：對），擅口才（苕注：不對），喜説笑話（苕注：對），往往一語既出，四座鬨然（苕注：不對），弗好修飾（苕注：對），嗜酒，飲輒醉（苕注：對），恒於深夜中獨行踽踽（苕注：不對），人見之，每疑爲妙手空空兒（苕注：豈有此理）。』我猜得固可笑，注得更可笑，而尤以末一句『豈有此理』答得最響，仿佛如聞其聲呢。

苕狂又喜歡替我另取新名，甚麽『天然』、『天放』、『天壤』、『王郎小偵探』，都是他替我取的。但我却都不合意，未免辜負他的一片好意了。呵呵。

嚴獨鶴

鄭逸梅《秋鴻羽落補遺》裏説：『嚴獨鶴輯《紅玫瑰》，曾來信索稿，和苕狂同署名，是他人代筆的。』這幾句話就完全把我這《説海周旋録》記嚴獨鶴一節代説過了。原來我和獨鶴通信也只這一次，也是爲《紅玫瑰》索稿，和苕狂同署名，大約信上的措詞也都一樣，直到現在仍没有接到過獨鶴第二次信。凡關於《紅玫瑰》的事，都有苕狂接洽，他真可算得一位吃糧不管事的編輯咧，呵呵。

信上的措詞客氣得很，説什麽『先生著作等身，夙所心折』，這幾句實使人慚愧。年稚如我，那裏配贊以『著作等身』四字呢！大概寫這信同時有好幾十封，我想倒不如教印刷部裏排印一下，反而爽快啊！

我最初讀獨鶴的小説是《小説叢報》上的《小説迷》，他的滑稽天才就在那部書上完全表現了。他的滑稽實在是旁人所不可及的，這句話大約讀《新聞報》的人没一個不承認，因爲讀《新聞報》的，没一個不愛讀《快活林》，而尤愛讀《快活林》第一篇《談話》，往往把人家笑痛了肚皮，我就是常常被他引得捧腹的一份子。

如有機會，我很希望和獨鶴把晤一下，面聆教益，不知這機會何日纔能碰著咧！

葉勁風

小説界異軍特起要推葉勁風了，由斜刺裏率領一支生力軍殺將出來，竟被他不費吹灰之力似的佔據了文壇一角。

勁風寫信似乎潦草，簽名很有趣，因爲他把『葉勁風』三字寫得縮在一起，而且歪著，用筆略有些像沈禹鐘，然老練却過之。

勁風在小説界是立於新舊兩派之間的，有時用新標點，有時不用，但比較的用新標點時候多。他常常申明：新舊不在乎形式。我也以爲如此。譬如本志所刊的小説就大有新的精神，倘把連圈改爲新標點，便是純粹的新體小説。那些自命爲新小説家的作品，一將新標點删去，改爲本志的排式，人家却未必看得出是新小説罷。

什麽叫做新？什麽叫做舊？全靠一點形式，説穿了真不值一笑。關於新標點問題，徐卓呆已在《新申報》上痛論過，我也不多贅，這不過因此節記葉勁風順便略談而已，如再絮絮的討論下去，那就溢出本篇的範圍了。

徐卓呆

大家都説徐卓呆天性滑稽，待人接物，無處不帶著滑稽色彩。但是他寫信，却規規矩矩，也許他對我規矩，對旁人歡喜鬧笑罷。

『猷弟叩』，這是卓呆簽名的特色。要將個『弟』字寫在中間，驟然看去，活像是一個鄉間的猷老官（猷老官敝邑諺語），那裏知道却是一位名馳遐邇的滑稽大王呢！

卓呆寫信，大都用鋼筆，措辭很宛轉。最近他爲《時事新報》寫信給我説：『酬資至薄，抱歉！』在『薄』字旁，用紅筆加一圈，圈裏又加一點，不知是何用意。大概這一個『薄』字很緊要，并非客氣，實在是酬資薄罷。這又可見卓呆的心地坦白了。

他主《時事新報·青光》筆政，大翻花樣。没幾天就出一個特號，隨意拈一個特號的名稱。我曾寫信給他説：『你那裏出特號，我次次都擬撰一篇，凑凑熱鬧。争耐交通不便，報上的通告到我眼中時，已經三天。再撰起來，寄到上海，又是好幾天。特號早出過了。實在困難之至。本埠最便利，當天可以看見通告，寄稿又只隔日可達。所以寓於上海的人，能佔許多的優先權。我們住在内地，只好睜著眼看他人熱鬧了。』

在江浙兵訌的時候，上海的拉夫風潮，鬧得很厲害。我在《金鋼鑽報》上造了幾個滑稽消息。有一則道：『某日徐卓呆君，與其友卓弗靈君，倘徉於馬路中，忽遇丘八數人，將卓君拉去。徐君以腿快得脱，然已飽受虚驚矣。現徐君正設法營救卓君云。』自信頗有趣，可惜卓呆不曾弄一個滑稽更正。大概已被我料中，當真他那位好友卓君，被丘八拉了去罷！哈哈！

我久慕劍我夫人的法書，擬請卓呆轉求夫人賜書一聯，使蓬蓽增增光彩，不知卓呆肯不肯？先在這裏探問一聲。

姚民哀

我説民哀善頌善禱，他自己也承認。有一次，他的來信之末，有兩句道：『當日夕瓣香，以祝執事之大富貴亦壽考也。』哈哈！這種口吻倒有些像舊式娶親儐傭的媒婆咧！

民哀歡喜揚人之長，掩人之短，這是他的忠厚處。他主《世界小報》筆政，對於我們這一班青年，揄揚備至。於是遂不免有逾分之譽，如謂我『文章聲相，早已望重雞林』云云，又謂『泰縣王天恨先生迺青年小説家中有數人物』云云，把我捧到三十三天以上，却不知捧得愈高，跌得愈重。萬一一交跌倒，豈不要弄得頭青眼腫麽？

蘇杭我都没有到過，所以這兩處的文友，至今依舊是神交兩地。我曾繼卓呆之後，做了幾則《廣斜氣歌》。歌最後一則道：『王天恨，勞碌人，只好夢到蘇杭城。』自注：『諺云「上有天堂，下有蘇杭」，可知蘇杭之繁華。予久擬往遊，兼與諸文友把晤，而事冗未果也。』民哀又在後面注道：『先生如果到蘇杭，請你上海玩一玩。』啊！民哀多麽愛朋友，忙不迭的約我到上海，於是我又亟亟想再到上海走一遭咧！

江紅蕉

煙橋說，紅蕉的小說寫兒女之情，細膩熨貼。這真是的評，他的小說實在有一種幽微窅遠的境界，非他人所可及，今年的作品尤進步不少，使我非常愛讀。不過他在《快活雜志》上所發表的却不敢一味恭維，那時的文筆平庸得很，和最近的作品比較，真好似出於兩人之手呢。

煙橋又說，紅蕉是小說界的紅客。這話也不錯，因爲他自投身小說界，一次挫跌都没有，最初在《自由談》上撰稿，就很得讀者讚譽，《禮拜六》一復活，他的文名便格外響起來。曆主《小申報》、《家庭雜志》、《小神州》筆政，可算得一帆風順，近代小説家之成名，再也没有紅蕉來得快了。

紅蕉寫信也是很客氣的，最奇怪的，他的字竟和天笑差不多，尤其是簽名處的『頓首』二字，和天笑寫得一般無二，宛如出於一人手筆，這倒是小說界的佳話呢。

我和紅蕉曾訂過一次約，外面曉得的人很少，現在事過境遷，不妨略略寫出來。此事就發生在紅蕉主任《小申報》時代，我的那《鎮塔迦探案集》打算逐日披露於《小申報》，第一案《紅玉記》已寄去（按刊於《星期》的《產與罪》爾時定爲集外，算是嘗試），稿費也談妥，不料剛剛在這時候，紅蕉忽然辭職，把我的稿本攜回私寓，就此連帶停止了，後來《紅玉記》刊在《世界小報》上，第二案以下就不曾續撰。如果刊於《小申報》，現在或已續完十二種也未可知，想起來便有些悵悵，總之是我的不幸罷了。

施濟群

我與濟群的友誼很深，一由通信締交起，就沒有十分冷落過。可是我却有一事非常抱歉，就是他那《金剛鑽》報疊次索稿，我一共只撰了三篇，而寄來的報紙，却已堆了一堆了。今年我因事在南京四十多天，回來時檢點積函，又有濟群的一封索稿信，寫得懇摯異常，乃是《金剛鑽》二百期紀念請我撰一文，如果我在家裏，倒也獻一獻醜咧。

濟群寫的信很潦草，和我一樣，提起筆來，只管有一事寫一事，所以常常寫上幾張信箋，字却一點不考究，我因以知道他是很媽糊的人物。

朱瘦菊

徐枕亞

舊史家與小説界之一段因緣

蟄仙 撰

載於《晨報》一九二四年十二月十、十一日附刊。作者蟄仙，即甘蟄仙，時在《晨報》等處發表《江文通的文藝》、《白香山的文藝》、《章實齋的文學概論》及有關陶淵明的不少研究古代文學的文章。本文較早地梳理了中國古代小説與史學的關係，分『批評的史家之小説觀』與『述作的史界之小説觀』兩個方面，分别述評了劉知幾、章學誠、趙翼及一些史家的小説觀，其中對劉知幾、章學誠的評價較爲詳細，由於作者自己有比較明晰的小説觀與歷史觀，所以評價較爲中肯。

一　總略

吾人對於小説之觀念，每因時代關係、環境關係而起變遷。史家於兹，異撰尤著；紬繹往史，梗概可知。惟所謂史家，不必限於作史之人；即評史之人，曾在史學上佔有極重要之位置者，亦均不妨列入。此等評史之人，即批評的史家也；劉知幾、章實齋，其重要代表已。作史之人，即述作的史家也；班固、劉向、歐陽修等，其重要代表已。

二　批評的史家之小説觀

（一）劉知幾之小説觀

劉氏對於史籍之批評，具見《史通》一書，就中《雜述》篇，頗可看出劉氏之小説觀念。其言曰：

在昔三墳五典，《春秋》、《檮杌》，即上代帝王之書，中古諸侯之記；行諸歷代，以爲格言。其餘外傳，則神農嘗藥，厥有《本草》；夏禹敷土，實著《山經》；《世本》辨姓，著自周室；《家語》

載言，傳諸孔子。是知偏記小説，自成一家，而能與正史參行；其所由來尚已。

爰及近古，斯道漸煩。史氏流别，殊途并騖。推而爲論，其流有十焉。一曰偏記，二曰小録，三曰逸事，四曰瑣言，五曰郡書，六曰家史，七曰别傳，八曰雜記，九曰地理書，十曰都邑簿。考兹十品，徵彼百家；則史之雜名，其流盡於此矣。

由吾儕今日之眼光觀之，劉氏之小説觀念，殊不明瞭，惟其叙次，由上代而中古而近古，頗覺言之有序。其謂小説能與正史參行，此由史家之立脚點，衡定小説之評價也。惟所列十品，流變雖多；而範圍太濫；繩以嚴格，多非小説。偏記小録，乃純粹之史料也。其餘亦多屬史料，不與純粹小説同科。惟瑣言雜記，則曰：『苟談怪異，務述妖邪，求諸弘益，其義無取。』其論瑣言也，則曰：『詆訐相戲，施諸祖宗；褻狎鄙言，出自床笫。……無益風規，有傷名教。』劉氏本史學家，非文學家；其不慊於小説，無足怪也。惟『遺事』一項，劉氏既認爲『前史所遺，後人所記』；乃亦以其罪小説者罪之；曰：『真僞不别，是非相亂；如郭子横（憲）之《洞冥》，王子年（嘉）之《拾遺》，全構虚辭，用驚愚俗。此其爲弊之甚者也。』蓋史學之目的，在求真是。劉氏之名教觀念又深，不能瞭解小説家之風趣。此其所以深詆近似小説之作品也。然小説與史學之關係，從此漸疏；兩皆可以自由發展而不相依附；似又受劉氏之影響矣。惟劉氏唐人，不詳後事。及清章實齋出，而小説之流變乃益明。

（二）章實齋之小說觀

章氏意在通文史之郵，與劉氏之純以史學名家者稍異。其《校讎通義》（卷三，漢志諸子第十四）中，曾以史學眼光觀察小說，謂書史子不慊於小說，不外欲給以史料之頭銜耳，其《文史通義》（內篇詩話）中，謂小說在歷史上凡三變：一變而『家自爲書』，再變而『別爲傳奇』，三變而『廣爲演義，譜爲詞曲』。界說劃然，章氏對於小說之變遷，其觀念之明瞭，在舊來之史學界，罕其倫匹。（拙著《章實齋的文學概論》曾道及之。載十二月《晨報》副鐫。）其言曰：

小說出於稗官，委巷傳聞瑣屑。雖古人亦所不廢。然俚野多不足憑。大約事雜鬼神，報兼恩怨。《洞冥》、《拾遺》之篇，《搜神》、《靈異》之部。六代以降，家自爲書。唐人乃有單篇，別爲傳奇一類。大抵情鍾男女，不外離合悲歡。……或附會疑似，或竟托子虛。雖情態萬殊，而大致略似。……宋元以降，則廣爲演義，譜爲詞曲。遂使瞽史弦誦，優伶登場；無分雅俗男女，莫不聲色耳目。蓋自稗官見於《漢志》，曆三變而盡失古人之源流矣。

章、劉二子而外，有趙甌北者，著《二十二史劄記》，就中『明人說部』一段，碌碌無甚發明。其對於小說之見解，遜二子亦遠矣。惟章氏之特長，在明流變，所云『事雜鬼神』、『情鍾男女』，仍沿舊說。其創造能力，比於知幾，抑又不逮。其言『見於《漢志》』，則固明證有取於班孟堅及向、歆父子之說也。

三　述作的史界之小說觀

（一）《漢書·藝文志》之小說觀

劉歆繼其父向之業，總群書而爲《七略》。班固做《漢書》，删其要爲《藝文志》，其論小說家曰：

小說家者流，蓋出於稗官；街談巷語，道聽塗說者之所造也。

此即章氏之說所從出。惟《漢志》又推本先哲之遺意，續云：

孔子曰：雖小道必有可觀者焉，致遠恐泥；是以君子弗爲也。然亦弗滅也。閭裏小知者之所及，亦使綴而不忘。如或一言可採，此亦芻蕘狂夫之議也。

問『君子』何以『弗爲』。則亦爲唯善的歷史觀念之所囿而已。孔子作《春秋》，說者推爲史界之開山，且不深論。但《論語》稱其不語神怪，凡以爲『致遠』計而已；非欲阻小説界之自由發展也。班、劉長於著録，而短於持議。然其明於『芻蕘狂夫之議』，尤爲後世之史家所宗。

（二）《隋書》、《唐書》經籍志及《唐書》藝文志之小説觀

唐修《隋書》，曾著録小説於《經籍志》。其所論列，仍襲班孟堅之舊；不過稍加推溯而已。曰：『古者，聖人在上，史爲書，瞽爲詩，工誦箴諫，大夫規誨，士傳言而庶人謗。孟春循木鐸以求歌謡，巡省觀人詩以知風俗；過則正之，失則改之，道聽塗説，靡不畢記。』泥於道古，而疏於察今；史識且不足言，又烏足以知小説之真價哉？

其後劉昫（按錢大昕《十駕齋養新録》『劉昫傳不言修唐史』條云：『修唐書乃在後晉之世；初命趙瑩監修，瑩罷而昫代之。』）等修唐書，其《經籍志》以唐之《古今書録》爲本，與《隋書·經籍志》無甚異。歐陽修等修《唐書》，《藝文志》中小説一類，所列六朝之人作品，多自《隋書》及劉昫《唐書》史部雜傳類移入。蓋惡其虚妄，不復以正確的史料目之也。然正惟史家以嚴厲之手段待小説；小説乃安然退出史傳範圍之外，而駢列於小説類中；是皆食歐陽修輩之賜也。然謂歐陽對於小説之觀念，已大明瞭，則未必然。

（三）四庫提要之小說觀

清乾隆中，撰《四庫全書總目提要》，於小說之流別，極爲瞭然，其言曰：

> 跡其流別，凡有三派：其一，敘述雜事；其一，記録舊聞；其一，綴輯瑣語。

此論似有取於劉知幾，而益加别裁。惟黜鄙誕而録其雅馴者，則『文勝其質』，非復『芻蕘狂夫』之真而矣。

四 結論

綜觀自來史家之傾向，其所爲史學之界説，愈晚出者愈見謹嚴。而在他方面則小説愈到後世，愈擴大其範圍。小説類與史傳類之内容，適成反比例。惟史學家劉、章二氏，所見不必同此；然唐宋以降之史家，完全不受劉知幾之影響者，能有幾何？《四庫提要》小説類中，於劉氏之説，猶默有取焉；其他更何待論？世有欲察吾國舊史家與小説界之因緣者，亦嘗參透此中消息矣乎？

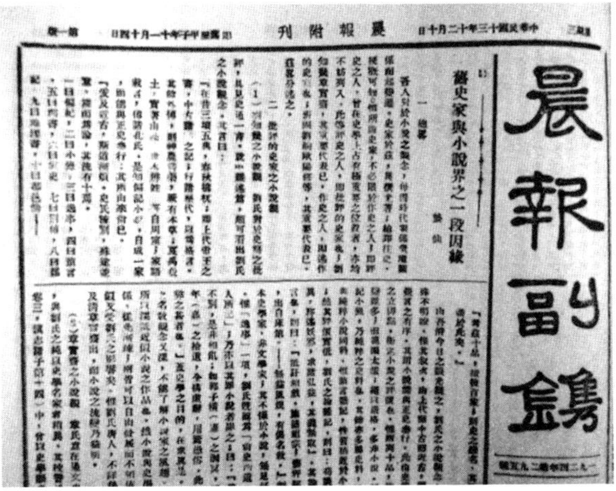

晨報副鐫

晨報附刊

舊史家與小說界之一段因緣

雜感

仲明 撰

載於《文學周報》一九二五年一月五日第一五五期。一九二三年十二月至一九二七年六月間主編《文學周報》的是葉聖陶，此仲明或爲鄭仲明，曾在《月月小説》上發表《石笏剩史》、《揮麈録》等。本文是站在『新派』的立場上批判『上海小説家』的。這裏值得注意的是用『上海小説家』名目。這因當時所謂『舊派小説家』、『鴛鴦蝴蝶派』、『禮拜六派』集中在上海，故實際上即是在批判『舊派小説家』。文章指責『上海小説家』不但在創作思想與態度上陳舊，而且在藝術表現上落後，只是一種『記賬式的叙述文字』。這些觀點并無新意，談得也比較膚淺。

上海的所謂小説家的作品，所以被稱爲『非文學的』者，完全因他們對於事實僅知從事於外面的叙述，所以成了記賬式的叙述文字，讀之毫無生氣，毫不能使人感動。好的文學作品乃是具有無限的活氣的，乃是從最内在的地方描寫的。他們不僅粗粗的叙述一個人，或一件事的外表而已，乃是進到裏面，描寫出他們的心靈，描寫出他們的最摯切的性格，描寫出他們的最精瑩的内容的。譬之雕刻，所謂上海小説家的作品乃是兒童用刀亂刻的丑惡的浮雕，而真正的『文學的』作品則是美麗的精妙的雕刻。這僅就他們的藝術一方面而言，至於他們的思想與態度，則本刊曾屢屢的攻擊過，我可以不再説。近來的一部分所謂新進作家，其作品漸漸的粗劣了，顯然的受有這一班『上海小説家』的影響。這使我很悲觀，不得不寫幾句話以供獻給他們。

（一九二五年一月五日《文學周報》第一百五十五期）

雜感

上海的所謂小說家的作品，所以被稱為『非文學的』者完全因他們對於事實僅知從事於外面的敘述，所以成了記賬式的敘述文字，讀之宅無生氣，它不能使人感動。好的文學作品乃是具有無限的活氣的，乃是從最內在的地方描寫的。他們不僅粗粗的敘述一個人，或一件事的外表而已，乃是進到裡面，描寫出他們的心靈，描寫出他們的最摯切的性格，描寫出他們的最精瑩的內容的。譬之雕刻，所謂上海小說家的作品乃是兒童用刀亂刻的醜惡的浮雕，而真正的『文學的』作品則是美麗的精妙的雕刻。這僅以他們的藝術一方面而言，至於他們的思想與態度，則本刊曾屢屢的攻擊過，我可以不再說。近來的一部分所謂新進作家，其作品漸漸的粗劣了，顯然的受有這一班『上海小說家』的影響，這使我很悲觀，不得不寫幾句話以供獻給他們。

（仲明）

小説一得

劉恨我　撰

載於《半月》一九二五年一月二十四日第四卷第四號。作者劉恨我，見一九二三年《説小説家之名》提要。本文所寫的一些有關小説的現象與小説作法，多中肯綮。如云『目下坊間出版小説，言情最多，哀情次之，滑稽、偵探又次之，社會、武俠又次之，科學、愛國、教育等最少，此可見閱者之心理』，將小説的傳播與讀者的心理聯繫起來考察；所言『小説家腦際常深刻一理想的美人』，這是刻畫人物的重要體會；又云『社會小説不易做，須洞悉社會上、中、下三等情形，然後盡力描摹，但非老於涉世及經驗宏富者，終不能得佳著』，這點到了創作與生活之間的關係。諸如此類，要言不煩，多有價值。

小說材料無地無之，俯拾即是，但貴在作者採擇得宜耳。

作偵探小說，結構宜離奇，出人意外，切忌平鋪直叙，則精彩毫無，味同嚼蠟矣。

小說與戲劇感人最深，能使人喜，能使人悲，故關於種種事業上往往爲之轉移。

初學小說，務宜多做多讀。多做則連筆純熟，多讀則可作他山之助。

小說能輔助教育之不足。

紀實小說較理想爲佳。

人人心目中有小說資料，不過寫不出來。

言情小說行文宜細膩纏綿，動作、寫景方面須盡力描摹，襯及書中主人，使閱者讀之覺躍然紙上，如此方有精神。

一篇好小說，無好題目，必定減色不少；有好題目，無好結構，亦然。

一篇小說能不落恒蹊，别出心裁，人所未道，方是佳作。

小說家腦際常深刻一理想的美人。

做小說描摹一人一物，一舉一動，俱宜近乎情理，切勿過於鋪張。

往年小說大都駢儷四六雜以歌賦詩詞，今則盛行白話與歐化式體裁。

小說限題及字數終不能做好小說，因其限於範圍約束，弄巧成拙。

偵探小說之結局爲全篇之最有精彩處，須將書中疑陣層層揭出，布置井然，宛如剥蕉抽繭，令閱者拍案叫絶。否則去頭削足，東凑西補，不堪寓目矣。

小説之題目不可不注意，最宜三五字能使閲者記憶。

小説不啻一面秦鏡，洞燭社會無遺。

做小説最好簡而潔，寥寥千餘字，已含蓄無窮，深印讀者腦筋。此種作品方稱上乘。

小説最忌濫作。濫作則妨害天才，且千篇一律，了無意味，令閲者昏昏欲睡矣。

目下坊間出版小説，言情最多，哀情次之，滑稽、偵探又次之，社會、武俠又次之，科學、愛國、教育等最少，此可見閲者之心理。

昔日之小説題大都某某緣、某某恨，今則一個可憐車夫，或一個女學生，亦潮流所趨也。

社會小説不易做，須洞悉社會上、中、下三等情形，然後盡力描摹，但非老於涉世及經驗宏富者，終不能得佳著。語云：『讀萬卷書，行萬里路。』不啻爲作社會小説者下一良訓。

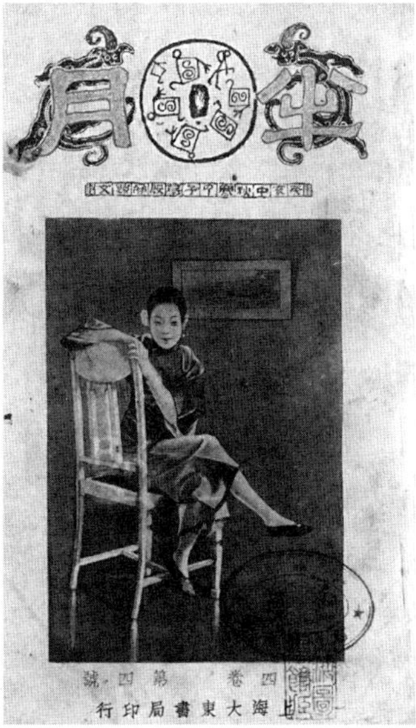

在晚上喫一個飽麼本來這時候來摔他的乳也是很魅強的呢停了一回那警士又來催了只得由他騎去可憐他愛情一點警士回聲也沒有在昏黑沈寂的夜裏一條塘路上蹄聲得得漸遠漸輕終於沒有聲息這裏房二和小馬都有說不出的難過只有馬夫早又鼾聲大作闖輸那中斷的好夢去了。

姊姊笑了一笑母親忽地手指著香水對阿珍說道『阿珍快好好的去藏在櫥裏將來你出嫁時也可以省幾個錢去買……』姊姊忙道『媽將來妹妹出嫁時我再好些伊的這兩瓶不妨先去用用啊』母親連連說『也好也好……』這時已是三點多鐘了林家的車夫也來了伊們倆談了幾句便預備回去等到姊姊妻上車的時候阿珍還拖著姊姊的手不忍放後來姊姊對伊說道『你不要這樣孩子氣我遲早總要回來的啊』阿珍聽了纔肯放手車夫便拉著走了伊們母女倆還呆呆的立著眼中已淌淚了。

熱淚。

藝府

◈小說一得

劉恨我

小天地 一五

稗苑花神

鄭逸梅　撰

載於《半月》一九二五年一月二十四日第四卷第四號。作者鄭逸梅，見一九一九年鳩拙《說部卮言》提要。本文以小說家之姓字、齋名及作品等與某一花有關係者，命之爲某花神，乃是一種遊戲之筆。

玫瑰神　嚴獨鶴（近輯《紅玫瑰》雜志）

紫蘭神　周瘦鵑（有《紫蘭花片》、《紫羅蘭集》之作）

梅花神　徐卓呆（卓呆一署半梅、逸梅，願爲梅花神執鞭）
梨花神　徐枕亞（《玉梨魂》説部，近已製成影片）
菊花神　朱瘦菊
紅蕉花神　江紅蕉
李花神　李涵秋
萱花神　沈禹鐘（禹鐘一署萱照，常見於《自由談》）
杜鵑花神　馬鵑魂
蘭花神　陳小蝶（近撰《蘭因記》）
紫藤花神　張慶霖（齋名『紫藤花庵』）
瓊花神　陸澹盦（齋名『瓊華館』）
櫻花神　程瞻廬（曾著《香櫻劫》小説，既艷且諧，傳誦一時）
杏花神　姜杏癡
秋海棠神　朱劍芒（齋名『秋棠室』）
芙蓉神　嚴芙孫
荷花神　王瀛洲（齋名『白荷花館』）
薔薇神　蔣景緘（著《薔薇刺》説部）

桃花神　朱鴛雛（鴛雛慧而夭折，有如薄命桃花，且曾與劉鐵冷合撰《桃李因緣》說部）

牡丹神　許指嚴（著《牡丹劫》紀清代文字獄紫牡丹詩案，膾炙人口。而指嚴文字富麗，尤類花中之牡丹也。）

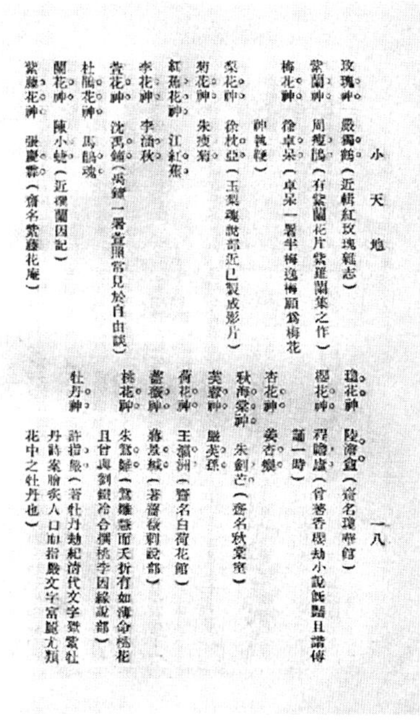
小天地　一八

玫瑰神。嚴獨鶴（近輯紅玫瑰雜志）
紫蘭神。周瘦鵑（有紫蘭花片紫羅蘭集之作）
梅花神。徐卓呆（卓呆一署半梅逸梅願爲梅花神祇稷）
梨花神。徐枕亞（玉梨魂說部近已製成影片）
菊花神。朱瘦菊
紅蕉花神。江紅蕉
李花神。李涵秋
萱花神。沈禹鍾（禹鍾一署萱照常見於自由談）
杜鵑花神。馬鵑魂
蘭花神。陳小蝶（近撰蘭因記）
紫藤花神。張慶霖（齋名紫藤花庵）
瓊花神。陸澹盦（齋名瓊華館）
櫻花神。程瞻廬（曾著香櫻劫小說既豔且諧傳誦一時）
杏花神。姜杏癡
秋海棠神。朱劍芒（齋名秋棠室）
芙蓉神。嚴芙孫
荷花神。王瀛洲（齋名白荷花館）
薔薇神。舂景緘（著薔薇刺說部）
桃花神。朱鴛雛（鴛雛慧而夭折有如薄命桃花且曾與劉鐵冷合撰桃李因緣說部）
牡丹神。許指嚴（著牡丹劫紀清代文字獄紫牡丹詩案膾炙人口而指嚴文字富麗尤類花中之牡丹也）

小説雜評

澹廬　撰

連載於《新世界》一九二五年一月二十九日、二月十七、十八、二十、二十一日。其中一月二十九日一篇發表時署名爲『希舜時』，顯係筆名。後幾日署名爲『澹廬舊作』。今從題名及風格來看，前後當爲一人所作。作者澹廬，即俞頌華（一八九三——一九四七），名垚，又名慶堯，筆名澹廬，江蘇太倉人，一九一五年赴日本留學，畢業於東京政法大學。著名報人，曾主編過《時事新報》之『學燈』副刊、《解放與改造》、《申報月刊》（後改爲周刊）、《光明報》、《東方雜志》等重要報刊。這些報刊物在中國現代文化史上都起過重要的作用。黄炎培先生贊他爲『新聞界之釋迦牟尼』。此小説話實分析了《玉梨魂》與《余之妻》兩部小説之悲情及主要人物的用情。前一部是由禮教而壓抑了真情，後一部則是由金錢而破壞了愛情，具有一定的典型意義。

一

《玉梨魂痛史》爲同鄉枕亞所撰，文章凄凉，情節悲哀，讀之令人淚下，洵佳構也。夫何夢霞以一介書生，執鞭蓉湖；其遭時侘傺，多愁多病，舉世滔滔，誰與言訴？不意巾幗中竟有知心人也。夢霞之與梨娘，不啻視若天上明月，人間至寶，用盡真情，誓作鰥夫，何其癡也。梨娘非矢志冰清而作『柏舟』者乎？自當事翁撫孤，了未了之事，今則殉情夢霞，對於生者能無缺憾乎？梨娘不死，於夫之後，而爲夢霞而死，是其心目中直無槁砧。若謂翁老孤幼，爲料理後事計，則梨娘死時，仍翁老孤幼之時也；雖然，梨娘太忍心矣。其他，一則曰『相會來生』，再則曰『期願來世』，無異於二人結下因緣之果，特未經儀式上之區别耳。但二人用情之篤，竟無一毫及於亂，發乎情出乎禮，亦未謂非難能可貴也。至於以李代桃，訂婚筠倩，而爲夢霞不諒，竟至深沉苦海，遺恨無窮。夢霞爲人，實不足論矣。

二

予讀《余之妻》一書，未嘗不掩卷歎息，以爲紅顔薄命，白面多情，未有史秋星與秦玉纖之甚者也。昔人有言：『君子之道，造端夫婦，從一而終。雖歷萬劫，無有或爽，安可蒼黄反覆，顛倒姻緣，而爲朝秦暮楚之舉哉？甚矣，金錢之魔力也，能使良平失其智，賁育失其勇，儀秦失其辯。今觀史、秦二人之哀史，更可知矣。夫秦、史二翁，既非苔岑舊好，復無瓜葛誼親，一湘一浙，素未謀面，一商一仕，所趨異途。一旦邂逅，秦能憐史之貧，解衣推食，效管鮑分金，亦可以風矣。

三

即有奇者，兩翁相處餘年，均已熊熊入夢，指腹聯姻，史弄璋而秦弄瓦，十餘年間，飲食同堂，讀書共塾，情如姊妹，兩小無猜，豈偶然哉？獨奈親翁爲德不卒，前後判若兩人，竟效換巢鸞鳳之舉，秦翁固難免春秋之責也。最可恨者，含沙射影之薛子衡，尤罪不容逭耳。子衡者，秦翁之妻弟也，素與無類伍，浪遊四方，以賭爲業，羡姐丈富，乃乞憐於姐，進身爲會計；自後揮霍亦甚，得隨囊括之謀，貪執甚焉，既而爲秋星惡；譭言於秦翁，以爲秋星貧。其言曰：『姊丈欲終身無慮，在覓一富婿耳。今若此，奚取爲？』

四

噫！子衡是計，其報秦翁之恩耶？抑制報秋星之怨耶？不待智者而知之矣。及毀約後，玉纖竟被子衡介紹於其債主金長源爲室，以玉纖無異於抵押也。嗚呼冤哉！玉纖從此爲糞土中人，而秋星爲前度劉郎矣。其中兩人抱恨，有終窮耶？秋星亦浪跡滬上，投宿逆旅中，忽思及臨行之時，玉纖曾使家僕饋贐於途中，於是挑燈開德而重先父遺囑也，并邀至其家，秋星淡然處之。一日，秋星病，顛倒晨昏，嬰纏兩月，心史親侍湯藥，旦夕不離左右，即妻子亦不是爲過也。

五

而秋星束發回籍後，何以魚沉雁杳，以致於心史病，先而剗除煩惱絲，既而草就絶命書，何其貞也。爲秋星者，安得不通尺素以問候哉？蓋心有所向而情有所鍾也。又觀夫秋星之爲人，對於玉纖之死得其祭奠，心史之死獨不得其奠，此秋星一生用情之缺憾也。

嗟乎！秋星時運侘傺，命運多舛；秦妻宋妻，曾幾何時，香消玉殞，等於一場春夢，無異過眼雲煙，鏡花水月也。此無他，金錢勢力迫之耳。使秋星果有金錢，玉纖絶不致妻長源，秦翁苟非見利思遷，亦絶不致反顔相向；子衡若能家道裕如，亦不願喪盡天良，破婚約而害甥女，其所以致此者，皆金錢作祟耳。金錢、金錢實爲秋星不共戴天之仇，没世不忘之恨人也。他若季子不禮其嫂、買臣見棄於其妻，人皆爲之扼腕歎息。彼秋星見棄於秦翁，又誰爲之痛心也哉？悲夫！

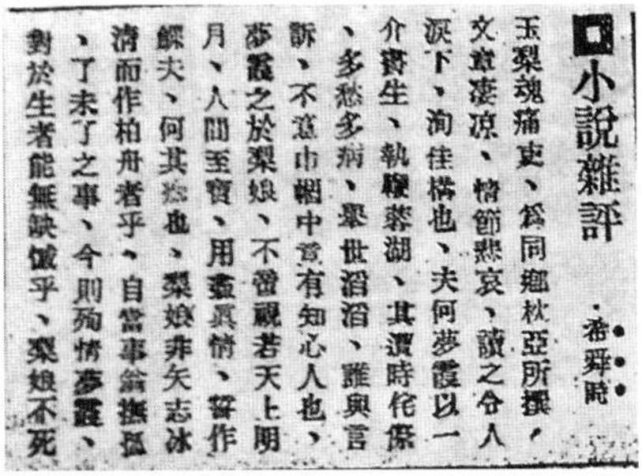
□小說雜評　·希舜跋·

玉梨魂痛吏、爲同鄉秋亞所撰，文章淒涼、情節悲哀、讀之令人淚下、洵佳構也、夫何夢霞以一介書生、執鞭蕘湖、其潰時佗傺、多愁多病、舉世滔滔、誰與言訴、不意巾幗中竟有知心人也、夢霞之於梨娘、不啻視若天上明月、人間至寶、用盡眞情、皆作鰥夫、何其痴也、梨娘非矢志冰清而作柏舟者乎、自當事翁撫孤、了未了之事、今則殉情夢霞、對於生者能無缺憾乎、梨娘不死

□小說雜談　潛廬

而秋星東裝回鄉後、何以魚沉雁杳、以致心史病、先而剔除煩惱絲、繼而草就絕命書、何其貞也、爲秋星者、安得不通尺素以問候哉、蓋心有所向而情有所鍾也、又觀夫秋星之爲人、對於玉纖之死得其祭奠、心史之死獨不得其奠、此秋星一生用情之缺憾也、嗟乎、秋星時運佗傺、命途多舛、秦妻宋妻、曾幾何時、香消玉殞、等如一場春夢、無異過眼雲煙、鏡花水月也、此無他、金錢勢力迫之耳、使秋星果有金錢、玉纖決不致妻長源、秦翁苟非見利思遷、亦決不致反顏相向、子衡若能家道裕如、亦不願喪盡天良、破婚約而害甥女、其所以致此者

星友之八字評（附《小問答》）

逸梅 撰

載於《新月》一九二五年第一卷第二期。逸梅，見一九一九年《說部卮言》提要。《星友之八字評》，即用八字點評十七位星社作家的特點，要言不煩。同期所附補白《小問答》，點明了錢釋雲主編了《華風》與《新月》。

尤半狂：評花顧曲，妙不可言。

黄轉陶：羞答答地，殊可人憐。

蔣吟秋：生涯冷淡，野鶴閒雲。
趙眠雲：風流瀟灑，如六朝人。
徐碧波：嚼五香豆，其味津津。
范菊高：不可一世，瓜子將軍。
姚賡夔：美目盼兮，嬌小玲瓏。
陳蓮痕：有清掌故，如數家珍。
程小青：八圈麻雀，毛病出哉。
范煙橋：林泉嘯傲，詩酒風流。
吴聞天：周旋應對，百轉流珠。
程瞻廬：詼諧百出，錦繡心腸。
黄若玄：詞源滾滾，雄辯滔滔。
范佩萸：海上風月，適性怡情。
金季鶴：翩然其態，頎然其身。
顧明道：天津橋上，常熟鵑啼。
鄭逸梅：補天無術，咄咄書空。

小問答

問：小説家中，何人最富風月閒情？

答：錢釋雲。因其既輯《華風》，又刊《新月》也。

問：中國之泰谷兒是誰？

答：錢釋雲。因泰谷兒曾有《新月集》，釋雲近刊《新月》雜志也。

星友之八字評 ·逸·梅

尤半狂。評花顧曲妙不可言。
黃轉陶。羞答答地殊可憐。
蔣吟秋。生涯冷淡野鶴閒雲。
趙眠雲。風流瀟灑如六朝人。
徐碧波。嚼五香豆其味津津。
范菊高。不可一世瓜子將軍。
姚賡夔。美目盼兮嬌小玲瓏。
陳蓮痕。有清掌故如數家珍。

程小青。八圈麻雀毛病出哉。
范烟橋。林泉嘯傲詩酒風流。
吳聞天。周旋應對百轉流珠。
程瞻廬。詼諧百出錦繡心腸。
黃若云。詞源滾滾雄辯滔滔。
范佩萸。海上風月適性怡情。
金季鶴。翩然其態頎然其身。
顧明道。天津橋上常聽鵑啼。
鄭逸梅。補天無術咄咄書空。

咀稗甘苦語

范煙橋　撰

本文載於《紫羅蘭》一九二五年第一卷第二期。《紫羅蘭》半月刊，於一九二五年十二月創刊，至一九三〇年六月結束，共出九十六期，由周瘦鵑編輯，大東書局發行，内容有筆記小説、長篇小説、婦女與裝飾、偵探之友、説林珍聞等欄，排版力求新穎美觀，隨時插入圖畫。本文作者范煙橋，見一九一六年煙橋《小説話》提要。本文結合回顧作者寫作小説的經歷，對一些小説、小説家與小説雜志作出了評價，并對小説創作的一些基本問題作了總結。從中可見，他對陳景韓、包天笑的短篇小説及時評評價頗高，對王西神主編的《小説月報》十分看重，對《時報》的『餘興』也給予好評。同時可見，他對彈詞的重視，高度肯定了

《三笑》與《珍珠塔》的文學價值。後來他對彈詞作了專門的研究，成爲中國最早的彈詞研究者之一。通過他自己的創作實踐，認爲寫好小説，一是要『學養有素』，『空腹者，未能僥倖成名也』；二是要『身歷其境』，且要努力『深知其奧竅』，纔能洞達世情，寫得『親切有味』；三是要在構思、剪裁之時，注意『至微極細之事』，纔能寫得『生動多姿，耐人尋味』。這些都是他的經驗之談。

不才浮沈説海，十稘將踰，稗味甘苦，備嘗足述。就所心得，或聞客談，雜然條舉，以餉同嗜。

吾師金鶴望言，《史記》一小説大觀也，且結構描寫，俱醰醰耐百回讀，學小説者不可不讀《史記》，能作小説者無不知《史記》，可斷言也。竊引伸之，謂無論作何種文字，非枕經葄史，不能得佳構。雖曰『文章本天成，妙手偶得之』，非學養有素，靈機不能動。

余初讀彈詞，而喜其音諧節妙，繼讀演義而苦其事繁文湊。後讀《水滸》、《紅樓》、《西廂》、《儒林外史》諸作，因歎彈詞膚淺，僅能作兒女子情態，演義蕪雜，不能見剪裁布畫之長也。

第一次寓目之彈詞，爲《三笑》。雖於藝人調侃過甚，然於言情好處，若離若即，不脱不黏，與尋常作品異其手段。余謂《金瓶梅》固爲奇書，究竟説的忒穿，不如《三笑》唐伯虎之於秋香，正似伯虎所作春畫，僅垂九華之帳，昂雪奴之頭，已覺春意盎然，溢於紙外，不必赤裸裸，曲盡綫美也。

《珍珠塔》以馬如飛之弦索登壇，家喻户曉，句斟字酌，極有舊文學價值，今之説書，鮮有不唱別者。吾鄉有好事者數輩，聽馬彈詞，分工筆録，自始至終，無一間脱。此秘册尚庋周慕蓮君家。周亦當時聽者，能揣摩聲調，約一二神似，兩子則能搊箏琶以和之。中年後哀樂寖多，此調不彈矣。論意境雖不脱後花園私定終身、落難公子中狀元、奉旨完婚大團圓之科臼，而刻畫盡致，筆力要亦不弱。

短篇小説最初入於余之眼簾者，爲《時報》陳景韓、包天笑兩君之作。爾時體裁別有風味，短峭遒勁，有若諸子，即常爲新聞家推作鼻祖作法之時評，亦如其雪梨爽口之況也。

余於小説雜志，始終瀏覽且庋藏無缺者，爲《小説月報》。惟自王西神君易爲沈雁冰君後，便戛然而止。此一百餘册，包涵中國十餘年小説思潮與文學遞邅變化之跡。他日爲中國小説史者，此洋洋大觀，固絶妙資材也。

余之小説處女作刊《時報》之《餘興》。爾時新華宫好夢初酣，輿論如寒蟬仗馬，《餘興》以冷嘲熱駡，當彌正平漁陽三撾，故以寓言爲多，間以時事鋪張成之。曾憶取龔定公詞成葛裙一篇，頗自喜移深就淺，足資觀感。近頗盛行以文字繹爲白話，其實不及衍爲小説之饒有意味也。

余爲彈詞小説二。一爲《小説畫報》之《家室飄摇記》，以張勳謀復辟事爲裹，而以家庭瑣碎爲表，都三萬言。時爲小學教師，於瘏口嘵音之餘，秉燭焚膏爲之，計二十日而成，群驚爲快手。顧近爲某書局撰一長篇小説，都六萬六千言，不足二十日，則以一則有葉韻之唱片，較費構思耳。

舊時有兩語，爲衡文之秘訣，曰行乎其所不得不行，止乎其所不得不止。雖語近模棱，實有至理。余謂小説概論，亦可以括兩語，曰行則如天馬騰空，止則如奔泉歸壑。蓋有時滔滔不竭，正苦手痠欲脱，而盤旋腦蒂，餘意未盡，恨不得一寫字之機，盡傾其緒。有時文思枯寂，幾至不著一字，勉强屬草，塗乙屢屢，終不成構，此况殆盡人有之。

刊《新上海》之《新潮過渡録》，作始於己未之秋，成八回而輟。庚申思續之，僅一回有餘。壬戌復續之，未及一回，即棄去。今年春，乃得續成，而回目則已於六年前即布晝妥帖。不知者不將謂十年作賦，慘淡可想歟。

余友程小青君，善爲偵探小説，而余頗病其故意迂迴，躁急人氣味不投。顧余最初閲長篇之新小説，乃爲《聶克卡托偵探案》也。其後得《八一三》，甚喜其變化繁複，而未終卷，則又憾其長。近以人事卒卒鮮暇，更視長篇小説如亂絲揉髮，不敢逼視。此與不樂觀本戲，同一心理也。

小青君初以所作寄惲鐵樵君，鐵樵君頗加激賞，小青亦事之在師友之間。鐵樵勉以讀《史記》、《漢書》，小青從之，學遂孟晉，故偶作社會短篇，亦能曲盡陽秋之妙。於此益信小説雖小，與其他文藝初無異致，而空腹者，未能僥倖成名也。

小説回目雖寥寥數字，對仗必求工切。包天笑、畢倚虹兩君最擅勝場，含英咀華，有時輕清淡遠，有時細膩熨帖，有時以人名地名强對，於難中見長。余數爲之，時有捉襟露肘之窘，蓋一字平仄不諧，即生硬難以上口。

小説既寓言八九，臨時臆造人名，并世往往有相同者，於是朋輩據爲口實，相共揶揄。其人不能辯，乃咎作者。然而有時確有所指，故意將真名隱去，個中人反不能泥其跡而責難之也。

雜志刊特號，在編者以熱鬧迎讀者之好，作者却深苦拘束。若限以時日，更見苛政。

一篇之成，難於構思。社會雖夥頤萬象，而剪裁須仗眼光。每有一事，於當時感觸極深，及至描寫成篇，覺平淡無奇。有至微極細之事，而生動多姿，耐人尋味者。

爲社會小説，未曾身歷其境者，固不能見工，即身歷其境矣，而未能深知其奥竅者，亦不能親切有味也。

舊時小説作者，往往終其身僅成一書，或竟賫志以殁，半途而廢，其事彌苦。顧以思想爲傳統觀念，及一成不變之環境所閾，殊少佳構。今日坊間汗牛充棟之小説，何啻萬千，而能膾炙人口、永傳不朽者，能有幾種？返顧今日作者如林，其能越若干世紀，而又能爲文壇所重者，不知能有幾人？思之不禁憬然。

咀稗甘苦語

咀稗甘苦語

范烟橋

不才浮沈說海十稔將論稗味甘苦備嘗足遠就所心得或聞客談雜然錄舉以餉同嗜

吾師金聖嘆曾評史記一小說大觀也且結構描寫俱歸醇耐百回讀學小說者不可不讀史記能作小說者無不知史記可斷言也竊引伸之謂無論作何種文字非枕經胙史不能得佳構雖曰文章本天成妙手偶得之非學養有素靈機不能動

余初讀彈詞而喜其音諧節妙纖穠演義而苦其事繁文淡後讀水滸紅樓西廂儒林外史諸作因歎彈詞膚淺僅能作兒女子情態演義蕪雜不能見剪裁布畫之長也

第一次寓目之彈詞爲三笑雖於藝人調侃過甚然於言情好處若離若即不脫不黏與尋常作品異其手段余謂金瓶梅固爲奇書究竟說得忒穿不如三笑唐伯虎之於秋香正似伯虎所作春畫僅乘九華之帳昂雪奴之頭已覺春意盎然溢於紙外不必赤裸裸曲盡綫美也

珍珠塔以馬如飛之弦索登壇家喻戶曉句斟字酌極有裨文學價值今之說書鮮有不唱別者吾鄉有好事者數靈聽馬彈詞分工筆錄自始至終無一間脫此秘册尚庋周慕蓮君家周亦嘗時聽者昵擫聲調約一二神似兩子則能擫箏琵以和之中年後哀樂甚多此調不彈矣論意境雖不脫後花園私訂終身落難公子中狀元奉旨完婚大團圓之科白而刻畫盡致筆力要亦不弱

解語花的小説評

徐哲身　撰

載於《社會之花》一九二五年二月第十二期。作者徐哲身（一八八四—？），譜名積餘，原名宧海，字伯慶，號哲生、剡溪放形客、養花軒主等。浙江嵊州人。早年留學日本，曾任《花報》主筆，後長期從事小説創作，辦過『小説函授社』，有《養花軒詩集》及小説《漢宮二十八朝演義》、《曾左彭三傑傳》、《春江新潮》等。本文借一妓女『解語花』之口，歷評了《金瓶梅》、《紅樓夢》、《水滸傳》、《儒林外史》、《花月痕》等小説的人物描寫及一些瑕疵，并對新舊小説的分別及一些新小説家也提出了自己的看法，認爲『小説不能以新舊分之，因爲舊字以何時截斷，今字以何時説起，今日的新轉眼就舊了。應該指名如某某小説好，某某小説不好爲是。』她對當前小説界『弄來弄去不過仍是這二三十個人』表示不滿，對『近來的那些新小説，都是差不多的筆路，他偏要加上那些圈點符號』也并不贊成，認爲只要寫得『引人入勝』，『能賣錢就好』，因爲『現在社會上人類複雜，各有所好』，是没有『什麽定評』的。

我和汪桃潭倆，處在那個岑寂而無味的沙漠地方不到兩個月，幾乎由閉塞而至疾病的途徑，等到了北京，真個仿佛入了天宫，但是在旅邸裏面住了幾天，又覺得索然無趣了。有一晚，我同汪君看見《消閒録》上載出一段小小花史：『是韓家潭春風院解語花，貌瘦而豔，腰細而嬌，爲湘中某名士女，北直某偉人妾也。非獨能作小詩，對於古今各種小説均有特殊見解，與之談者三日無倦容，一時有小説庫之譽。惜乎馬齒稍長，問津者不甚躋躋耳。』我便對汪君説：『與其枯坐無聊，何不就到解語花那裏去消遣消遣呢。』汪君也以爲然。我們倆便冒了大雪，衝寒而往。那時候地上仿佛鋪了一層很厚的棉絮，往來的人很少，只有幾盞暗淡無光的路燈和滿臉菜色的幾個車夫罷了。到了春風院，指名走到解語花房裏，她當然照例應酬。我看她苗條的身材和清脆的聲浪，就覺得并不討厭。汪君對她説：『這位就是上海的小説家徐哲身，慕你的芳名特來領教的。』她聽了朝我一望道：『你就是徐某麽？』我還没有回答，汪君已在她桌上亂翻，我便也走近那書房旁邊，見所有古今小説及現在的各種雜志，應有盡有。我對她道：『果然名不虚傳。』她并不答話，便微微地吟道：『春衣典盡尚賒酒，我是折賬分來只買書呢。』我和汪君見她確是有特殊的風趣，覺得非常滿意。汪君這個時候忽然翻出一部《金瓶梅》，便把脚在地上亂蹬，又把書向她臉上一揚，方要説幾句趣話，她先接口道：『你這位老爺真是少見多怪，你哪曉得這個是什麽地方，我又是幹什麽事情的人物？』我笑道：『爽快爽快，姑娘好稱得放浪形骸的了。』她也笑道：『我若不這樣的對待他，這位汪老爺以後的話，我可是受不了了。』汪君又向她道：『你看黛玉與寶玉有關係没有呢？』她微微地笑答道：『這是曹雪芹的空中樓閣，害得那些狗尾續貂的忙個不了，《後紅樓》、《續紅樓》簡直等於狗叫，就是去問曹雪芹自己，也出店不認貨，連他自己也不曉得呢。』我接口道：『汪君説的是就書論書，未嘗没有研究的餘地呀。』她道：『當然可以説她和寶玉有肉體的戀愛，因爲她死的當兒，那般發急那般怨恨，明明是説寶玉始亂終棄罷了。我最佩服的就是曹雪芹，但是最不佩服的就是他描寫林黛玉，他的意思明想説黛玉好，不過太要好了，反把黛玉描寫得撒嬌作癡的，長也不是短也不是，任何人娶了她作妻子簡直受累終身呢。就算是描寫黛玉的孤高脾氣，可是依然不對，什麽緣故呢？黛玉既然如此清高，何以一見了寶玉這個不通文墨的人，便如此如醉如癡呢？因爲她深處紅閨，和男子少接近罷了，否則還不是和王熙鳳一樣見一個愛一個了，我説邢岫煙的身份還比較她好得多呢。……』汪君接口道：『《花月痕》的杜採秋、劉秋痕，她二人又怎樣呢？』她答道：『採秋的贊成荷生，自然在情理之中。那秋痕是因爲大營裏的韓師爺被採秋捧上了，自己曉得没有希望，所以她只撿那個即窮而老的韋癡珠。天下的女人，人同此心，心同此理，斷没有自己是如花似玉的美人，不愛上有聲有勢的少年名士，偏要把那個如老僧入定的病人當作愛神。她實在没有法子，是强勉的，不是真心的。後來看書的人贊秋痕賞識落拓才士，真是受她的騙了。』解語花説著又對我道：『你是小説家，你説我的話有理麼？』我笑答道：『我個人當然佩服你的評論，不過秋痕一定駡你太刻薄了。』解語花聽我贊同她，很是得意，便不待我們問她，就搬開了她的話箱滔滔不絶的評論道：『金聖歎評論的説部，我自然欽佩，獨有他説《水滸》一百零八人有各人的描寫，我又不大爲然。武松之於潘金蓮，石秀之於潘巧雲，簡直描寫是一樣的，再説他們那些人上梁山的時候，都是由宋江一跪而降，做書的人，他只記得用這種筆法烘托宋江的假忠假義，却不知寫宋江一方面固然好了，可是那一百七人便墜入刻板式的文字了。《儒林外史》這部書是好的，但是後半部筆也弱了，未必不是江淹才盡呢。《三國》人數來得太多，叙事簡明，很好的。我是最佩服曹操，我説劉備簡直是個下駟之材，虎牢關的那一會，除了袁紹那時已經兵多將勇，當然得了勢，曹、孫、劉三個人兵力地位無分軒輊，何以曹操、孫權兩個人地盤早已佔得好好的了，劉備還是依然故我，和二弟三弟漂流無定，仿佛像落湯雞、喪家犬的一般，可憐後來用了天大般力氣，碰見了一位通天文識地理的古今來一人而已的軍師，他的結果只不過把他在四川没有本領的貴華宗逐走罷了，試問他能够佔吴魏兩家一尺土麼？』

汪君接問道：『你的舊小説的評論，我們很是佩服。現在的各種雜志呢？你何妨議論議論呢？』解語花還未答話，先向我問道：『徐老爺説怎樣呢？』我道：『小説不能以新舊分之，因爲舊字以何時截斷，今字以何時説起，今日的新轉眼就舊了。應該指名如某某小説好，某某小説不好爲是。

像你方纔説過的幾種，如嚼青果有回甘的滋味。如現在的雜志筆力脆弱，一看了事，斷没有重看的程度。』汪君又接問她道：『你説近來上海這般小説家哪個好些？』她答道：『「魯衛之政，兄弟也。」他們弄來弄去不過仍是這二三十個人，比較新出茅廬的當然老到得多。』汪君笑指我問她道：『他呢？』解語花笑答道：『也好。』汪君道：『你這個「也」字，下得尖刻。』她又笑道：『能賣錢就好，現在社會上人類複雜，各有所好，還有什麽定評呢？徐老爺的筆墨似乎偏於舊派，我一個人而論很愛讀的，因爲不是什麽科學講義要去日日研究，只要能够引人入勝就好了。我真不贊成近來的那些新小説，都是差不多的筆路，他偏要加上那些圈點符號，什麽問的符號，注意的符號，大小段的符號，説是如此方纔醒目，簡直在那兒挖苦讀者，難道這般讀者連這點程度都没有麽？』汪君道：『你的評論當然也有贊同的也有反對的，不過你能够如此，我們倆真真欽佩得了不得。今天的《消閒録》上載有你的家世，你能够略爲見告一二麽？』她聽了這一問，登時把方纔高高興興可掬的笑容收拾乾净，把頭微微地摇了兩摇，又歎了一口氣道：『説也枉然。』汪君又道：『明知枉然，何妨説説呢。』她把雙眉皺了一皺道：『你們倆或者是名士，我可不是美人，今夜的談心可以替你們解悶，就是我把我的身世真實的對你們訴説，料得定你們答復我的語詞斷然不會消我的愁的。』説時很覺得黯然，我和汪君也坐不住了。她説：『你們二位到了上海，能不能够揀些好小説寄我呢？』我出她的大門，她還説：『不要忘記。』等得我們走了老遠，我的耳鼓裏頭還隱隱約約聽見『不要忘記』四個字從風裏吹來。

解語花的小說評

徐哲身

我和汪桃潭僑居在那個岑寂而無味的沙漠地方。不到兩個月。幾乎由閉塞而至疾病的途徑。等得到了北京。真個彷彿入了天宮。但是在旅邸裏面住了幾天。又覺得索然無趣了。有一晚我同汪君看見消閒錄上載出一段小小花史。「是韓家潭春風院解語花。貌瘦而艷。腰細而嬌。爲湘中某名士女。北直某偉人妾也。非獨能作小詩。對於古今各種小說。均有特殊見解。與之談者。三日無倦容。一時有小說癖之稱。惜乎馬齒稍長。問津者不甚踴躍耳。」我便對汪君說。與其枯坐無聊。何不就到解語花那裏去消遣消遣呢。汪君也以爲然。我們倆便冒了大雪。衝寒而往。那時候地上彷彿鋪了一層很厚的棉絮。往來的人很少。祇有幾盞黯淡無光的路燈。和滿臉菜色的幾個車夫罷了。到了春風院。指名走到解語花房裏。

徐哲身

文壇清話

鄭逸梅　撰

連載於《紅玫瑰》一九二五年第一卷第二十六、三十四、四十九號。作者鄭逸梅，見一九一九年《小説瑣談》提要。本文記述了包天笑、姚賡夔、范煙橋、程小青、范君博、王瀛洲、徐枕亞、俞天憤、徐碧波、張舍我、范君博、丁慕琴、吴聞天、程瞻盧、徐卓呆、黄轉陶、趙眠雲等小説家的趣聞逸事。

包天笑撰小説，很喜用同文的名兒，做他書中的人物。《星期》上《猩紅》有沈芙孫，《晶報》上《一年有半》有吟秋及陳小青，《半月》上《活動小字典》有趙眠琴、陳逸梅，或改頭，或削足，或化女兒身，我們讀了總要用來互相調謔。

姚賡夔嬌小玲瓏，富於女性，從前在某校串戲，他就起了旦角，縞衣素裳，白絨束辮，作一失去怙恃的孤雛，嬌啼宛轉，很足動人憐愛。其時他的家屬亦在座，看了大不以爲然，説他不知忌諱，從此就不許他再現色相於舞臺了。

范煙橋一署鴟夷，是取楊雄《酒箴》。鴟夷滑稽，腹太如壺，終日盛酒，人復借沽的意思。所以他的酒量是很好的，而且一杯在手，雋語風生，所以文酒之會，大有非他不歡的樣子。有一次，在金昌酒樓，逢著掌故名家許指嚴先生，指嚴先生也是淳於善飲，有一斗醉一石亦醉的氣概。彼此縱譚，狂飲直至夜闌始散。臨别時，又訂了後約，擬作一次長夜飲。不料，指嚴未久便歸道山，有約未踐，那是煙橋很引以爲痛事的。

程小青的處女作係投寄《小説月報》社惲鐵樵先生，深得鐵橋嘉許，并約期覿晤，囑小青勤治舊學，尤須熟讀《檀弓》。小青便依了他的指教，把《檀弓》諷誦不輟，所以他至今尚能把《檀弓》熟背如流。他的思想縝密無比，又善於觸發。有一天，他家庭除中曝著一口箱子，他忽然想到這箱中如藏一屍，豈不可怕而耐人探索。因此，他就架了空中樓閣，成《箱屍》一書，如今已風行社會了。

袁寒雲一生多豔福，小鶯鶯之前爲唐志君知道的人尚多，志君之前，還有昭雲、文雲、无塵、温雪、豔雲、笑蘭諸姬人，那知道的就很少了。每當舊夢温馨，燈前偶憶，不知主人作何感想呢？

范君博曩時愛慕一女郎，芳名月珠，紅豆相思，所願未遂。後來他偶然説給尤半狂聽，半狂於是故弄狡獪，和陳嘯廬商量寫一封西貝的情書（嘯廬小楷甚娟秀），寄給君博，并約他在申衙前遂園覿面。君博接到了這書，快活得什麽似的，大有君命召不俟駕而行的樣兒。不料，月上柳梢，伊人未至。只得懊喪而返，呼緣慳不置，這是啼蛄别史的一種黑幕，也是半狂囑我揭發的。

王瀛洲有一次在會場演説，他的口頭禪『宗旨』二字一而再三，説得太嚕蘇了，在座者聽得不耐煩起立道：『粽子吃飽了，幸弗再給我們吃。』

徐枕亞有一天晚上，在家鄉某酒肆喝酒，酒喝得太多了，爛醉如泥，走出了酒肆門，竟不辨方向，信足而行，在街坊間繞行了一夜，直至天明。有人認識他，纔扶得醉人歸去。

俞天憤除撰偵探小説外，尚擅丹青，專畫山水。據説已下了二三十年的功夫，曾許貽我和眠雲各一幀，但至今尚未踐約，所以不知他的山水所宗何派。

徐碧波就吴淞某事，清閒的很，且地處海濱，遠帆出没，沙鳥迴翔，只要憑闌一眺，都可收入眼底。所以他得意的了不得，趕忙寫了一封信給吴聞天，説他所處的地方真是世外桃源，請即前來一領其勝。不料，聞天尚没有赴約，碧波却先逃了回來，説盧齊搆釁，四出拉夫，那個世外桃源也有些靠不住了，説得聞天也笑了起來。

問題小説家張舍我有一次來蘇，約我們《星社》諸友在金昌叙，舍我深慕吟香眉史的芳名，就飛牋招她來侑酒。同席的幾位，也都招了熟識的姑娘來，燕瘦環肥，春生一室。我和碧波忽嚷着要叫鳳豔親王曼雲的堂差，且誇給舍我聽：鳳豔親王曼雲怎麼嬌小玲瓏，春情初逗，怎麼識得蟹行字，又怎麼做的一手好小説，非吟香略識之無可比。説得舍我如着了迷一般，亟欲一睹芳姿爲快。後來，鳳豔親王曼雲果然應徵來了，却使舍我大大的疑訝起來，原來鳳豔親王曼雲不是别人，就是女性的密斯脱姚賡夔。（賡夔别署蘇鳳，又字曼雲，活像一個好女郎，所以我們把他調謔。）

范君博成了幾首《小姑》詩，曾拿給我看，我看了大呼『妙妙』。君博道：『你我至交，不要一味謬讚，究竟妙在什麼地方？』我道：『妙在那一句「風染臭夷裙故短」上，香豔詩中着一個臭字，豈不是大妙而特妙麽？』

有一次狼虎會同人菈蘇，雇了一隻游舫偕往天平，正在船中閒談的時候，丁慕琴忽然嚷道：『這裏竟有天虚我生賢喬梓的小影！』在座的都訝異起來。慕琴却慢慢兒指着艙板上黏着兩個一大一小的蟹蝶道（把鰲殼做成，往往栩栩如生，和鰲骨爲鶴，同是一種游戲）：『這個不是老蝶，那個不是小蝶麽？』

我們星社中有兩個怪人，一個是吴大塊頭，他既號聞天，又號聆詩，聞咧聆咧，都在聽覺上著想。一個是程老夫子，他既號瞻盧，又號觀欽，亦署望雲，瞻咧觀咧望咧，都在視覺上著想。他們倆真可謂極視聽之娛了。

徐卓呆輯《新上海》，託范煙橋徵集吳中星友作品，他信上道：『請代爲拉夫輸送本司令部。』這種滑稽措辭真虧笑匠想得出。

黄轉陶弱不禁風，誰也想不到他是蹴球的好手，從前在學校裏時每逢球戰，他總是守着二門，大有『一夫當關，萬夫莫入』之概。所以同學們曾上了他一個『鐵二門』的頭銜。他不但擅長蹴球，打彈子又是好手，興到，往往連打若干小時不倦。他的書法也是很好的，而且頗喜揮毫，某君請他書一對聯，他寫了，自覺不甚愜意，於是買紙重寫，直至第五付方始了此公案，因此我們都笑他賠了夫人又折兵咧。

有一天在趙眠雲處看見他從抽屜裏取出兩本袖珍册子來，那册子上記的都是號碼，不知他是什麽頑意兒。後來，問他纔知道是打麻雀用的。甲册記勝數，乙册記負數，用以互相對照，可知一歲賭運的蹇通。

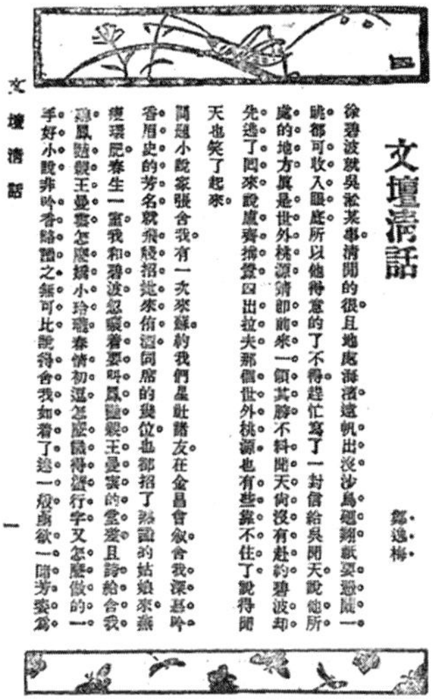
文壇清話

鄭逸梅

徐碧波就吳淞某事清閒的很且地處海濱遠帆出沒沙鳥翱翔秋景宜人一眺都可收入眼底所以他得意的了不得趕忙寫了一封信給吳閒天說他所處的地方眞是世外桃源請卽前來一領其勝不料閒天尙沒有赴約碧波却先逃了回來說盧齊搶奪四出拉夫那個世外桃源也有些靠不住了說得閒天也笑了起來。

問題小說家張舍我有一次來蘇約我們星社諸友在金昌會敘舍我深喜吟香閣史的芳名就飛箋招她來侑酒同席的幾位也都招了熟識的姑娘來燕瘦環肥春生一室我和碧波忽觸着靈機叫鳳鬟王曼雲的堂差且詩給舍我雛鳳鬟王曼雲怎麼嬌小玲瓏春情初逗怎麼識得幾行字又怎麼做的一手好小說非吟香路謂之無可比說得舍我如着了迷一般爲欲一睹芳姿爲

文壇清話　一

文苑群芳譜

慕　芳　撰

載於《紅玫瑰》一九二五年三月七日第一卷第三十二期。作者慕芳，即查慕芳，餘待考。本文是用花名來比喻小説家。前此，如鄭逸梅的《稗品》曾擬《花品》，用一詞來品評作家的風格。此篇則直接用一花來品評一個作家，并有所説明。這既形象，又便於讀者理解。如評胡寄塵爲『菊花』，并作解釋云：『寄塵人淡如菊，人瘦如菊，而作品的冷雋也如菊。』這與鄭逸梅在《稗品》中評寄塵爲『貞素』相比，雖義相近，但更易爲讀者所接受。

小說家是藝術之花。以藝術的眼光看來，可以說得小說家即是花，花即是小說家。我在這百花生日，把小說家來譜成群芳。雖說是游戲性質，也是祝頌這藝術之花，灌溉着猩紅的心血，好同百花一般的絢爛乾坤，粉飾天地；無非是緑章夜奏通明殿，乞借春陰護海棠的微意啊。不過我要聲明一句話：關於名次方面，是信手拈來，毫無成見的，如果看做汝南的月旦，則我豈敢。

嚴獨鶴

牡丹　獨鶴的作品，富麗如牡丹，而以牡丹的豐潤，來比擬他阿環般的豐度，尤覺相當。白居易歌云：『牡丹芳，牡丹芳，黄金蕊綻紅玉房。』他夫人的芳名，恰巧也有這麽一個芳字，把這幾句讀下去，仿佛形容他們伉儷間的甜蜜，這是白太傅當時所意料不到的。

周瘦鵑

海棠　《鏡花緣》所說的三十六種花，有上中下之别，海棠品列上等。瘦鵑文字，以凄艷勝，血淚斑斑，不知化盡幾許海棠。陸游咏海棠云：『風雨春殘杜鵑哭，夜夜寒衾夢還蜀。』可見海棠之於鵑，自有連帶的關係，前人已經説過了。

胡寄塵

菊花　寄塵人淡如菊，人瘦如菊，而作品的冷雋也如菊。除了他府上不擺菊花山外，簡直可説得他一身都是菊了。我曾勸他過，可以把大名改爲菊人，他笑而不答，大約他膽子很小，恐怕徐菊人要辦他一個冒名的罪，所以不敢吧。

包天笑

蓮花　天笑作品，清芬悠遠，喻以蓮花，最爲相宜。他有時寫得很穠艷，有時却出諸白描，又可拿紅白蓮花來比仿。楊萬里詩云：『紅白蓮花開共塘，兩般顏色一般香。恰如漢殿三千女，半是濃妝半淡妝。』可以移來咏他的小説了。

程瞻廬

芍藥　瞻廬作品，意境豐富，妙緒環生，除了繁華的芍藥外，更没有相當的比喻了。毛詩云：『惟士與女，伊其相謔，贈之以芍藥。』這位程老先生對於謔的一字，是他的拿手好戲，所以我也贈之以芍藥。

陸澹庵

水仙　澹庵作品，很象他的人，冷峭中帶着熱烈，剛强中帶着嫵媚，好比水仙冲着寒威，開起嬌滴滴的花朵來。水仙別名玉玲瓏，聽説他有一位艷友，芳名裏頭也有一個玉字的。在這上面，也可見得他們倆的巧合了。

向愷然

罌粟花　花中顔色，最是鮮明不過而富有刺激性的，要算罌粟了。愷然的小説，很是熱鬧，有虎嘯龍吟之觀，讀之眉飛色舞，覺得非常興奮。所以拿他來比罌粟花，可説得銖兩悉稱。

沈禹鐘

金錢花　金錢花色黄，開在秋季。禹鐘作品，很是古樸，以此花的色澤來比喻，很有些相象。他慣於發憤世嫉俗的論調，大約得到了秋季的肅殺之氣罷。他的作品裏，往往提到金錢身上，那更名實相孚，足證我説了。哈哈！

畢倚虹

薔薇　倚虹作品，以比薔薇的穠艷清馥，允無愧色，而口吻的尖利，更似薔薇的多刺。倚虹是兼營律師職務的，我想他靠着這張尖利的嘴巴，辯護起來，可以無往而不利。將來這塊畢律師的招牌，定要紅得同薔薇一般咧。

施濟群

夜合花　此公對於醫藥一道，造詣極深，夜合花是入藥的，所以我特地拿這花來贈給他。他做小説除立在碼頭上這一次不算外，其餘都在夜間做的。但是他在去年納了新寵以後，據説没有功夫再做小説，以致作品鋭減。希望這枝夜合花，分些工夫出來，多多的貢獻作品，那是我們所很渴想的啊。

江紅蕉

美人蕉　紅蕉作品，婉媚多姿，富含美的數量，以喻美人蕉，可説得確切不移。美人蕉又名紅蕉，而紅蕉的翩翩豐度，又同美人蕉不相上下。我以前住在滬西，每天經過静安寺路，看見西人家種的美人蕉，總要聯想到紅蕉，仿佛在靈和殿前，想起張緒的豐度呢。

陶鳳子

桃花　鳳子的豐度，同桃花的綽約；鳳子的文字，同桃花的鮮妍；以桃花來比他，那是再對没有。不過運帶桃花，世俗大忌。鳳子雖少年老成，但我望他行檢之間，仍須十分留意啊。又聽説他對於情場，頗有一種隱痛，那他舊地重臨，撫今追昔，恐不免有人面桃花之感罷。

張枕緑

素馨　素馨來自西域，同枕緑之含有西洋意味的作品，很有些相象。素馨香氣幽烈，同他作品的娟好而清冽，自有一種别致的韻味者，尤覺得吻合。陳止齋咏素馨的詩裏，有愛伴孤高，羞御鉛華這兩句，那就仿佛點破枕緑高傲的脾氣了。

王鈍根

梅花　梅花風貌最古，而鈍根在小説界中資格最老。梅花品格最高，而鈍根的作品，很有高超華貴的氣概。鈍根的滑稽文字，很能使人發笑，又合着巡檐索笑的故事。因此我把梅花來點在他額角上，也好教他老人家做一做壽陽公主。

徐卓呆

櫻花　卓呆文字，很帶着日本色彩，拿日本的名花櫻花來比擬他，最爲相宜。他又慣於滑稽，信筆所至，都成妙諦，倒好比島國春深，有花雨繽紛的大觀。不過我却要聲明在前，他同日本并没有甚麽關係，尤其没有訂過秘密條件，如果因此激動了全國，嫌疑他是個賣國賊，又把全武行的惡劇來對付他，這是我不負責任的。

何海鳴

凌霄花　諸君顧名思義，見了這凌霄二字，也可知道我的命義所在了。你看海鳴的小説一種邁往無前的氣概，何等汪洋而俊爽。以比凌霄花的矯矯不群，干霄直上，豈非在伯仲之間麽？

王西神

綉球　這位老先生大約一肚皮都是典故吧。你看他隨意抓來，騈四驪六，都成絶妙好辭，一篇告成，異常的典麗，異常的豐富。拿他的佳作去比較那綉球的琢玉團酥，攢花成球，簡直可亂楮葉了。

范煙橋

梨花　煙橋詩酒風流，可說得是個高人，所以他的作品，好似不食人間煙火氣。無論怎樣的情節，他老人家寫來，却是很淡。所以在花中拿梨花來比他，最是切當。這位范叔爲甚麽一淡至此？大約不吃咸肉的緣故吧。

張冥飛

石榴花　冥飛作品，很是熱烈，有火樹銀花之觀，同四月天氣的石榴花，倒有些仿佛。你看這時候火花照眼，何等的鮮明啊。我同他雖不相識，然而可以料到他是個慣於拜倒石榴裙下的人物，不然，爲什麽他的作品，富含着石榴花的氣息呢。

鄭逸梅

蒲公英　此公有補白大王的雅銜，所以我特地找他來做個殿軍。蒲公英别名黄花地丁，俗名瘌痢頭花，隨時隨地都可以見到的。這比仿無論甚麽雜志，都可以見到他短小精悍的作品。蒲公英的花莖，斷之有白汁流出，這大概是鄭補白腦袋中所瀝出來的補白吧。

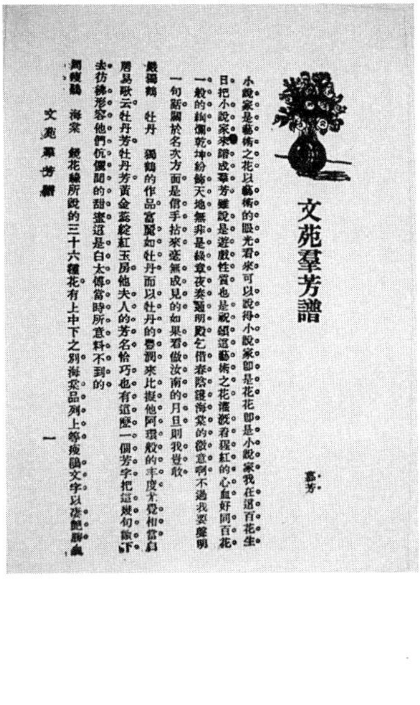

文苑羣芳譜

嘉芳

小說家是藝術之花以藝術的眼光看來可以說得小說家即是花花即是小說家我在這百花生日把小說家來譜成羣芳雖說是遊戲性質也是祝頌這藝術之花灌溉着猩紅的心血好同百花一般的絢爛乾坤紛飾天地無非是綠章夜奏籲明殿乞借春陰護海棠的微意啊不過我要聲明一句話關於名次方面是信手拈來毫無成見的如果看做汝南的月旦則我豈敢

嚴獨鶴　牡丹　獨鶴的作品富麗如牡丹而以牡丹的豐潤來比擬他阿環般的丰度尤覺相當白居易歌云牡丹芳牡丹芳黃金蕊綻紅玉房他夫人的芳名恰巧也有這麼一個芳字把這幾句詩下去彷彿形容他們伉儷間的甜蜜這是白太傅當時所意料不到的

周瘦鵑　海棠　鏡花緣所說的三十六種花有上中下之別海棠品列上等瘦鵑文字以淒艷勝

文苑羣芳譜　一

武俠小説談

逸梅　撰

載於《半月》一九二五年三月九日第四卷第五號。作者逸梅，見一九一九年《小説瑣談》提要。本文認爲武俠小説是『消極派文字』，其題目不外乎『刀、劍、彈、弩、血、鐵、飛、虎等字樣』，指出當時最活躍的是不肖生、張冥飛、陸士諤三人，分别以誕、奇、雄爲特點。

武俠，不祥名辭也。故武俠小説，當視爲消極派文字。

武俠小説之題目，最易辨認，蓋不外乎刀、劍、彈、弩、血、鐵、飛、虎等字樣也。

當代以武俠小說鳴者，爲不肖生、張冥飛、陸士諤。不肖生誕，張冥飛奇，陸士諤雄。顧明道善著武俠筆記，故近改齋名爲石破天驚室以克副之。

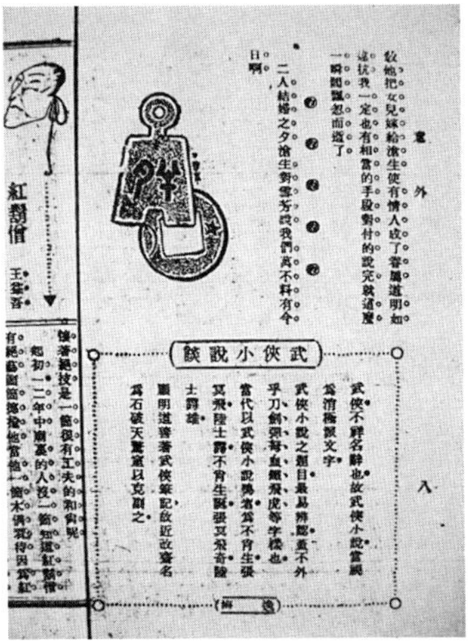
武俠小說談

武俠不脛名辭也故武俠小說當屬爲消極類文字

武俠小說之題目最易辨認蓋不外乎刀、劍、俠、血、龍、虎、等字樣也

當代以武俠小說鳴者爲不肖生張冥飛陸士諤不肖生誕張冥飛奇陸士諤雄

顧明道善著武俠筆記故近改齋名爲石破天驚室以克副之

逸梅

《紅樓夢》抉微

闞鐸 撰

一九二五年天津大公報館鉛印本。原載北京《社會日報》副刊《翰海》。作者闞鐸（一八七五—一九三四），字霍初，號無冰，安徽合肥人。畢業於日本東亞鐵路學校。回國後歷任北京政府交通部秘書（一九一四）、臨時參政院參政（一九二五），國民政府司法部總務廳廳長（一九二七）等。『九·一八』後，任滿州奉天鐵路局局長等。著有《蜷廬隨筆》、《無冰閣詩》、《闞氏故實》等。本篇共一六九則，專論『《紅樓》全從《金瓶》化出一義』（《自序》），然也帶及《水滸》與《金瓶》、《紅樓》之關係。全文雖過於穿鑿，然對《紅樓》『深得《金瓶》閫奧』（脂評語）的理解也或有助。民國二十九年（一九四〇）姚靈犀即將其節要收入《金瓶梅》研究專著《瓶外卮言》中。

咸同以來，紅學大盛，近則評語索隱充塞坊肆，較之有井華水處無不知有柳屯田，殆已過之。然青年男女，沉酣陷溺，乃如鼷鼠食人，恬然至死而不自覺，嘻，何其甚也！紅樓大體高華貴，尚不至令人望而生厭，而醜穢俗惡，遂隨之深入於人心。天下之最可畏者，莫若僞君子。彼真小人者，人人避之若挽，誠不如僞君子日日周旋於縉紳之間，反得肆其蠱惑之毒。《金瓶梅》者，真小人也。著《紅樓夢》者，在當日不過病《金瓶》之穢褻，力矯其弊而撰此書。初不料代興以來，乃青出於藍、冰寒於水，一至於此！不佞自悟徹《紅樓》全從《金瓶》化出一義以來，每讀《紅樓》觸處皆有左驗，記以赫蹄，歲月既淹，裒然成帙。匪敢發前人之覆，實欲覺後來之迷，但仍舉似一例，以待反隅。讀吾此書者，再讀《紅樓》，其有異於未讀吾書時之感想，固可斷言。即再讀諸家之評論考據，或亦憮然爲間，更未可知。惟《金瓶》雖是傑作，仍不欲家有其書，故於可供參證之處，一一摘録，不徒省對證之勞，亦借免誨淫之謗也。讀者鑒諸。中華民國十有三年歲在甲子端午後六日自識。

以賈代西門之鐵證

《紅樓夢》何以專説賈府之事？《金瓶梅》十八回『賂相府西門慶脱禍』，因兵科給事中宇文虚中等奏劾蔡京、王黼、楊戬一案。楊戬親黨有西門慶姓名在内。西門慶遣家人來保赴東京打點，由蔡攸具函囑托右相李邦彦，并送銀五百兩，只買一個名字。李邦彦取筆將文卷上西門慶名字改作賈廉云云。《紅》書之以賈代西門即發源於此。

賈雨村言應注意重村字

《紅》書入手即述賈雨村言。向來解此四字，皆謂爲假語村言，殊於村之一字不求甚解。不知村者撒村之村也，如《金》書之淫穢鄙瑣誠非村字不足以盡之。今欲除其村氣，故另撰《紅樓夢》一書，改爲一種富貴秀雅之氣，所謂比村言更假，即假於村言也。蓋《金瓶梅》一百回，純由《水滸傳》數十頁内化出，《紅樓》百二十回，又由《金瓶梅》百回化出，而改俗爲雅，改明爲暗，於是賈雨村言四字，乃得正當之解釋。

賈雨村者，假於村也，言《金瓶》已極村俗，《紅樓》較《金瓶》之村更假也。假作人名，即爲

《紅》書之導綫，又即借作一名西賓，一名清客，一名幫閒，一名官親，一個勢利人，所謂牽一髮而全身俱動。

黛玉與金蓮同上過女學

賈雨村教過黛玉的書，金蓮七歲曾上過女學，二書之中上過女學各只一人。既上過女學，必有教書先生，故《紅》書請出賈雨村以充此任。賈雨村之爲無是翁一望而知，故用作女生師。《金》書以任秀才爲金蓮女師，雖未露面，其點醒女學則一。

西門及吴潘均實有其人

王阮亭《香祖筆記》有：兖州陽谷縣西北有西門冢大姓，潘吴二氏自言是西門妻吴氏、妾潘氏族云云。後人多謂《水滸》所述宋江等三十六人，既非虛構，《金瓶》亦必有其人。然則《紅樓》所謂真事隱去，亦認《金》書所述爲真事，故以自己所撰謂之賈語村言。雖是謙詞，亦爲確詁。

《水滸》、《金瓶梅》、《紅樓夢》三書以先後爲正副册

先有《水滸》而後有《金瓶》，先有《金瓶》而後有《紅樓》。《水滸》中人爲正，《金瓶》中人即爲副，正副者正續之謂也。故《紅樓》以正册、副册、又副册分點之。

《水滸》化爲《金瓶》、《金瓶》化爲《紅樓》之痕迹

《紅樓》、《金瓶》之用筆，皆故意犯複，故意重描，兩書一律。如黛玉係絳珠草轉世，是爲先天金蓮係《水滸》中人是也。寶釵是添入之人，是爲後天瓶兒等之不見《水滸》是也。《水滸》有武松在武大靈床伴宿，武大顯魂一段，故《金》書有『守孤靈半夜口脂香』一回，《紅》書亦有『候芳魂五兒承錯愛』一回。其他見鬼走魔，托夢索命種種，皆由此而出。總之，《水滸》數回放大而爲《金瓶》，改造而爲《紅樓》，全是虚構，格律謹嚴，墨無旁瀋。其《水滸》無萌芽根荄者，兩書决不及之。於此而歷來所謂影射何人，暗指何事，種種臆説，不攻自破。

西門家收了李瓶兒家許多東西，却打瓶兒；賈府收了林黛玉家許多東西，却要省一副嫁妝，是正寫。賈府收了江南甄家許多東西，西門却收了陳姐夫家許多東西，是襯筆。《紅》書孫家賴賈家欠

債打罵迎春，却是陳敬濟凌虐西門大姐一段影子，亦是襯筆。

西門之李代桃僵

甄字自係由賈字演出，然《金》書之西門即明是《水滸》之西門，不過死法不同而已。《金》九回武都頭誤打李皂隸，獅子街酒樓之上，《水滸》已將西門打死，《金》書却將西門放走，另將李外傅打死，所謂李代桃僵也。至化金蓮爲瓶兒也，教他姓李，亦是此意。《紅》之賈雨村、冷子興等等無是烏有，皆是如此。

榮府及花園之地位　獅子之來由

榮國府在西，故以之爲西門老家，《紅》書之主人，亦係西府。寧國府在東，故以之爲花家，後改爲花園，又即大觀園之用地。柳湘蓮所指不乾净之獅子，單在東府，其實西府亦照樣有獅子一對，即《金》書所謂獅子街及獅子橋兩個獅子是也。《金》書《讀法》第三十三云：獅子街乃武松報仇之地，西門幾死其處。曾不數日，而子虚又受其害，西門倘佯來往，俟後王六兒偏又爲之移居此地，賞燈偏令金蓮兩遍身歷其處。寫小人托大忘患嗜惡不悔一筆都盡云云。《紅》云：『漫云不肖皆榮出，家事消亡總罪寧。』《金》於西門本宅始終未動，但於東鄰花家出了許多故事，卒至開園築樓，歸爲一宅而止，至後人謂爲東樓云云，自亦有故。蓋西門正院盡是平房，惟有金、瓶二人之别院皆是樓房，又在東院也。

獅子街與紫石街之不同

《紅樓》再三就獅子説兩府，即獅子街獅子橋之謂。然則，何不説紫石街？須知《水滸》之犯事地點是紫石街，《金瓶梅》之犯事地點是獅子街，主眼如此，不可不爲認定。

《好了歌》之真諦

《紅》一回《好了歌》内分財、禄、妻、子四門。按之《金》書，無不悉合，而按之《紅》書，却有不盡合者。如『終朝只恨聚無多，及到多時眼閉了』，又『君生日日説恩情，君死又隨人去了』，又『癡心父母古來多，孝順兒孫誰見了』云云，殊於西門一生放官利債，刮老婆，寵兒子，及身後消取，一一吻合，求之《紅》書轉嫌無根。

『陋室空堂』之解釋

又甄士隱所説『陋室空堂，當年笏滿床；衰草枯楊，曾爲歌舞場』云云，即西門之生子加官也。『昨日黄土隴頭送白骨，今宵紅燈帳底卧鴛鴦』，即西門初死，陳敬濟弄一得雙也。『擇膏粱，流落在煙花巷』，即孫雪娥之墮入青樓也。此等語句，單就《紅》書觀之，不過謂爲倒影法，然措語終嫌不當，仔細按之，未免有過重過刻之嫌。且《紅》書係由熱而冷，未入手以前，已是轟轟烈烈了多年。此歌由冷而熱，又不相符。若以《金》書事實按之，真尺幅具千里矣。

《紅樓》以孝作骨，《金瓶》以不孝作骨

寶玉走後，寶釵遺腹，即《金瓶梅》之西門死後，月娘遺腹而生孝哥。《紅樓》以孝字作骨，故有祖有父有子有孫。《金》書以不孝作骨，故上無真雙親，下無真子孫，蓋百善萬惡，正是反對也。

兩書氣象之針對

《紅樓》之寫繁華富貴及書卷氣，正所以針對《金瓶》之村俗小家泥腿市俗。又於攢金慶壽凑分子等處，作正面之點醒。

兩書之僧尼

《紅樓》既有茫茫大士、渺渺真人一僧一道，却又有妙玉及水月庵、水仙庵之尼及張道士、馬道婆等等，《金瓶》於吴道官、普净師貫串全書之外，又寫薛姑子、王姑子、劉姑子等等，薰蕕同器，如出一手。送風月寶鑒之老道，却似《金瓶》之妙鳳、妙趣。

兩書之皇親

《紅》之甄家，《金》之喬家，同是皇親，同是親戚。《金》書喬五太太之親侄女兒是東宫貴妃，世襲指揮使。

《紅》十六回江南甄家接駕四次，又周貴人家預備接駕，由鳳姐與趙嬷嬷問答中表出。《金》書所謂王皇親房子、喬皇親花園等等，不一而足。喬者，假也。假、賈同音。因皇親而接駕，有假於是有真，有喬於是有甄。蓋《金》書形容泥腿市俗眼中，以皇親爲最闊，《紅》書乃因此二字，發生省親等等大世面也。

兩書之王姓

一部《紅樓》於王姓最得優勢，蓋《紅》書有一癖性，即找老娘家是也。賈二太太娘家姓王，便弄了許多姓王的：小而王熙鳳，老而薛姨媽，皆是也。即寶玉、寶釵，亦是外孫輩，皆與王有關。便是劉姥姥，亦是王家瓜葛，周瑞家亦是王夫人陪房。若以《金》書王招宣府之説證之，則此王殊有根據：王係金蓮蒙養之地，加以王婆之助成，故《紅》書於王三致意焉。反之史家、邢家、李家、尤家等等，何又如彼之凋零耶！

兩書之官

《紅樓》亦説官字，但多爲過去之官，蓋官哥已死也。又以『祿蠹』等字反寫官字，即是表明寶玉前身是孝哥，不是官哥之意。

兩書之造屋與賣藥　做生日出殯之所由來

前述守靈，不過偶舉一例，此外如兩書之蓋花園、造房子，皆由武大買房而來。兩書之藥店，皆由西門藥店、武大砒霜而來。至兩書均以做生日爲鋪排之大方案，則由王婆壽衣一段内化出。死期生辰，固爲聯想而得，花開豆爆，信然信然。

《紅》、《金》兩書於出殯事，極力鋪排，其實只從《水滸》武大出殯一二語而來。

寶玉説化灰之所本

《紅》書寶玉説化灰揚去云云，即從《水滸》武大燒灰一語化出。

兩書之官吏賣法

《紅》四回『葫蘆僧判斷葫蘆案』，已伏不肖官吏受賄枉法之根。至八十六回『受私賄老官翻案牘』，於薛蟠打死張三一案，花錢買通知縣，將屍格改輕，作爲誤傷，將薛蟠定爲監禁候詳，再花些銀子，一准贖罪，便没事了云云。《金》十回『義士充配孟州道』，歷述西門慶爲毒死武大一案，賄囑知縣屈打武松，取面長枷帶了收在監内云云。此外受賄枉法，不一而足，參看《紅》書『弄權鐵檻寺』等回，從各方面寫來，兩書無不吻合。

瓶兒命名之由　瓶兒何以姓李

《金瓶》既由《水滸》化出，則每人每事必須從《水滸》此數回中咀嚼出來，方爲傑作。試取《水滸》細閱，則蛛絲馬迹在在可尋。譬如因『大户人家使女』六字，便化出張大户一家、王招宣府一家；因『諸子百家皆通』六字，便化出『詩詞歌賦無所不能及各種情書小曲』，如此等類，比比皆是。然則，何以金蓮之外又照樣添出一位瓶兒？試看《水滸》西門慶挨光得手後將入港時，王婆道：『再買一瓶兒酒來吃如何？』又説道：『老身，去取瓶兒酒來。』又云：『老身直去縣前，那家有好酒買一瓶來，有好歇兒擔閣。』云云。凡再見『瓶兒』二字。一見瓶字是以瓶兒能飲，是爲正寫。瓶兒好倒插花，是爲側寫。酒瓶是實，故嫁西門而終；花瓶是虚，故嫁花子虚、蔣竹山皆不終局。與西門情熱，是爲熱酒；初嫁梁中書不久即散，是爲凉酒。然則，何以姓李？《水滸》不云『官人你和李嬌嬌却長久乎』，因有此『李嬌嬌』三字，故西門第二房妾爲李嬌兒，第六房又爲李瓶兒，外孌又有李桂姐，皆此李也。

《紅》書黛玉之外，又來一寶釵等等，筆墨則是依樣葫蘆，略異空中樓閣，然亦有直接取材於《水滸》之時，如黛玉讀《莊子》等類是也。

兩書之扶正

因《水滸》有王婆説『若是他似娘子時，自册正了多時』，故《金瓶》於瓶兒隱然以正室相待。《紅》書鮑二家的説『把平兒扶了正』云云，皆從此語化出，但均是空中樓閣，仍不越《水滸》範圍。

兩書之雪天戲叔

《水滸》一出雪天戲叔，《金瓶》乃於花家、韓家一寫再寫，而不一寫《紅樓》。又於賈瑞、薛蝌反寫，倒寫，而不一寫。又於《金》則用胡二之口，於《紅》則用焦大之口，爲之叫破。

兩書在服中作種種之不肖

金蓮帶熱孝嫁人，是重大罪狀。《紅樓》於偷娶尤二姐，坐以國孝、家孝之罪。又於秦鯨卿得趣饅頭庵，叙秦鍾有胞姊之喪，於送葬時如此胡行，直與陳敬濟弄一得雙相似。又於賈政喪事中，叙珍、蓉聚麀，璉尤調情，甚至寶玉與寶釵成親，亦在喪中。凡此種種，皆從《水滸》此節内化出。

不發長房

《紅樓》不重長房，而重二房：榮勝於寧一也，政賢於赦二也，寶玉勝似珠兒三也，此外尚不一而足。《金》書開首十兄弟結拜，西門被推爲大哥。若以齒叙，當在第三四之列。所謂不孝之外，又加以不弟，後生而爲民，其誣已久。

《紅》之大房

《紅》之行大者，赦老、珍兒、珠兒、蓉兒、薛蟠等是也。除珠早死外，皆無賢妻貞婦，殆皆武大一流。

《紅》之二房

《紅》之行二者，政老、寶玉、璉兒、薛蝌、湘蓮等是，皆有異才兼有麗偶。

兩書敘事之章法

《紅》之敘事，皆以吃飯爲章法。《金》之敘事，西門出門，必有一人或一官來拜，留坐，此是生子加官後數十回一定章法。《紅》之老太太、王夫人等，無不侒佛，《金》之月娘亦然。蓋老太太、王夫人、吴月娘，皆不管家事之女主人也。

芙蓉屏與瓶兒

《紅》六回，賈蓉向鳳姐借炕屏。按《金瓶梅寓意說》云：瓶與屏通，窺春必於隙底。屏號芙蓉，玩賞芙蓉亭，蓋爲瓶兒插筍。而私窺一回，卷首詞内必云：綉面芙蓉一笑開。後玩燈一回，《燈賦》内，荷花燈下即接以芙蓉燈。蓋《金瓶》合傳，是因瓶假屏。又因屏假芙蓉，侵淫以入於幻。屏風二字相連，則馮媽媽必隨瓶兒。而當大理屏風，又點睛妙筆矣。芙蓉栽以正月，冶艷於中秋，摇落於九月，故瓶兒必生於正月十五日，嫁以八月二十五，後病於重陽，死以十月，總是芙蓉譜内時候云云故。借屏必以蓉兒，蓋有深意云云。至《紅》之《芙蓉女兒誄》，全似《金》之祭瓶兒文，益以黛玉改爲『茜紗窗下、黄土隴中』等，語意更明顯矣。

《紅》書之清朝禮俗　《金》書之明朝禮俗

《紅》九回，賈政便問跟寶玉的是誰。只聽外面答應兩聲，早進來了三四個大漢，打跧兒請安。又云：唬得李貴忙雙膝跪下，摘了帽子，碰頭有聲，連連答應是云云。又十六，回太祖仿舜巡故事。又二十一回，湘雲替寶玉梳辮子。又□□回，寶玉剃了頭，頭皮是青的。又百一回，寶玉等做時文破題。皆是清朝禮俗制度，作者有意點明。亦猶《金》書成於明朝，特取明朝風俗上一二事隨意點明。如西門慶東京候吃慶成宴。按高士奇《天禄識餘》記明典禮有慶成宴，每宴必傳旨曰：滿斟酒。又曰：官人每飲乾。

手帕本之刻書

顧炎武《日知録》：明時京官奉差回京，必刻一書，以一帕一書相饋，遺世即謂其書爲手帕本。王士禎《居易録》謂後無復此制，今亦罕見。《金瓶梅》屢言蔡御史等饋人書帕，殆即此也。

海鹽優人

《金瓶梅》屢言西門宴客有海鹽子弟演劇云云。按周亮工《書影》謂，海鹽優人金鳳，見寵於嚴東樓，嚴敗又他往云云。然則海鹽當明中葉，頗有名優矣。

死人頭上珍珠及紫河車之解釋

死人頭上戴過珍珠，即指婦人再醮而言。頭胎紫河車，即指私生子而言。

兩書之曲詞

明江寧顧起元有《客座贅語》，里街童孺婦媪之所喜聞者，舊惟有《傍妝臺》、《駐雲飛》、《耍孩兒》、《皂羅袍》、《醉太平》、《西江月》諸小令，其後益以《河西六娘子》、《鬧五更》、《羅江怨》、《山坡羊》。《山坡羊》有《沉水調》有《數落》，已爲淫靡矣云云。按如上所述，各小令明人小說用之最多，如《今古奇觀》等等皆是。而《金瓶梅》一部所填小令，至五六十種，內中如《西江月》、《駐雲飛》、《山坡羊》，均已屢見，而《山坡羊》於八回一見，三十三回兩見，五十回又一見，皆帶數落者。此外如《踏莎行》、《桂枝香》、《點絳唇》、《梁州序》、《山花子》、《浪淘沙》、《折桂令》、《浣溪沙》、《清江引》、《卜算子》、《蘇幕遮》、《憶秦娥》、《蝶戀花》、《望江南》、《青玉案》、《黄鶯兒》、《集賢賓》、《臨江仙》、《普天樂》等牌名，皆所習見，至菊花心簇御林孝順歌《梧桐樹》、《綿搭絮》等類曲牌，則又非他書所常見矣。《紅》書警幻仙姑所演之曲，其牌名與此迥不相同。此外如《寄生草》、《西江月》，雖偶然一見，然求如《金》書之專門名家，則戛戛乎其難，故以顧起元之説證之，固可知明人風俗，亦可知《紅》書之長於詩文，《金》書之長於詞曲矣。

原本《紅樓》與通行百廿回本不同之點

原本《紅樓》與《金瓶》之關係

坊間通行之《紅樓》以百二十回者爲足本，以八十回者爲原本。其實，八十回本是否原本，固仍待考。有正書局有印行批校之本，所批固甚精當，惜皆在字句之微。如初印原大字本内六十八回『苦尤娘賺入大觀園』，記鳳姐向尤二姐所談一席話，原文多係文話，不合身分，且稱二姐爲姐姐。上有改筆，將原文塗抹，旁注小字，痕迹顯然，似非僞作。查其改本與百二十回本之此段，竟是一律。

此殆稱爲原本之證據乎？　續印之小字本，已一律改爲大字，然八十回中只此一段，又是何故？亦殊可疑。又五十三回『寧國府除夕祭宗祠』，叙賈母花廳上陳設，在『新鮮花卉』句下，『又有各色舊窑瓶中』句上，夾叙透綉花卉及詩詞瓔珞至四百餘字之多，似專爲點染《金瓶》等人綉工而設，百二十回本乃皆删之。又六十三回『壽怡紅群芳開夜宴』，叙『寶玉别過邢岫煙，親拿檻内人帖兒，到櫳翠庵投進去便回來了』之下，『因飯後平兒還席』句之上，夾叙芳官改妝，改名爲耶律雄奴。又葵官改名爲韋大英及金星玻璃温都里納野驢子云云，至千餘字之多。芳官改爲玻璃，似指琉璃易碎。而野驢子送鞦韆，絶似陳敬濟送金蓮等人打鞦韆。然則，野驢子殆指陳敬濟亦未可知。此段注重雄雌易位，撲朔迷離，内寵外嬖，合而爲一，内中有儼然戲上一個琴童一語，彼《金瓶》之金蓮，不曾以私琴童而被打乎？　琴童非以奇裝爲人注目乎？　此段之芳官改裝改名，以此一句，點醒之。以上各段，於《金》書宗旨，不無關係，是否當日續成時删去？　固不可知。然要是異聞，故别録於後。

一、原本《紅樓夢》六十八回改竄一段：

甲原文　小字皆被塗去者，與今本不同：

鳳姐忙下坐一禮相還，口内忙説：『皆因奴家婦人之見，一味勸夫（慎重）不可眠花宿柳，恐惹（父母）耽（憂）。此是你我之癡心，怎奈二爺錯會奴意。（眠花卧柳之事瞞奴或可）今娶（姐姐）二房（之）大事，（亦）人家大禮（亦）不曾對（奴）説，（奴亦）曾勸過二爺，早（行此）禮。（以備生育)不想二爺反以(奴)爲那等嫉妒(之婦),私自(行此大事,并未説知,使奴)有寃(難)訴,惟天地可表。前(於十月之先,奴已風聞,恐二爺不樂,遂不敢先説,今可巧遠行在外:故奴家)親自拜見,(過)還求(姐姐下體奴)心,起動大駕,挪至家中。你我姊妹同房同處,彼此合心,諫勸二爺,慎重世務,保養身體,方是大禮。若姐姐在外,(奴)在(内),雖愚賤不堪相伴。(奴心何安)再者使外人聞之,亦甚不雅。觀二爺之名也,要緊倒是談論(奴家,奴亦不怨,所以今世奴之名飾全在姐姐身上)云云。

乙改本　小字皆旁注者,與今本合。

鳳姐忙下坐一禮相還,口内忙説:皆因奴家婦人之見,一味(的只)勸(二爺保)重,不可眠花宿柳,恐(教太爺太太)耽(心)。此皆是你我之癡心,怎奈二爺錯會(了我的)意,(若是在外包佔人家姐妹)瞞(着家裏也罷了)今娶(了妹妹作二房這樣正經)大事,(也是)人家大禮,(却)不曾對(我)説。我也曾勸過二爺,早(辦這件事,果然生個一男半女連我後來都有靠)不想二爺,反以(我)爲那等嫉妒(不堪的人)。私自(辦了),真真(教我)有寃(没處)訴,(我的這個心)惟天地可表。前(十天頭裏,我就)風聞(着知道了,所以我)親自(過來)拜見,還求(妹妹)體(諒我的苦)心,起動大駕,挪至家中,你我姊妹同房同處,彼此合心,諫勸二爺,慎重世務,保養身體,方是大禮。若姐姐在外(頭,我)在(裏頭,妹妹想想,我心裏怎麼過的去呢,)再者使外人(聽着,不但我的聲名不好聽,就是妹妹的名兒也不雅,況且二爺的名聲更是)要緊,倒是談論(咱們姊妹們還是小事。至於)那起下人小人之言云云。

二、原本《紅樓夢》五十三回增多一段：

又有小洋漆茶盤放着舊窑茶杯，并十錦小茶杯，裏面泡着上等香茗，一色皆是紫檀透雕嵌着大紅透綉花卉，并草字詩詞的瓔珞。原來綉這瓔珞的，也是個姑蘇的女子，名唤慧娘。因他亦是書香宦門之家，他原精於書畫，不過偶然綉一兩件針綫作耍，并非世賣之物。凡這屏上所綉之花卉，皆仿的是唐宋元各名家的折枝花卉，故其格式配色，皆從雅，本來非一味濃艷匠工可比。每一枝花側，皆用古人題此花之舊句，或詩或歌不一，皆用黑絨綉出草字來，且字迹勾踢、轉折、輕重、連斷，皆與筆寫無異，亦不比市綉字迹倔强可恨。他不仗此技獲利，所以天下雖知，得者甚少，凡世宦富貴之家無此物者甚多。今便稱爲慧綉，竟有世俗射利者，近日仿其針迹愚人獲利。偏這慧娘命夭，十八歲便死了，如今再不能得一件的了。所有之家亦不過一兩件而已，皆惜若寶玩一般，更有那一干翰林文魔先生們，因深惜慧娘之佳，便説這綉字不能盡其妙，這樣針迹，只説一綉字，反似乎唐突了，便大家商議了，將綉字隱去，换了一個紋字，所以如今都稱爲慧紋。若有一件真慧紋之物，價則無限。賈府之榮也，只有兩三件。上年將兩件已進了上，目下只剩這一副瓔珞，一共十六扇。賈母愛之如珍如寶，不入請客陳設之内，只留在自己這邊高興擺酒時賞玩云云。

三、原本《紅樓夢》六十三回增多一段：

因又見芳官梳了頭，挽起鬢來，帶了些花翠，忙命他改妝，又命將周圍的短髮剃了去，露出碧青頭，後面當分大頂。又說冬天必須貂鼠卧兔兒帶脚上虎頭磕雲五彩小絨鞋。又說芳官之名不好，若改了男名，才别致，因又改作雄奴。芳官十分稱心，便說既如此，你出門也帶我出門。有人問，只說合茗煙一樣的小廝就是了。寶玉笑道：到底有人看的出來。芳官笑道：我説你是無才的。咱們家現有幾家土番，你就說我是個小土番兒。況且人人說我打聯垂好看，你想這說的可不妙麽？寶玉聽了，喜出意外，忙笑道：這狠好，我也常見官員人等，多有跟從外國獻俘之種，圖其不畏風霜，鞭便馬捷。既這等，再起個番名，叫耶律雄奴，二音又與匈奴相通，都是犬戎名姓。況且，這兩種人，自堯舜時便爲中華之患，晋唐諸朝深受其害，幸得咱們有福生在當今之世，大舜之正裔，聖虞之功德，仁孝赫赫格天，同天地日月億兆不朽，所以凡歷朝中跳梁猖獗之小丑，到了如今不用一干一戈，皆天使其拱俛緣遠走降。我們正該作踐他們，爲君父生色。芳官笑道：既這樣着，你該去操習弓馬，學些武藝，挺身出去拿幾個反叛來，豈不盡忠效力了，何必借我們鼓唇摇舌，自己開心作戲，却自己稱功頌德。寶玉笑道：所以你不明白，如今四海賓服，八方寧静，千秋萬載，不用武備。咱們雖一戲一笑，也該稱頌，方不負坐享升平了。芳官聽見説的有理，二人自爲妥貼合宜。寶玉便叫他耶律雄奴。究竟賈府二宅，皆有先人當年所獲之囚，賜爲奴隸，只不過令其飼養馬匹，皆不堪大用。湘雲素習憨戲異常，他也最善武扮，每每自己束鑾帶穿摺袖，近見寶玉將芳官扮成男子，他便將葵官也扮了個小子。那葵官本是常刮剃短髮，便於面粉抹油，手脚又伶便，打扮了又省了一層手。李紈、探春見了也愛，便將寶琴的荳官，也就命他打扮了一個小童，頭上兩個丫髻，短襖紅鞋，只差了塗臉，便儼然是戲上的一個琴童。湘雲將葵官改了，唤作大英，因他姓韋，便叫他作韋大英，方合自己的意思，暗藏惟大英雄能本色之語，何必塗朱抹粉。荳官身量年紀皆極小，又鬼靈，故曰荳官園中人也，有唤他作阿荳的，也有唤作炒荳子的。寶琴反説琴童、書童等名太俗了，竟是荳字别改，唤作荳童。

此下一段與百二十回本同，但内中又有出於今本之外者，摘録如下：

一時到了怡紅院，忽聽寶玉叫耶律雄奴，把佩鳳、偕鴛、香菱三個人笑在一處，問是什麽話？大家也學着叫這名字，又叫錯了音韻，或忘了字眼，甚至於叫出野驢子來，引的合園中人凡聽見者，無不笑倒。寶玉見人人取笑，恐作踐了他，忙又説海西福郎思牙，聞有金星玻璃寶石。他本國番語，以金星玻璃名爲温都納，如今將你比作他，就改名唤作温都里納，可好？芳官聽了更喜，説：就是這樣罷。因此又换了這名。衆人嫌拗口，仍番漢名，叫玻璃，閒言少述云云。

佩鳳、偕鴛二人去打鞦韆頑耍，寶玉便説：你兩個上去，讓我送。慌的佩鳳説：罷罷，別替我們鬧亂子，倒是叫野驢子來送送。使得寶玉笑道：好，姐姐們別頑了，没的叫人跟着你們學着駡人。偕鴛又説：笑軟了，怎麼打呢？吊下來，栽出你的黄子來。佩鳳便趕着他打，正頑笑不絶云云。

通靈玉究竟是何物

西門全身以玉莖爲禍根，故寶玉之玉，即爲命根。觀其式如扇墜，可大可小。所鐫銘語，又有『莫失莫忘，仙壽恒昌』之句。其爲何物？可想而知。又云石頭在赤霞宫居住，靈河岸上行走，見絳珠仙草可愛，日以甘露灌溉，飢餐秘情果，渴飲灌愁水云云。試問赤霞是何色？河岸是何地？何以又有甘露灌溉仙草？如此形容此玉，竟是何物？

摔玉之故

寶玉初見林妹妹，即問妹妹有玉没有，旋又摔玉，試一閉目思之，當可失笑。

絡玉之故

寶釵命婢金鶯兒打一絡子，將玉絡起。試再閉目思之，必更失笑。

煉石之故

石頭經女媧煉過，在青埂峰下，後由癩和尚送回。女媧者，女禍也。《金》書言西門養龜，即煉石之謂。而送壯陽藥之番僧，係由密松林、齊腰峰而來。寶玉之胎玉失而復得，以和尚故。西門之玉莖弱而復强，以和尚故。試再閉目思之，尤當失笑。

石頭是玉之前身　西門是孝哥之前身

石頭是玉之前身，西門是孝哥之前身，寶玉又是孝哥之化身。胎中銜玉，一靈不昧。《紅》二十八回張道士説：寶玉像他爺爺一個稿子。是明言孝哥即西門矣。故寶玉與西門是二是一。

寶玉是孝哥化身，《紅樓》所紀皆寶玉十五歲以内之事

《金瓶》一官哥，一孝哥，爲全書關鍵。孝哥十五歲而出家。《紅樓》之寶玉，即是孝哥化身，故一部《紅樓》，皆寶玉十五歲以内之事。寶玉出家，政老曾説哄了老太太十五年，是其明證。

寶玉所以爲小孩之故

孝哥原是西門慶轉世，故寶玉一切根性總似西門，但以年紀太小，不能不移步换形，故寫寶玉之頑劣荒淫，不得不用另一副筆墨。

寶玉銜玉而生，即指西門咽氣，孝哥同時降生，故玉之爲物，即是西門化身。

銜玉而生者之根性

《紅》三回寶玉銜玉而生，可作生性好色解，『孽根禍胎』四字，可作此玉之小名。然則，此玉究是何物，不煩言而自解。至寫寶玉性情頑劣異常，不喜讀書，最喜在内幃廝混，若姊妹不理他，他倒還安静些，若一日姊妹們和他多説了一句話，他心上一喜，便生出許多事來云云。試閉目一思，玉爲何物？寶玉性情與西門有何一點之不同？

珠兒已死之故

寶玉是孝哥化身，既如前説。孝哥之前，原有已死之官哥，故寶玉之前，又有已死之珠兒。

寶玉挨打之故

寶玉挨打，似琴童挨打。打寶玉而黛玉心疼，打琴童而金蓮暗泣。

寶玉踢人之故

西門慶是『打老婆的班頭，降婦女的領袖』，如打金蓮，打瓶兒種種，皆其實據，《紅樓》全用倒影法，既以寶玉作西門，故將寶玉寫成一個受打降的温柔手段，是爲反寫。於另一面，又受政老之毒打，是爲倒寫。又於另一面，寫踢襲人窩心脚，既爲側面文章，又映帶西門之踢武大心口。蓋謂寶玉并非不會踢人者耳。

寶玉自白

寶玉駡賈環：這個不好，再頑别的。云云。即是自白。其厭故喜新之故智，蓋西門見一個愛一個，吃了碗裏望了鍋裏，皆可以此二語概之也。

酸筍湯

《紅》□□（按：當爲『第八』兩字）回寶玉與晴雯、麝月同吃酸筍湯，《金》書西門曾與金蓮、春梅同吃此湯。

兩書之大打醮

《紅》二十九回『享福人福深還禱福』，貴妃送出來一百二十兩銀子，叫在清虛觀五月初一到初三打三天平安醮，巧姐換寄名符，派人接尤氏。張道士是榮國公的替身，說寶玉像他爺爺國公爺一個稿子。馮紫英等都來送禮，道衆各備法器，貴重物品送與寶玉云云。

《金》三十九回『寄法名官哥穿道服』，西門慶道：我許下一百二十分醮，先封十五兩銀子，一、准定在吳道官廟裏，正月初九天誕日打醮，給官哥寄名符，派人接應。二、官哥像小道士。道官備道裝，全分項圈條脫等等，送與官哥云云。

按《金》書回目提明官哥穿道服，故《紅》書於寶玉像張道士及巧姐寄名符各事，極力描寫。

寶玉乞滋補藥

《紅》□□□（按：當爲『第八十』三字）回寶玉向王道士問療妬方曾有？如今有了房事，求些滋補之語。《金》四九回西門在廟中向番僧問滋補藥。

裝玉之函

玉函者，裝玉之函。玉是何物，既如前所説，則玉函者，又是何物？

女兒者對再醮婦而言

《紅》十七回怡紅院之海棠，説明女兒棠出女兒國云云。《紅》書重在女兒者，以寶玉既係小孩子，則對面、側面自宜以女兒配之。《金》書多半係再醮婦，《紅》書一律以女兒易之，因而爲種種之烘托。

寶玉怕二老爺

寶玉最怕的是二老爺，西門最怕的是武二郎。赦老是武職，政老是文職，但政老亦多以刑威加人。

紫河車人參之寓言

《紅》二十八回寶玉説天王補心丹方子内有云：只講那頭胎紫河車、人形帶葉參三百六十兩還不彀，龜大的何首烏、千年松根茯苓膽云云。

《金》四十九回覓梵僧現身施藥云：一個和尚，形骨古怪，相貌搊搜，生的豹頭環眼，色若紫肝，戴了鷄蠟箍兒，穿一領紅直裰，頦下髭須亂作，頭上一溜光檐，就是個形容古怪真羅漢，未除火性獨眼龍。在禪床上旋定過去了，乘着頭把脖子縮到腔子裹，鼻孔中流下玉筯來。又請番僧吃飯之肴饌内，如羊角葱炘炒的核桃肉，肥肥的羊貫腸，一碗内兩個肉圓子，來着一條花腸，滚了肉，名喚一龍戲二珠湯，一大盤裂破頭高裝肉包子云云。

按《金》書此段寓意形容，映帶實事，至《紅》書之紫河車、帶葉人形參，似指瓶兒帶子嫁來其龜大何首烏及茯苓膽。試細按《金》書此兩段之例，閉目想像，必當失笑。

蓮葉羹之所本

《紅》三十五回『白玉釧親嘗蓮葉羹』，寶玉要吃那一回做的那小荷葉兒小銀蓮蓬兒湯，還好些

（中略）。後還是管金銀器的，將四付模子送上來了云云。

《金》十一回，潘金蓮激打孫雪娥，西門慶要往廟上去等着要吃荷花餅、銀絲鮮湯云云。

按此段《金》書一餅一湯，《紅》書細加詮釋，更於銀絲之銀字，發揮一段，可謂心細如髮。

鬧書房與鬧花院

《紅》二十九回『嗔頑童茗煙鬧書房』，即《金》二十回之『癡子弟争鋒鬧花院』。《紅》云薛蟠如今不大來學中應卯了，秦鍾趁此和香憐擠眼使暗號，二人假作出小恭，走到後院説私己話。秦鍾先問他家裏的大人可管你交朋友不管？一語未了，只聽背後咳嗽了一聲。二人唬的回頭看時，原來窗友名金榮者。（中略）金榮笑道：我可也拿住了還賴什麽？（中略）偏那薛蟠本是浮萍心性。今日愛東，明日愛西，近來又有了新朋友，把香玉二人又丢開一邊？（中略）只聽得豁啷一聲響，砸在桌上，書本紙片筆墨等物撒了一桌。又把寶玉一碗茶也砸得碗碎茶流。（中略）金榮此時隨手抓了一根毛竹大板在手，地窄人多，那裏經得舞動長板，茗煙早吃一下，亂嚷道：你們還不來動手？寶玉還有三個小廝：一名鋤藥，一名掃紅，一名墨雨，這三個豈有不淘氣的。

《金》二十回西門每月風雨不阻，出二十銀子包錢包着桂姐。近日見西門慶不來，又接了杭州販綢網的丁相公兒子丁二官人號丁雙橋。（中略）西門慶走至窗下，偷眼觀覷，正見李桂姐在房内陪着一個戴方巾的鑾子飲酒，由不得心頭火起，走到前邊一手把吃酒桌子掀翻，碟兒盞兒打的粉碎，喝令跟馬的平安、玳安、畫童、琴童四個小廝上來，把李家的門窗户壁床帳都打碎了云云。

按上列兩段，皆因撥醋而起，皆因親見秘密以致用武動手者，同是四人，皆列舉名字，只花院改作書房，女色改爲男風，則移步换形，不得不爾也。

警幻曲之所指

《紅》五回第二、第三兩支，於林、薛二人均是合寫，作兩兩比較之詞。蓋金、瓶二人是全書之主，而二人之交涉又極多，林、薛二人亦然。第十四支『爲官的家業凋零，富貴的金銀散盡。有恩的死裏逃生，無情的分明報應。欠命的命已還，欠淚的淚已盡。冤冤相報豈非輕，分離聚合前生定。欲知命短問前生，老來富貴也真僥幸。看破的遁入空門，癡迷的枉送了性命。好一似食盡鳥投林，落了片白茫茫大地真乾净』。此一篇若將《金》書七十九喪命生兒以後事實按之，無一不合，而以《紅》書後半部按之，反有不能盡合之處。

黛玉寶釵與襲人之易地易主

金、瓶二人均是屢易其地，屢易其主，《紅》之於襲人，已明點其易地易主，次數亦與金、瓶相等。至於黛於釵，亦是點明易地易主。於黛則謂入京時已有母喪，此即金、瓶二人均有夫喪。又於釵則謂其因訟累入京，彼瓶兒之在花家時，花家非有大訟乎？而瓶兒之嫁與花家，不已有梁中書之喪乎？讀者疑吾言乎？請看迎春、探春、惜春等人，何以根生土長，并無易地之事。蓋《金》書於未叙娶金、瓶以前，本已有了李嬌兒、卓丢兒等人在家，并非自外而入也。

釵黛之排行

賈氏四春之外，黛、釵自在五六之列，却未明排。《金》書入手，即言西門已有一巴掌人，金蓮是五娘，瓶兒是六娘，却又有時將五六混叫，故黛釵二人，是二是一。

吹倒吹化之故

《紅》六十五回，興兒摇手道：不是那麽不敢出氣兒，是怕這氣兒大了，吹倒了林姑娘，氣兒暖了，又吹化了薛姑娘。

《金》六十一回，李瓶兒在房中因其身上不方便，請了半日纔來，恰似風兒刮得倒的一般。

按《紅》書此二語固是從《金》書此類語意中化出，却又就林、薛兩字面上下一詮釋，謂木怕吹倒，雪怕吹化也。

乳名兼美之故

《紅》五回一女子似釵又似黛，乳名兼美，即指金、瓶二人共私一西門，故隨手即緊接襲人而點明初試雲雨一段故事。

黛釵之與金蓮　上學裁衣之相同

林黛玉即潘金蓮。䶮兒者言其嘴貧也。一部《紅樓》，林於文字爲最長。一部《金瓶》，金蓮於詩詞歌賦無所不能。蓋林曾從賈雨村讀書，此外并無一人曾上過學。潘亦於七歲往任秀才家上過女學，爲《金瓶》各人所無。又謂林能自己裁衣，於他人并未明點。蓋潘乃潘裁之女，九歲入王招宣府，又能爲王婆裁縫壽衣，潘之精於女紅，爲《金》書注意之筆，亦可作一確證。

葬花之真詮　化灰下水與葬墳之別

黛玉葬花，即指金蓮死武大，瓶兒死花二而言。瓶兒原從金蓮化出，故花二之死，與武大異曲同工。其所葬之花，并非虛指，即花子虛也。試看葬花之先，寶玉自讀《西厢記》，又有餞花一局，明點死花二一事。試觀《紅》二十三回，寶玉笑道：好好來把這個花掃起來撂在那水裏，我纔撂了好些在那裏呢。林黛玉道：撂在水裏不好，你看這裏的水乾净，只一流出去，有人家的地方，臟的臭的混倒，仍舊把花遭蹋了。那畸角上，我有一個花冢。如今把他掃了，裝在絹袋裏，拿土埋上，日久不過隨土化了，豈不乾净？寶玉聽了，喜不自禁，笑道：待我放下書，幫你來收拾云云。按此段先說撂了好些在水裏者，即指西門與金蓮曾將武大屍身焚化，撒入澈骨池水中。黛云水裏不好，拿土埋上日久隨土化了，寶云幫你收拾者，是謂子虛死後，瓶兒請了西門過去，與他商議買棺入殮，念經發送到墳上安葬，此非葬花而何？却是移作葬武不得。蓋武大化灰下水，并無墳之可言，故寶玉又説，明兒叫我吊在池子裏變個大王八，等你做了一品夫人，往墳上替你馱碑去云云。明點武大是個大王八，死後吊在水裏。又可想見瓶兒死後喪儀之盛。

葬花詩之解釋

《紅》書葬花之後，寶、黛又同讀《西厢》。試一閉目思之，又是何等事？至詩之起句爲『花謝花飛花滿天』，明言死武大、死花二，已不一其人。結句言『儂今葬花人笑癡，他年葬儂知是誰』，謂我之死武大、死花二，是爲癡情，而他日正不知死所如瓶兒之風光、金蓮之凄凉也。黛玉初入賈府，寶玉即有摔玉之事。此即金蓮入門，受西門辱也。不然，豈有號稱大家公子、賈母誇其知禮之人，初見遠來生客，即當面大發脾氣一至於此者。觀黛玉晚間淌眼淚，襲人等勸語自明。

黛玉不勸寶玉立身揚名之所本

《紅》三十六回，林黛玉自幼不曾勸他去立身揚名等語，所以深敬黛玉。《金瓶》西門種種惡謀，大都金蓮爲之參預，甚至反激助長，同惡相濟。《紅樓》此數語，爲罵黛之尤。然則，黛爲金蓮化身，毫無疑義。

寶黛之似曾相識

《紅》三回黛初入榮府，寶玉先赴廟裏還願去了。《金瓶》開篇非西門赴廟結義乎？

玉初見黛，説我曾見過的云云，殆指挑簾之曾相見也。故黛亦有在那裏見過一般，何等眼熟之想。王婆撮合時，一語道破，此則不道破，而以似曾相識寫之。

蓮爲花草故以各植物烘托猶金蓮之爲小脚

《紅》書謂黛玉爲絳珠仙草，故全書於花竹藥草凡植物之屬，點綴烘托，不遺餘力，亦猶《金》書但就金蓮爲小脚別名，遂於全書中每遇小脚，無不盡力描寫，更於二十七回『潘金蓮醉鬧葡萄架』、二十八回『陳敬濟徼幸得金蓮』兩回，寫綉鞋至七十九次之多。蓋此二回，正寫金蓮，故亦正寫小脚也。此是敷衍題面之文字，然非如此，不足令題面生色。

有鳳來儀之説

《紅》十七回瀟湘館爲入園第一勝地『有鳳來儀』，謂金蓮入西門宅，在本書爲第一度。又鳳者，縫也。鳳者，揀旺門而飛。以西門與武大比，自以西門爲旺。而西門自娶金蓮，果日見旺盛，故曰『有鳳來儀』。

偷香玉三字之意義

《紅》十九回『偷香玉』三字，不但點明，而且指明黛玉爲香玉，説明偷他。試閉目細思，是何等語？

草木姻緣，金蓮之蓮，非草而何？李瓶兒之李，非木而何？

黛玉燒香

黛玉燒香，月娘亦燒香，其被人撞破，故意漏泄，情形正如一轍。幾時孟光接了梁鴻案，即《金瓶》二十一回，吴月娘掃雪烹茶，夫婦重諧。

《紅樓》二十七回之葬花詩，二十八回之寶、黛反目，皆指花子虚已死，西門置之不娶。故寶玉酒令有『雨打梨花深閉門』之句。蓋《金瓶》固明言西門慶閉門不理，一任瓶兒之望穿秋水也。至馮紫英之女兒悲、愁、喜、樂酒令：『兒夫染病在垂危，大風吹倒梳妝樓，頭胎養個雙生子，私向花園掏蟋蟀。』明明説的是瓶兒夫死巢傾，生一血統不明之兒入西門家受凄凉等事。至琪官四句，不過點明娶了一個寡婦而已。證明唱曲即係誤嫁蔣竹山之影子，故有『花氣襲人知晝暖』之句。『我不開了，你怎麽鑽』，即西門閉門不納瓶兒也。

捉蔣玉函即邏打蔣竹山

忠順親王府捉蔣玉函，即邏打蔣竹山一段也。

《紅》二十八回芒種餞花，即指花二之死，故緊接蔣玉函情贈茜香羅。蔣賈換帶，即蔣竹山與西門慶交替而娶瓶兒。此段夾敘寶玉與黛玉反目，即是西門與瓶兒斷消息一事。

葬花詩之所本

『鸚鵡不知人意緒，喃喃猶誦葬花詩』，《金》六十一回『心中無限傷心事，付與黄鸝叫幾聲』。

焚稿與喪子

顰卿之焚稿而死，即瓶兒喪子而死。

黛玉何以姓林

黛玉何以姓林？金蓮初次賣入王招宣府學歌舞，王招宣府有林太太，故黛玉姓林，而其舅母即爲王夫人。王夫人係九省都檢點王子騰之妹。王子騰不入《紅樓》，王招宣亦不入《金瓶》。金蓮在王府不久，黛玉在林家亦不久，且同爲追述小時之事。金蓮在王府學歌舞，黛玉在林家上女學，皆相吻合。

因黛玉姓林，故又化出林之孝家的等等一干人。寶玉病中不許人姓林，凡有姓林的都打出去，足見作者對於姓林煞費苦心。

黛玉初見寶玉，寶玉摔玉。金蓮初見西門，是一竿打了頭。此種相見儀節，試一閉目思之，必當失笑。

黛以文學見長之所由

黛之文學優長，皆由《金》書所謂『詩歌詞賦，無所不能』二語化出。《金》第三回王婆道：娘子休推，老身不知你詩詞百家曲兒内字樣，你不知識了多少，如何交人看曆日，既如上所説。然《金》書之如此云云，皆由《水滸》之諸子百家皆通。故《紅》書二十一回，黛玉在寶玉案上翻弄，可巧翻出《莊子》來，提筆續書云：『無端弄筆是何人，作踐南華莊子因。』此諸子也。又黛玉與釵言：『小時偷看許多小説淫書等語，此百家也。』

黛之别字顰顰，蓮邪？瓶邪？故意眩人心目，所謂二而一也。

還眼淚債之所由來

黛玉與帶雨同音，林者淋也，故以淚爲黛之代表。班竹也，手帕也，皆其點綴品也。『梨花一枝春帶雨』，非淚而何？《金》書根據《水滸》，於『哭、泣、號』三字，分晰極清，而以聲淚之有無爲標準。《金》書謂金蓮有聲無淚，故《紅》書偏説黛玉從胎裏便帶了淚來。黛玉前身是金蓮，不肯流淚，故欠下眼淚債，今生來還也。

手帕以眼淚而來小脚從金蓮而來

《紅》書屢言手帕，如寶玉以舊手帕送黛玉，芸兒拾得小紅手帕等等，不一而足，皆從眼淚聯想而來，亦如《金》書屢言綉鞋，皆從小脚聯想而來一樣。

《紅》書唱戲演魯智深醉打山門，其《寄生草》『漫揾英雄淚』云云，是黛玉教給寶玉者。《金》書西門生子加官時唱戲，所唱韓湘子尋叔云『嘆浮生猶如一夢』云云，是金蓮教給西門者。

《紅》三十回紫鵑説：我只當二爺再不上我們的門了。此語殆即指西門與瓶兒中斷消息而言。《紅》五十八回『杏子陰假鳳泣虚凰』，即係指明寡婦嫁人，種種假哭，而故以顛倒鳳凰寫之。又與瓶兒病中夢子虚索命，西門燒化紙錢相似。

寶釵與李瓶兒

寶釵與李瓶兒同一白净，同一富厚，同一好以財物結交人，同一生子，同一與玉苟合於前，嫁之於後，同一住在貼鄰，其所以名釵者，瓶之初贈月娘等是金壽字簪兒。簪者，釵也。又於金玉二字重言，以申明之以見與草木不同也。

寶釵之出閨成大禮以後，夫婦并不甚睦，迥與從前不同，最後却有遺腹一子，即瓶兒入西門以後，種種之不順，却生了一個官哥也。

釵之與簪

簪即釵也，十二金釵、寶釵等等，皆簪之意。瓶兒屢以金頭簪贈人。玉樓之金簪、春梅之金頭簪，皆釵之意。俗者爲釵，雅者爲黛。

寶釵撲蝴蝶，撞見丫頭談秘密事。金蓮亦以撲蝶遇見敬濟。不過一係局外，一係局中。蓋《紅》書之釵，固非金蓮正身也。

綉鴛鴦描摹横陳之所本

《紅》三十六回『綉鴛鴦夢兆絳芸軒』，寶玉在床上睡着了，襲人坐在身旁手裏做針綫，旁邊放着一柄白犀拂塵。寶釵走近前來。（中略）襲人又笑道：姑娘你略坐一坐，我出去走走就來。説着便走了。寶釵只顧看着活計，便不留心一蹲身，剛剛也坐在襲人方纔的所在，因又見那活計實在可愛，由不得拿起針來替他代刺。不想林黛玉却來至窗外，隔着紗窗往裏一看，只見寶玉穿着銀紅紗衫子，隨便睡着在床上，寶釵坐在身旁作針綫，椅邊放着蠅帚子。林黛玉見了這個景兒，連忙把身子一藏，手握着嘴，不敢笑出來，招手兒叫湘雲。湘雲一見，忙掩住口，便拉過他來道：走罷。林黛玉心下明白，冷笑了兩聲云云。按《金》書之描摹横陳，大抵皆用投影法，即所謂藏春芙蓉鏡，如鄆哥之口，和尚之耳，春梅之秋波，貓兒之眼中，鐵棍之舌頭，秋菊之夢内，皆是也。此回釵之代襲而綉鴛鴦，又坐了襲人坐位，却又偏偏令黛、湘二人看見，所謂無巧不成話也。昔人謂《金瓶》善用險筆，《紅》書亦善學用險筆矣。

送宫花之所本

《紅》七回『送宫花賈璉戲熙鳳』，薛姨媽叫香菱把那匣子裏的花兒拿來，香菱答應了，向那邊捧了小錦匣子來。薛姨媽道：這是宫裏頭做的，新鮮樣法堆紗花十二支，交周瑞家的，送三位姑娘，每人兩枝，下剩六枝，送林姑娘兩枝，那四枝給了鳳哥兒罷。王夫人道：留着給寶丫頭戴罷了，又想着他們。薛姨媽道：不知道寶丫頭古怪呢，他從來不愛惜這些花兒粉兒的云云。

《金》十四回，李瓶兒到西門家拜金蓮壽，月娘因看見金蓮鬢上撇着一根金壽字簪兒，便問：二娘你與六姐這對壽字簪兒，是那裏打造的？倒好樣兒。到明日，俺每人照樣也配恁一對兒戴。李瓶兒道：大娘既要，奴還有幾對，到明日每位娘都補奉上一對兒。此是過世老公公御前帶出來的，外邊那裏有這樣範。又云：教馮媽媽附耳低言，教大丫頭迎春拿鑰匙開我房床裏頭一個箱子，小描金頭面匣兒裏，拿四對金壽字簪兒，你明日早送來。又云：只見馮媽媽進來，向袖中取出一方舊汗巾，包着四對金壽字簪兒，遞與李瓶兒。李瓶兒先奉了一對與月娘，然後李嬌兒、孟玉樓、孫雪娥每人都是一對云云。

《紅》所謂花在錦匣子内，即瓶兒之金頭簪在頭面匣兒裏也。御前帶出來的，外邊那有這樣範，即所謂宫裏頭做的新鮮樣法也。十二枝花送三位姑娘，每人兩枝，下剩送林姑娘兩枝，那四枝給了鳳哥兒。《金》書所謂先送金蓮一對，後送月娘及李、孟、孫各兩枝。不獨主客先後皆是參差寫來，抑且輕重分别大概皆合。至寶丫頭不愛惜這些花兒粉兒的云云，正是描寫瓶兒手松慣，以物品結識人也。又予每謂十二釵，即十二簪，而《金瓶》主要只有六人，即月娘、玉樓、金蓮、瓶兒，及嬌兒、雪娥是也。蓋題目三人，書中六人。六者，三之倍；十二，又爲六之倍。今十二枝花，每人兩枝，即十二對折之意。寶釵、瓶兒，本六人之一。今作送花送簪之主人，故送鳳姐四枝，即以之暫代月娘以充此數。

冷香丸方之解釋

冷香丸方用四種花蕊，各十二兩，四種水，各十二錢，盛在舊磁罐内，埋在花根底下。引子十二分，即是花在瓶中之意。舊磁罐者，瓶也。雨露霜雪，一年十二月，瓶中養花之水也。蜂蜜，白糖甜也。黄柏，苦也。言合成丸時，是甜；而服用時，是苦；皆到十二分也。一二年間，配成一料，埋在梨花樹下，即言瓶兒一二年間造成此事，便把花子虚活埋了也。改嫁之瓶，非舊磁罐而何？

四種花名之用意

冷香丸方四種花名，亦非偶然。荷即蓮也。芙蓉即是瓶兒梅，即春梅。春天之牡丹，乃假托花王之意，《金》之月娘，《紅》之元春，即所謂上頭穿黄袍的，纔是姐姐也。寶釵竹夫人一謎，於瓶兒一生描寫不遺，亦即釵之自道，可以證釵、瓶原是一人之説。

寶釵生日之原因

《紅》二十二回，鳳姐與賈璉互商爲寶釵作生日，説大又不是，小又不是。蓋指瓶兒未入門以前，曾作生日一次，所謂妾身未分明也。

羞籠紅麝串，見寶釵白膀子；大鬧葡萄架，見瓶兒白屁股。

梨香院之方位

瓶兒獅子街房子，後墻緊靠王皇親花園。又花家大宅，賣與王皇親爲業，小宅在西門緊鄰。案梨香院與省親别墅貼鄰。獅子街者，榮寧街也。榮府非皇親乎？省親别墅非皇親花園乎？梨香院非薛大姑娘所住乎？獅子街房屋非瓶兒之故居乎？

蘅蕪之解釋

花家原在隔壁，故釵先住梨香院。花二娘改嫁西門，故釵後入賈府。梨、李同音，香者瓶之特長，蘅芷者香草也，藥名也。瓶之一生，於香料藥品具有因緣，故居之於『蘅芷清芬』，字之以蘅蕪君。蘅蕪者，蘼蕪也。『上山採蘼蕪，下山逢故夫』，言瓶兒之有故夫也。

《紅》七回蘅蕪院種許多香草，并言可以入藥。薛大姑娘又常服冷香丸，即謂瓶兒熱心多情，多病服藥，又嫁與醫生蔣竹山也。此皆是由《水滸》西門藥店而來。釵、玉結合以後，天不以先天，以金錢不以情義。《金瓶》西門之於瓶兒，正是如此。故於瓶之嫁，瓶之死，隱然以正式許之，而《紅樓》之捨黛而釵，與彼一轍。

寶釵何以有熱毒

寶釵從胎裏帶來一般熱毒，故必服冷香丸。此即從《金瓶》之熱結冷遇而來。如此之好女兒，却從胎裏帶來熱毒，試一閉目思之，尤當失笑。

寶釵與寶玉初見

寶釵與寶玉初見，交换金玉二品，與黛玉初見摔玉，又是不同。證以後來，釵、玉二人種種事實，則此次交换之内幕，試再閉目思之，尤當失笑。

寶玉歷次之炫玉

寶玉到襲人家，亦曾以玉交襲人傳觀。此處與玉、釵相見同一寫法。然則，其視釵爲何如人？弄玉又爲何如事？試再閉目思之，尤當失笑。

以偷香對竊玉切實發揮

一部《紅樓》，無非偷香竊玉。所謂偷香玉者，乃合寫耳。其偷香一事，則以寶釵爲正寫，又復旁敲側擊以寫之。《紅》三回，賈芸將香料、冰麝等物送與鳳姐一段，即是《金》十六回瓶兒將床後藏着的沉香、白蠟、水銀、胡椒等物搬出來，交西門秤了斤兩賣了銀子云云。兩書均是實寫偷香二字，不過《金》順寫，而《紅》倒寫耳。芸兒之芸字，亦是香料。不然，端午節可送之禮甚多，何必單送香料，又何必編排一大篇，説是送的、轉賣的云云乎哉！

芸兒拾小紅手帕一段，極似《金》書敬濟拾着金蓮綉鞋。此事《紅》書有墜兒經手，《金》書有鐵棍經手。

賈珍與可卿之關係

《紅》十三回秦可卿之死，賈珍哭的淚人一般，正和賈代儒等説道：合家大小，遠近親友，誰不知我這媳婦比兒子還强十倍，如今伸腿去了。可見這長房内絶滅無人了。説着又哭起來。衆人忙勸道：人已辭世，哭也無益。且商議如何料理要緊。賈珍拍手道：如何料理，盡我所有罷了。又云賈珍此時恨不能代秦氏之死云云。按焦大口中所謂『爬灰的爬灰』，即指賈珍而言。而《紅》書中惟此一段，是正寫此事。其在《金》書中於金、梅等人，皆無此事，而於瓶兒則有若隱若現之語，亦以紗籠法寫之。如《金》十回叙瓶兒出身一段云，花太監死了，一分錢多在子虚手裏。十四回瓶兒道：這都是老公公在時，梯已交與奴收着之物。他一字不知，大官人只管收去。又云：俺過世公公有四個侄兒，俺這個名花子虚，都是老公公嫡親的。雖然老公公挣下這一分錢財，見我這個兒不成器，從廣南回來，把東西只交付與我手裏收着。着緊還打躺棍兒，那三個越發打的不敢上前。去年老公公死了，這花大、花三、花四，也分了些床帳家伙去了，只現銀子一分兒没曾分得云云。可以證明瓶兒對於老公公感情之厚，遠勝子虚。即可知老公公之愛瓶兒十倍子虚。然則《紅》書所謂媳婦比兒子還强十倍者，其有所本，不問可知。至猥褻之事，雖出焦大之口，却無明文。而《金》十三回，西門袖中取出李瓶兒交來春册，説是他老公公内府畫出來的云云。《紅》書即由此語，指爲有猥褻情事矣。又賈珍云：伸腿去了，絶滅無人等語，即西門所謂他又伸長腿去了，我還活在世上做什麽也。

叔公與侄婦之關係

《金》書明言花子虚是老公公之第二侄兒，《紅》書叙寶玉睡可卿床上「初試雲雨情」。十三回寶玉夢中聽見秦氏死了，連忙翻身爬起來，只覺心中似戳了一刀的，不忍哇的一聲，直奔出一口血來云云。是寫可卿與二叔公有曖昧事情。排行雖倒，事實則一。

《紅》十三回秦可卿將死，鳳姐做夢，與他説了許多的話。《金》六十一回，瓶兒將死，迭次夢見花子虚索命，并抱着死了的官哥來招瓶兒去住云云。此是同一將死朕兆。

可卿壽木與瓶兒壽木

又看板時，幾副杉木板皆不中用，可巧薛蟠來吊問，因見賈珍尋好板，便說道：我們店内有一副板，叫作什麽檣木，出在横海鐵網山上，作了棺材，萬年不壞。這還是當年先父帶來，原係義忠親王老千歲要的，因他壞了事，就不曾拿去，現在還封在店内，也没有人出價敢買。你若要，就抬來便罷。賈珍聽説，喜之不盡，即命人抬來。大家看時，只見幫底皆厚八寸，紋若檳榔，味若檀麝，以手扣之，玎璫如金玉，大家都奇異稱贊。賈珍笑問：價值幾何？薛蟠笑道：拿一千兩銀子來只怕也没處買去云云。

《金》六十二回瓶兒死了，西門慶叫陳敬濟同賁四去看板，回話説看了幾副板，都中等，尚舉人家有一副好板，原是尚舉人父親在四川成都府做推官時帶來，預備他夫人的，兩副桃花洞，他使了一副，只剩下這一副，墻磕底蓋堵頭俱全，共大小五塊，定要三百七十兩銀子。喬親家與做舉人的講了半日，只退了五十兩銀子。比及黄昏時分，只見抬板進門，果然好板，隨即叫匠人鋸開，裏面噴香，每塊五寸厚，二尺五寸寬，七尺五寸長，看了滿心歡喜云云。

所謂賈珍笑問，即滿心歡喜也。至同是父親帶來，同是有主之物，同一説明尺寸，同一説明香味，更可一目了然。

會芳園賞花之所由

《紅》五回，東邊寧府花園内梅花盛開，賈珍之妻尤氏乃治酒請賈母、邢夫人、王夫人等賞花。又云賈母等於早飯後過來，就在會芳園游玩一時，寶玉倦怠欲睡中覺，賈蓉之妻秦氏便忙笑回道：我們這裏有給寶叔收拾下的屋子云云。

《金》十三回『李瓶姐墻頭秘約』，九月重陽，花子虚假着節下，叫了兩個妓者，具柬請西門慶過來賞菊。到掌燈之後，西門慶忽下席來外邊解手，不防李瓶兒正在遮槅子邊站立偷覷，兩個撞了個滿懷。西門慶回避不及，婦人走到西角門首，暗暗使綉春黑影裏走到西門慶跟前低聲説道：俺娘使我對西門爹説，少吃酒，早早回家，晚夕娘如此這般和西門爹説話哩。西門慶聽了歡喜不盡，回來到席，只推做打盹，故意東倒西歪，教兩個扶歸家去了。又云西門慶推醉到家，暗暗扒過墻來，這邊已安下梯子，迎接進房中云云。

按《紅》之所謂賞花，即賞花家之尤物，爲梅，爲菊，不過借作名頭耳。會芳園之名，亦寓幽會之意。至寶玉一時倦怠，欲睡中覺，正是西門在席上妝睡，東倒西歪。秦氏忙説：我們這裏有給寶叔收拾下的屋子云云，明明是説妝睡離席之後，便扶到秦氏房中也。此段叙東邊有花園，東鄰設宴，臨席倦怠，扶入閨房，兩書如出一手。固不待《紅》書下文作種種點綴，即知其必有故事矣。

《紅》五回第二支『空對着山中高士晶瑩雪，終不忘世外仙姝寂寞林，嘆人間美中不足今方信，縱然是齊眉舉案，到底意難平』云云，《金》書謂既有金蓮，復娶瓶兒，而待以正室之禮，所謂齊眉舉案，到底意難平。《紅》所謂見了姐姐，忘記了妹妹云云，此詞之對雪不忘林，適得其反。但在事實上，寶玉娶了寶釵，却又有候芳魂之事。蓋《紅》之黛死釵合，又適與《金》之瓶死蓮留爲相反耳。

可卿喪事與瓶兒喪事逐事之比較

《紅》十三回之叙可卿喪事，極力鋪排，不但突過鳳姐等人，且較賈母爲闊綽詳盡。若按輩分支派言之，無論如何，不應將此事如此叙法。然則，作者深意可想而知。此數回之所本，全在《金》書六十三四等回之叙瓶兒喪事，今姑舉其例如下：

《紅》書歷叙侯伯世交之吊奠，《金》書歷叙喬皇親、宋御史、黄主事、杜主事、兩司八府官員，及吴道官、本縣知縣等十餘起之祭禮，其證一。

《紅》書秦氏丫環名唤瑞珠者，見秦氏死了，觸柱而亡，賈珍以孫女之禮殮殯。小丫環名唤寶珠者，願爲義女，誓任摔喪駕靈之任，從此皆呼寶珠爲小姐。那寶珠按未嫁女之喪，在靈前哀哀欲絶，於是合族人丁并家下諸人各遵舊制行事，自然不得紊亂云云。《金》六十三回瓶兒死了，强陳敬濟做孝子。又云合家大小都披麻帶孝，陳敬濟穿重孝絰巾。又云西門慶與陳敬濟穿孝衣，在靈前還禮，其證二。蓋寶珠自充義女，便取得小姐資格；敬濟自做孝子，便在西門家當家也。

這四十九日，單請一百單八衆禪僧，在大廳上拜大悲懺起度前亡後化，以免亡者之罪。另設一壇於天香樓上，是九十九位全真道士，打四十九日解冤洗孽醮云云。可卿既是大家家媳，又有何等冤孽？賈門世禄之家，前亡後化，又有何罪？《金》書於瓶兒臨終夢見花子虚索命，六十二回潘道士遣將拘神之後，説爲宿世冤恩訴於陰曹，非邪祟也，又二十七盞本命燈盡皆刮滅云云，皆指冤孽而言。瓶兒喪事之中，請報恩寺十一衆僧人先念倒頭經，又玉皇廟吴道官受齋請了十六個道衆在家中揚幡修建齋壇，又門外永福寺道堅長老領十六衆上堂僧念經云云，皆是。其證三。

《紅》書鋪排喪儀題銜捐官，與《金》書如出一手，《紅》書之誥授賈門秦氏宜人之靈位，即《金》書之誥封錦衣西門室人李氏柩也。其證四。

《紅》十三回『王熙鳳協理寧國府』，固以見鳳姐理事之才，亦以見東府辦事之鄭重。《金》書之叙瓶兒喪事，與應伯爵定管喪禮簿籍，先兑了五百兩銀子一百吊錢來，委付韓伙計管帳，并派各項執事人等，與《紅》書所叙大同小異。其證五。

《紅》十三回秦可卿死封龍禁尉，賈蓉捐官，專作喪事風光，此中具有深意。賈家固是世禄，然秦氏不過一家孫婦，必須兒夫官銜，方是切身榮顯，殊不知此全從《金》書之題作錦衣云云内化出。蓋西門暴發，而妻妾中之得用頭銜，只此一次。賈家世胄，而婦女之得用頭銜，亦只此一次。錦衣與龍禁尉，同一性質，更不待言。《紅》之回目，竟謂秦可卿受封，可稱史筆。其證六。

《紅》十四回『北静王路祭』一段，按《金》六十五回瓶兒之殯，走出東街口，西門慶具禮請玉皇廟吴道官來懸真身，穿大紅五彩鶴氅，頭戴九陽雷巾，脚登丹舄，手執牙笏，坐在四人肩輿上，迎殯而來，將李瓶兒大影捧於手内，陳敬濟跪在面前，那殯停住了。又云吴道官念畢，端坐轎上，那轎卷坐退下去了。這裏鼓樂喧天，哀聲動地，殯纔起身云云。試以吴道官作爲北静王，閉眼揣想當日情形，如出一轍。其證七。

五兒承錯愛之由來

《紅》百零九回『候芳魂五兒承錯愛』有云：一心移在晴雯身上去了。忽又想起五兒，給晴雯脱了個影兒，因又將想晴雯的心腹移在五兒身上，自己假妝睡着，偷偷的看那五兒，越瞧越像晴雯云云。又云五兒聽見寶玉唤人，便問道：二爺要什麽？寶玉道：我要嗽嗽口。五兒見麝月已睡，只得起來，重新剪了蠟花，倒了一鐘茶來，一手托着嗽盂。却因趕忙起來的，身上只穿着一件桃紅綾子小襖兒，鬆鬆的，挽着一個髻兒。寶玉看時，居然晴雯復生云云。《金》六十五回西門慶晚夕還來李瓶兒房中，要伴靈宿歇。奶子如意兒在無人處，常在跟前遞茶遞水。這日夜間要茶吃，叫迎春不應，如意兒便來遞茶。因見被拖下炕來，接過茶盞，用手扶被，西門慶一時興動云云。又六十七回西門慶説：我兒，你原來身體肉皮也和你娘一般白净。我摟着你，就如和他睡一般。又七十五回如意兒說：我娘家姓章，排行第四，今三十二歲。又云一面口中叫他章四兒云云。柳五兒即章四兒，所謂章台柳也。至《紅》目之『候芳魂五兒承錯愛』，《金》目之『守孤靈半夜口脂香』，殆所謂二而一矣。

照風月鑒之與磨鏡

《紅》書點醒關目，在賈天祥正照風月鑒。《金》書點醒關目，在五十八回孟玉樓周貧磨鏡。而《紅》書五回寶玉入太虛幻境見了册子，檃括全書。即《金》二十九回吳神仙冰鑒定終身，將書中要人全予提明。同用鏡子，同一點法。

鐵檻寺弄權一案之真相

《紅》十五回『王鳳姐弄權鐵檻寺』，老尼道：阿彌陀佛，只因當日我先在長安縣内善才庵内出家的時節，那時有個施主，姓張，是大財主。他有個女兒，小名金哥。那年都來我廟裏進香，不想遇見了長安府府太爺的小舅子李衙内。那李衙内一心看上要娶金哥，打發人來求親。不想金哥已受了原任長安守備的公子的聘定。張家若退親，又怕守備不依，因此說已有了人家。誰知李公子執意不依，定要娶他女兒。張家正無計策，兩處爲難，不想守備家聽了此信，也不管青紅皂白，便來作踐辱罵一個女兒許了幾家，偏不許退定禮，就打起官司，告狀起來。那張家急了，只得着人上京來尋門路，賭氣偏要退定禮。我想如今長安節度云老爺與老爺最契，求云老爺和那守備説聲，不怕那守備不依云云。按此一段影影幢幢，不啻將《金瓶梅》撮要重叙了一遍。財主姓張，非張大户乎？女兒金哥，非了頭金蓮乎？李衙内看上金哥，執意定要娶他，彼看上孟玉樓，非娶不可者，非李衙内乎？《紅樓》全書，只此處見衙内頭銜。蓋係宋人稱呼，故意透露以示與《金》書有關之痕迹。金哥已受張守備家的聘定，《金》書春梅非改嫁與周守備乎？《金》書諸婦女，那一個不是一個女兒許了幾家乎？打官司告狀上京尋門路之事，《金》書中如花子虚、西門慶諸家，非因打官司告狀着人上京尋門路之事不一而足乎？長安節度云老爺與老爺最契，《金》書之云裏守，非由十兄弟而出山做官，官至參將，與月娘做了親家，爲全部《金瓶》最後之結束乎？以上種種，特借一老尼口中隱約傳出。所以必借老尼者，《金瓶》全書非以好善看經作結乎？

《紅》十五回『王熙鳳弄權鐵檻寺』，《金》四十七回，王六兒受賄，向西門關説苗青人命一案，亦在上墳之前。

燒糊卷子

《紅》四十三回『閒取樂攢金慶壽』，是在賈璉與鳳姐反目以前。《金》二十一回孟玉樓等凑分子以賞雪爲名，爲西門慶與月娘重諧作賀，是在反目以後。《紅》四十六回鳳姐説『我與平兒一對燒糊卷子』，此語《金》四十一回春梅亦曾説過。又鳳姐自謂『張道士説叫我修修壽』，《金》書金蓮亦説『前日道士説我短命呢』。

可卿、鳳姐之病，均是血山崩，與李瓶兒一樣。

協理寧國府之所由

《紅》十四回來升傳齊同事人等説道：那是個有名的烈貨臉酸心硬，一時惱了，不認人的。又云鳳姐兒見自己威重令行，心中十分得意。又云登時放下臉來，喝命帶出打二十板子，一面又擲下寧國府對牌，出來説與來升革他一月飯米。

《金》六十四回玳安説：只是五娘和二娘慳吝的緊，他當家俺們就遭瘟來，會着買東西也不與你個足數，綁着鬼一錢銀子只稱九分半，着緊只九分俺每莫不賠出來。又云只是五娘行動，就説你看我對爹説不説，把這打只提在口裏。又云如今六娘死了，這前邊又是他的世界。明日那個管打掃花園乾净不乾净，還吃他罵的狗血澆了頭哩云云。

然則，熙鳳之協理寧國府，殆即金蓮於瓶兒死後大肆凶毒之化身。

《紅》六十五回，小斯興兒在尤二姐家中，一長一短問答家中上下人等性情脾胃，無不形容酷肖，而對於鳳姐之狠毒，尤屬不留餘地。按《金》六十四回傅伙計與玳安抵足所談西門家中一切内容，與《紅》書如出一手。其贊揚瓶兒處，即《紅》書之奉承尤二姐；毒罵金蓮處，即《紅》書之毒罵鳳姐。不過《金》全是背後，而《紅》作面諛耳。

吃猴子尿

《紅》五十四回賈母說笑話，有吃猴子尿云云。《金》書歷記金蓮、六兒、如意兒等人皆有喝西門之尿之事。

鮑二家的與宋蕙蓮

《紅》四十四回鳳姐潑醋一段，鮑二家的之爲宋蕙蓮固無疑義。《金》二十二回，西門初令玉簫送緞子，約其來會。又三十五回，六娘下棋，忽然早散，見玉簫攔着門，被金蓮尋着，蕙蓮一溜煙去了。金蓮發狠，要把奴才臉打的脹猪頭紅云云。《紅樓》鳳姐之於鮑二家的，却真打了。落後蕙蓮吊死，鮑二家的亦是吊死。

鳳姐與王六兒

《紅》三回，賈母説鳳姐是我們這裏有名的一個潑皮破落户兒。南省俗謂作辣子，你只叫他鳳辣子就是了。又云就是二舅母王氏之内侄女，自幼假充男兒教養。又云身量苗條，體俗風騷云云。《金》三十七回之叙王六兒，生的長挑身材，紫膛色瓜子臉，描的水鬢長長的。又云他是後街宰牲口王屠的妹子。又三十八回，棒棰打搗鬼云云。皆所謂有名的破落户。至王六兒，但凡交媾，只要教漢子干他後庭花，殆所謂假充男子者歟？

《紅》之評鳳姐曰：臉酸心硬，有殺伐。又曰潑辣貨辣子云云。試問非金蓮何人足以當此？

鳳姐與《金》之王六兒姓同，嗜利同，偷小叔同（鳳之於寶二，於瑞，王六之於韓二搗鬼），生一女同（鳳生巧姐，嫁一鄉人；六生愛姐，嫁翟管家）。巧姐七月七日生，愛姐五月五日生，均以生辰爲名，又同。

鳳姐失勢之後，以歷劫返金陵結之。王六兒後來非南行作種種醜事乎？

李紈與孟玉樓　李紈孟玉樓之於李師師

李紈即《金瓶》之孟玉樓。而李、孟二人，皆即李師師。按《李師師傳》：師師染師女，故玉樓之前夫爲一販布人，而家中有靛缸、打布橙等染具。宋道君幸師師家，賜以『金勒馬嘶芳草地，玉樓人醉杏花天』之畫，玉樓簪上鐫此二語。《金》書於此一簪，屢屢提及。師師之自殺以簪故，玉樓亦以簪著。玉樓之簪高插在頭上，李紈之簾高挑在屋上，所謂二而一者也。師師不屈於金人，完節而死，故玉樓之入《金瓶梅》係一寡婦，李紈之入《紅樓夢》亦然。至李紈之『杏簾在望』，明係玉樓之簪上詩意。而師師家有道君賜『醉杏樓』額。幸者，杏也，故『杏簾在望』，有此意焉。紈者，完也。李即李衙内之李。《金瓶》以李衙内結孟玉樓，故即以李紈爲玉樓。

孟樓之親姑娘姓楊，改嫁而終於李，皆是杏之類。

《金瓶梅寓意説》：玉樓簪上鐫『玉樓人醉杏花天』，來自楊家，後嫁李家，遇薛嫂而受屈，遇陶媽媽而吐氣，分明爲杏無疑。杏者，幸也。身毁名污，幸此殘軀留於人世，嫁於李衙内，而李貴隨之，李安往依云云。此李紈所以爲玉樓化身，而必姓李也。

《紅》十七回游大觀園至稻香村，有幾百株杏花，編就兩溜，青籬之外，山坡之下，有一土井。又云莫若直書杏花村。又云紅杏梢頭挂酒旗云云。

《金》七回，西門到南門外楊家門首，下馬進去，裏面儀門照墻、竹搶籬影壁，院内擺設石榴樹盆景，臺基上靛缸一溜，打布凳兩條。薛嫂推開朱紅槅扇三間，倒坐客位，上下椅桌光鮮，簾櫳瀟灑云云。

《紅》書於杏字再三點醒，《金》書於玉樓來處另用村景寫之，故杏花村爲玉樓所居，毫無疑義。孟玉樓有一姑母，殆即李嬸娘之流。

元春之與吴月娘

《紅》十八回慶元宵賈元春歸省，其時則爲元宵，其地則爲别墅，其人則爲大姐姐，其客則爲全家女客，而男人亦在其中。《金》十五回『佳人笑賞玩燈樓』，是吴月娘率領諸姬妾到獅子街李瓶兒家，即西門外家，將來之閒房，看燈後來西門，又往他那裏去了。按外家非别墅而何？此段在《紅樓》爲極盛時代，在《金瓶》亦是如是，大有出峽樓船，帆檣乍整之勢。

《紅》八十六回算命的説，元妃是個貴人，不能在府中。按《金》書十一回，吴月娘居大，常有疾病，不管家事云云。按之此語，無不吻合。

元春是正月初一生日，吴月娘是八月十五生日，皆以生日爲名。又王夫人是三月一日生，蓋言王字是三横一直也。

《紅》書十六回『賈元春才選鳳藻宮』，原來《金》書之吳月娘是屬小龍的。元妃歸省與寶玉最昵，攜手入懷，撫其頭頸。其西門與月娘，重修舊好之謂歟？元妃出面，只有一度，而月娘好合得胎，亦即一次。

迎春與李嬌兒　司棋與夏花

『惑奸讒抄檢大觀園』，即《金》四四回侍女偷金。《紅》書迎春二姑娘之婢司棋是犯人，《金》書二娘李嬌兒之婢夏花是犯人。李者，木也，故迎春號二木頭，夏之序爲第二，棋亦爲第二。《金》四三回西門吩咐月娘，把各房丫頭叫出來審問審問，我使小廝買狼筋去了。李嬌兒没的話說。《紅》書迎春看《感應篇》，即是此段。《金》又云李桂姐唆夏花云云，極似探春打王善保家的一段。

狼筋

《金》四四回，小玉說，夏花兒聽見娘說，爹使小廝買狼筋去了，唬的他要不的，在厨房問我，狼筋是什麽？教俺和衆人笑道：狼筋敢是狼身上的筋？若是那個偷了東西，不拿出來，把狼筋抽將出來，就纏在那人身上，抽攢的手脚兒都在一處。他見咱說，想必慌了。按《酉陽雜俎》：狼筋在脞中，大如鴨卵，有犯盜者，薰之令其攣縮。或云狼筋狀如繊絡，小囊蟲所作也。王阮亭《分甘餘話》亦載此事。《兩般秋雨庵隨筆》卷五山舟學士舊藏蟲窠一枚，云太翁蕺林編修公，以圍棋決賭，得之嚴氏者。嚴氏自何處來，未曉也。其色棗赤，狀之大小長短，亦絶似，不鏤自雕，如細目之綱，緣督爲經，又若小口之囊，一面附着樹枝處，痕深陷而直貫徹上下，以是則知爲蟲所結也。學士殁後，是物爲張岐山少尉問萊乞去，攜入川中矣。許周生駕部宗彦云：是物名狼巾，不知所據。按狼巾，即狼筋，《金瓶》謂爲治盜物之婢所用，想見彼時刑官知有此物。西門身爲刑官，故其家人亦知有此物。但未見原物耳，爲考抄檢大觀園，故連類及之。

探春與孟玉樓

探春亦指孟玉樓。孟者，夢也。鄭人夢鹿，故别號蕉下客。又説一只鹿牽了去，炖了脯子來吃。玉樓有簪挑出，故曰探春。簪能刺，故曰玫瑰花，有刺。四春，惟探有母，好小利而不賢，指孟有楊家親姑娘，好小利而不賢。後來探春出嫁，又專以當家見長，亦與玉樓相合。探春曾與李紈同當過家，二人同是孟玉樓化身，故同辦一事。秋爽齋之秋，即第三之符號，玉樓固是西門第三妾也。

探春何以爲庶出

玉樓出身正室，後嫁李衙内又係正室，只在西門家却做了第三房，故《紅》於探春列爲第三，謂其嫁了三次也。與嫡出同等看待，却又時時揭挑出他是庶出，即是現爲第三房之證，所謂老鴰窠裏出鳳凰者謂。雖係第三房，以前以後均是正室也。至李衙内原籍棗强，過了黄河還有七百里，探春遠嫁殆即指此。

惜春與孫雪娥

《紅》之四姑娘惜春，生性好佛。百十四回賈母出殯，包勇見一個女尼，帶了一個道婆到園内，扣門説道：今日聽得老太太事完了，不見四姑娘送殯，想必是在家看家。想他寂寞，我門師父來瞧他一瞧云云。《金》六十五回徐陰陽擇定辰時起棺，西門慶留下孫雪娥并二女僧看家云云。此是明點惜春即是雪娥。至雪、惜同音，同是行四等證據，更不待論。

妙玉遭劫與孫雪娥被拐　鐵門檻之寓意

《紅》百十二回『活冤孽妙尼遭大劫』，將妙玉輕輕的抱起，輕薄了一會子，便拖起背在身上，來到園後墻邊，搭了軟梯爬上墻，跳出去了云云。《金》九十回『來旺盗拐孫雪娥』，來旺兒踏着梯橙，黑影中扒過粉墻，雪娥那邊用凳子接着，兩個就在西耳房干畢云云。又約定來旺兒在來昭屋裏等候。兩個要走，來昭便説：不争你走了，我看守大門管放水鴨兒，若大娘知道問我要人怎了？不如你每打房上去，就蹦破些瓦，還有蹤迹云云。即其證也。至惜春與妙玉爲交至密，幾如一人，其爲一人化爲二人，殆無疑義。妙玉最喜之詩是『縱有千年鐵門檻』，故自稱爲檻外人。雪娥結果非逾墻而逃乎？謂縱有鐵門檻，亦攔不住也。

妙玉烹茶之有本

《紅》四一回『寶玉品茶櫳翠庵』，妙玉用雪水烹茶餉客，何等清雅高潔。然《金》書之孫雪娥，單管率領家人媳婦在厨中上竈，打發各房飲食。譬如西門慶在那房裏宿歇，或吃酒，或吃飯，或造甚湯水，俱經雪娥手中整理，那房中丫頭自往厨下去拿，見《金》十一回。妙玉、惜春同是雪娥化身，故必以造茶寫之，雪水映之，方不負題。

《紅》四十二回惜春畫圖，寶釵開畫具單内，有羅篩、乳鉢、碗碟、沙鍋、風爐、水桶、磁缸、桴炭、生姜、醬等物，黛玉説炒顔色吃云云。此正是點明惜春是雪娥化身。雪娥管厨房造茶湯，固必須上項什物也。

柳五嫂之與孫雪娥

《紅》六十一回柳五嫂管厨房一段情形，即是《金》書孫雪娥一分職務。此回開首柳家的笑道：好猴兒崽子，親嬸子找野老兒去了，你豈不得了一個叔叔云云，即是《金》書孫雪娥偷來旺兒，所謂『人家養漢養主子，你養漢養奴材』者也。

湘雲之與李桂姐

湘雲姓史，是史太君娘家人，來往於諸姊妹間，却又不能久住；其才藻似黛玉，故於詩社頗能出一頭地；其大方似寶釵，故絳紋石戒指四個一送，大博姐姐、妹妹及衆丫頭歡心；殆即《金》書中之李桂姐乎？桂姐之姑母李嬌兒，非西門之第二房乎？非與桂姐同是裏邊人物乎？《紅》二十一回湘雲替寶玉梳上頭，殆即《金》書十一回西門慶梳籠李桂姐。《紅》書六十二回史湘雲醉眠芍藥裀，即《金》書五十二回之山洞戲春嬌也。

《紅》六十二回『史湘雲醉眠芍藥裀』，係從拜壽起頭，探春笑道：一年十二個月，月月有幾個，人多了，便這等巧，也有三個一日的，大年初一也不白過。大姐姐佔了去，怨不得他福大，生日比別人佔先云云。

《金》五十二回月娘對李桂姐道：前月初十日，是你姐姐生日，過了這二十四日，又是你媽的生日了。原來你院中人等，一日害兩樣病，做三個生日。日裏害思錢病，黑夜害思漢子的病，早辰是媽的生日，晌午是姐姐生日，晚夕是自家生日，怎的都擠在一塊兒云云。

按此即《紅》書所謂三個一日也。此日是寶玉、平兒、寶琴、岫煙四人同生日。後來飲酒，行令插科，忽然不見了。湘雲只當他外頭自便就來，誰知越等越没了影兒，使人各處去找，那裏找得着。（中略）只見一個小丫頭笑嘻嘻的走來説：姑娘快瞧，云姑娘吃醉了，圖凉快，在山子後頭一塊青石板橙上睡着了。衆人走來看時，果見湘雲卧於山石僻處一個石橙子上，業經香夢沉酣，四面芍藥花飛滿了一身，滿頭臉衣襟皆是紅香散亂。（中略）心中反自覺慚愧，早有小丫頭端了一盆洗臉水云云。《金》五十二回官哥剃頭，西門慶在花園請客，桂姐遞酒唱曲，伯爵打諢，又與桂姐打雙陸，西門慶遞了個眼色與桂姐，就往外走。桂姐也走出來，在太湖石畔推摘花兒也不見了。伯爵與希大一連打了三盤雙陸，等西門慶不見出來，問畫童兒道：你爹在後邊做什麽哩？畫童兒道：爹在後邊就出來了。原來西門慶在木香棚下，看見李桂姐就拉到藏春塢雪洞兒裏，把門兒掩着，坐在矮床兒上。（中略）不想應伯爵到各亭兒上尋了一遭，尋不着，打滴翠岩小洞兒裏穿過去，到了木香棚，抹過葡萄架，到松竹深處藏春塢，隱隱聽見有人笑聲，又不知在何處，被伯爵猛然大叫一聲，推開門進來，看見西門慶把桂姐正干得好，説道：快取水來潑潑云云。

按《金》書寫『花遮柳隱』，於此間『香夢沉酣』，自無異説；其一路插科打諢，亦復相同；甚至取水潑潑，亦無遺漏；可謂如出一手。

湘雲之與雲兒與李桂姐之關係　女兒詩之細評

《紅》二十八回馮紫英家吃酒，娼優齊集，玉菡與云兒并稱，人但知玉菡換汗巾應注意，不知此回之雲兒亦甚出色。試看開場即是雲兒唱，後又照大家一樣唱了，説了。這頭一支唱的是『兩個冤家』，豈非明點《金》書争鋒鬧花院一回乎？《金》書謂西門包佔桂姐，因不常去，又接了丁二官，西門窺破，大起風波，即所謂拿住三曹對案，我也無回話也。寶玉之四女兒詩，是渾括的，第一句『青春已大守空閨』，是言空房難獨守，泛論《金》書之寡婦嫁人。第二句『悔教夫婿覓封侯』，謂西門得官。第三句『對鏡晨妝顏色美』，謂後房充牣，争妍取憐。第四句『鞦鞦韆架上春衫薄』，謂墻茨不掃，已有帷薄不修之兆。《金》五十二回金蓮、瓶兒、春梅等人打鞦韆，陳敬濟送之是也。『滴不盡相思血淚拋紅豆』一曲，則總括全書。諸美之閨情綺怨而分寫之，其門杯之『雨打梨花深閉門』，則指明失信瓶兒，閉門不納，以渡入下段。馮紫英與馮媽媽同姓，故所説女兒詩，全爲瓶兒而設。第一句『兒夫染病在垂危』，花子虛因氣喪身也。第二句『大風吹倒梳妝樓』，瓶兒離了獅子街妝樓，嫁與西門作妾也。第三句『頭胎養個雙生子』，瓶兒入門不久便生官哥。雙生者，血統不正，蓋官哥之爲何人種子，尚不可知也？第四句『私向花園掏蟋蟀』，謂瓶兒入門不見禮重也。『你是個可人』一曲，指瓶兒情感西門而言。又以『門杯鷄聲茅店月』，點醒戴月披星，以結瓶兒一段。以下又入云兒四句，全係勾欄人語，即指李桂姐等人而言。湘雲一名雲兒，此其所以爲李桂姐化身也。『荳蔻花開三月三』一曲，即指梳籠李桂姐而言。終之以『桃之夭夭』者，指西門死後，李桂姐串同李嬌兒，席卷而逃一段故事也。薛蟠是武大化身，故其四句，明説金蓮嫁了武大，又叫西門踢死，貪淫改嫁一段事實。『蚊子蒼蠅』者，言其毒嘴傷人，讒邪污白也。玉菡四句，似爲宋蕙蓮而作。第一句『丈夫一去不回歸』，言來旺被發配而蕙不知也。第二句『無錢去打桂花油』，言『豈無膏沐，誰適爲容』也。第三句『燈花并頭結雙蕊』，言外遇孔多也。第四句『夫唱婦隨真和合』，言雖不貞，却爲本夫而死也。『可喜你天生百媚嬌』一句，又似爲春梅而設，借以渡到襲人。所謂配鸞鳳真也，著者指春梅後來作夫人，襲人亦作蔣家正頭娘子也。終之以『花氣襲人知晝暖』點醒本題，將人名揭破而止。

此回開首，由怡紅院不開門寫入，足見正在西門。閉門不納瓶兒，瓶兒誤嫁蔣竹山之時，以時考之，玉菡、竹山不無關合。

薛姨媽之與王婆

《紅》八回『賈寶玉奇緣識金鎖』，且說寶玉來至梨香院中，先入薛姨媽室中，見薛姨媽打點針黹與丫環們呢。寶玉忙請了安，薛姨媽忙一把拉了他拖入懷内，笑説：這麽冷天，我的兒，難爲你想着來，快上炕來坐着罷！命人倒滚滚的茶來，寶玉因問：哥哥不在家？薛姨媽嘆道：他是没籠頭的馬，天天逛不了，那裏肯在家一日！寶玉道：姐姐可大安了？薛姨媽道：可是呢。你前兒又想着打發人瞧他，他在裏間呢。你去瞧他，裏間比這裏暖和，那裏坐着，我收拾收拾就進來，和你説話兒云云。按薛姨媽即王婆。他娘家本是姓王，證一。寶玉入室，即西門入王婆茶店，證二。打點針黹與丫環，即王婆請金蓮裁縫壽衣，證三。呼寶玉爲我的兒，王婆有干娘之目，證四。倒茶來吃，即王婆點茶與西門，證五。哥哥不在家，即武大出門賣炊餅，證六。寶姐姐在裏間屋，金蓮即在隔壁，證七。我收拾收拾就來，王婆爲武家收拾已非一次，證八。薛姨媽口吻，已承認寶玉專爲寶釵而來，王婆之於西門，亦是如此，證九。此次金、玉相逢，即是苟合之初步，而寶、黛、釵三人飲酒，亦即茶店飲酒，外間下雪，又點逗雪中戲叔一段情事。

《紅》五十七回『慈姨媽愛語慰癡顰』，黛玉説：寶姐姐見了姨媽就撒姣兒，分明是氣我没娘之人。又云：明日就認姨娘做娘。薛姨媽道：你不厭我就認了。（中略）寶釵笑道：真個媽媽明日和老太太求了聘，作媳婦云云。《金》書之王婆非金蓮之乾媽乎？金蓮非曾嫁武大乎？薛姨媽之爲王婆，薛蟠之爲武大，黛玉之爲金蓮，更有何疑？

劉姥姥之與應花子

《紅》之述劉姥姥云：不知從何處説起。借一個人爲全書綫索，即劉姥姥是也。然則全書以清客作綫索矣，故終《紅樓夢》，劉姥姥皆有關係。《金》之開頭，便述十兄弟，而應伯爵即已登場，自後時時露面，直到終篇。故《紅》特點明，外頭老爺們有清客相公陪話，我們也用一個女清客。此劉姥姥清客幫閒之證據。加上黛玉之攜蝗大嚼圖，點醒白嚼字樣。又於吃個老母猪不抬頭，及於放屁拉屎等等形容貪食。又於茶杯衣服及錢帛等形容好小利，無不與應伯爵相合。又插了滿頭花，以應應花子之別號。作者可謂一絲不漏矣。

劉姥姥之與王婆

劉姥姥初見王熙鳳，與《金》七十六回王婆之見金蓮相似。蓋劉在當初曾於王家有瓜葛，却與賈家無往來。王婆從前與金蓮貼鄰，却與西門無涉，故二事絶相類。

李嬷嬷之與潘姥姥

李嬷嬷是潘姥姥，其排揎襲人，即潘之咒駡金蓮。所謂手裏調理出來的毛丫頭，即指金蓮少孤，姥姥教養到八九歲，始賣入王招宣府也。

《紅》□□□（按：當爲『第十九』三字）回，李嬷嬷吃酥酪一事，《金》六十七回應伯爵吃兩盞酥油白糖熬的牛奶子，一口吸盡，舐嘴咂舌，又吃了衣梅，還包兩丸到家與二娘吃云云。極與劉姥姥相似。蓋李也，劉也，皆花子之類。

尤三姐之與金蓮

《紅》六十二回『賈二舍偷娶尤二姐』，回目與《金》九回『西門慶偷娶潘金蓮』同一書法。《紅》書此回内，述賈珍到了小花枝巷新屋子裏，與二姐、三姐廝混。賈璉回家，二姐去了，賈珍與三姐吃酒。賈璉過來，撞破了，一同坐下。賈璉説：三妹妹爲什麽不合大哥吃個雙鐘兒？我也遞一杯給大哥，合三妹妹道喜。三姐兒聽了這話，就跳起來站在炕上指着賈璉冷笑。（中略）自己拿起壺來斟了一杯，自己喝了半杯，揪過賈璉來就灌，説：倒不曾和你哥哥吃過，今日倒要和你吃一吃，咱們也親近親近。（中略）這尤三姐索性卸了妝飾，脫了大衣服，鬆鬆的挽個髩兒，身上只穿着大紅襖兒，半掩半開，故意露出葱緑抹胸、一痕雪脯。底下緑褲紅鞋，鮮艷奪目。忽起，忽坐，忽喜，忽嗔，云云。

《金》二回，武松一直走到家來，婦人道：請叔叔向火。武松道：正好。便脫了油靴，換了一雙襪子，穿了暖鞋，掇條凳子，自近火盆邊坐地。那婦人早令迎兒把前門上了閂，後門也關了，搬些煮熟菜蔬入房裏，擺在桌子上。武松問道：哥哥那裏去了？婦人道：你哥哥出去買賣未回，我和叔叔自吃三杯。武松道：一發等哥來家吃也不遲。婦人道：那裏等的他。說猶未了，只見迎兒小女早暖了一注酒來，武松道：又叫嫂嫂費心。婦人也掇了一條凳子，近火邊坐了，桌上擺着杯盤，婦人拿盞酒擎在手裏，看着武松道：叔叔滿飲此杯。武松接過酒一飲而盡。那婦人又篩一杯來說道：天氣寒冷，叔叔飲過成雙的盞兒。武松道：嫂嫂自請，接來又一飲而盡。武松却篩了一杯酒遞與婦人。婦人接過酒來喝了，却拿注子再斟酒，放在武松面前，那婦人已經將酥胸微露，云鬟半軃，臉上堆下笑來。（中略）婦人道：叔叔你不會簇火，我與你撥火，只要一似火盆來熱，便好。武松有八九分焦燥，只不做聲。這婦人也不看武松焦燥，便丢下火筯，却篩一杯酒來自呷了一口，剩下半盞，看着武松道：你若有心，吃我這半盞兒殘酒。武松匹手奪過來潑在地下，說道：嫂嫂不要恁的不識羞耻。把手只一推，争些兒把婦人推了一交云云。

《金》書此一段與《水滸》二十三回原文大致相同，《紅》之此回，全由此段化出。其叙珍赴璉家，而璉不在。珍與三姐喝酒，喝雙杯，及三姐冶容，三姐發怒，各節皆相吻合。不過以武松之怒，改作三姐；金蓮自斟自飲，改作璉二爺而已。

又賈璉回家，只命快拿酒來，快拿酒來，咱們吃兩杯，好睡覺云云。《金》書西門往瓶兒房裏，多是如此。蓋瓶兒好酒量，故二姐亦非以酒襯托不可。

湘蓮之與武松

《紅》六十六回，尤三姐說：若有了姓柳的來，我便嫁他。若一百年不來，我自己修行去了。說着將頭上一根玉簪拔下來，磕了兩段云云。《金》書，金蓮初見武松便想道：何不叫他搬來我家住，想這段姻緣却在這裏了云云。故武二爲金蓮之意中人，而柳二亦爲三姐之意中人，至其名爲湘蓮，殆謂金蓮所想之人也。

金蓮比武松小五歲，故《紅》六六回目有『情小妹』字樣。二郎之所以爲冷者，即指并未婚娶而言。

尤二姐之與瓶兒

尤二姐是瓶兒。瓶居金蓮之次，又嫁與賈二舍。瓶兒原是花二之妻，偷娶即是誤嫁，有胎即映官哥。鳳姐説他胎不乾净，官哥原不是正式所生。賺入大觀園，即瓶兒之嫁入西門家，無人理會，受種種冷淡。

賈璉之偷娶尤二姐，鳳姐謂有國孝家孝。家孝即指瓶之喪夫未久，而西門又幾遭不測也。

晴雯之與瓶兒

《紅》五十一回晴雯病了，傳一個大夫從後門進來，開的藥方後面，又有枳實、麻黄。寶玉道：該死，該死，快打發他去罷。婆子道：這馬錢是要給他的，須得一兩銀子云云。又六十九回，尤二姐病了，請了那年給晴雯看病的胡君榮來。尤二姐露出臉來，胡君榮一見早已魂飛天外，那裏還能辨氣色云云。

《金》六十一回，瓶兒病了，請大街口胡先生來瞧。又請趙先生來開方，内有巴豆、半夏、芫花等毒藥。西門慶見他滿口胡説，稱二錢銀子，也不送就打發他去了。又封白金一兩，使玳安拿盒兒到何老人家討將藥來云云。

按晴雯與尤二姐，是二是一，故胡君榮再被邀請。胡之爲胡，實兼大街口胡及胡説而有之也。至給與馬錢，兩書一律。

補裘與檢泡螺

晴雯之補裘，即瓶兒之檢泡螺，同一絶技，同一去後思。但《金》書側寫，《紅》則正寫耳。又《金》書中以女紅之巧藝著者，以金蓮之縫壽衣及綉鞋等等爲多。然欲求一絶技，非他人所能，則捨檢泡螺更莫屬矣。

千金一笑之所本

《紅》之撕扇子，作千金一笑。此千金一笑，見於《金》五十四回回目。又《金》八回，西門再到金蓮家，金蓮不由分説，就兩把折了。西門慶救時，已是扯的爛了。按《紅》之撕扇，亦是先跌折，後撕碎。

《紅》七十八回『癡公子杜撰芙蓉誄』，特特提出公子、女兒、小姐、丫鬟字樣，以爲迷目之具。《金》書於瓶兒之喪，有喬洪及吴道官兩篇祭文，爲全書所無。

襲人之與金蓮

《紅》十九回，襲人説：你門没飯吃，幸而賣到這個地方，把我贖出來，再多淘澄幾個錢，也還罷了云云。襲人在賈府跟了老太太，又跟湘雲，又跟寶主，又嫁出去，共轉了四回。《金》一回：金蓮父親死了，做娘們度日不過，賣在招宣府裏。王招宣死了，潘媽媽争將出來，三十兩銀子轉賣與張大户。不要一文錢，白白的嫁與武大爲妻。又改嫁與西門，亦是轉了四回。潘媽媽争將出來，即與《紅》十九回襲人母親云『不過求一求，只怕身價銀一并賞了』云云，同出一轍。

襲人之與春梅

《紅》六回『賈寶玉初試雲雨情』，被試者爲花襲人。襲人在《金》書爲春梅。《金》十回，西門叫春梅進房收用了，乃正式寫之。蓋以春梅爲女兒，初經雲雨，特筆書之，以示與各再醮貨、回頭人之不同。《紅》書反之，以初試屬之寶玉，故謂襲人大幾歲，懂人事也。

襲人之與瓶兒

襲人轉了四次，前既以金蓮轉了四次證之，其實瓶兒亦轉了四次：第一次爲梁中書妾，第二次爲花子虛妻，第三次嫁蔣竹山，第四次嫁與西門。

春梅原是伏侍月娘的，改侍金蓮，極效忠於金蓮。襲人原是老太太的，改爲寶玉的。有伺候何人，即一心一意，對於其人不復念及從前之好處，同一不貞，同一性格。

花自芳之與花子虛

《紅》十九回寶玉至襲人家，花自芳送回，即是點明西門到花子虛家偷情，花子虛即花自芳之謂。襲人説：先伏侍了史大姑娘幾年云云。即自表已更數主。如瓶兒之已經在過梁中書、花子虛、蔣竹山等處也。

襲人説：八人轎也抬不去。固是映帶瓶兒死在西門家，又反映改嫁蔣竹山，而瓶兒之入西門家，却是用轎，但未用八人抬耳。

《紅》三十六回，襲人對寶玉説：我要去，連你也不必告訴，只回了太太就走云云。春梅之嫁，由月娘作主，西門已死，更何告訴之有？ 况以花大姐姐而言，既是老太太身邊丫頭，此時老太太尚在，何以只説回了太太就走乎？

又襲人云：作了强盗賊，我也跟着罷。此盗賊頭銜，寶二哥安不上，試問果何所指？

《紅》九回，寶玉上學去時，襲人説那工課寧可少些云云，即證明襲人不勸寶玉學好，與金蓮同。

香菱之與金蓮

香菱之能詩，即金蓮之具體而微。蓋武大之不配作金蓮丈夫，以其太俗。而以香菱之雅，乃作薛蟠之妾，故寶玉有俗物之嘆。《紅樓》於香菱之學詩，再三致意，殆謂金蓮『詩詞歌賦，無所不能』。即一小小之香菱，亦好學而遇人不淑，至小時之被人略賣，展轉流離，亦與金蓮相似。原名英蓮，英者銀也，謂金蓮轉世而爲銀蓮也。

情解石榴裙與醉鬧葡萄架

《紅》六十二回『獃香菱情解石榴裙』，與『憨湘雲醉眠芍藥裀』，此回全是從《金》書『李瓶兒私語翡翠軒、潘金蓮醉鬧葡萄架』一回内化出。《金》書横陳狼藉，故《紅》以鬥草之夫妻蕙、并頭花等等寫之。《金》書本回亦有將瓶花分賞衆人簪鬢之事，至《紅》書此回，紅香圃中筵開，玳瑁褥設芙蓉，即是《金》書翡翠軒設筵吃酒，葡萄架鋪枕席之事，情態宛然，於此而香菱之爲金蓮，益無疑義。

平兒之與春梅

平兒爲通房大丫頭，春梅亦爲通房大丫頭。

鳳姐當家，平兒帶鑰匙； 金蓮當家，春梅數錢。

平兒對於小廝，常常以打板子嚇之； 春梅之對小廝，亦然。 但以平兒不做惡人，反寫春梅助紂爲虐。

平兒之名，故意與瓶兒相犯，後來扶正，又影射春梅。《紅》之二姑娘名迎春，《金》之瓶兒丫頭亦名迎春。《紅》有史大姑娘名雲兒，又有妓女名雲兒，名字犯複，皆非無故。

鴛鴦之與玉簫

《紅》四十回『金鴛鴦三宣牙牌令』，王夫人笑道： 既在令裏，没有站着的理。（中略）鴛鴦道： 酒令大如軍令，違了我的話，是要受罰的。（中略）劉老老只叫饒了我罷。（中略）鴛鴦道： 將這三張牌拆開，先説頭一張，次説第二張。説完了，合成這一副兒的名字。

《金》六十四回『玉簫跪受三章約』，那玉簫跟到房中，打旋磨兒，跪在地下。（中略）玉簫道：娘饒了我，隨問幾件事，我也依娘。金蓮道：第一件，你娘房裏但凡大小事兒，就來告我説。你不説，我打聽出來，定不饒你。第二件，我但向你要什麽，你就要捎出來與我。第三件，你娘向來没有身孕，如今怎生便有了云云。

按《紅》書以不站着，寫跪在地下，又以討饒，由劉老之口中説出。以三張，映三章。又於牙牌之第三張不明説，却説合成一副，非所謂身孕而何？蓋鴛鴦爲老太太身邊最得力之丫頭，玉簫爲月娘手下最得力之丫頭，平時與鳳姐等人聯絡傳遞消息，即《金》書之第一件。偷金器與鳳姐，當即《金》書之第二件。至『鴛鴦女誓絶鴛鴦偶』一段，内有拉出去配過小厮云云，即指《金》六十四回，書童和玉簫在床上正幹得好等語也。

剪頭髮

《紅》七十一回，鴛鴦之父在南邊看房子。《金》書有派人在獅子街看房子之事。

《紅》四十一二等回，鴛鴦、平兒打發劉姥姥一段，似《金》七十六回春梅請潘姥姥吃酒一段。

《紅》二十一回『俏平兒軟語庇賈璉』，多姑娘送璉二爺頭髮，平兒在枕套中抖出一綹青絲來。

《金》七十九回原來王經捎帶了他姐姐王六兒一包兒物事遞與西門慶瞧，就請西門慶往他家去。西門慶打開紙包兒，却是老婆剪下的一柳黑臻臻光油油的青絲，用五色絨纏就了一個同心結云云。又十二回西門威逼金蓮剪下頭髮，與桂姐襯鞋云云。《紅》書列作回目，如此點明，但與《金》書相較，一是由外，一是由内，而《紅》則别生一法，出於二者之外。

琴棋書畫四丫頭

《紅》十八回，元春丫頭名叫抱琴，此外迎春丫頭司棋，探春丫頭侍書，惜春丫頭入畫，是用琴棋書畫四字作排行。《金》書小厮有琴童、棋童、書童、畫童，亦是如此。於丫頭則以四季爲名，如春梅、夏花、秋菊是也。

雪雁之與迎春

《金》書瓶兒臨終，遺囑迎春伏侍大娘。《紅》書黛玉臨終時，雪雁却已去伏侍寶釵出閨成大禮。

翠縷陰陽之説之所本

《紅》三十一回翠縷道：這麽説起來，從古至今，開天闢地，都是些陰陽了。湘雲笑道：糊塗東西，越説越放屁，什麽都是些陰陽。又湘雲道：走獸飛禽，雄爲陽，雌爲陰，牡爲陽，牝爲陰，怎麽没有呢？翠縷道：這也罷了，怎麽東西都有陰陽，咱們人到没有陰陽呢云云。

《金》八十八回小玉道：奶奶，他是佛爺兒子，誰是佛爺女兒？月娘道：相這比丘尼姑，是佛爺的女兒。小玉道：譬若像薛姑子、王姑子大師父，都是佛爺女兒，誰是佛爺女婿？月娘忍不住笑駡道：賊小淫婦，你也學油嘴滑舌，見見就説了道兒去了云云。

按此一節，《金》書通行足本之批語，有『愈轉愈妙』。《紅樓》翠縷語本此云云。

又同回内，月娘便駡道：怪墮業的小臭肉兒，一個僧家是佛家弟子，你有要没緊任謗他怎的，不當家化化的。原批語亦有：『《紅樓夢》亦有此語，可見《紅樓》脱胎此書。』以上二處之外，他處未見。表而出之，以志同感。

西門貼身四個丫頭：青梅、玉簫、迎春、蘭香。寶玉丫頭第一是襲人，殆即春梅。次爲晴雯、麝月，殆即玉簫、迎春。又次爲四兒，原名蕙香，即所謂蕙香蘭氣者，《金》書奶子如意兒，小名四兒，亦是放在西門房裏者也。

寶玉與碧痕洗澡西門與金蓮水戰

《紅》三十一回，寶玉笑道：你既没有洗，拿了水來，咱們兩個洗。晴雯摇手笑道：罷罷，我不敢惹爺，還記得碧痕打發你洗澡，足有兩三個時辰，也不知道做什麽，我們也不好進去的。後來洗完了，進去瞧瞧，地下的水淹着床腿，連席子上都汪着水也，不知是怎麽洗的？笑了幾天云云。《金》二十九回『潘金蓮蘭湯邀午戰』，即是此事。特用側筆寫之，使人閉目而神往。

傻大姐之本來

傻大姐拾春意袋，即《金瓶》中鐵棍、小玉、胡二等人之眼中春色，今以一傻大姐了之，更以滿園抄檢擴大之，蓋謂此言雖小，可以喻大，且王夫人明言姑娘們都大了也。

柳五兒爲瓶兒化身

《紅》五十九及六十四回，柳五兒欲到怡紅院當差，托了芳官久而未得，正與李瓶兒之欲嫁西門而不能入宅時之光景相似。蓋五兒似晴雯，晴雯固瓶兒之化身也。

《紅》六十一回因事要打五兒四十板子交莊子上配人與《金》書瓶兒入門受打相似。

林四娘與林太太

《紅》七十八回『老學士閒徵姽嫿詞』，賈政道：當日曾有一位王爵封曰恒王，出鎮青州。這恒王最喜女色，且公餘好武，因選了許多美女日習武事，令衆美女學習戰鬥之事。內中有個姓林行四的，姿色既佳，且武藝更精，皆呼爲林四娘，恒王最得意，遂招拔林四娘統轄諸姬，又呼爲姽嫿將軍云云。《金》六十八回『招宣府初調林太太』，正面供着他祖爺太原節度邠陽郡王王景崇的影身圖，穿着大紅團袖蟒衣玉帶，虎皮交椅坐着觀看兵書，有若關王之像。又七十八回『林太太鴛幃再戰』。

按林四娘即林太太。恒山爲北岳山西，是古恒州。太原者，山西也。太原又爲王氏郡望，青州是山東。出鎮，即是招宣、西門生長山東，故曰恒王出鎮青州。公餘好武，又最喜女色，選了許多美女，日習武事，令衆美女學習戰功云云，即指《金》書王景崇觀看兵書。又王招宣府爲潘金蓮最初賣入學習歌舞之地，而言許多美女，自有金蓮在內。又內中林以色藝之佳拔爲諸姬之冠，非《金》書之林太太爲王三官之母而何？

姽嫿者，鬼話也。四娘云者，《金》書以王三官娘子爲西門意中人，故以四爲排行，所以抑之也。

至其穢迹，悉以武事寫之，即所謂好武兼好色也。寶玉詩中既云『穠歌艷舞不成歡，霜矛雪劍嬌難舉』，又云『戰罷夜闌心力怯，脂痕粉漬污鮫綃』，忽又轉入『明年流寇走山東』，又云『正是恒王戰死時』，又云『綉鞍有淚春愁重，鐵甲無聲夜氣凉』，此皆就林太太身爲寡婦，鴛幃再戰，雙關刻畫，一面於教歌舞三字，盡力映帶。

賈璉管家之所由

賈赦是長房，却不管事，只以二房掌理家事，即《金》十一回，家中雖是吴月娘居大，常有疾病，不管家事，只是人情來往，出入銀錢，都在李嬌兒手裏云云。然則《紅》書鳳姐以二房管家事，其所管者，亦以人情銀錢爲範圍。蓋嬌兒固排行第二也。至賈璉在政老處當家，尤屬可怪：一，何以赦老是長房，却不要人當家？二，何以政老却要侄兒當家？蓋即西門無子，引女婿陳敬濟當家之法也。政老雖已有珠兒，却已死去，寶玉又小，故用璉兒。璉兒又係王夫人内侄女婿，亦猶西門之用女婿，蓋自王夫人視之，固是侄女婿也。《金》書西門向陳敬濟説『我若久後無出，這分兒家私都是你兩口子的』云云。政老之於璉兒，豈非一轍！

兩書參案之相同

《紅》一百一回，次日五鼓，賈璉就起來，要往總理内廷都檢點太監裘世安（求事安）家來打聽事務，因太早了，見桌上有昨日送來抄報，便拿取來開看：第一件是雲南節度使王忠一本，新獲了一起私帶卯槍火藥出邊事，共有十八名人犯，頭一名鮑音（報應），口稱係太師鎮國公賈化（假話）家人。第二件蘇州刺史李孝一本，參劾縱放家奴倚勢凌辱軍民，以致因奸不遂，殺死節婦一家人命三口事，凶犯姓時名福，自稱世襲三等職銜賈范（家翻）家人。賈璉看見這兩件，心中早又不自在起來了。

《金》十七回宇給事劾倒楊提督，女婿陳敬濟同西門大姐連夜搬來西門家，交出親家陳洪書信。西門慶連夜往縣中承行房裏抄録一張東京行下來的文書邸報來看，上寫的是兵科給事中宇文虚中一本。（中略）西門慶不看萬事全休，看了耳邊厢只聽颼的一聲，魂魄不知往那裏去了云云。按賈璉是敬濟化身，故《紅》書於看見參本改屬璉兒。次日五鼓，即是連夜。至犯名報應，及奸死節婦等事，皆有映帶。

兩書魘魔法之相似

《紅》二十五回『魘魔法叔嫂逢五鬼』，百十二回『死讎仇趙妾赴冥曹』，此兩回中歷述劾咒之事。《金》十二回『劉理星魘勝求財』有云，用柳木一塊，刻兩個男女人形，書著娘子與夫主生辰八字，用七七四十九根紅綫札在一處，上用紅紗一片蒙在男子眼中，用艾塞其心，用針釘其手，下用膠粘其足，暗暗埋在睡的枕頭内。又朱砂書符一道燒灰，暗暗攪茶内。若得夫主吃了茶，到晚夕睡了枕頭，不過三日，自然有驗。婦人道：請問先生，這四椿兒是怎的説？賊瞎道：好教娘子得知，用紗蒙眼，使夫主見你一似西施嬌艷；用艾塞心，使他心愛到你；用針釘手，隨你怎的不是，他總再不敢動手打你；用膠粘足者，使他再不往那裏胡行云云。

按此與《紅》書馬道婆作法，大同小異。

賈環爲貓之由來

環哥兒有鑽熱竈貓之混名，此回之害巧姐，即與《金》書害官哥之貓同一任務，其爲貓也固宜。

《紅》二十五回，王夫人命賈環抄金剛咒。賈環在炕上坐着。（中略）寶玉在王夫人身後倒下。

（中略）賈環素日原恨寶玉，如今又見他和彩霞厮鬧，心裏越發按不下，這口毒氣雖不敢明言，却每每暗中算計，只是不得下手。今見相離甚近，便要用熱油蕩瞎他眼睛，因而故意妝作失手，把那一盞油汪汪的蠟燈向寶玉臉上只一推，只聽寶玉暖喲一聲，（中略）在臉上蕩了一溜燎泡出來云云。

《金》五十九回，李瓶兒與官哥穿上紅緞衫兒，安頓在外間炕上頑耍。迎春守着奶子，便在旁邊吃飯。不料這雪獅子正蹲在護枕上，看見官哥兒在炕上一動一動的頑耍，猛然望下一跳，將官哥兒身上皆抓破了。

趙姨娘之與金蓮

按《紅》書此回，因要説趙姨娘與馬道婆勾串，用邪術謀害寶玉，鳳姐先叙環兒蓄意害寶玉。《金》書要叙金蓮謀害瓶兒及官哥，先蓄一貓名雪獅子，用生肉喂他，用紅衣引逗他，以便實行加害於官哥。至此案出在炕上，及受害人情形，兩書一律。又於馬道婆口中説，大凡那王公卿相人家的子弟，只一生長下來，便有許多促狹鬼跟着他，得空便擰他一下，或掐他一下，或吃飯時打下他的飯碗來，或走着推他一跤云云。更可證明金蓮、趙姨娘及劉瞎、馬道婆陰謀如出一轍。

《紅》八十四回『探驚風賈環重結怨』，奶子抱着巧姐，用桃紅緞子小棉被兒裹着，臉皮越青，眉梢鼻翅微有動意。（中略）只見賈環掀簾進來説：二姐姐，你們巧姐兒怎麽了？媽媽教我瞧瞧。（中略)鳳姐道：那牛黄都煎了。賈環聽了，便去伸手取那銱子時，豈知措手不及，沸的一聲，銱子倒了，火已潑滅了一半。賈環見不是事，自覺没趣，連忙跑了。鳳姐氣的火星直爆，罵道：真真那一世的對頭冤家，你何苦來，還來使促狹，從前你媽要想害我，如今又來害姐兒！我和你幾輩子的仇呢？(中略)賈環説：我明日還要那小丫頭子的命呢。

《紅》二十五、八十四兩回，皆言趙姨娘母子害人之事，尤於八十二回所寫之巧姐驚風與官哥一樣。又因此次巧姐未死，與官哥不同，特補足要命一語，雖是虚點，却顧題面。至牛黄云云，又綮拂貓字，可謂見景生情。

賈瑞之與陳敬濟

《紅》十一回『見熙鳳賈瑞起淫心』、十二回『賈天祥正照風月鑒』，《金》十八回『見嬌娘陳敬濟銷魂』、二十八回『陳敬濟僥幸得金蓮』、八十二回『陳敬濟弄一得雙』。《紅》書以一净桶尿糞準折一只舊鞋，可謂調侃，而風月鑒一正一反，以一作兩，便是弄一得雙，真是玲瓏剔透。

湘蓮之與武松

金聖歎水滸評第二十五回有：作者真以獅子喻武松，觀其於街橋名字，悉安獅子二字可知也云云。故乾净獅子之語，必出自湘蓮之口。湘蓮者，武松之化身也。

《金》書前數回，幾於全抄《水滸》之二十二、三、四、五回，然於二十三回開首，武大與武松説話，怨你想你一段，却又節去。此一段，只以當日弟兄相見，心中大喜二語了之。原文與湘蓮之事大有關係，兹録於下：

那人原來不是别人，正是武松的嫡親哥哥武大郎。武松拜罷，説道：一年有餘，不見哥哥，如何却在這裏？武大説：二哥你去了許多時，如何不寄封書與我？我又怨你，又想你。武松道：哥哥如何是怨我、想我？武大道：我怨你時，當初係在清河縣裏要便吃酒醉了，和人相打時，常吃官司，教我要便隨衙聽候，不曾有一個月净辦，常教我受苦，這便是怨你處。想你時，我近來娶得一個老小，清河縣人，太怯氣，都來相欺負，没人做主，你在家時，誰敢來放個屁？如今在那裏安不得身，只得搬來這裏賃房居住，因此便是想你處。

按以上云云，按之《紅》書，所謂兄弟一年有餘不見，在路上相遇，非《紅》六十六回，賈璉赴平安州路上遇着薛蟠和柳湘蓮，說是結拜了生死弟兄，一路進京乎？所謂酒醉打人吃官司，非冷郎君懼禍走他鄉乎？然則柳二之爲武二，更有何疑？

柳湘蓮即武松，行二同，有武藝同。其打薛蟠，即是打西門慶。後與薛蟠結爲兄弟，即是武松與武大相遇。

湘蓮殺三姐即武松殺金蓮

湘蓮之殺尤三姐，即是武松之殺金蓮。武松對王婆說要娶金蓮回家，旋即殺却，與湘蓮先允與三姐訂婚，旋又改悔，因以雌雄劍致三姐自殺，至心冷入空門，即武松之上梁山也。

柳湘蓮之罵東府不乾净，寶玉紅了臉。柳二者，武二之化身。《金》書中恨西門家者，無武二，若故罵之，不稍顧惜，不然焦大之罵，尚是指人而罵，不似柳二之一筆抹煞。蓋非深惡痛疾，不忍出此也。

薛蟠即武大

薛蟠行大，字文起，即武大也。武對文，是起頭；大亦是起頭。其先買丫頭英蓮，打官司搬家後娶夏金桂，皆謂武大娶張大户丫頭金蓮，住不住，搬到清河縣。至住賈府梨香院，即武大之住張大户閒房。其出外經商，即武大之賣炊餅。其被柳二踢打，即武大被西門踢傷。其在路上與湘蓮結爲兄弟，即武大路遇武松，始説是親兄弟。所謂獃霸王者，大王八也。

《紅》四回叙薛蟠入京之前，爲了一個丫頭，打死馮淵，此節乃倒寫法。《紅》書既以薛蟠爲武大，而武大曾因金蓮被張大户家主婆逐出，又因紫石街住不住，纔買了縣前街房子，故欲寫薛蟠，先要寫他一個住不住而搬家，方是合拍。不説薛蟠因丫頭而被馮淵打死，却説打死馮淵，便進了京，如此倒映，豈不令人目眩。薛蟠爲了英蓮，打死馮淵。英蓮者，銀蓮也。金蓮在世，化爲銀蓮。馮淵者，逢冤也，謂冤家狹路相逢也。風（馮）雪（薛）相遇，安得不冷？

《紅》有托詞乩仙批了死者馮淵，與薛蟠原有夙孽相逢，今狹路既遇，原因了結。今已得無名之病，被馮淵魂已追索去了云云，則可證明。

英蓮起初由拐子賣與馮淵，又賣與薛蟠，因而打死馮淵，却隨薛蟠進京。按《金》之叙金蓮出身，係初賣與王招宣府，後賣與張大户，大户又嫁與武大，武大帶着搬了幾次家。

葫蘆僧判斷葫蘆案，賈雨村徇情了案，即係《金》書何九件作團頭，得賄私和人命之事。馮淵之死，即是武大之影，同一爲蓮而死，一金一銀而已。此時之薛蟠，却又似西門。《紅》四回，薛蟠既到賈府，政老說：咱們東北角上梨香院一所，十來間白空着。又云：原來這梨香院，乃當日榮公暮年養静之所，小小巧巧，約有十餘間房舍，前廳後舍俱全。另有一門通街，薛蟠家人就走此門出入。西南又有一角門，通一夾道，出了夾道，便是王夫人正房的東院了。每日或飯後，或晚間，薛姨媽便過來。又云：只得暫且居下，一面使人打掃自家的房屋，再作移居之計云云。

《金》一回，武大忠厚，現無妻小，又住着宅内，房兒堪可與他，這大户早晚還要看覷此女，因此不要武大一文錢，白白的嫁與他爲妻。這武大自從娶了金蓮，大户甚是看顧他。若武大没本錢做炊餅，大户私與他銀兩。武大若挑擔兒出去，大户候無人，便踅入房中，與金蓮私會。武大雖一時撞見，原是他的行貨，不敢聲言。朝來暮往，也有多時。大户死了，將金蓮、武大即時逐出，武大遂尋了紫石街西王皇親房子，賃内外兩間居住。又武大聽老婆這般説，當下凑了十數兩銀子，典了縣門前樓上下兩層四間房屋居住云云。

然則，武大自己有屋，却是先借住人家閒房，此房又與房主可以自由出入，却與《紅樓》之梨香院同一情形。至梨香院，却是在榮府東鄰，即是子虛故宅後院之方向。作者之設此一地，實影射兩事而言。至後來，寶釵雖指定住在蘅蕪院，此院却仍然存在，又與《金》書瓶兒已入西門之宅，而獅子街之房子仍然留與馮媽媽看守，不若金蓮入宅以後，便與武大舊宅毫無關係也。《紅》書之記黛玉，亦是毫無根蒂。兩兩相勘，顯然可證。

夏金桂合金蓮桂姐爲一人

夏金桂合金蓮、桂姐爲一人，故其毒亦不可當。此所以爲河東吼雪遇夏而消，信乎其然。

《紅》五十八回，薛氏開恒舒當在鼓樓西大街，岫煙把綿衣服叫人當了幾吊錢盤纏云云。《金》書西門慶亦於家門口開了當鋪，收當人家衣服首飾，并常常將當貨取出給金蓮等穿用。薛蟠因命案逃到京中，托庇賈門，似陳敬濟之因欽案躲在西門家。

秦鍾與王經書童

《紅》十五回『秦鯨卿得趣饅頭庵』一段內，叙秦鍾將智能抱到炕上，正在得趣，只見一人進來，將他按住，也不作聲。又云：羞的智能趁黑夜跑了。寶玉拉了秦鍾出來道：你還和我强！秦鍾笑道：好人你只别嚷的衆人知道。你要怎樣，我都依。寶玉笑道：這會子也不用説，等一回睡，再細細的算帳。十六回智能私逃進城找至秦鍾家下看視秦鍾，不意被秦業知覺，將智能逐出云云。以上皆緊接可卿喪事。按《金》六十四回，瓶兒喪事正熱鬧之時，潘金蓮走到花園書房内，忽然聽見裏面有人笑聲，推開門，只有書童和玉簫在床上正幹得好哩。便罵道：好囚根子，你兩個幹得好事！嚇得兩個做手脚不迭，齊跪在地下哀告。（中略）金蓮對玉簫道：要我饒你，須要依我三件事。（中略）書童見潘金蓮冷笑，領進玉簫去了，知此事有幾分不諧，徑出城外，顧了長行頭口到馬頭上，搭船往蘇州原籍家裏去了云云。按書童是西門外嬖，秦鍾是寶玉契友，證一。智能逃去，書童亦逃去，證二。玉簫被逼有三件之約，秦鍾被逼與寶玉算帳，證三。同在辦喪期内，證四。

秦鍾，可卿之弟；王經，六兒之弟。秦鍾爲寶玉契弟，王經爲西門契弟。

寶玉與秦鍾、香憐等貼燒餅似。《金》書西門與畫童在書房内所爲。

兩書之清客

《紅》之清客爲詹（沾）光、單（善）聘（騙）仁（人）等，《金》之清客爲應伯（白）爵（嚼），字光侯（喉）、常峙（時）節（借）、卜（不）志（知）道等，皆是一流人物。

冷子興與温秀才韓伙計之寓意

《紅》二回『冷子興演説榮國府』開場便云：此回亦非正文，本旨只在冷子興一人，冷中出熱，無中生有也云云。《金瓶梅》卷首有《冷熱金針》一首云：《金瓶》以冷熱二字開講，抑孰不知此二字爲一部之金鑰乎？ 然於其點睛處，則未之知也。夫點睛處安在？ 曰：在温秀才、韓伙計。何則？韓者，冷之别名；温者，熱之餘氣。故寒伙計於加官後即來，是熱中之冷信；而温秀才自磨鏡後方出，是冷字之先聲。是知禍福倚伏，寒暑往來，天道有然也。雖然，熱與冷爲匹，冷與温爲匹，蓋熱者温之。極韓者，冷之極也，故韓道國不出於冷局之後，而出於熱局之先，是熱未極而冷已極。温秀才不來於熱場之中，而來於冷局之首，見冷欲盛而熱將盡也。噫嘻，一部言冷言熱，何啻如花如火，而其點睛處，乃以此二人，而數百年讀者，亦不知其所以作韓、温二人之故，是作書者固難，而看書者爲尤難，豈不信哉云云。《紅》書之以冷子興開場，蓋謂孝哥生於西門，死後則冷極矣。然衰而不興，則無結撰之餘地，故非冷中出熱，無中生有不可。

茗煙與玳安

茗煙是寶玉貼身小廝，玳安是西門貼身小廝，於《金瓶》之媾合皆與有力，故茗煙在姑子廟磕頭時口中禱告説：二爺，凡事我無不知云云。

《紅》十九回寶玉往書房裏來，剛到窗前，聞得房内有呻吟之韻，寶玉倒唬了一跳。大着膽子舔破窗紙，向内一看，却是茗煙按着一個女孩子也，幹那警幻所訓之事。寶玉禁不住大叫：了不得！一脚進門去，將那兩個唬開了，抖衣而顫。茗煙見是寶玉，忙跪下不迭。寶玉道：青天白日，這是怎麽説？珍大爺知道，你是死是活？一面看那丫頭，雖不標致，到還白净，些微亦有動人處，羞的臉紅耳赤，低頭無言。寶玉跺脚道：還不快跑！一語提醒了丫頭，飛也似去了。寶玉又趕出去叫道：你别怕，我是不告訴人的。急的茗煙在後叫祖宗，這是分明告訴了。寶玉因問那丫頭十幾歲了。茗煙道：大不過十六七歲了。寶玉道：連他的歲數也不問問，别的自然越發不知了。又問：名字叫什麽？茗煙説：叫卍兒云云。

《金》九十五回，月娘親自走到上房裏，只見玳安兒正按着小玉在炕上幹得好。看見月娘推開門進來，慌的凑手脚不迭。月娘便一聲兒也没言語，只説得一聲：賊臭肉，不在後邊看茶去，且在這裏做什麽哩！玳安便走出儀門云云。又六十四回，金蓮走到花園書房内，忽然聽見裏面有人笑聲，推開門，只見書僮和玉簫在床上正幹得好哩，便駡道：好囚根子，你兩個幹得好事！唬得兩個做手脚不迭，齊跪在地下。

茗煙即是玳安，既如上所説。此處特寫與卍兒一段穢事，即證明《金》九十五回竊玉成婚之事實，《金》書列在回目，足見鄭重。然玳安與賁四嫂有首尾，後與小玉成婚，此是正寫。其六十四回，書僮與玉簫之事，則係側寫。蓋月娘見了，一聲不言語。寶玉見了，説不告訴人。彼金蓮則借此挾制玉簫，訂三章之約，亦足以反證此案。

《紅》十四回，辦可卿喪事時，秦鍾笑道：你們兩府裏都是這牌，倘或别人私弄一個，支了銀子，跑了怎樣？《金》六十四回，辦瓶兒喪事時，書童到前邊櫃上，謊了傳伙計二十兩，只説買孝絹，徑出城外，往原籍走了云云。《金》是實寫，《紅》以虛描，其事則一。又《紅》十三回，鳳姐初受東府之任，所想各件，其第一事，即是人口混雜，遺失東西。而《金》書於瓶兒喪中，特點兒童一事，且於謊銀之外，將書房厨櫃内許多手帕、汗巾、挑牙、簪紐并書禮銀子，一齊偷去，非所謂遺失東西而何。

焦大與胡秀

《紅》□□（按：當爲『第七』兩字）回，焦大駡人，口出穢語一段，極似《金》五十回胡秀酒醉駡韓道國種種穢語，韓趕之出店，胡不允。恰與焦大事同一律，胡秀者，粿臭也，即焦是也。

賴世榮與玳安

賴世榮做官，即玳安做員外。

賴世榮不借錢與賈政，即吴典恩之詐贓負心。

賴大賴升與來保來旺

賈府管家，以賴大、來升爲巨；西門家人，以來保、來旺爲巨。來保之名，《紅》書亦用之，來興在《紅》書爲興兒，是賈璉心腹小厮。

（一九二五年天津大公報館鉛印本）

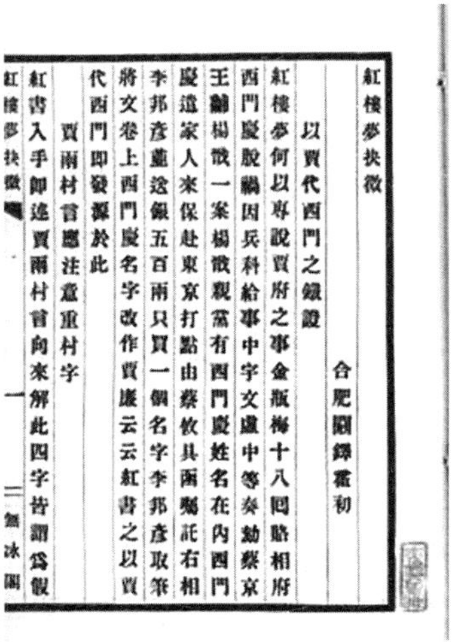
紅樓夢抉微

合肥闞鐸霍初

以賈代西門之鐵證

紅樓夢何以專說賈府之事金瓶梅十八回賂相府
西門慶脫禍因兵科給事中宇文虛中等奏劾蔡京
王黼楊戩一案楊戩親黨有西門慶姓名在內西門
慶遣家人來保赴東京打點由蔡攸具兩魄託右相
李邦彥盡送銀五百兩只買一個名字李邦彥取筆
將文卷上西門慶名字改作賈慶云云紅書之以賈
代西門即發源於此

賈雨村言應注意重村字

紅書入手即述賈雨村言向來解此四字皆謂爲假

紅樓夢抉微　一　無冰閣

説部常識

徐敬修 撰

大東書局一九二五年四月初版。作者徐敬修（一八九三——一九二六），江蘇吴江人，曾師從金天翮，爲蘇州文學社團星社社員，此書爲大東書局出版的作者所作的『國學常識之十』。另九種爲小學、音韻、經學、理學、史學、子學、文學、詩學、詞學常識。這套叢書的宗旨是『詳述國學之原委，書籍之大要，研究之方法，原原本本，簡要不繁』。《説部常識》一書，介於小説話與史著之間，共分三章：一、『總説』，論述小説的涵義、價值、起源及其流派與類别等問題；二、『列代小説之變遷』，分周秦、兩漢、六朝、唐代、宋代、元代、明代、清代、近代九個時段，對歷朝『有名之著作，皆爲述其緣起，標其作法』（《提要》），同時也略言演變大略，爲此書之重點；三、『研究小說之方法』。此書從張靜廬《中國小說史大綱》處借鑒甚多。然有時也有所見，由於寫得眉目頗爲清楚，故筆者見此書到一九三一年已印六版，可見一時頗受讀者歡迎。

說部常識提要

小說可以廣見聞，資考證，助勸戒，其有功於社會者非鮮，故於子部中提出另編一集焉。本書關於小說之起源，及其流派與種類，既已詳言之。又凡有名之著作，皆爲述其緣起，標其作法，以資讀者之取捨，并論近代小說家之趨勢，與研究小說之方法，爲初學勉焉。

第一章　總說

第一節　小說之意義及其價值

說部二字，即小說總匯名稱。按小說屬子部，考其起原，由來甚遠；莊子曰：『齊諧者，志怪者也。』又曰：『大言炎炎，小言詹詹。』夫所謂『齊諧』、『小言』者，即小說之意也。然在周秦之際，雖有『寓言』及神怪之小說，仍不以小說名之。至於東漢，劉歆校書，定爲《七略》，始有小說之名，列小說於《諸子略》中；其言曰：『小說家者流，蓋出自稗官，街談巷語，道聽途說者之所造也。孔子曰：「雖小道，必有可觀者焉，致遠恐泥，是以君子弗爲也。」然亦弗滅也。閭里小知者之所及，亦使綴而不忘，如或一言可採，此亦芻蕘狂夫之議也。』是小說二字之由來也。

按細米爲稗，稗官者，採街談巷語，用以觀政治之得失，是與周代採詩之官，取各國之俚謠以察民風，而爲王者敷政布教之一助，實無異也。由此可知小說之爲用，上之則可以供王者知政治得失之參考，而在下實爲平民之喉舌，社會教育之利器；有轉移世道人心之能力也。蓋小說者，文章之有實用，所以褒貶人事，宣達抱負者也。是故凡國家、社會、家庭間可歌可泣之事，以及個人遭際不遇，牢騷憤惋之談，無一不可寫之爲小說，而發舒其懷抱；故小說者，社會心理，風俗習慣之寫真；

政治罪惡，戰爭殺人之照片。一方面有轉移風化，改造社會之潛勢力；一方面有攻擊政治，撒播革命種子之大手腕。且小説之傳布，極普遍而極迅速，其印入人心，又極深刻而極久遠，是以在文學上佔極高之位置，而爲表演人類真正思想之利器也。夫小説何以能具如是神奇而偉大之價值乎？則以小説者，一時代之政治禮教民情風俗之代表，而作者除真境以外，更必有美的藝術以副之，故小説者，真的，美的，無束縛的，含有普遍性的，無聲律格調之拘縛，而包含『德謨克拉西』之精神；既足以代表人類真正之思想，又足以發揮人類高尚之理想，而造成新人生觀也。

第二節　小説之起源

考小説之起原，遠在周代以前，如《易》言載鬼一車，小狐汔濟，《春秋》記隕石退鷁神降石言，即後世談鬼説怪『神話小説』之權輿，《詩經》之桑中濮上感帨驚尨，即後世佳人才子『言情小説』之濫觴。成康以後，經春秋以至戰國，諸子學説，風飆雲起，各以其宏豁之意志，高超之懷思，發爲文辭，文學上之思想，極爲進步，小説亦遂於此時發展；然當時之思想，總括觀之，可分四派：一曰鄒魯派，標榜仁義，孔孟其代表也；一曰陳宋派（即荆楚派），以虛無爲旨，老莊其代表也；一曰燕齊派，務迂怪之談，騶衍其代表也；一曰鄭衛派（即三晋派），唱導法術，申商其代表也。總四派觀之，鄒魯派爲儒家，鄭衛派爲法家，其文字之屬小説者較少；若荆楚派，若燕齊派，則其文字，十之八九似小説之體裁；然當時所謂小説，不過『寓言』與『神話』兩種而已。至於漢武帝時，有方士虞初者，著《虞初周説》，爲後世小説之祖，然其體例，則皆爲談神説怪之雜記短篇耳。隋唐之時，盛行『傳奇小説』（即記一人一事之别傳體），及乎宋元之時，始有章回長篇小説産生，吾國小説界之局面，爲之一變。明清以來，更有散文及駢文長篇，至於今日，則益蔚然可觀，而佔文學上重要之位置矣。

第三節　小説發達遲緩之原因

上自先秦，下至宋代，讀文學之歷史者，無不興起一異樣之感情，則以在此時期中，文學上未嘗提及小説二字故也。夫小説之産物，其所以寂寞而又遲遲者，是何故歟？蓋自周秦而後，北方思想，純乎束縛於儒教勢力之下，且自漢武定儒家於一尊，於是思想益形束縛，小説界遂無發展之機會；故當時對於小説之著作，常存鄙視不屑之觀；作者於是，亦莫不以末技小道自居。蓋儒者之目光，以文章爲經國之偉事，而於小説，則視若塵芥而不足重，甚且目爲敗壞風俗之害物也。北方思想，既束縛於儒教勢力之下，使小説不適於生産，而素稱富瞻之南方思想，亦因而受其影響，小説無由而發達。就元朝以降發達之小説戲曲觀之，其爲北方思想之所繫縛，而鎔鑄於儒教範圍之内，尚可得而考察也。總之前代文學，每務爲高深，學者惟知研經葄史，以爲急務；而於通俗文學之小説，則反忽焉不重。至宋仁宗時，日命群臣進講一奇異之事以爲娱樂，頭回之後，繼以話説，於是小説乃形發達；又以宋儒《語録》都用白話，至於元代，朝廷上下文告，詞多鄙俚，通俗文學，適於發達，於是小説遂行勃興。然自周秦至元，歷三千餘年之久，始行昌明，其進步之迹象，得不謂之遲緩也歟？

第四節　小説之類别

《四庫全書》，分小説爲三類；凡叙述舊聞者曰『雜事類』，如《西京雜記》、《世説新語》等是也；凡記録神怪者曰『異聞類』，如《神異經》、《海内十洲記》等是也；凡綴輯瑣屑者曰『瑣語類』，如《博物志》、《述異記》等是也。然此等分類方法，尚不免含混；蓋以我國小説，隨時代而變遷，種類至爲繁複，兹分别述之於下：

（一）就派别方面言

1. 理想派　此派可分『神話』與『寓言』兩種：『神話小説』，爲民族文化最初發展期之特徵，不受實際經驗之拘束，雖屬荒誕不經，然能使人抱奮鬥主義，具創造精神，凡一切理想事物，皆以求實現爲目的者也；今之武俠冒險小説，即由此脱胎而來也。『寓言小説』，爲一種想像之時象對話，有教訓世人之意，然其價值，較直接教訓爲深且大；此外尚有一種專以娱樂爲目的者，亦有寄托自己理想者；如《桃花源記》、《捕蛇者説》，以及林紓所譯之《海外軒渠録》，皆『寓言小説』也。

2. 寫實派　此派小説，實爲史外餘談，足補實録之所不及，惟以所舉事實，或真僞參半，或全屬子虚，或影射當世，從未有信筆直書其事者，是以只能作小説觀，而不能以歷史稱之也。如《三國志》、《水滸傳》、《紅樓夢》、《儒林外史》等，皆是也。

（二）就文體方面言

1. 紀載體　此類小説，在我國小説進程中，佔據時間最長，自周秦以至宋初，幾全乎此種體例，無論爲異聞，爲雜事，爲瑣語，爲别傳，皆用此種體例也。

2. 章回體　此種體例，始於宋代，而盛於元時，蓋有統系之紀載小説也； 其與紀載體不同者，即分回目以叙事，而每回目必用七字標題，如《三國志》、《西遊記》、《金瓶梅》等，即此體也。

3. 詩歌體　此種體例，即長短之記事詩，而爲『傳奇』、『彈詞』開山之祖也。 如《孔雀東南飛》、《上山採蘼蕪》、《木蘭辭》等古詩，皆是也。

（三）就篇幅方面言

1. 長篇小説　長篇小説，即完完全全記一事，寫一人，原原本本，全局描寫出來； 此種小説，我國發生最遲，蓋直至宋元時『章回小説』發生，始有此種長篇小説，其後更有散文長篇（如《碎琴樓》、《黄金祟》）及駢文長篇（如《燕山外史》），亦有半駢半散者（如《玉梨魂》、《雪鴻淚史》）。

2. 短篇小説　短篇小説者，在文學方面，係用最經濟之手筆，在描寫方面，係取最精彩之一段； 换言之，即取人生片段之事實，以爲全體之代表，而使人充分滿意，不覺其□截頭截脚之處。 此類小説，我國於子書中，往往有之，而真正發展之時期，乃在近數年之間。

（四）就文字方面言

（甲）就語法而言

1. 文言小説　自周秦以至宋初，皆爲文言小説；　然繼續不斷，以至於今，猶極通行也。

2. 白話小説　白話小説，始於元時，如《水滸傳》，即白話小説也。　然明清以來，小説仍多文言作品，直至民國五六年間，此類小説，始漸通行，而日漸發達焉。

（乙）就辭句而言

1. 散文小説　散文小説，乃包括我國小説之大部分，無論長篇、短篇、神話、寓言，莫不屬於此類也。

2. 韻文小説　韻文小説，包括『駢文』、『詩歌』、『傳奇』、『彈詞』四種，然作品極少，今日已不十分通行，作者亦少，蓋此類作品，非小説中之重要部分也。

上述四類，不過就形色與實　上兩方面分别言之耳；　若欲就其内容事實分别言之，則有『政治』、『歷史』、『社會』、『家庭』、『教育』、『倫理』、『軍事』、『冒險』、『偵探』、『義俠』、『神怪』、『滑稽』、『言情』、『寓言』、『科學』、『黑幕』等小説，種類更爲繁複矣。　惟考我國小説發達之迹象，則由『寓言』、『神話』，而『異聞』、『瑣語』，而『雜事』、『别傳』，而『章回長篇』，而『散文』或『駢文長篇』，而『黑幕秘史』，而『白話短篇』，錯綜旁午，隨時代之好尚而變遷，未可劃然分清，執一面論也。

第五節　小説與傳奇彈詞

唐人單篇小説，專述一事之本末者，亦稱『傳奇』，如裴鉶有『傳奇』三卷，所謂『傳奇』三卷，其實皆小説也。宋元以後，始專屬之『院本』。按『院本』亦名『雜劇』，即『元曲』是也。其體例與小説微有不同，蓋取法於『演義小説』之體，而又加之以詞曲。《元曲選》中，所收至夥。惟當時『院本雜劇』，以四出爲度，曲亦四折；其後往往有四五十折，多於『雜劇』十數倍，其韻脚亦可屢换。於是名前者爲『雜劇』，而别後者爲『傳奇』。如喬孟符之《金錢記》、《揚州夢》、《玉簫女》，鄭德輝之《倩女離魂》、《王粲登樓》、《㑳梅香》，皆『雜劇』也。如董解元之《弦索西厢》（弦索調名，始於金，一人彈琵琶念唱故名），高則誠之《琵琶記》，阮大鋮之《燕子箋》，洪昉思之《長生殿》，皆『傳奇』也。總之小説專記事實，只可閲讀，傳奇則除説白（説白即從演義變化而來）以外，更有可唱之曲，亦有不僅可唱，且可扮演者，蓋類乎『戲劇』之脚本矣。

『彈詞』亦類乎章回之小説，自『傳奇』變例而出也。董解元譜《會真記》之事實，名曰《西厢搊彈詞》，『彈詞』之名，即始於此。而彈詞最初之本，則爲《玉釧緣》，清嘉慶時有刊本，其餘如《天雨花》、《再生緣》、《鳳雙飛》、《三笑姻緣》、《描金鳳》、《雙珠鳳》、《珍珠塔》，皆清代末葉風行之彈詞，在下等社會，有極大之勢力也。惟書中所記，大半爲蕩子淫娃之事，千篇一律，無甚價值，提倡改革，不容緩矣。

第六節　小説與戲劇

小説與戲劇，雖同佔文學上重要之位置，而紀載事實，亦不能謂其迥乎不同；然細辨之，彼此實有不相同之點甚多，兹分述之於下：

（一）範圍不同

小説之取材，全憑乎作者想像之所及，空間，時間，地點，三者毫無拘束，主角亦可較多，只須使人易辨其誰爲重心耳。戲劇取材，極爲謹嚴，故範圍較小説爲狹，且須確守三一律（時間，地點，做態），如一幕只一布景或數布景，一布景只能代表一地，一劇亦不過二四小時；時間空間，極有限制，遠不如小説之可以自由也。又如劇中之角色，主角亦不宜過多，以防淆亂觀者之耳目，致戲劇之中心點無由表現也。

（二）描寫不同

小説描寫事實，毫無拘束，如風景，如實物，如各人之心理，均可全憑理想而説出。至若戲劇，則智慧之運用，口辯之調劑，均須由對語以表現出之，其他風景實物，則又須恃乎布景，處處均須有實際的代表；且小説之描寫可静，而戲劇則須動也。

（三）篇幅不同

小説因人之創作能力不同，可隨意長短，事實繁簡，亦可由作者意志而定。至若戲劇，則須實地表現於舞臺之上，篇幅不宜過長，務令觀者有興趣，又有耐人尋味之處，長短須恰到好處（普通以二三小時爲最佳）；蓋小說爲供私人之玩讀，而戲劇則供公衆之觀賞，須實際表現者也。

以上三層，爲小説與戲劇不同點之最顯著者，其餘相異之處尚多，惟皆屬於戲劇之範圍，非本書所當一一論列者也。

第二章　歷代小説之變遷

第一節　周秦時之小説

周秦之時　我國小説，僅初萌芽，論其種類，不過寓言與神話兩種；至其發生之原因，則以當時之説客方士，皆逞其迂誕怪異之論，荒唐無稽之談，海市蜃樓，指爲實景，如騶衍、騶奭、田駢之徒，韓當、盧生、徐市之輩，先後繼起，故黄帝神仙之事，伊尹烹割之説，百里奚自鬻之言，齊諧志怪之書，風行於當世，上至朝廷，下至閭巷，無不争相傳説，蓋好奇之心，人所同然也。且周室自東遷以後，學術思想，日益解放，是以春秋戰國之際，諸子百家，各以其學説主張，演繹爲文，發表於世，或托之爲神怪，或寄之於寓言，妙語百出，莊詼并用，冀有以震驚時人之耳目，其用心蓋至深遠焉；就中若莊子，若列子，若韓非，以及其他各家，凡所著述，殆無一不有合乎短篇小説之材料，兹分别述之於下：

（一）《山海經》

是書不知爲何人所撰，或謂大禹所作，或謂伯益所作，莫可得而考焉；總之是書大約爲周秦時之雜書，而後人所附益而成也。故《漢書·藝文志》列於刑法家之中，《隋書》以下改入地理書之中，《四庫全書提要》始提出入於小説家之部。其中神話傳説之最有名者，則爲昆侖山與西王母，兹録之於下：

1. 昆侖山

『昆侖之丘，實惟帝之下都，神陸吾司之，其神狀虎身而九尾，人面而虎爪。是神也司天之九部及帝之囿時。』（《西山經》）

『海内昆侖之墟在西北，帝之下都，昆侖之墟，方八百里，高萬仞，上有木禾，長五尋，大五圍，面有九井，以玉爲檻，面有九門，門有開明獸守之。百神之所在，在八隅之岩，赤水之際，非仁羿莫能上岡之岩。』（《海内西經》）

『昆侖南淵，深三百仞，開明獸，身大類虎，而九首皆人面，東向立昆侖上。』（《海内西經》）

此關於昆侖山之記述也。其實昆侖山不過一西北之名山耳；自《列子》及《穆天子傳》中，記周穆王駕八駿而周游天下，至昆侖之阿，賓於西王母，觴於瑶池之上，於是昆侖山遂成爲天國矣。

2. 西王母

『玉山是西王母所居也。西王母其狀如人，豹尾虎齒，而善嘯，蓬髮戴勝，是司天之厲及五殘。』

（《西山經》）

『蛇巫之山，上有人操杯而東向立，一曰龜山。西王母梯幾而戴勝杖，其南有三青鳥，爲西王母取食，在昆侖墟北。』（《海内北經》）

『西海之南，流沙之濱，赤水之後，黑水之前。有大山，名曰昆侖之丘；有神：人面虎身，有文有尾，皆白處之。其下有弱水之淵環之，其外有炎火之山，投物輒然；有人戴勝，虎齒有豹尾，穴處，名曰西王母。此山萬物盡有。』（《大荒西經》）

此關於西王母之記載也。然自《穆天子傳》中，記載周穆王與西王母相遇之事，及《漢武内傳》中記載武帝迎西王母於宫中之事，乃以西王母爲神仙爲美人矣。

總之《山海經》一書，爲後世神話小説之先驅，如《穆天子傳》爲繼《山海經》而起之書，而《漢武内傳》、《神異經》二書，亦由《山海經》脱化而出也。

（二）孟子

孟子爲儒家，其所著《孟子七篇》，雖不可以小説目之，然唐人之雜説體，皆脱胎於《孟子》，宋吴氏《林下偶談》云。『《孟子七篇》，不特推言義理，廣大而精微，其文法極可觀；如《齊人乞墦》一段尤妙。唐人雜説之類，蓋仿於此也。』夫以標榜仁義鄒魯派之孟子，而其文尚不能離小説之體裁，於此可見小説之澤於人心也深矣。兹録《齊人乞墦篇》於下：

齊人乞墦篇

齊人有一妻一妾而處室者。其良人出，則必饜酒肉而後返。其妻問所與飲食者，盡富貴也。其妻告其妾曰：『良人出則必饜酒肉而後返，問其與飲食者，盡富貴也，而未嘗有顯者來，吾將瞯良人之所之也。』早起，施從良人之所之，徧國中，無與立談者；卒之東郭，墦間之祭者，乞其餘不足，又顧而之他，此其爲饜足之道也。其妻歸，告其妾曰：「良人者，所仰望而終身也，今若此！」與其妾訕其良人，而相泣於中庭；而良人未之知也，施施從外來，驕其妻妾。

按此篇文字，乃一篇絶妙之社會小説，含諷世之意，構思極爲深刻也。

（三）《莊子》

莊子名周，蒙人，其學本老子，故其所著書十餘萬言，大抵皆爲寓意文字，其中如鯤鵬之寓言、姑射之神人、蝸角之争、郢人堊漫鼻端，則尤爲類似神話之小説，兹録之於下：

1. 鯤鵬之寓言

窮發之北，有冥海者，天池也。有魚焉，其廣類千里，未有知其修者，其名爲鯤。有鳥焉，其名爲鵬，背若泰山，翼若垂天之雲，摶扶摇羊角而上者九萬里，絶云氣，負青天，然後圖南，且適南冥也。斥鴳笑之曰：『彼且奚適也？我騰躍而上，不過數仞而下，翺翔蓬蒿之間，此亦飛之至也。而彼且奚適也？』

2. 姑射之神人

藐姑射之山，有神人居焉；肌膚若冰雪，綽約若處子，不食五穀，吸風飲露，乘雲氣，御飛龍，而游乎四海之外，其神凝，使物不疵癘，而年穀熟。

3. 蝸角之争

有國於蝸之左角者曰觸氏，有國於蝸之右角者曰蠻氏，時相與争地而戰，伏屍數萬，逐北旬有五日而後反。

4. 郢人堊漫鼻端

莊子送葬，過惠子之墓，顧謂從者曰：『郢人堊漫其鼻端，若蠅翼，使匠石斫之。匠石運斤成風，聽而斫之，盡堊而鼻不傷。郢人立不失容。』宋元君聞之，召匠石曰：『嘗試爲寡人爲之。』匠石曰：『臣則嘗能斫之。雖然，臣之質死久矣！自夫子之死也，吾無以爲質矣！吾無與言之矣！』

（四）《列子》

列御寇鄭人，學本黄老，所作《列子》八篇，雖係後人僞托，然其寓意寄托，極爲深奥；其中如龍伯國之大人、愚公移山等，頗似小説中之神話。兹録之於下：

1. 龍伯國之大人

渤海之東，不知幾億萬里，有大壑焉，實惟無底之谷；其下無底，名曰歸墟。八紘九野之水，天漢之流，莫不注之，而無增無減焉。其中有五山焉：一曰岱輿，二曰員嶠，三曰方壺，四曰瀛洲，五曰蓬萊。其山高下周旋三萬里，其頂平處九千里，山之中間，相去七萬里，以爲鄰居焉；其上臺觀皆金玉；其上禽獸皆純縞；珠玕之樹皆叢生，華實皆有滋味，食之皆不老不死；所居之人，皆仙聖之種，一日一夕，飛相往來者不可數焉。而五山之根，無所連着，常隨潮波上下往還，不得暫峙焉。仙聖毒之，訴之於帝；帝恐流於西極，失群聖之居，乃命禺强，使巨鼇十五，舉首而戴之，迭爲三番，六萬歲一交焉。五山始峙；而龍伯之國有大人，舉足不盈數步，而暨五山之所，一釣而連六鼇，合負而趣，歸其國，灼其骨以數焉。於是岱輿員嶠二山，流於北極，沉於大海，仙聖之播遷者以巨億計；帝憑怒，侵減龍伯之國使阸，侵小龍伯之民使短，至伏羲神農時，其國人猶數十丈。

2. 愚公移山

太行王屋二山，方七百里，高萬仞，本在冀州之南，河陽之北。北山愚公者，年且九十，面山而居，懲山北之塞出入之迂也，聚室而謀曰：『吾與汝畢力平險，指通豫南，達於漢陰，可乎？』

雜然相許。其妻獻疑曰：『以君之力，曾不能損魁父之丘，如太行王屋何？且焉置土石？』雜曰：『投諸渤海之尾，隱土之北！』遂率子孫荷擔者三夫，叩石墾壤，箕畚運於渤海之尾。鄰人京城氏之孀妻，有遺男，始齔，跳往助之。寒暑易節，始一反焉。河曲智叟笑而止之曰：『甚矣汝之不慧！以殘年餘力，曾不能毀山之一毛，其如土石何？』北山愚公長息曰：『汝心之固，固不可徹，曾不若孀妻弱子！雖我之死，有子存焉。子又生孫，孫又生子，子又有子，子又有孫，子子孫孫，無窮匱也，而山不加增，何若而不平？』河曲智叟亡以應。操蛇之神聞之，懼其不已也，告之於帝。帝感其誠，命夸娥氏二子負二山，一厝朔東，一厝雍南，自此冀之南，漢之陰，無隴斷焉。』

（五）《韓非子》

韓非，韓之公子也。喜刑名之學，遂爲法家。然其所著文字，如《説林篇》中，頗多類似寓言小説，茲録一二節於下：

1. 不死之藥

有獻不死之藥於荆王者，謁者操之以入。中射之士問曰：『可食乎？』曰：『可。』因奪而食之。王大怒，使人殺中射之士；中射之士使人説王曰：『臣問謁者曰可食，臣故食之，是臣無罪，而罪在謁者也；且客獻不死之藥，臣食之，而王殺臣，是殺藥也，是客欺王也。夫殺無罪之臣，而明人之欺王也，不如釋臣！』王乃不殺。

2. 三虱相訟

三虱相與訟；一虱過之曰：『訟者奚說？』三虱曰：『爭肥饒之地。』一虱曰：『若亦不患臘之至而茅之燥耳，若又奚患於是？』乃相與聚嘬其母而食之，彘臞。人乃弗殺。

（六）淳于髡

淳于髡爲燕齊派中之滑稽者流，是派之人，好爲空疏迂怪之談，寓深意於滑稽諧説之中，故其文字，頗似小説家言。《左傳》、《國策》其遺説尚有片段存留。茲録淳于髡《諷齊威王篇》於下，蓋可作滑稽短篇小説讀也。

淳于髡《諷齊威王篇》

威王八年，楚大發兵加齊，齊王使淳于髡使趙請救兵，賫金百斤，車馬十駟，淳于髡仰天大笑，冠纓索絶。王曰：『先生少之乎？』淳于髡曰：『何敢！』王曰：『笑豈有説乎？』髡曰：『今者臣從東方來，見道旁有禳田者，操一豚蹄，酒一盂，祝曰：「甌窶滿篝，污邪滿車，五穀蕃熟，穰穰滿家。」臣見其所持者狹，而所欲者奢，故笑之。』於是齊威王乃益賫黄金千鎰，白璧十雙，車馬百駟。髡辭而行，至趙，趙王與以精兵十萬，革車千乘。楚聞之，夜引兵而去。

上所述者，均爲周秦諸子含有小説意味之著作；若按《漢書・藝文志》觀之，所列小説十五家，千三百八十篇，其中關於周秦時之小説書，則有九家。兹録之於下：

《伊尹説》二十七篇　其語淺薄，似依托也。

《鬻子説》十九篇　後世所加（按鬻熊周初人，爲創作小説之鼻祖）。

《周考》七十六篇　考周事也。

《青史子》五十七篇　古史官記事也。

《師曠》六篇　見《春秋》，其言淺薄，本與此同，似因托也。

《務成子》十一篇　稱堯問，非古語。

《宋子》十八篇　孫卿道宋子，其言黄老意。

《天乙》三篇　《天乙》謂湯，其言非殷時，皆依托也。

《黄帝説》四十篇　迂誕依托。

上列各家，均爲匯集上代傳説之書，迂怪淺薄，蓋多出於後人之假托也。總之此時期之小説，以『神話』及『寓言』爲主；此外則尚有『詩歌』一類，三百篇中，頗有類似詩歌體之短篇小説者；此周秦時小説之大概情形也。

第二節　兩漢時之小説

班固《漢書·藝文志》列小説十五家，其關於漢代之小説，則有五家焉：

《封禪方説》十八篇　武帝時。

《待詔臣饒心術》二十五篇　武帝時。劉向《别録》云：『饒齊人也，不知其姓，武帝時待詔作書，名曰《心術》。』

《待詔臣安成未央術》一篇　應劭曰：『道家也，好養生事，爲未央之術。』

《臣壽周紀》七篇　項國圉人，宣帝時。

《虞初周説》九百四十三篇　武帝時人，其説以《周書》爲本。

蓋漢自武帝好滑稽無實之談，於是小説大盛。然考炎漢一代，所有小説，多爲神仙怪異之作，而『寓言小説』，則殊不多覯；蓋以時君世主，好聽方士神仙之説，與夫長生不老之談，是以談神説鬼之短篇雜記，獨見其多也。

漢自文景以來，國内承平無事，人民閒暇，於是漸習於豪侈；至於武帝，宫闈之中，驕奢淫逸，於是描寫女性之文字，言情志艷之雜記，遂應運而生，開後世『志艷小説』之源泉。

除上述『神怪』、『志艷』以外，尚有『雜記』一類，兹分述之於下：

（一）神怪類　此類小説，可分『神話』及『怪異』兩種。

1.《虞初周説》九百四十三篇

虞初，河南洛陽人，方士也。武帝好神仙之説，重用方士，虞初遂以方士侍郎，號『黄衣使者』，小説家之始祖也。應劭曰：『其説以《周書》爲本。』蓋虞初於武帝之時，巡行陝甘一帶，集録神仙怪異之傳説，而成此神話之小説。

2.《洞冥記》四卷

後漢郭憲子横撰，其自序云：『漢武明雋特異之主，東方朔因滑稽浮誕以匡諫，洞心於道教，使冥迹之奥，昭然顯著，故曰《洞冥》。』又有《拾遺》一卷，則已佚。全書皆零聞瑣語，共五十八則，四卷非全書也；且文殊拙劣，多怪誕不經之談，其中記《洞冥草》一則云：『……朔曰：「臣游北極，至種火之山，日月所不照，有青龍銜燭火，以照山之四極，亦有園圃池苑，皆植異木異草。有明莖草，夜如金燈，折枝爲炬，照見鬼物之形。仙人寧封，常食此草，於夜暝時，轉見腹光通外，亦名洞冥草。帝令剉此草爲泥，以涂雲明之館，夜坐此館，不加燈燭，亦名照魅草，以藉足，履水不沉。』全書内容，均與《海内十洲記》無異，要皆爲後人附會之作品也。

以上『怪異録』

3.《海内十洲記》一卷

舊本題漢東方朔撰。朔字曼倩，平原厭次人。班固贊言：『朔之詼諧，逢占射覆，其事浮淺，兒童牧竪，莫不眩耀，而後世好事者，因取奇言怪語附著之朔。』所謂十洲者：祖洲、瀛洲、玄洲、炎洲、長洲、元洲、流洲、生洲、鳳麟洲、聚窟洲是也。漢武帝既聞西王母説八方巨海之中，有十洲（出《漢武内傳》），知東方朔爲異人，延之曲室，問以十洲之所在與其物産，朔因就其所知，舉海内十洲及滄海島與夫方丈洲、扶桑、蓬丘、昆侖之位置與其物産，記之以成是書。蓋此乃繼《漢武内傳》、《漢武故事》之書也。然全書之中，對於武帝，不稱上而徑稱漢武帝，則此書爲後世所僞托，可以知矣。

4.《神異經》一卷

舊本題漢東方朔撰。此書内容，全脱胎於《山海經》，文辭華麗，似爲六朝人手筆，其中述四荒之事，奇言怪語，極爲荒誕，如《東荒經》中記東王公與玉女投壺，《中荒經》中記《不孝鳥》，均爲淺顯神話，而寓教訓之意，如記《不孝鳥》云：『不孝鳥狀如人身。犬毛，有齒，猪牙，額上有文曰不孝，口下有文曰不慈，鳥上有文曰不道，左脅有文曰愛夫，右脅有文曰憐婦，故天立此異畀以顯忠孝也。』

5.《漢武内傳》一卷

舊本題漢班固撰。固子孟堅，扶風安陵人，彪之子也。書中記七月七日武帝迎西王母於大殿。王母自設天厨，與武帝共食；更遣侍女郭密香迎上元夫人。後帝從王母受《五岳真形圖》，又從上元夫人受《六甲靈飛十二事》之秘傳。文辭典雅，似可斷爲六朝人筆墨，如寫西王母，筆墨極爲艷麗，真乃天上神仙，與《山海經》中之鬼物異形，迥乎不同矣。此書之由來，蓋以《史記》中如《孝武本紀》、《封禪書》、《漢書》中如《郊祀記》，均有關於神仙怪異之記録，後人因以掇拾成書，托爲班固所撰（或斷爲齊王儉撰)，故《隋書·經籍志》中，雖有此書之名，而未言何人所撰也。

以上『神話類』

(二) 志艷類

1.《雜事秘辛》一卷

不著撰人姓氏。此爲記録後漢桓帝懿德皇后被選入宫，册立之次第。后名瑩，大將軍梁商之女也。書中記朝廷命吴姁臨梁商之第，入女瑩燕處，而檢其身體一節，摩畫幽隱，委曲盡致，爲道學先生所不敢言者，蓋其穢褻，殆無出其右矣。所謂『雜事』者，乃記録漢宫中之雜事也。『秘』者，秘密之書也。『辛』者，卷帙之號數也。按是書《四庫全書提要》曾考證其爲明楊慎升庵所作，文筆模仿《史》、《漢》，故頗似漢人筆墨也。

2.《飛燕外傳》一卷

舊本題漢伶玄撰。書中記漢成帝皇后趙飛燕，與其妹合德争寵之事。但宫闈中媟褻之狀，决不能原原本本，一一寫出，此書要可定爲六朝時人之筆墨；且伶玄之名，爲史上所不見，其自序中，謂字子於，潞水人，相淮南王，趙后之事，即由其妾樊通德所輾轉傳來，要皆後人僞托之辭也(相傳爲宋人僞造)。書中爲後世所用之典實，有『禍水滅火』及『温柔鄉』之類，兹録之於下：『宣帝時，「披香博士」淖方成，白髮教授宫中，號淖夫人，在帝後唾曰：「此禍水也，滅火必矣。」帝用樊嫕計，爲后别開遠條館，賜紫茸雲氣帳，文玉几，赤金九層博山，緣令嫕諷后曰：「上久亡子，宫中不思千萬歲計耶？

何不時進上，求有子！」后德嫕計，是夜進合德。帝大悦，以輔屬體，無所不靡，謂爲「温柔鄉」；謂嫕曰：「我老是鄉矣，不能效武皇帝求白云鄉也。」

（三）雜記類

1.《漢武故事》二卷

舊本題漢班固撰。唐張柬之書《洞冥記》後云：『《漢武故事》王儉造。』要之此書爲六朝間人，本於《史》、《漢》所載，而托名於班固耳。書中典實如『金屋藏嬌』，後世多運用之。至書中之情節，則不外漢武帝宫中之逸事遺聞耳。其關於『金屋藏嬌』之一段云：

> 武帝幼時爲膠東王時，叔母之長公主，抱王於膝。問兒欲得婦否？指左右之美人，皆不當其意。公主因指其女阿嬌，問以好否？王笑謂若得阿嬌爲婦，當作金屋貯之。

此外如漢劉歆所撰之《西京雜記》二卷，趙曄所撰之《吴越春秋》六卷，袁康所撰之《越絶書》十五卷，書中所載，均爲小説之記事，而《吴越春秋》及《越絶書》，頗似後世演義體之『軍事小説』，書中所記爲吴越興亡之事實，其中如《伍子胥渡江》、《風胡子説劍》、《處女試劍》、《老人化猿》、《公孫聖三呼三應》等事，頗有小説之價值也。《西京雜記》爲記武帝時事，或謂班固撰，或謂梁吴均撰，《唐志》謂葛洪撰，莫可得考矣。

以上所述者，皆漢代小説之書，惟班固所録，僅有五家，則其餘諸書，要皆爲魏晋時人所僞托，或得諸傳聞，或見諸史書，掇拾片段事實，略加點竄，演繹成書，托爲前人所撰，此學者所不可不知也。

第三節　六朝時之小説

魏晋以來，小説之著作，雖漸發達，然仍不出乎『神怪』之範圍，談鬼説怪，事極荒誕；又以受佛教之影響，於是小説之中，亦浸染釋氏之思想，輪回再生之説，慈悲救苦之談，降妖服怪之奇術，妖精化人之異聞，遂屢見於小説之中。且其文辭，大都豐艷縟麗，娓娓可誦，尤足見六朝小説之特色，兹分述之於下：

1.《搜神記》八卷

舊本題晋干寶撰。寶，東晋時人，元帝時爲『著作郎』著《晋紀》，直而能婉，咸稱良史。所著《搜神記》，後世『志怪小説』所取法也。《津逮秘書》所收，分爲二十卷；《漢魏叢書》本僅有八卷，要非原撰可知。然事實古雅，文筆簡潔，蓋佳構也。先是寶父有寵婢，而母甚妬忌，及父亡，母乃推婢於墓中，時寶兄弟年尚幼，不知也。十餘年後，母喪開墓，而婢伏棺如生。載還經日而蘇，言其父常取飲食與之，恩情如生，在家中預言事之吉凶，無不驗也。又寶兄嘗病，亦氣絶而復蘇，自言見天地間鬼神事，如夢覺，不自知其死也。寶見此不可思議之事，遂感而撰集古今神祇靈異，人物變化，而作《搜神記》二十卷，以示劉惔。惔爲之作序以陳其志。并稱之曰『鬼之董狐』。書中所記，如燕惠王墓上之狐狸，化二少年以試司空張華之才學； 豚精化女，入李汾書房中以通殷勤； 終南山道士徐啓玄過王大夫之宅門，見怨氣亘天，爲袚其殺養女金英之宿世冤仇； 李楚賓射殺怪禽，以除董元范之患； 張安儒死，有胡女鬼來尋而飲安儒之屍與酒； 凡此種種怪異之事，莫不言之津津； 其後明瞿佑之《翦燈新話》，清蒲松齡之《聊齋志異》，蓋皆取法於此也。

2.《搜神後記》二卷

晉陶潛撰。 潛字淵明，潯陽柴桑人，大司馬侃之曾孫也。 嘗爲彭澤令，賦《歸去來辭》，又嘗撰《桃花源記》一文，極爲著名，蓋我國中古時代有名之短篇小説也。《搜神後記》，事皆簡短，殊鮮興味，似爲後人假托。《津逮秘書》本有十卷，《漢魏叢書》及《唐宋叢書》中，均爲片段之記録，蓋已莫可考矣。

3.《拾遺記》十卷

秦王嘉撰。 嘉字子年，苻秦之方士也。《拾遺記》中前九卷，載伏羲以來異事，前世奇詭之説； 於周穆王、燕昭王、秦始皇特爲之立傳。 其第十卷則載昆侖山、蓬萊山等之傳説； 如言昆侖山，則曰： 『昆侖山者，西方須彌山，對七星之下，出碧海之中。』按須彌山乃佛家語，可知當時小説，已雜入釋氏之思想矣。 全書模仿郭憲之《洞冥記》，其中最出色之文字，則爲帝子與皇娥宴戲（少昊）及薛靈芸之入内（魏）頗膾炙人口。 是書在當時已散逸不完，今所傳者，乃梁蕭綺綴拾殘缺而叙録者也。

4.《殷芸小説》十卷

宋殷芸撰。述秦漢以來雜事，至宋初止，蓋於諸史傳記中抄集。或稱商芸者，避時君諱也。《邯鄲書目》云，或題劉餗，非也。

5.《異苑》十卷

宋劉敬叔撰。書中專録神怪荒誕之説，無精采之處。

6.《稽神異苑》十卷

南齊焦度撰。雜編傳記鬼神變化，及草木禽獸妖怪譎詭之事。按焦度南安氏人也。質訥樸戇，以勇力事高帝，決不能著書；又卒於建元四年，而所紀有梁天監中事，必非也。《唐志》有焦路《窮神秘苑》十卷，豈即此書而相傳之訛歟？

7.《述異記》二卷

舊本題梁任昉撰。昉家藏書三萬卷，天監中，採輯前世之事，纂新述異，皆時所未聞，將以資後來屬文之用，亦博物之意。《唐志》以爲祖同所作誤也。《四庫全書提要》謂『其文冗長，大抵剽剟諸小説而成』。疑其爲後人所僞托。持之亦頗有理也。

8.《續齊諧記》一卷

梁吴均撰。齊諧志怪，本莊子語也。《唐志》有東陽無疑《齊諧志》，今不傳，此書殆續之者歟？

9.《北齊還冤志》一卷

隋顔之推撰。之推本梁人，仕於北齊，以至於隋。是書本有三卷，今《漢魏叢書》中只録其一卷。文辭頗古雅，書中上自春秋，下至晋宋，舉報應鑒戒之事，以闡明其因果之理；蓋之推篤信佛學，故其所著，都爲佛家言也。

10.《世説新語》十卷

宋劉義慶撰。義慶採擷漢晋以來佳事佳話，分三十八門。今本凡六卷，三十六門，其中頗多小説資料。

11.《華陽國志》十二卷

晋常璩撰，華陽，梁地也。記漢以來巴蜀地理風俗人物，及公孫述、劉焉、劉璋，先後主，以及李特等事迹，末卷爲序志，肇自開闢，終乎永和三年，内中小説之資料頗多，是書或云有二十卷。

12.《荆楚歲時記》四卷

梁宗懔撰。其序云：『傳元之朝會，杜篤之上巳，安仁秋興之叙，君道娱婚之述，其屬辭則已洽，其比事則未弘，率爲小説，以録荆楚歲時之風物、故事，自元日至除日，凡二十餘事。』

除上述外，如曹毗之《續杜蘭香歌詩》，祖台之之《志怪》(今已不傳)，葛洪之《神仙傳》，釋慧皎之《高僧傳》，張華之《博物志》、《列異傳》，皇甫謐之《高士傳》、《列女傳》，楊衒之《洛陽伽藍記》，劉義慶之《幽明録》，邯鄲淳之《笑林》，以及《枕中書》、《金樓子》、《佛國記》、《水經注》、《斐子語林》、《冥祥記》、《漢中士女志》、《梓潼士女志》，均有絶好之小説資料，學者亦可一一流覽也。

第四節　唐代之小説

唐代小説，亦甚發達，文辭既極典麗，而又極饒風韻，且凡所記載，都爲一人一事之珍聞奇談，或爲艷情，或爲劍俠，或爲神仙怪異，或爲宫闈逸聞，要皆爲『傳奇』之體裁，而具一唱三嘆之妙也。洪容齋曰：『唐人小説不可不熟，小小情事，凄惋欲絶，洵有神遇而不自知者，與詩律可稱一代之奇。』是則唐代小説，見重於世，可以知矣。兹分述於下：

（一）歷史類

1.《海山記》

唐韓偓撰。偓字至堯，萬年人。是書述隋煬帝初即位之情事，及起建西苑於長安，營造離宫於江都，與夫晚年遭弑戮之禍，原原本本，極有條理，惟文辭鄙俚，似非唐人手筆，且於煬帝泛龍舟於西苑中之五湖，而作《望江南》詞八闋（《望江南》詞始於晚唐李德裕），至堯時尚無此體，則爲後人所僞撰，可決然無疑；或謂係宋人依托之作也。

2.《迷樓記》

唐韓偓撰。書中記煬帝晚年淫荒之事，命巧匠項升建雅致之宫殿；樓閣高下，軒窗掩映，幽房曲室，玉欄朱楯，互相連屬，迴環四合，曲屋自通，千門萬户，上下金碧，金虬伏於棟下，玉獸蹲於户傍，壁砌生光，瑣窗射日，工巧無比，誤入其中，終日不出。煬帝見之大喜，以爲真仙入游其中，亦當自迷，因名之曰迷樓。閣中又懸士女會合之圖，淫樂之事，描寫盡致，而書中又處處暗示衰亡之兆，洵有心人筆墨也。

3.《開河記》

唐韓偓撰。是書爲記煬帝命麻叔謀等開鑿運河之事。書中多述工人於開鑿時，掘前人之陵墓，而發見種種奇怪之迹，與前述二書專載淫荒之事，則又不同矣。

4.《李衛公別傳》

無名氏撰。此記李靖事也。靖干微賤時，曾狩獵山中，旁暮迷失道路，因就燈火之處以求投宿，及至則爲朱門白壁之大宅，蓋龍王之家也；時龍王方出，龍母留之，款待甚殷，及靖告辭欲去，復饋以二奴：一奴出自東廊，儀容和好，有怡怡之色；一奴出自西廊，氣概軒昂，有憤怒之容。靖乃乞其怒者以共出，行不數武，則邸宅已不可見，奴影亦滅，乃獨自覓路而歸。後靖從李世民起兵，屢立戰功，奉爲大將，而終不能爲相者，則以不取東廊奴之故也。書中所謂東廊西廊，蓋取關東出相，關西出將之意也。

5.《高力士傳》

唐郭湜撰。此書記高力士一生事實。蓋高爲玄宗忠僕。當天寶盛時，高侍左右，承貴妃之歡；及安禄山反，隨駕至蜀，備嘗艱苦。後還京，賊臣李輔國專權，阻隔玄宗肅宗之間，力士以盡心事玄宗，遂被輔國竄謫巫州，後玄宗肅宗相繼崩，力士亦哀痛以没。書中所記，皆實録也。

6.《梅妃傳》

唐曹鄴撰。書中記梅妃之事。妃姓江，名採蘋，開元中，高力士使閩粵，見採蘋，國色也，因選之入宮，頗邀玄宗寵幸。妃善屬文，性情淡泊，極愛梅，因賜號梅妃，當時長安之大内大明興慶三宫，及東都之大内上陽兩宫，宫女有四萬人，玄宗自得梅妃後，均視之如塵土。後楊貴妃入宫，妃遂失寵；妃悲身世之不遇，以千金贈高力士，使詞人仿司馬相如之《長門賦》，欲由以邀天子之意，高以畏貴妃之勢力，不敢奉命。妃因自作《樓東賦》。後玄宗思梅妃，賜以珍珠一斛，妃不受而報之以詩。詩曰：『柳葉雙眉久不描，殘妝和淚污紅綃。長門自是無梳洗，何必珍珠慰寂寥！』禄山反，妃死於亂兵之手。清洪昉思之《長生殿傳奇》，其《夜怨》、《絮閣》二出，寫梅妃、楊妃之争寵，即根據於此。

7.《朝野僉載補遺》三卷

唐張鷟文成撰。分三十五門，載唐朝雜事。洪容齋謂『《僉載》紀事皆瑣尾摘裂，且多媟語』。

8.《劇談録》三卷

唐康駢駕言撰。載唐世故事。

除上述以外，如《李泌傳》、《同昌公主外傳》、《太真外傳》、《長恨歌傳》，皆屬此類者也。

(二) 社會類

1.《唐語林》十卷

未詳撰人姓氏。效《世説》體，分門記唐世名言，新增嗜好等十七門，餘皆仍舊。

2.《芝田録》一卷

未詳撰人姓氏。叙謂嘗憩緱氏，故取潘岳《西征賦》以名其書，記隋唐雜事，總六百條。

3.《東城老父傳》

唐陳鴻撰。此書記唐代鬥鷄之風。東城老父即指賈昌也。昌能解鳥語，以鬥鷄博玄宗寵愛，號爲『神鷄童』。書中寫賈昌於清明節在驪山温泉宫中指揮鬥鷄一節，極形容之妙，而賈昌去國失寵一段，尤有凄凉之感。當賈昌盛時，時人爲之語曰：『生兒不用識文字，鬥鷄走馬勝讀書，賈家小兒年十三，富貴榮華代不如，能令金距期勝負，白羅綉衫隨軟輿，父死長安十里外，差夫持道挽喪車。』於此可見當時之社會情形矣。

（三）義俠類

1.《劍俠傳》

唐段成式撰。成式字柯古，臨淄人。書中載《車中女子》、《僧俠》、《京西店老人》等共十有一人，皆劍俠也。而十有一人中以《聶隱娘》、《昆侖奴》兩篇最爲出色。聶隱娘唐魏博大將聶鋒之女也。當十歲時，爲尼引至山中，授以劍術及各種武藝，後嫁磨鏡少年，時共乘黑白衛以出，其實則紙衛也。清尤西堂之《黑白衛傳奇》，即以此爲粉本也。《昆侖奴篇》所載爲大歷中有崔生者，至一品之家，一品命妓紅綃款待之。臨别，妓送之出院，以手作勢，生頷之；歸後思之，神魂爲之顛倒，然終不解其意，後問家中昆侖奴磨勒，始盡知其義。磨勒因負生人一品家中，覓紅綃，共負之出。其事實蓋由虬髯客中之紅拂脱化而出也。其後明梁伯龍之《紅綫女》、《紅綃雜劇》，與梅禹金之《昆侖奴雜劇》，皆以此爲藍本也。

2.《**紅綫傳**》

唐楊巨源撰。書中記紅綫事，紅綫者，潞州節度使薛嵩家之青衣也。善彈阮咸，又通經史，爲薛嵩司文書，號曰『内記室』。時魏北節度使田承嗣欲攻潞州。薛嵩知之，計無所出，紅綫遂於夜間用飛行術直到魏博，以探虚實，既至，入承嗣卧室，盗其金盒以歸，瞬息之間，往返行七百里之遥，及晨，承嗣起，覓金盒不得，大憂懼，會嵩遣使者賫還之，乃益驚異，承嗣遂罷用兵之議。

3.《**劉無雙傳**》

唐薛調撰。書中記劉震女無雙事。無雙幼時，曾許嫁震甥王仙客，後以兵亂，彼此分離，無由成婚，時仙客有舊僕名塞鴻者，爲之探舅家消息，知無雙已被選入後宫，仙客聞之，哀號欲絶，因娶無雙侍婢採蘋爲妾。後仙客爲長樂驛吏。聞有宫女三十人入值園陵，須經是驛，仙客冀無雙或在其中，乃命塞鴻煎茶於驛亭以探之，果見無雙，復得俠士古押衙之助，設法使無雙死而取其屍以回，復灌藥以蘇之。後元吴灊客有《劉無雙歌》，明陸天池作《王仙客無雙傳奇》（即《明珠記》），皆以此爲粉本。清李竺一翁於《煎茶》一出，易以侍婢採蘋，謂之《煎茶改本》。

4.《**虬髯客傳**》

唐張説撰。説字道濟，又字説之，濟陽人，封燕國公，與蘇頲（封許國公）并稱爲燕許大手筆。是書記李靖於布衣時，謁隋司空楊素，共談國事，時有妓女紅拂在旁，知其爲英雄，即於是夜竊投靖寓，同歸太原，途遇異人虯髯客（即後所稱風塵三俠），與紅拂同姓張，曾結爲兄妹之約，及與靖談，則大喜，稱其爲大將之器，及至太原，因靖以謁李世民，退而謂靖曰：『此真天子也。』後盡出所有財貨寶物，悉與靖，且曰：『余本欲樹大功於此世，今真王已出，余無所用，太原李氏，真英主也；三五年內，可致太平，君以不世出之才，宜善輔之。其後十年，東南十里之外，有異變突起，爲吾得志之時，君幸與吾妹瀝酒賀之。』言畢，乘馬而去，遂不復見。後世民起兵，李靖以客所與金，悉獻之。又李靖所有兵法，均爲客所傳授，其與靖約會之情節，與圯上老人試張良無異，蓋是書乃脱胎圯橋故事，虛構以成之者也。明張伯起之《紅拂記》，則又以此書爲粉本，蓋是書乃開後世『雜劇』、『傳奇』之體裁也。

除上述以外，如沈亞之之《馮燕傳》，雍陶之《英雄傳》，以及《謝小娥傳》、《奇男子傳》等書，皆義俠類之小説也。

（四）志艷類

1.《游仙窟》

唐張文成撰。書中自述奉使河源時，迷入神仙窟中，備受十娘，五嫂，兩女仙之殷勤款待；假神仙以述情事，文辭絢爛，間雜以俗話語氣；惟頗爲淫穢，後世淫書之多，此其作俑乎？

2.《章台柳傳》

唐許堯佐撰。此書記韓翃與柳氏愛慕事，事出孟棨之《本事詩》。天寶中，韓翃以詩名於時，其友李生有寵姬柳氏，慕翃才，竊屬意焉。李生知之，即以柳氏贈翃。後祿山事起，兩人遂分離；柳氏被蕃將沙吒利劫去，韓翃爲淄青節度使侯希逸之書記，及亂平，翃遣使者求柳氏，且贈以詩云：『章台柳，章台柳，昔日青青今在否？縱使長條似舊垂，也應折向他人手。』柳氏得詩，大爲悲傷，因答之云：『楊柳枝，芳菲節，所恨年年贈離別，一葉隨風忽報秋，縱使君來豈堪折。』後有許俊者，乘沙吒利外出，以計迎柳氏歸，使有情人重復相聚，蓋亦昆侖奴磨勒之流也。

3.《步非煙傳》

唐皇甫枚撰。或稱《非煙傳》。步非煙者，武公業之愛妾也，以與青年趙象通，後事敗露，爲公業所笞死。此書後段，已涉及幽靈，可稱爲神怪小說也。

4.《霍小玉傳》

唐蔣防撰。書中記李益及霍小玉之事。小玉爲唐宗室霍王之庶子，淪爲歌妓，與李益相識，結白首偕老之盟。後益竟棄小玉，訂婚盧氏，小玉聞之，心痛欲絶；時有黄衫豪士，堅邀益至小玉家，與之一會，小玉見益，責其負心，舉杯酒酹地曰：『我爲女子，薄命如斯；君是丈夫，負心若此。韶顔稚齒，飲恨而終，慈母在堂，不能供養，綺羅弦管，從此永休，徹痛黄泉，皆君所致，李君李君！今當永决，我死之後，必爲厲鬼，使君妻妾，終日不安。』乃引手握生臂，擲杯於地，長慟號哭，數聲而絶。文筆極爲哀艷也。

5.《李娃傳》

唐白行簡撰。行簡字知退，樂天之季弟也。是書乃記鄭生與長安名妓李娃鍾情之事，與《霍小玉傳》大同而小異。要皆出色之作品也。書中記李娃與鄭生初相識，即彼此愛慕不捨，後生資用告罄，姥意即漸怠，設法遣之去，生乃流落爲歌者；會父至長安，聞生流落，以□（按：似缺爲『雪』）奇辱，既得生，即鞭之曲江之邊，生一時氣蹶，父以爲斃矣，遂棄之。後生遇救得蘇，乞食市中，適至李娃之家，娃見之大慟，以綉襦擁而至西厢，放聲大慟，息絶而復蘇。後生發憤讀書，理舉子業，登甲科，遂與娃偕老焉。元曲中石君寶之《曲江池》，明代傳奇中鄭若庸之《綉襦記》，皆以此爲藍本也。

6.《會真記》

唐元稹撰，稹□（按：似缺『字』字）微之，河南人，與白居易齊名，號爲元白。書中記張生與鶯鶯會合之事。按張生即影微之自身，而誣其表妹者。證之微之所作姨母《鄭氏墓志》，及白樂天所作微之之母《鄭夫人墓志》，即可以知鶯鶯與微之之關係矣。宋元以來，以此爲粉本而作『傳奇』、『彈詞』者甚多，要以《西厢記》最爲出色之作。

除上述外，如房千里之《楊倡傳》，于鄴之《揚州夢記》等，皆爲志艷之小説，不勝枚舉矣。

（五）神怪類

1.《集異記》二卷

唐薛用弱撰。集隋唐間談詭之事。一題《古異記》，首載徐佐卿化鶴事。

2.《**陸氏集異記**》□（按：當爲『二』字）卷

唐陸勛纂，語怪之書也。凡三十二事，言犬怪者居三之一。

3.《**博異志**》一卷

唐谷神子纂。記唐初及中世事，序稱其書頗箴規時事，故隱姓名。或曰，名還古，而竟不知其姓，志怪之書也。

4.《**柳毅傳**》

唐李朝威撰。書中記唐高宗儀風時，有儒生柳毅者，上試落第，欲回湘，邂逅洞庭龍君之女，遂入龍宫，成爲夫婦，後歸洞庭，遂成神仙焉。《元曲選》中之《柳毅傳書》、《張生煮海》，皆以此爲藍本也。

5.《**離魂記**》

唐陳元祐撰。書中記倩娘與王宙事。初張鎰之幼女倩娘，許嫁於鎰之外甥王宙，兩人情好甚篤，後張鎰忽欲爲倩娘另嫁，於是兩人甚悲恨，後訣别上船。至夜半，宙不能成寢，忽見倩娘來船中，且驚且喜，遂相偕赴蜀中，越五年，倩娘念父母欲回家，至則鎰大奇，以倩娘正卧病在床也。時閨中病人，聞之大喜，盛裝出迎，不意兩女競合爲一體。元鄭德輝之《倩女離魂雜劇》，即以此爲藍本也。

6.《**杜子春傳**》

唐鄭還古撰。子春爲周隋間人，家貧，後遇一老人，屢周以錢，其後子春訪老人於華山，奉其教，遂爲神仙。

7.《枕中記》

唐李泌撰。書中記盧生邯鄲夢之事。盧生曾於邯鄲客舍，借仙翁之枕而寢，夢中歷經五十年之榮華富貴，及一枕夢覺，則黄粱猶未熟也。明湯臨川《邯鄲夢傳奇》，即根據此本也。

8.《南柯記》

唐李公佐撰。記淳於棼晝寢槐樹之下，夢入槐安國，而爲國王之婿，且統治南柯郡。按槐安國，即蟻世界也。文中於淳于棼夢覺後，踏查蟻穴一段，極有價值。其文曰：『……生感念嗟嘆，遂呼二客而語之，驚駭，因與生出外，尋槐下穴。生指曰：「此即夢中所經入處。」二客將謂狐狸木媚之所祟，遂命僕夫荷斤斧，斷擁腫，尋穴究源，旁可袤丈，有大穴洞然明朗，可容一榻，根上有積土壤，以爲城郭臺殿□（按：似缺『之』字）狀，有蟻數斛，隱聚其中，中有小臺，其色若丹，二大蟻處之，素翼朱首，長可三寸，左右大蟻數十輔之，諸蟻不敢近，是其王矣；即槐安國都也。又窮一穴，直上南枝，可四丈，宛轉方平，亦有土城小樓，群蟻亦處其中，即生所領南柯郡也。又一穴西去二丈，磅礴空虚，嵌空異狀。中有一腐龜板，大如斗，積雨浸潤，小草叢生，繁茂翳薈，掩映振殼，即生所獵靈龜山也。又窮一穴，東去丈餘，古根盤屈，若龍虺狀，中有小土壤，高尺餘，即生所葬妻「龍岡之墓」也。追想前事，感嘆於懷，披穴窮迹，皆符所夢，不欲二客壞之，還令掩塞如舊。是夕，風雨暴發，視其蟻，遂不見，莫知所去。』後明代湯臨川《玉茗堂四夢》中之《南柯夢》，即以此爲藍本也。

9.《酉陽雜俎》二十卷

唐段成式撰。自序云：縫掖之徒，及怪及戲，無侵於儒。詩書爲大羹，史爲折俎，子爲醯醢，大小二酉山多藏奇書，故名篇曰《酉陽雜俎》。分三十門，爲二十卷，其後續十卷。所記多譎怪，其標目亦奇詭，如《天咫玉格壺史貝編屍穸》之類。成式，文昌之子。

10.《乾𦠆子》三卷

唐温庭筠撰。庭筠本名岐，字飛卿，太原人，與李商隱齊名。是書序謂語怪以悦賓，無異𦠆味之適口，故以《乾𦠆》名書。𦠆與饌同，字從肉，見古《禮經》。

此外如牛僧孺之《元怪録》，李復言之《續元怪録》，鄭處晦之《明皇雜録》、《白頭宫人》，李景亮之《人虎記》，羅鄴之《蔣子文傳》，孫揆之《靈應傳》，孫恂之《獵狐記》，以及《申宗傳》、《白猿傳》、《袁氏傳》、《任氏傳》、《妙女傳》、《神女傳》、《才鬼記》、《靈鬼志》、《靈怪録》、《夜怪録》、《物怪録》等，均爲神怪之小説，舉不勝舉矣。

上述五類，爲唐代著名之小説，然如李商隱之《雜纂》（一卷）所記均爲俚俗常談鄙事，可資戲笑，以類相從，今世所稱殺風景即出於此。蓋後世『滑稽小説』之流亞也。如李匡義之《資暇録》，陸長源之《辨疑志》，則爲供辨正之小説，又與上述各種不同矣。至唐代各種重要之小説，則爲《唐代叢書》、《龍威秘書》、《五朝小説》、《唐人説薈》所收，學者可取原書一一流覽也。

唐人小説，不特如上述之各種專集，其於文集中亦往往有短篇小説雜於其間，如韓愈之《毛穎傳》、《下邳侯革華傳》，柳宗元之《梓人傳》，《種樹郭橐駝傳》、《捕蛇者説》，皆極有價值之短篇小説也。而詩話集中，如孟棨之《本事詩》，范攄之《雲溪友議》，亦皆有小説之臭味也。

五代之時，干戈擾攘，文學凋零，小説之作品，亦漸寥落，其有小説價值之著作，則如徐鉉之《稽神録》，沈汾之《續仙傳》，馮延巳之《黑昆侖傳》，高彦休之《唐闕史》，尉遲偓之《中朝故事》，王仁裕之《開元天寶遺事》，劉崇遠之《金華子》，杜光庭之《録異記》、《神仙感遇録》、《墉城集仙録》等，皆爲後人所稱道者也。

第五節　宋代之小説

小説至於宋代，風氣漸變，蓋宋以前，大率爲穠艷綺縟之文字，至於宋代，則開白話小説之先路（《輟耕録》謂宋有『戲曲唱』、『諢詞説』，按『諢詞説』即後之白話小説也）；《永樂大典》中有『平話』一門，專收優人以前代軼事敷衍而口説之書（今書已不可得見），今所傳《宣和遺事》，即此類之書也。按宋自仁宗以來，國家閒暇無事，於是令臣下日進一奇怪之事，以爲娱樂，故小説得勝頭回之後，即云話説趙宋某年云云。此宋代『平話』之所以盛也。惟以當時文學之士，上承漢唐之思想，仍以小説爲文人之餘業，茶餘酒後之談助，故於文學上猶未能佔重大之位置也。兹分述之於下：

（一）演義類

在宋代雖無演義類之小説，然諢詞小説，實即後世演義小説之始祖也。

1.《宣和遺事》

爲南宋無名氏所作。書中記徽宗欽宗之事。宣和爲徽宗年號。當徽宗在位時，驕奢淫逸，自被擄以後，父子蒙塵，被因於五國城中，備嘗辛苦，客死異域，用筆極委曲凄凉，而於秦檜力主和議，未能恢復中原，則尤深致憤慨。《水滸傳》傳宋江等三十六人之來歷，即本於是書。惟書中文字，不盡爲白話，乃俗話而近於文言之作品也。黄蕘圃刊入《士禮居叢書》，爲『章回體小説』存於世之最古者。

2.《五代平話》

此爲近年新出現之景宋殘本，實爲講史類之書，文體與《宣和遺事》相似，所記載者，爲梁唐晋漢周之軍談，惟《梁史》與《漢史》之下卷，均已散失。亦演義體之始祖也。

3.《京本通俗小説》

此書亦最近出現之景宋殘本，書中略字俗字極多，且均爲殘缺不全之零本，每卷中可全讀者甚少，惟自第十卷至十六卷之二册，間有成篇之短篇小説，兹述之於下：

《碾玉觀音》

《菩薩蠻》

《西山一窟鬼》

《志誠張主管》

《拗相公》

《錯斬崔寧》

《馮玉梅團圓》

書中筆墨，與《宣和遺事》相仿，惟較爲瑣碎，亦南宋人手筆也。

此外如劉斧之《青瑣高議》，書中每條，亦以七字標目，如『張乖崖明斷分財，回處士磨鏡題詩。』蓋與平話體甚相近也。

（二）雜記類

1.《太平廣記》五百卷

宋太平興國初，詔李昉等取古今小説，編纂成書，同《太平御覽》上之，賜名《廣記》。

2.《歸田録》二卷

宋歐陽修撰。其自序曰：『《歸田録》者，朝廷之遺事，史官之所不記，與大士大夫笑談之餘，而可録者録之，以備閒居之覽也。』又曰：『唐李肇《國史補序》云：「言報應，叙鬼神，述夢卜，近帷箔，悉去之；記事實，探物理，辨疑惑，示勸戒，採風俗，助談笑，則書之。」余之所録，大抵以肇爲法；而小異於肇者，不書人之過惡，以職非史官，而掩惡揚善，君子之志也。』

他如司馬光之《涑水紀聞》，邵伯温之《見聞録》，王彦輔之《麈史》，王銍之《默記》，周密之《武林舊事》、《齊東野語》，叶夢得之《石林燕語》，皆雜記類之小説也。

（三）神怪類

1.《夷堅志》

宋洪邁景盧撰。甲至癸二百卷，支甲至支癸一百卷，三甲至三癸一百卷，四甲至四乙二十卷，大凡四百二十卷。書中多取《廣記》中舊事，所記均爲鬼神怪異之事實，後王質景文有《夷堅別志》二十四卷。

2.《青箱雜記》十卷

宋吴處厚撰，記鬼怪之書也。

3.《洞微志》十卷

宋錢希白述，記唐以來詭譎事。

他如何薳之《春渚紀聞》，王鞏之《聞見近録》，張君房之《乘異記》，張師正之《括異記》，聶田之《俱異志》等書，皆志怪異之小説也。

（四）志艷類

1.《麗情集》二十卷

宋張君房唐英編，記古今情感事。

2.《侍兒小名録》一卷

宋張邦基撰

3.《楊太真外傳》

宋樂史撰

總上四類，均爲宋代之小説，其入文集中者，如歐陽修之《六一居士傳》，蘇軾之《方山子傳》，均極有價值之短篇小説也。

第六節　元代之小説

我國小説，至於元代，始行發展，且能一洗從前之積習，蓋其文辭，則全用俗語；其體例，則變爲章回；原原本本，爲長篇有統系之紀事；非如從前之短篇雜記，以一章一節取勝也。至元代小説，何以能驟然勃興，則以宋儒語録，多用白話，至於元代，此風尤盛，朝廷詔誥，幾無不用俗話；又以元代取士，有填詞一科，學者以時尚所好，於是盡廢其研究詩歌紀傳之工，而專事於傳奇演義。此小説之所以突進也。兹將元代小説中之最有名者，分述於下，其餘雜記短篇，雖有小説之價值，概略而不載焉。

1.《水滸傳》

此書之作者，相傳爲元人施耐庵。胡應麟《莊岳委談》云：『今世傳街談巷語，有所謂演義者，蓋尤在傳奇雜劇下，然元人武林施某所編《水滸傳》，特爲盛行，世率以其鑿空無據，要不盡然也。余偶閲一小説序，稱施某嘗入市肆，紬閲故書於敝楮中，得宋張叔夜擒賊招語一通，備悉其一百八人所自起，因潤飾成此編，其門人羅某亦效之爲《三國志》，絶淺鄙可嗤也。郎瑛謂此書及《三國志》，并羅貫中撰，大謬，一書淺深工拙，若霄壤之懸，詎有出一手之理？世傳施號耐庵，名字竟不可考。』

稱《水滸傳》爲羅貫中所著者，除郎瑛外，尚有王圻，其《續文獻通考》云：『《水滸傳》，羅貫著。貫字本中，杭州人；編撰小説數十種，而《水滸傳》叙宋江事，奸盗脱騙，機械甚詳，然變詐百端，壞人心術，説者謂子孫三代皆啞，天道好還之報如此。』按羅貫字本中，與郎瑛《七修類稿》稱羅本字貫中，則又異矣。

李卓吾本之《水滸傳》，題施耐庵集撰，羅貫中纂修，則《水滸傳》又爲兩人合作之本矣。按李卓吾本之《水滸傳》，謂之《忠義水滸傳》，爲百二十回本，亦有百回本者。周亮工《書影》云：『故老傳聞《水滸》一百回，各以妖異語冠其首，嘉定時郭武定重刻其書，削其致語，獨存本傳。』金壇王氏亦云：『此書每回前各有楔子，今俱不傳。』

金聖歎於《水滸傳》第七十回評云：『一部書七十回，可謂大鋪排，此一回可謂大結束，讀之正如千萬群龍，一齊入海，更無絲毫未了之憾，笑殺羅貫中，横添狗尾，徒見其醜也。』觀此則又似施作而羅續矣。

《鈕琇觚賸》云：『《水滸傳》三十六天罡，本於龔聖與之三十六贊，其贊首呼保義宋江，終撲天雕李應，《水滸》名號，悉與相符，惟易尺八腿劉唐爲赤髮鬼，易鐵天王晁蓋爲托塔天王，則與龔贊稍異耳。』而《宣和遺事》中，亦有三十六人，且各有渾號，與《水滸》無異，殆編者根據《宋史》張叔夜征討梁山事，演繹而成。《居易録》載張叔夜征梁山時之檄文，謂有能擒盧俊義者賞十萬，擒宋江者賞一萬，則盧之身價實高出宋之上，與《水滸》中宋江爲三十六人之首領，似稍有不同。然元代雜劇中如《黑旋風雙獻功》、《武松打虎》、《燕青博魚》等傳，亦屢屢見之。是則《水滸》之作，非全無根據者也。

書中自第一回至七十回，爲叙大罡星三十六員，地煞星七十二員之離合聚散，而卒相會於梁山泊。七十回以後，則叙宋江等應朝廷招諭，改節出仕，北伐契丹，南征方臘，功業雖大，而多數豪傑，均先後凋喪，甚或有削髮出家，或有亡逃海外，而統領宋江，副統領盧俊義，亦相繼斃於讒人之手；前半部何等生龍活虎，而此則寫窮途末路之慘狀，何其先後不相稱，宜金聖歎以第七十回《梁山泊英雄驚惡夢》爲結局，則有神龍見首不見尾之妙，而稱之爲天下第五才子書也。

相傳施耐庵於著作之時，先畫三十六人不同之像，張之於壁，然後刻意經營，一一描寫之，故能個個生龍活虎，而又各各不同也。

總之是書結構，氣概極爲偉大，有不可一世之慨，而文筆又極剛健，字字老辣，句句有力，描寫之工，無出其右矣。

2.《三國志演義》

胡應麟曰：『施某既作《水滸傳》，其門人羅某效之，而作《三國演義》。』郎瑛《七修類稿》云：

『《三國》、《宋江》二書，乃杭人羅本貫中所編。』王圻《續文獻通考》亦稱羅貫所編撰。是書大抵根據陳壽《三國志》，并採裴松之注，及其他傳紀史注，而演述爲小説體裁；但金元之時，曲目中已有《赤壁鏖兵》、《諸葛亮秋風五丈原》等名；《元曲選》中已有《隔江鬥智》、《連環計》等名，可見《三國志》之著作，非全無憑藉者也。

是書共一百二十回，始於《宴桃園豪傑三結義》，終於《降孫皓三分歸一統》，金聖歎極推獎之。清初諸將，以其爲軍談之小説，亦極力推獎之；其中隆中三顧，赤壁一戰，事既變化，文亦曲折，乃經營之筆也。然如胡應麟輩，則猶以爲鄙俚之書，殊不足稱述，則其見解，似偏狹矣。

羅氏除《三國志》以外，又有漢晉隋唐以來演義，詳記羅氏故事，揭其祖烈；惟都爲後人改削竄亂，莫可考矣。羅氏又有《平妖傳》一書，王纘山稱爲《水滸》之亞，其見重可想見矣。

上述《水滸傳》、《三國志演義》，與夫雜劇中之《西厢記》、《琵琶記》，稱爲元代四大極作；而《水滸》、《三國》，則稱爲雙璧；若合之明代之《西遊記》與《金瓶梅》，則稱爲小説中之四大奇書。蓋《水滸》爲描寫社會之情形，與夫草野豪俠之狀况；《三國》爲描寫軍事之歷史小説；《西遊記》則爲神怪小説之傑作；而《金瓶梅》則描寫下流社會家庭中瑣屑之事，惟太雜淫褻耳。

第七節　明代之小説

明代小説，『平話』之體最盛，然大都不著撰人姓氏；而《明史·藝文志》所録，亦皆爲瑣談雜記，而無平話體之小説，豈以其未著撰人姓氏，而即不録耶？ 按明代小説，大概爲雜記及談鬼説怪之文字： 如雜記類，則有陶宗儀之《輟耕録》，王世貞之《觚不觚》等書，異聞類則有祝允明之《志怪録》，洪應明之《仙佛奇蹤》等書； 瑣語類則有黄暐之《蓬窗類記》，陳禹謨之《廣滑稽》等書； 王若《龍圖公案》，則記宋包拯之判案； 《女仙外史》，則記盡忠於建文之宫女； 《好逑傳》、《玉嬌梨》、《平山冷燕》，則爲志艷之小説。 而鍾伯敬之《開闢演義》，郭勛（武定）之《英烈傳》，則爲章回體之小説； 其中以《西遊記》與《金瓶梅》二書，尤爲有名之作品，兹述之於下：

1.《西遊記》

《西遊記》一書，或謂係元代邱處機所著，或謂係明代吴承恩所作； 但以後説爲可靠。

按邱處機，山東棲霞人，元太祖時之道士，所謂長春真人是也。 嘗應太祖之聘，西遊佛國，經歷數十國，爲地萬有餘里； 喋血戰場，避寇叛域，絶糧沙漠，千辛萬苦，以達雪山； 其弟子李志常爲著《長春真人西遊記》二卷，然此乃紀行之作，非平話體也，蓋與今所傳本。 絶然不同也。

至若明代吴承恩所作之《西遊記》，則借唐名僧玄奘三藏入天竺求經之事，仿『章回小説』之體裁，以演述佛氏之旨，雖多談神説怪，却又含冒險之精神也。

唐僧玄奘之事，《舊唐書・方伎傳》中亦載之，著有《大唐西域記》，即記入天竺之始末也。 又唐小説《獨異志》中，亦載有沙門玄奘入天竺之事； 而歐陽修《于役志》中，亦謂於揚州壽寧寺經藏院之壁，畫有玄奘取經之圖； 陶宗儀《輟耕録》之『院本』名目中，有唐三藏之號； 是則《西遊記》之著作，殆亦投世俗之好也歟？

全書分一百回，以『靈根孕育源流出，心性修持大道生』始，以『經回東土，五聖成真』終。書中述八十一難，以過火焰山孫行者與牛魔王大門爲最有精神；然全書之主旨，乃在說人間之性情，述解脱之方便，解釋幽玄之教理，强制意馬心猿千種萬態之情欲，幸而終歸解脱，得達彼岸；可見作者之妙想，與運筆之手腕，决非常人所能及也。

《西遊記》之後，其繼起之作，則有《續西遊記》、《後西遊記》，其評注《西遊記》之書，則有悟一子之《西遊真詮》與悟玄道人之《西遊原旨》兩書，皆清代人之作品也。

2.《金瓶梅》

是書相傳爲明王世貞所著。世貞字元美，自號鳳洲，亦稱弇州山人，太倉人也。或謂此書爲王氏之門人所著。蓋當嚴嵩專權時，世貞既恨其誤國，又恨嵩子世蕃殺其父王抒，故作此書，以罵世蕃之淫昏而多内寵；又或謂世蕃好閲淫書，世貞偵知其讀書時，每用指蘸唾液以翻書，故著此淫書，以投世蕃之好，而暗於每葉紙隅，染以毒藥，設法使其近侍進獻之，冀其中毒而死，幸世蕃早爲覺察，得不中毒。然皆爲傳説，未可全信焉。

《顧曲雜言》謂此書乃嘉靖間大名士手筆，指斥時事；如蔡京父子則指分宜，林靈素則指陶仲文，朱勔則指陸炳，其他各有所屬也。

按《金瓶梅》一書，全篇百回，無所根據，僅取《水滸傳》中西門慶與潘金蓮之一段艷話以爲骨子，更添幾個脚色，以描寫西門慶一家婦□酒色，飲食，言笑之事，凡下流社會家庭中閨閣之口吻，妖艷淫蕩之情節，盡情寫出，不稍掩蔽，誠爲古今惟一之『寫實小説』，然以描寫獸欲，刻劃太深，亦爲古今惟一之淫書。

《金瓶梅》之續編，爲《玉嬌梨》，今名《隔簾花影》（坊間所出之《玉嬌梨》，係另一種，非即《隔簾花影》也），爲清代人手筆。

上述二種，與《水滸》、《三國》，稱爲四大奇書，至明代所著小説，則《明史·藝文志》所録，自宋濂《蘿山雜言》以下，凡一百二十七部，三千三百七卷，其多可想見矣。

第八節　清代之小説

清代小説，頗多出色之作，比之元代，更形發達；同光以前，雖仍不脱前人之窠臼，然同光以後，海禁大開，歐美小説，先後流入，小説界大受其影響，於是從前才子佳人神鬼劍俠之小説，漸有改革之傾向；然小説界之大革新，當在民國初元，俟於下節中詳述之。茲將清代小説之種類分述於下：

（一）演義類

1.《紅樓夢》

是書作者姓氏，無從而考，惟書内記曹雪芹曾删改數遍，故多斷爲曹雪芹所撰。袁子才《隨園詩話》云：『曹楝亭康熙中爲江寧織造，其子雪芹撰《紅樓夢》一書，備記風月繁華之盛，中有所謂大觀園者，即余之隨園也。』

按《紅樓夢》，亦稱《石頭記》，因開卷中有云：『却説那女媧氏煉石補天之時，於大荒山無稽崖，煉成高十二丈見方二十四丈大的頑石三萬六千五百零一塊，那媧皇只用了三萬六千五百塊，單單剩下一塊，棄在青埂峰下。……遂自怨自愧，日夜悲哀。一日正當嗟悼之際，俄見一僧一道，遠遠而來，生得骨格不凡，豐神迥異，來到這青埂峰下，席地坐談，見着這塊鮮瑩明潔的石頭，且又縮成扇墜一般，甚屬可愛；那僧托於掌上笑道：「形體倒也是個靈物了，只是没有實在的好處，須得再鐫上幾個字，使人人見了，便知你是件奇物，然後攜你到昌明隆盛之邦，詩禮簪纓之族，花柳繁華之地，温柔富貴之鄉，那裏去走一遭。」蓋即暗指南京城、榮國府、大觀園、紫芝軒也。而南京城又名石頭城，此即《石頭記》名稱之由來也。』

後有空空道人經過青埂峰下，忽見一塊大石，上面字迹分明，編述歷歷：空空道人乃從頭一看，原來無才補天，幻形入世；上面叙着墮落之鄉，投胎之處，以及家庭瑣事，閨閣閒情，詩詞謎語，無一不備，大旨不過談情，實録其事，絶無傷時淫穢之病，方從頭抄寫回來，問世傳奇，從此空空道人因空見色，由色生情，情傳入色，自色悟空，遂改《石頭記》爲《情僧録》。

後東魯孔梅溪題曰《風月寶鑒》，因書中俱爲談風情月債之事。其第五回《賈寶玉神游太虚境》中有云：『寶玉見是一個仙姑，喜的忙來作揖……那仙姑道：「吾居離恨天之上，灌愁海之中，乃放春山遣香洞太虚境警幻仙姑是也。司人間之風情月債，掌塵世之女怨男癡，因今知風月冤孽纏綿於此，亦以前來訪察機會，散布相思，今日與你相逢，亦非偶然。」』而第一回中叙賈雨村因見甄家之婢，而對月有懷，口占五言一律； 是皆不離乎風月兩字也。

是書又名《金玉緣》，因書中叙賈寶玉之生，嘴裏便銜下一塊五彩晶瑩的玉來（即通靈寶玉），薛寶釵之生，有癩頭和尚送『不離不棄，芳齡永繼』八字，命鏨在金鎖上，此即《金玉緣》名稱之由來也。

至《紅樓夢》之名稱，則因全書都與夢境相驗。 在第五回《賈寶玉神游太虛境》、《警幻仙曲演紅樓夢》中，有《紅樓夢仙曲》十二支及太虛境薄命司大厨中所見金陵十二釵册，以及種種見聞，雖爲夢境，然皆與後來事相驗也。

其後曹雪芹於悼紅軒中，披閲是書，計達十載，增訂删改，凡經五度，於是分出章回，纂成目録，題其名曰《金陵十二釵》。

是書共分一百二十回，錯綜排合，以分配二百三十五男子，二百十三女子，全書共九十萬餘言； 以賈寶玉爲中心，而配以金陵十二釵，副以侍妾丫鬟二十四美人，更加以賈家諸公子及外家兄弟童僕等。 全書結構，蓋以金陵十二釵之情話爲經，以榮國、寧國二府之盛衰爲緯，故能如綫穿珠，各有脈絡可尋，然中間時日或有矛盾，前後或欠照顧，來歷或未盡明瞭（卷首有護花主人摘誤，可取原本參觀）。 要皆白璧微瑕，不足爲病也。

是書有八十回本（今通行本）及百二十回本。《船山詩鈔》有贈高蘭墅鶚同年一首云：『艷情人自説紅樓。』注云： 『傳奇《紅樓夢》八十回以後，俱蘭墅所補。』則《紅樓夢》一書，似非出自一人手筆矣。

《紅樓夢》一書，後人以爲影射清代之政治小說。《曲園雜纂》云：『《紅樓夢》一書，膾炙人口，世傳爲明珠之子而作。明珠之子何人也？余曰：「明珠子名成德，字容若，《通志堂經解》每一種有納蘭成德容若序，即其人也。」』按雪芹父名寅，字子清，號楝亭，漢軍旗人，康熙中爲江寧織造，與成德有深交，故此説頗爲一般人所信也。

蔡元培有《石頭記索隱》謂係影射康熙帝廢太子胤礽之事。書中紅字，多影朱字，朱者，明也，漢也。寶玉有愛紅之癖，言以滿人而愛漢族文化也。寶玉，即傳國璽之義。賈府即僞朝之意；賈假音相同也。書中女子，多指漢人，男子多指滿人，且女子是水作的骨肉，男人是泥作的骨肉，又與漢字滿字有關也。

此外如王夢阮、沈瓶庵於《紅樓夢索隱提要》云：『是書爲清世祖與董鄂妃（董小宛）而作，兼及當時諸王旗女也。』然蔡元培《石頭記索隱》中有附《董小宛傳》，已考知其非矣。

又徐柳泉《郎潛紀聞》，亦謂《紅樓夢》一書，係記明珠家事，金陵十二釵，即影射清初江南學者朱竹垞高江村姜西溟諸人，近錢静方《小説叢考》中，亦以《紅樓夢》爲影射滿清之書；然則作者之於是書，决非全憑虛構可知矣。

《紅樓夢》既爲世人如此重視，於是《紅樓續夢》、《紅樓後夢》、《紅樓夢補》等書，先後而出，此外更有所謂《紅樓夢詩》、《紅樓夢賦》、《紅樓夢贊》、《紅樓夢詞》、《紅樓夢譜》、《紅樓夢圖咏》、《散套》、《傳奇》等書，皆不足重也。

2.《儒林外史》

是書爲全椒吴敬梓所著，叶名澧《橋西雜記》云：『坊間所刊《儒林外史》五十卷，全椒吴敬梓所著也，吴字敏軒，一字文木，乾隆間人，嘗以博學鴻詞薦不赴，襲父祖業甚富，素不習治生，性復豪放，不數年而産盡，醉中輒誦樊川「人生直合揚州死」之句，後竟如所言，程魚門吏部爲作傳。』

全書共五十六回，其書以功名富貴爲一篇之骨：有心艷功名富貴而媚人下人者；有倚仗功名富貴而驕人傲人者；有假托無意功名富貴，自以爲高，被人看破耻笑者；終乃以辭却功名富貴品地最上一層，爲中流砥柱。篇中所載之人，不可枚舉，而其人之性情心術，一一活現紙上，讀之者無論是何人品，無不可取以自鏡也。

書名《儒林》，迥異乎玄虚荒渺之談也；曰《外史》，不敢自居於正史之列也。天目山樵《序》云：『《外史》用筆，實不出《水滸傳》、《金瓶梅》範圍，魄力則不及遠甚。然描寫世事，實情實理，不必確指其人，而遺貌取神，皆酬接中所頻見。』

3.《十二樓》

清李漁笠翁撰。皆爲短篇小説，長者亦不過六七回。所謂十二樓者：《合影樓》、《奪錦樓》、《三與樓》、《夏宜樓》、《歸正樓》、《萃雅樓》、《拂雲樓》、《十卺樓》、《鶴歸樓》、《奉先樓》、《生我樓》、《問過樓》是也。

除上述外：如《花月痕》、《淚珠緣》、《品花寶鑒》，則仿《紅樓夢》而作也；如《兒女英雄傳》、《七劍十三俠》、《七俠五義》、《施公案》、《彭公案》，則仿《水滸傳》而作也；如《隋唐演義》、《岳傳》、《東周列國志》，則仿《三國志》而作也；如《隔簾花影》、《繁華夢》、《九尾龜》，則仿《金瓶梅》而作也；如《鏡花緣》則仿《西遊記》而作也。如《官場現形記》、《二十年目睹之怪現狀》，則仿《儒林外史》而作也。至若《今古奇觀》一書，亦爲章回短篇，相傳爲清初之作品，或謂係明洪武敕撰之本，莫可考矣。《燕山外史》，爲陳蘊齋所撰。駢文之章回小説也。

（二）神怪類

《聊齋志異》　蒲松齡留仙撰
《閱微草堂筆記》　紀昀曉嵐撰
《池北偶談》　王士禛阮亭撰
《子不語》　袁枚子才撰
《螢窗異草》　施可齋撰
《夜雨秋燈録》　宣瘦梅撰

（三）志艷類

《板橋雜記》　余懷澹心撰
《續板橋雜記》　珠泉居士撰
《秦淮聞見録》　雪樵居士撰

《淞濱瑣話》 王韜撰

（四）雜記類

《觚賸》 鈕琇玉樵撰

《香祖筆記》 王士禎阮亭撰

《虞初新志》 張潮山來輯

《春在堂隨筆》 俞樾曲園撰

以上四類，不過舉其大略，其餘不能一一論列矣。

第九節 近代小説之趨勢

有清末葉，歐美小説，流入中華； 如迭更司之『社會小説』，司谷德之『歷史小説』，赫葛德之『冒險小説』，華盛頓歐文之『滑稽小説』，先後傳入，於是林琴南等，相繼譯述，以享國人，而林氏首先譯述之書，則爲法國社會小説家小仲馬氏所著之《茶花女遺事》，一時頗受社會歡迎，惜乎所有譯本，僅能譯其内容事實與夫文筆結構，而於其精采神韻，與夫作者主張，則未能一一寫出； 且事實方面，亦間有謬誤之處，故近時頗有人攻訐之也。 然其介紹西洋小説，使我國小説界開一新紀元，則其功不可没也。當時除林氏外，尚有包天笑周瘦鵑惲鐵樵等； 而創作小説則有《三十三年落花夢》（爲吾師金天翮所著，當時署名金一）等『章回體小説』，惟以其爲傳布排滿革命之思想，致受政府之禁毀，今已絶版。

共和肇基，滬上小說家蜂起，著作之多，如雨後春筍，抽莖而出：演義小說，則有《神州光復志》、《清代演義》、《清史演義》、《新華春夢記》等；散文長篇，則有《碎琴樓》、《雙枰記》、《黃金祟》、《斷鴻零雁記》、《蒙古旅行記》等；半駢半散，則有《玉梨魂》、《雪鴻淚史》、《孽冤鏡》、《鴛湖潮》等；要皆不離乎章回小說之體裁。民國六七年間，更有『黑幕小說』發生，誨淫誨盜，誘惑人心，小說界之墮落，蓋達極點矣。

自是以後，小說界漸有改革之傾向，有革除章回小說中之俗套者，如『却說』如『欲知後事如何，且聽下回分解』之刻版套話，均行廢除。又有不分章回，仿西洋小說之結構，文字或文言或白話，篇幅有長篇有短篇，然而描寫未能深刻，不脱乎記帳式之叙述，甚或向壁虛造，以意爲之，致貽人笑柄（如李涵秋小說中有坐馬車出閶門城游虎邱），蓋作者之思想，仍多以小說爲游戲消遣之品，既無背景，又缺乏精細之觀察，其著作原因，猶不能脱名利兩字，故未足與言小說之進步也。

近數年來，法之莫泊三，英之蕭伯納，俄之托爾斯泰，那威之易卜生，其所著小說、劇本，經胡適陶履恭周作人瞿秋白等先後譯述。而研究西洋小說學者，亦確能將西洋小說之優點，一一說出；而以前譯本之缺點，亦確能盡情抉出，於是全國小說之作風，爲之一變；從前『文以載道』，與夫『文人游戲筆墨』之觀念，完全打破，而知小說爲藝術品之一種，描寫漸趨於忠實，結構亦漸趨於精勁，具哲理之背景，下精確之批評，遂漸合乎現代小說之趨勢矣。

近代小說之趨勢如何？曰由『浪漫主義』而趨於『自然主義』，更由『自然主義』而趨於『新浪漫主義』是也。

何謂『浪漫主義』？曰歐洲在十九世紀以前之小説，大都崇尚古典，因襲舊法，描寫事實，趨於冷淡沉静之途，而又含有樂天安命之思想，故當時小説，頗乏精采，自盧梭創『自然主義』以後，藝術界受其影響；於是小説乃傾向於本能，主重及個性，廢高雅之古典，而趨於通俗，另創新式的美文，狂放無羈，好爲新奇，如英之司各脱、法之布伯耳等之著作皆是也。我國可稱浪漫派之小説，則當推《西遊記》。

何謂『自然主義』？曰歐洲自十九世紀以後，受達爾文進化論之感化，與科學之進步，於是小説乃處處重寫實；如從前尚奇異，今則尚平凡；從前尚精神，今則尚物質；從前尚主觀，今則尚客觀；從前尚熱情，今則尚理知；從前尚理想，今則尚現實；受科學精神之影響，凡所描寫，務求合於人生日常生活範圍以内，而又有能解决人生生活之興味，故自然派之小説，文藝與人生有密切之關係，其描寫，不過人生片斷之事實，如法之莫泊三、弗勞伯、曹拉等之著作皆是也，我國之《水滸傳》、《紅樓夢》，及李涵秋之《廣陵潮》，皆可稱之爲寫實派小説也。上述二派，雖描寫俱求真實，然一則過偏於精神，一則過偏於物質，二者各有所偏畸，於是『新浪漫主義』，乃應運而生。

『新浪漫主義』者，不以研究客觀之事實爲滿足，而用强烈之主觀力，以研究科學法則所不能及之神秘境界，雖似涉於夢幻，然非絶對不可實現，故『新浪漫主義』時代之文藝，爲一種情意之文藝，由客觀而返於主觀，非物質而趨重精神，惟其色彩，遠不如『浪漫主義』，而一部分却又合於『自然主義』者也。

第三章　研究小說之方法

第一節　研究小說之要點

小說之發生，爲平民而發生也，故小說爲平民之文學；其文字多淺近而不用典故，其内容多爲細小之事實，無關乎經國大事；然抑知小說之爲用，與人生有重大之關係焉；我人試取小說而讀之，則喜怒哀樂之情，不覺而自起伏於胸中，甚或與作者唱同調，表同情，而忘自身之我，以小說中所描寫之人物自況，自勉，自慰，其感化人心之魔力，至爲偉大也。故我人研究小說，斷不可再用『文以載道』之舊觀念，與夫『文人游戲筆墨』之輕薄態度；當知小說爲人類生活之反映，并可以創造新人生觀也。兹將研究之要點，分述於下：

一、當知小說之變遷

我國小說，最初爲『寓言』爲『神話』兩種。至於漢代，始有『神怪小說』及各種短篇雜記。晉唐以來，其風更盛。及乎宋元，而有長篇『章回小說』之發生，於是小說界又開一新局面矣。元明以來，各種散文長篇，極爲發達，而駢文長篇，亦間有之，至於今日，則又盛行白話短篇小說，而尤注意於創作，此蓋由於時代思潮之使然也。

一、當知小說與時代之關係

小說與人生有密切之關係，一切著述，皆爲人類生活之反映；故小說之爲物，足以代表時代精神者也。如秦皇漢武，好求長生，於是小說多談神志怪之作品；元人入主中夏，不諳文理，朝廷詔誥，都用鄙辭，於是小說多用白話文字叙述；至於近代，階級制度，日漸破除，社會主義，續漸膨漲，於是小說乃由貴族而趨於平民；且以受科學之影響，始則由精神而趨於物質，繼則由物質而復歸於精神，以求兩相調和；凡當時政治、社會、風俗、人情以及學術宗教上所發生之影響，於小說中無不可以見之；蓋小說中之描寫，處處真實；且又細小而無微不至，非如正史之僅記其犖犖大端；凡當時事實上一切之背景，與夫各個人微細幽曲之隱情，無一不能用細膩之筆以寫出之，故小說可爲時代精神之代表也。

一、當知小說包含偉大之思想與高尚之原理

小說之真精神，真價值，决不在事實之如何？全在乎小說中所表示之思想與其原理。蓋小說家之著作小說也：往往借一片段或全部之事物，以發揮其思想，而求得讀者之同調；或流露其感情，以求人生之圓滿；表面上雖爲叙述一事，而其背景，則常有偉大之思想，與高尚之原理，流露於不知不覺之間，我人研究小說，苟不於此點着想，僅注意其事實，則真所謂棄其精華而取其糟粕矣。且小說之中，其描寫或爲目前之事物，或爲想像之事物，其所以能有永久之價值，而又能得到一般人之歡迎，即有偉大之思想與高尚之原理之故也。此吾人研究小說時所不可不知也。

一、當審慎選擇小説之材料

我國小説，種類極多，然有小説之真價值者，則頗少也。甚或誨淫誨盜，非但不足以有益社會，并足以使風俗澆薄，人心傾向於邪僻之途；苟不審慎選擇，則非徒無益，且有害也。又以我國小説，極少真情流露之作品，與夫永久情緒之價值，若用嚴格的選擇，則又頗難；故我人於選擇小説之時，不得不定一標準，以爲取捨焉。所謂選擇之標準若何？一曰，思想當純潔高尚，二曰，見理當真實確切；三曰，描寫當精細優美；四曰，對於事物，當有真確之批評與指導或攻擊；五曰，對於古代小説，當辨别其真僞；凡此五端，爲研究小説者所不可不知也。

第二節　作小説之方法

小説爲藝術之一種，所以發表吾人之思潮與情感者也。夫吾人欲發抒情緒，揭曉主張，固可用任何之方式，何必有一定之法程？曰，以小説爲發表人類意識之一種藝術，吾人雖不能任意規定一種方法，强人相從，然就前人所著之小説而研究之，則一若自有其一定不移之方法在於其中；是以近人研究小説，往往兼及其作法，以爲入門之途徑，兹擇其要者，分述於下：

一、作者之才能

作一小説，非可任意涉筆，毫不經意而成也。若欲求爲普遍而又永久有價值之作品；則凡作一小説，必根據真理以立言，有確定的人生觀，有豐富的想像力，就哲學上立論，以造成一種理想之世界，更必有豐富之經驗，真切之觀察，用主觀或客觀之態度，就其所見，而後可描寫成一維妙維肖之小影，確能將各個事物之個性寫出。總之作者欲成一有價值之小説，除真境以外，更必有美的藝術。而小説之中，更必有一種無形的提倡，使理想變爲事實；或含有一種規勸之作用，使人人歸於正道，而受小説之感化。能如此，則小説爲不虚作，而作者之精力亦不致消耗於無用矣。

一、小説之結構

小説之優劣，全在乎結構，所謂結構者，就篇幅而言，則有長篇短篇之别；就形式而言，則有脚色，事實、脈絡、理論之别；由分析以至綜合，推原因以求結果；無論爲一人或一人以上之事實，其焦點必固定而不可移易，使人讀之，能有深刻的印象。如是庶可稱爲完美之小説。

一、描寫宜精細

小説最重描寫，凡一篇小説中，無論爲人，爲物，爲事實，以及人物事實自然之環境，均宜用真實之手筆，將其個性特點精密寫出，不可稍事粗鹵或有忽略之處：如《紅樓夢》如《水滸傳》，書中各個人之個性，無不一一寫出，使人閉目思之，亦能歷歷分明，如在目前；而《紅樓夢》之環境大觀園，《水滸傳》之環境梁山泊，亦能詳細叙明，不致全篇小説，無所着落；此非善於描寫，决不能至此也。

一、叙述之方法

小説純乎爲記述之體例，然同一記叙之體，其方法則又各别：一曰他叙式，即持旁觀態度，於書中之人物，凝神觀察，以寫出其離合悲歡之情，動静語默之態；小説中此類作品，最佔多數。一曰自敘式，即借書中主要人物之口吻，自述其所歷境遇事實，所抱思想感情，以及四圍之環境，而暗中表示出作者所抱之心理，此類小説，亦頗通行。此外則有用非主要人物之自述；然此法不多用之；又有用日記式或書簡式者，但小説中亦頗佔少數。總之小説爲敘述之體例，我人雖可借小説以發揮自己之主張，或加評贊，或加批評，然不可於中途插入自己之意見，以説出自己之主張；只能用間接之方法，於無形中説出之，蓋小説猶之戲劇，全乎幻景，只能令人於讀小説後，自生一種反映，而覺悟到一種真境界，斷不可由作者徑自揭破也。

除上述方法以外，作者所再應當注意者，則爲選材，命題，用字三者：選材精當，則描寫易成佳構；命題簡明，則讀者易得綱領；用字審慎，則文筆自見美妙。其次則當多行練習創作，多閲讀名著，且時取而研究或批評之，則小説自能日見進境。總之欲成一完善之小説，就實質方面而論，則爲：取材精當而無糟粕，思想高超而有中心之價值，情緒熱烈而能活動有生氣。就形式方面而論，則爲：結構精勁而有綫束，描寫精確而活潑，文辭簡潔而有美感；凡此數端，學者苟能反復深思，則事半而功倍矣。

第三節　重要之小説書籍

《穆天子傳》　郭璞注

《漢武内傳》　附録《外傳校勘記》

《列仙傳》

《西京雜記》

《博物志》十卷　附《逸文》

《世説新語》　劉孝標《世説新語注》

《拾遺記》

《異苑》

以上各書，讀之可知六朝以前之小説情形；其他如《神異經》、《十洲記》、《洞冥記》、《搜神記》、《述異記》，亦皆可一觀，惟都係僞書，學者不可不辨别也。

《教坊記》

《明皇雜録》

《酉陽雜俎》

以上各書，讀之可知唐代小説之情形。

《宣和遺事》

《歸田録》

《太平廣記》

以上各書，讀之可知宋代小説之情形。

《水滸傳》

《西遊記》

《三國志》

《紅樓夢》

《儒林外史》

《鏡花緣》

以上各種，爲章回小說中重要之書籍，學者讀之，可知元明清以來之小說情形。

上列各書，不過舉其重要者，且又限於古代； 學者苟能再將近時名著或譯本，更旁及西洋作品，精心細玩，則登堂入室，亦所不難，世之青年，其勿河漢斯言可也。

說部常識

上海大東書局印行

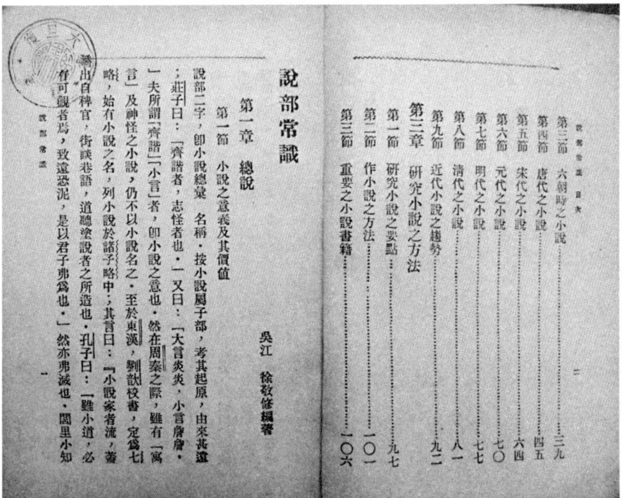

說部常識

吳江 徐敬修編著

第一章 總說

第一節 小說之意義及其價值

說部二字，即小說總彙名稱。按小說屬子部，考其起原，由來甚遠；莊子曰：「齊諧者，志怪者也。」又曰：「大言炎炎，小言詹詹。」夫所謂「齊諧」「小言」者，即小說之意也。然在周秦之際，雖有「寓言」及神怪之小說，仍不以小說名之。至於東漢，劉歆校書，定爲七略，始有小說之名，列小說於諸子略中；其言曰：『小說家者流，蓋出自稗官，街談巷語，道聽塗說者之所造也。孔子曰：「雖小道，必有可觀者焉，致遠恐泥，是以君子弗爲也。」然亦弗滅也。閭里小知